KB018587

우상의 눈물

대한민국 스토리DNA 016

우상의 눈물

초판 1쇄 발행 | 2017년 12월 15일
초판 3쇄 발행 | 2024년 11월 20일

지은이 전상국
발행인 한명선

책임편집 김수경
제작총괄 박미실
디자인 모리스

주소 서울시 종로구 평창길 329(우편번호 03003)
문의전화 02-394-1037(편집) 02-394-1047(마케팅)
팩스 02-394-1029
전자우편 saeum2go@hanmail.net
블로그 blog.naver.com/saeumpub
페이스북 facebook.com/saeumbooks
인스타그램 instagram.com/saeumbooks

발행처 (주)새움출판사
출판등록 1998년 8월 28일(제10-1633호)

© 전상국, 2017
ISBN 979-11-87192-72-5 04810
     978-89-93964-94-3 (세트)

대한민국
스토리DNA
016

우상의 눈물

전상국 소설 선집

새움

차례

소설 선집 『우상의 눈물』을 묶으며

자신의 작품에서 따로 몇 편을 골라내는 일이 쉽지 않다. 이것도 좋지 않느냐, 선에 넣지 않은 작품에 대한 미련일 것이다. '그 작품'을 쓸 때 이 이상 다른 것을 쓸 수 없을 것이란 작심으로 최선을 다한, 그 비장한 신명을 잊지 못함이다.

그리하여 나름의 선별 기준을 찾는다. 우선 이제까지 내가 쓴 중·단편소설 중에서 작가의 주된 관심사를 조금이나마 엿볼 수 있을 것이라 믿어지는 9편을 어렵게 골랐다.

「폴라나리아」(2002)를 맨 앞에 놓은 것은 이 작품을 기점으로 종래의 내 소설 패턴이 많이 달라졌다는 그 선언적 의미를 돌아보고 싶었음이다. 이 작품으로 2003년 '이상문학상 특별상'과 2004년 '현대불교문학상'을 수상했다.

소설 쓰기 그 결과물에 대한 세간의 반응은 대체로 즐겁다. 「우상의 눈물」(1980)은 임권택 감독의 영화화로, 「우리들의 날개」(1988)는 14회 '동인문학상' 수상, 이후 많은 세월이 흘렀음에도 이 두 작품을 찾는 독자가 많음을 기려 나란히 놓았다.

「침묵의 눈」(1978)과 「맥」(1977)은 그렇고 그런 험한 세월을 산, 내 젊은 날의 방황, 그 정신적 자화상이라고 생각한다. 특히 그 무렵 폭력 앞에 은폐되는 진실에 대한 불편한 심기를 소설로 형상화한 작품이 꽤 많다.

「동행」(1963)은 등단 작품인 동시에 분단 문제를 다룬 내 작품 세계의 한 등식을 이루고 있다는 점에서, 「전야」(1974)는 등단한 뒤 만 10년간 소비의 세월을 살다가 상경하여 글쓰기를 새로이 시작, 대책 없던 신경성소화불량을 치유한 작품이라 애착이 크지 않을 수 없다.

중편소설 「아베의 가족」(1978)은 1979년 '한국문학작가상'과 1980년 '대한민국문학상'을 수상한 뒤 MBC 방송사의 한국전쟁 30주년 기념 특집 드라마(고석만 연출, 3부작)로 세간에 널리 회자된 작품이다. 중편소설 「투석」(1988)은 서울을 탈출한 뒤 고향에 돌아와 쓴 작품으로 이야기 짜임새에서 내 대표작으로 내세우고 싶은 작품으로 1988년 '윤동주문학상' 본상 수상작이다.

우상의 눈물

작품 끝에 밝힌 작품 발표 연대를 각별히 살피면 소설 읽는 재미가 썩 다르지 않을까 싶다.

2017년 12월 춘천 금병산 기슭에서

전상국

플라나리아

"내가 어느 날 사라져도 놀라지 말아요. 때가 되면 떠날 거니까."

같이 살기 시작할 무렵 그네가 했던 말이다. 딱 한 번밖에 들은 적이 없는 그 말이 불현듯 떠오를 때가 있었다. 그네가 웃음 가득한 얼굴로 내 눈길을 오래오래 붙잡고 있을 때, 혹은 어느 순간 도전적 체위로 휘몰아쳐 내 몸이 아스라이 자지러지다 숨이 딱 멈추는 그 허공의 꼭대기에서……. 이상하다는 걸 눈치챘어야 했다. 그때가 무엇을 의미하는 말인지, 그것이 언제쯤인지 물었어야 했다.

설마가 뒤통수를 쳤다. 사슴이 준 정보를 가벼이 흘린 나무꾼의 망연자실이었다. 내가 뭐랬어. 애 셋을 둘 때까지 결코 날개 옷을 보여서는 안 된다고 했잖냐. 오늘이 좋으면 내일도 좋다는, 내 낙관 체질의 방심에 대한 사 선생의 문책이었다.

우상의 눈물

처음 며칠 동안 나는 그네의 부재를 도저히 용서할 수가 없었다. 행방을 수소문하는 그 어떤 조처도 취하지 않을 만큼 괘씸하고 또 괘씸했다. 사실은 사 선생에게 그네의 증발을 알린 일 외에 내가 할 수 있는 일이라곤 정말 아무것도 없었다. 동거 생활 3년여 동안 그네는 자신과 관련된 어떠한 인적 사실이나 연고지를 입에 올린 적이 없었다. 물론 그네가 가끔 엽기적인 발길을 했던, 집 근처의 노래방이나 허름한 여관방을 기웃거려 볼 수도 있었다. 어쩌면 그런 곳은 그날 안으로 집에 돌아왔을 때의 행적일 뿐, 벌써 며칠째 돌아오지 않고 있는 이번의 부재와는 상관이 없는 장소였는지도 모른다. 오직 한 곳, 결정적으로 짚이는 곳이 있긴 했다. 하지만 나는 그쪽으로 내닫는 생각을 애써 무질렀다.

"선생님, 정배가요 거머리 새끼를 자꾸 플라나리아라고 우긴대요."

아이들이 현미경으로 샬레를 들여다보며 옥신각신한다. 다가가 들여다보니 정배가 관리하고 있는 플라나리아 다섯 마리 중 하나는 육안으로도 거머리 새끼가 분명하다.

플라나리아와 결혼했다는 얘기까지 들을 정도로 몇 년 동안 그것만 들여다보고 살았다. 선생이 미친 탓에 과학반 아이들은 매년 플라나리아의 생태 등을 관찰한 작품을 출품해 과학전람회에서 입상했다. 올해도 다르지 않다. '시냇물에 살던 플라나리아는 어디로 갔을까.' 8월에 있을 전람회에 출품하려고 과학반 아이들이 정해 놓은 주제다. 1급수 지표생물인 플라나리아가 산업화 시대의 환경오염이나 자연 파괴로 점점 사라져 가고 있다는, 빤한 결론이었지만 아이들의 플라나리아 사랑은 대단하다.

"선생님, 그거 어디로 갔을까요?"

거머리 판결로 정배를 한 방 먹인 아이의 느닷없는 물음에 나는 순간 움찔한다. 아이가 그네의 증발을 알고 있을 리가 없다. 이번 출품 주제와 연관이 있어서인지 아이들은 아직도 한 달 전에 있었던 플라나리아 증발 사건을 잊지 않고 있다.

플라나리아가 증발하던 날, 그때만 해도 그네는 삼환임대아파트 103동 701호의 안주인이었다. 그날 저녁 나는 학교 실험실에서 있었던 플라나리아 증발 사건을 그네에게 들려줬다. 그네는 아이들처럼 호기심 가득한 눈으로 나를 쳐다보았다. 아— 해봐요. 혹시 그거 숙암이 먹어 버린 거 아니에요? 나그네가 쉬어 가는 바위라니, 숙암은 그네가 지어 준 내 아호다.

그날 나는 실험실에서 아이들과 함께 자웅동체 동물의 무성생식에 관한 실험을 했다. 실험용 수조에 살고 있는 플라나리아를 핀셋으로 건져내 유리판 위에 옮겨 놓았다. 현미경을 들이대고 10밀리 정도의 작은 크기를 절단하는 일이어서 둘러선 아이들은 모두 숨을 죽였다. 유리판 위의 두 마리 플라나리아를 예리한 면도칼로 네 도막으로 절단했다. 한 마리는 세모난 머리 쪽 두 눈 가운데에서 시작해 꼬리까지 세로로 절단했고 또 하나는 몸 한가운데, 입이 있는 부분에서 둘로 갈랐다. 세로로 절단

우상의 눈물

된 것은 계란 노른자를 먹여 키운 것이라 쇠간을 먹여 키운 다른 놈의 갈색 등 쪽과는 뚜렷이 구별되었다. 이제 절단된 도막을 물이 담긴 샬레에 옮겨 놓기만 하면 되었다. 바로 그 순간 사이렌이 급하게 울렸다. 그날은 학교가 민방위 훈련 시범을 보이는 날이었다. 그런 날은 지방 단체장들이 모두 참관하게 돼 있어 훈련은 실제의 상황 못지않게 긴박할 수밖에 없었다. 절단한 플라나리아를 핀셋으로 샬레에 옮길 시간적 여유가 없었다. 훈련 해제 경보가 울리고 대피했던 강당에서 돌아와 보니 유리판 위에 있어야 할 플라나리아가 보이지 않았다. 오그라들어 잘 보이지 않나 싶어 현미경으로 들여다봐도 절단된 플라나리아 네 도막은 어디에도 보이지 않았다. 절단된 뒤 다소 움직임이 있었겠지만 그렇게 유리판을 기어나가 어디론가 사라질 가능성은 거의 없는 일이다. 나는 아이들과 함께 실험대는 물론 시멘트 바닥까지 샅샅이 살폈다. 초여름 햇살이 운두가 낮은 빈 샬레와 실험용 유리판에 어룽거리고 있을 뿐 플라나리아 흔적은 어디에도 없었다. 아무리 물속에서 사는 생물이라곤 하지만 불과 15분 정도의 시간에 흔적도 없이 사라지다니. 아이들이 두고두고 플라나리아 사건으로 부를 만했다.

그네의 증발로 내 일상이 뒤흔들리지는 않았다. 나는 아침 8시까지 학교로 출근해 아이들을 가르치고 정해진 시간에 퇴근했다. 아파트 현관을 들어서면서 습관처럼 이 방 저 방을 기웃거리는 동안 새삼스레 그네의 부재가 확인되는 정도였다. 인근의 다른 도시에 살고 있는 계모나 이복형제들도 어쩌면 그네의 부재를 눈치채고 있었을지도 모른다. 그들은 그네가 없어지기 전에도 이삼 일에 한 번씩 이런저런 일로 전화를 걸어 왔다. 교대 동기면서 같은 학교에 근무하는 사 선생도 내가 전한 그네의 증발 사건에 대해 이렇다 할 반응을 보이지 않았다. 집 안에 여벌로 걸어 뒀던 우산 하나가 보이지 않는 일만큼이나 그네가 가뭇없이 종적을 감췄다고 해서 그것을 문제 삼는 사람은 아무도 없었다. 실정법상으로도 그네의 부재가 내게 끼칠 그 어떤 불이익도 없었다. 외계인을 만났다는 사람은 많아도 그것의 실체를 믿는 사람은 별로 없다. 있어도 없고 없어도 있는, 그네의 존재가 그랬다.

열흘쯤 지나서야 비로소 그네의 부재가 현실로 다가왔다. 그네가 결코 돌아오지 않을 것이란 체념이 오히려 마음의 여유를 가져다주었다. 나는 새삼 집 안을 둘러보기 시작했다. 그네의 엷은 갈색 머리카락 서너 개가 눈에 띄었다. 그네는 파마기가 전혀 없는 긴 생머리를 항상 담황색 머리띠로 훑쳐 매곤 했다. 매니큐어를 칠해 본 적이 없다는 얇고 투명한 그네의 손톱 조각도 보였다. 애써 그런 것들을 눈 뒤집고 찾을 것도 없었다. 그네가 이곳에 머물렀다는 더 확실한 증거물은 옷걸이에 그대로 걸려 있었으니까. 패션 감각을 드러내지 않은 채 쉽게 선택하던 수수하고 심플한 색상의 옷들이었다.

내 기억이 정확하다면 그네가 입고 있던 옷은 고스란히 남아 있었다. 그리 많지 않은 그네의 옷은 모두 나와 함께 샀던 것이

　　　　　　　　　　　우상의 눈물

라 기억이 쉬웠다. 그러다 나는 갑자기 생각을 해냈다. 처음 그네가 입고 있었던 검은색 바지와 흰색 실크 블라우스, 그리고 그 위에 걸쳐 입었던 연두색 재킷을. 옷장에 그 옷이 없었다. 그러고 보니 동거를 시작한 이래 더 이상 그 옷을 본 적이 없었다. 설사 그것을 어디엔가 감춰 뒀다 입고 나갔다 해도 왜 다른 옷들은 하나도 가져가지 않았을까. 증발. 순간 나는 그 말을 떠올렸다.

내가 굳이 증발이란 말을 고수하는 이유는 또 하나 있다. 그네가 어떤 신발을 신고 나갔는지 전혀 짐작이 가지 않는다는 점이다. 굽 높은 구두 세 켤레와 신기 편한 신발 서너 켤레, 그리고 고동색 슬리퍼 한 켤레까지도 신발장에 그대로 남아 있었다. 내가 알기로 그네의 신발은 그것이 전부였다.

그렇다면, 그네는 집을 나간 게 아니다? 집을 나간 게 아니다! 그네가 지금 내 눈에 보이지 않을 뿐이다. 나는 수상한 생각에 빠져든다. 한 달에 두어 번쯤 그네가 내게 남기곤 했던 쪽지. 두어 시간 외출하고 돌아오겠다는, 주로 그런 내용의 쪽지였다. 번번이 느닷없는 외출이었고 행선지를 알리지도 않았지만, 그네는 쪽지의 내용대로 귀가 시간만은 정확히 지켰다. 그러나 이번의 경우 그네는 쪽지를 남기지 않았다. 관행대로라면 그네는 외출하지 않았다. 그렇다면? 나는 허둥지둥 집 안을 뒤지기 시작한다. 베란다 창고와 다용도실, 방의 붙박이장과 신발장, 심지어 싱크대 안과 세탁기 속까지 다시 한 번 확인한다. 두 번 세 번 그것들을 다시 열어젖힌다. 책상 서랍까지 줄줄이.

그날 나는 평소처럼 직접 열쇠로 문을 따고 들어왔던가. 정말 문이 걸려 있었던가. 집 안을 뒤지던 내 손은 어느새 머릿속을 뒤지고 있다. 기진한 나는 구경하듯 내버려 둔다. 어쩌면 열려 있었는지도 모르겠다. 습관이 든 일은 특이한 사실이 없는 한, 기억 속에 잘 남아 있지 않은 법이다. 하지만 나는 되도록 그것을 기억해야만 한다. 그네가 지니고 다니던 열쇠는 그네가 집에 있을 때 걸어 두던 그대로 신발장 안쪽 벽에 걸려 있다. 그네가 사라진 며칠 뒤 나는 그것을 발견했다. 사실 그때부터 나는 줄곧 의아한 생각을 떨칠 수 없었다. 그네가 쓰는 열쇠가 그대로 집에 남아 있다는 것은 집을 나가지 않았다는 증거가 될 수도 있다. 아니지, 어쩌면 그것이 증발의 가장 의지적인 표현일 수도 있다. 다시 생각해 본다. 그날 아파트 현관문이 걸려 있었던가 아니면 열려 있었던가. 그네의 열쇠가 집에 그대로 있다! 그날 문이 열려 있었다면 열쇠를 집에 둔 채 나간 게 되고, 문이 걸려 있었으면… 그네는 집 안에 그대로 있는 것이 된다.

어떻든 지금 그네는 내 눈에 보이지 않는다. 또한 그네가 집을 나갔다는 그 어떤 정황도 찾아내기 어렵다는 것도 사실이다. 그날 나는 학교 동료들과 술 마실 약속이 있어 차를 두고 나갔다. 그리고 그네가 보이지 않은 그 다음 날, 그 차를 타고 나갔으니 내 차가 그네를 어디론가 실어 나른 것도 아니다. 그래, 그날 나는 술을 먹고 들어왔다. 술자리에서 플라나리아 증발에 대해서 얘기한 기억도 있다. 그날 실험용 유리판에 시약이 묻어 있었을 가능성에 대해서도 얘기가 나왔다. 플라나리아, 그거 음성 주광

성이잖아. 그 상황에서 햇빛을 피하는 방법이 달리 뭐 있겠어. 그냥 녹아 버리는 수밖에. 누군가의 그런 얘기에 나는 그렇게 믿어지지 않는 사라짐을 내가 직접 목격했던 일까지 예로 들었다. 시골 오지의 분교에 근무할 때다. 비 내리는 밤, 아스팔트 위로 기어오른 수천 마리의 개구리를 차바퀴로 깔아뭉개며 달렸다. 그 느낌이 여북했으면 그날 밤 촛불까지 켜 놓고 미물들의 죽음을 애도했을까. 말끔히 비가 그친 다음 날 아침, 속죄라도 하는 기분으로 거길 가봤다. 정말 간밤에 그런 일이 있었던가. 그 길바닥엔 개구리들의 죽음을 증명할 만한 이렇다 할 아무 흔적도 없었다. 미물의 죽음이 그랬다.

거의 한 달에 한 번 이상 일어났던, 그래서 나를 곤혹스럽게 했던 그네의 좀 별난 외출은 어쩌면 증발을 위한 준비였는지도 모른다. 어쩌면 그것은 그네 몸의 달거리와 상관이 있었는지도 모르겠다. 그네가 외출할 무렵이면 그네의 눈빛이 유달리 형형하고 살갗도 다른 때와 달리 생기가 났다. 숙암은 참 예민해요. 그네 눈 밑의 푸르무레한 그늘을 보고 달거리를 맞추었을 때 그네가 한 말이다.

무엇보다 확실한 그네의 외출 징후는 그네의 몸 어느 구석에선가 새소리가 난다는 사실이었다. 처음에 나는 그 소리를 잘 알아듣지 못했다. 그 징후가 있을 때면 그네는 하루에도 수십 번씩 베란다 창문을 열었다 닫았다 안절부절못했다. 숙암은 이 소리가 안 들려요? 나를 쳐다보는 그네의 눈빛이 그렇게 절실해 보일 수가 없었다. 글쎄, 뭔 소리가 들리는 것도 같긴 한데…….

하릴없이 그녀의 말에 동조하던 어느 날, 드디어 나도 그 소리를 듣게 되었다. 시찌시찌, 시찌 비이—. 영락없는 산솔새 소리였다. 집 안팎의 소음이 일체 없는 시간에야 겨우 들을 수 있을 정도의 미미한 그 소리는, 곤하게 잠을 자고 있던 그녀의 몸에서 가느다랗게 새어 나오고 있었다. 나는 그때 그녀가 하루 종일 환청에 시달리다 보니 잠결에 자신의 입을 통해 그런 소리를 내고 있다고 생각했다. 그러나 한번 그 소리를 접했던 내 귀는, 그녀가 깨어 있는 한낮에도 그녀의 몸에서 나는 새소리를 잡아낼 수 있었다. 소리의 진원지는 바로 그녀였던 것이다.

그럴 때의 그녀는 말소리도 달랐다. 고맙덥니다. 마이 먹었더요. 꼭 말을 처음 배우는 어린아이들처럼 발음이 서툴고 억양도 부자연스러웠다. 나는 그녀에게 소리의 진원지를 알려줄 수도, 또 어떤 물음을 내보일 수도 없었다. 나무꾼이 날개옷을 발설했다가 선녀를 놓쳤듯 그 얘기를 하는 순간 그녀가 결연히 어디론가 날아가 버릴 것 같은 막연한 위구심이었다. 새소리를 찾아 집 안을 서성이는 그녀의 얼굴 표정에서 뭔가 애절하고 긴박한 두려움 같은 것을 읽고 있었기 때문이다. 사실은 새소리를 확인하는 순간 내가 그녀에게 느끼는 서먹한 그 낯설음을 들키고 싶지 않아서였는지도 모른다.

이상했다. 그녀의 몸에서 나던 그 소리는 그녀가 자신만의 외출을 하고 돌아온 후면 한동안 들려오지 않았다. 두어 시간 남짓 걸리던 그녀의 외출은 퇴근 무렵이기 일쑤였다. 나와 마주치면 직접 자신의 외출 계획을 알렸고, 내가 늦게 들어오는 날은 몇 시에 나가며 몇 시쯤 들어오겠다는 걸 반드시 쪽지로 남겼다. 어느 날 나는 용기를 냈다. 어딜 가는 건지 같이 가면 안 돼? 그네는 고개를 가볍게 저으면서 서늘하게 웃었다. 나는 더 이상 묻지 않았다. 우리가 합의한 동거 생활의 묵계 속에는 상대의 사생활에 대해 지나친 관심을 보이지 않는다는 것이 포함돼 있었으니까. 묵계 같은 것과는 아랑곳없이 나는 그네가 외출할 때마다 어쩌면 다시는 그네를 볼 수 없을 것 같은 불안감에 시달렸다. 그리고 집을 나설 때 그네가 보이던 그 서늘한 표정도 쉽게 잊혀지지 않았다. 하지만 나는 심상히 받아들이려고 애썼다. 그네는 늘 정확히 돌아왔고, 집을 나갈 때와는 아주 딴판인 평화로운 얼굴을 하고 있었기에.

시냇물에 살던 플라나리아는 어디로 갔는가. 아이들은 수질이 각기 다른 수조의 플라나리아를 관찰하고 있다. 솔직히 아이들은 오염 물질이 든 수조의 플라나리아가 빨리 죽기를 기다린다. 세제가 든 수조의 플라나리아 움직임이 이상해졌다며 아이들이 흥분한다. 몸이 절단된 플라나리아들은 샘물 수조 속에서 거의 같은 모습으로 잘 자라고 있다. 암수 구별이 없는 것을 뭐라고 하지? 암수동체요. 플라나리아 입은 어디 있지? 배 한가운데요. 항문은? 입이 똥구멍이래요. 어떻게 움직이지? 기는 것처럼 헤엄쳐요. 플라나리아는 몸을 어떻게 잘라 놓아도 잘라 놓은 도막의 수만큼 재생된다. 이런 걸 뭐라고 하지? 무성생식이요. 플라나리아는 무성생식만으로 번식하는 생물이 맞나? 아니요.

유성생식도 해요. 유성생식은 어떤 건가? 암수가 합쳐져서 새 생명을 만드는 거요.

그네는 유성생식을 완강하게 거부했다. 함께 살되 부부로서의 의무에서 자유로울 것. 즉, 아이를 낳지 않는다는 것이 우리가 합의한 동거 조건의 첫째 항목이었다. 그 속엔 아이를 낳고 싶지 않은 이유, 그 속내에 대해 알려고 하지 말 것도 포함되어 있었다. 출산 거부는 신에 대한 도전이지. 그네의 단호함에 나는 고작 이런 정도의 반응을 보였을 뿐이다.

자살을 한번 시도했던 사람은 평생 그 유혹에서 벗어나기 어렵다고 합디다. 그네의 위세척을 직접 맡아서 했던 병원 의사는 그네를 방치해서는 안 된다는 것을 그런 말로 환기시켰다. 하복부 화상이 좀 심합니다. 술을 먹고 음독한 혼수상태에서, 더구나 몸을 잔뜩 웅크린 자세로 소변을 봤기 때문에 화상이 클 수밖에 없었겠지요. 앞으로 이 부분에 대해선 모른 척하고 사시는 게 좋을 겁니다. 여자의 수치심을 건드려 좋을 게 없다는 얘기였다. 의사는 내가 그네를 전혀 모르는 여자라고 했던 말을 처음부터 무시했다.

그네를 처음 만나게 된 일의 전말을 피차 화제로 올리지 않는다는 것도 우리의 묵계였다. 그러나 연엽산 폭포 밑에서 주검으로 발견된 여자가 선생님 애인이 되었다는 이야기는 그날 체험학습에 참가했던 과학반 아이들에 의해 공공연한 비밀이 되었다. 연엽산 폭포는 말이 폭포지 계곡 막바지에 있는 그리 높지 않은 벼랑바위 위로 넘쳐흐르는 작은 물줄기였다. 아이들은 폭포가 멀리 보이는 지점에서 플라나리아를 잡느라 여념이 없었다. 나는 아이들의 해맑은 웃음소리를 뒤로하고 폭포를 향해 걸음을 옮기고 있었다. 산기슭은 뭉실뭉실 만개한 산벚꽃으로 한껏 농염했다. 새들은 짝짓기를 하느라 자지러지는 소리를 내고 있었다. 불현듯 눈에 들어온, 폭포 밑 너럭바위 모서리에 널브러져 있는 그네 역시 하나의 봄 풍경이었다. 섬뜩하니 몸에 전율이 온 것은 그네 가까이 다가갔을 때였다. 그네는 게거품을 물고 있었다. 나는 솔직히 그네의 생사 확인과는 아랑곳없이 잘빠진 하체부터 일별했다. 찰나였지만 그건 분명 욕정이었다.

자, 지금 우린 편형동물 플라나리아가 얼마나 재생력이 강한 것인가를 확인하고 있는 거다. 너희들이 2주일 전 면도칼로 도막 낸 플라나리아는 모두 몇 마리였나? 다섯 마리요. 그런데 지금 몇 마리로 늘어났나? 열다섯 마리도 더 돼요. 그래, 플라나리아는 잘린 수만큼 지금 저렇게 완벽한 생명체로 재생됐다. 저렇게 많이 늘어난 식구들이 죽지 않고 잘 자라기 위해서는 무엇이 필요할까? 깨끗한 물이요. 선생님, 그런데요 순철이가요 어제 샘물만 주는 수조에다 수돗물을 넣어 줬대요. 좋아, 김순철, 너는 오늘부터 네가 수돗물을 넣어 준 플라나리아가 어떻게 되나 그걸 관찰하는 거다. 선생님, 뭐 하나 얘기해도 돼요? 뭔데? 저번에 우리가 실험하다가 없어진 플라나리아 있잖아요. 그런데? 저는요, 그게 어떻게 된 건지 알구 있어요. …?… 새가 먹었을 거 같아요. 새? 굴뚝새요. 그전에 여기 실험실에 들어왔던 거 말이에요. 아, 굴뚝새……

이른 봄날 아이들과 함께 그 새를 보았다. 내가 아이들에게 새 이름을 말해 주었다. 이 세상에 있지만 그 이름을 모르면 그것은 존재하지 않는 것과 같다. 실험실에 굴뚝새 한 마리가 날아들었다. 짧은 꼬리를 바싹 세운 모습으로 아이들이 뿌려 준 과자 부스러기를 쪼았다. 굴뚝새는 어디론가 사라졌다간 며칠 후 다시 나타나곤 했다. 실험실에서 바깥세상으로 통하는 출구를 찾아낸 것이 분명했다. 새머리로 그 통로를 잊지 않고 있다는 것이 놀라웠다. 집에 돌아와 그네에게 굴뚝새 얘기를 했다. 아니요. 출구를 찾지 못했을 거예요. 그냥 어느 구석에 숨어 살고 있었을 거예요. 언제나 그네의 말은 단정적이었다. 나는 그네를 눙치고 싶었다. 내 안에 갇힌 당신처럼 말이지. 아니요. 저는 어디에도 갇히지 않아요. 그네의 말은 맞았다. 어느 날 아이들이 실험실 싱크대 밑에서 죽은 굴뚝새를 찾아냈다.

교미철이면 몸에 윤기가 흐르는 굴뚝새처럼 그네도 몸에서 새소리가 날 때면 말소리가 빨라지고 몸동작도 쟀다. 말투마저 바뀌었다. 데기랄. 옷 벗은 거 틈 봤져? 이런 우라딜. 그리고 행선지를 알리지 않는 외출.

그네의 행선지가 알려진 것은 같은 도시에 살고 있는 이복동생의 입을 통해서였다. 시내 노래방에서 그네를 보았다고 했다. 이복동생이 본 것은 노래방 외진 구석방에서 혼자 노래를 부르고 있는 그네였다. 며칠 전 노래방에 갔어? 잔뜩 뜸 들인 질문에 비해 대답은 시원했다. 갔어요. 저 테이프, 모두 거기서 녹음

한 거야? 그래요. 들어 봤어요? 아니. 듣지 않는 게 좋을 거예요. 나 노래 잘 못 부르는 거 알잖아요. 자기 노래를 듣는 기분은 어때? 이상하게 내가 노랠 부르면 다 100점이 나와요. 감정을 넣지 않고 불러야 100점이 나온다고 하던데. 내가 원래 그렇잖아요. 100점이 문제 아니야. 이 도시는 바닥이 좁아. 노래방에 가는 게 뭐가 나빠요? 나하고 같이 갈 수도 있잖아. 아니요. 혼자 가고 싶었어요. 청승맞잖아. 여자 혼자서…… 담엔 나도 좀 껴줘라. 아니요. 이제 노래방엔 안 갈 거예요.

유언비어는 확인하지 않는 것이 약이야. 그네가 여관을 드나든다는 소식을 물어 온 사 선생의 말이었다. 동화 작가이기도 한 사 선생은 내가 그네와 동거를 시작한 일에 대해 누구보다 우호적인 입장을 보인 사람이다. 자신이 점유한 비밀의 무게를 생색하지 않는 것만 해도 내겐 고마운 일이었다. 결혼도 싫다. 애도 안 낳을 거다— 그것이 외려 너한텐 잘된 일인지도 몰라야. 넌 가끔 독신주의 궤변도 늘어놨잖아. 하긴 지금도 독신을 고수하고 있긴 하지만. 어떻든 비슷한 생각을 가진 사람끼리 만난다는 건 보통 인연은 아니지. 문제는 그 인연을 얼마나 아름답게 오래 지속시킬 수 있는가 하는 거지. 나무꾼이 다시 하늘에 올라가지 못한 결정적인 원인은 지상의 홀어머니였다구. 그네가 가치 있다고 생각하면 다른 것을 버릴 수 있어야 한다는 얘기였다. 타인의 관심으로부터 되도록 초연할 것. 그리고 묵계를 깨기 위한 어떤 노력도 하지 말아야 한다는 주문을 사 선생이 그네의 여관

출입 소식과 함께 내놓았다. 그러나 나는 묵계를 깰 수도 있다
는 묵계를 만들고 있었다. 당신 요즘 여관에 간 적 있어? 그래요.
갔어요. 설마 혼자 간 건 아니겠지? 혼자 가면 안 돼요? 여관이
뭐 하는 덴지나 알아? 섹스를 합의한 사람들이 가는 데란 걸 얘
기하고 싶은 거죠? 어떻든 거긴 불결한 장소야. 아니요. 그 반대
로 생각하는 사람도 있어요. 정상적인 것은 아니지. 뭐가 정상인
데? 그네의 말이 빨라졌다. 애를 만드는 거, 뿌리를 찾는 거, 남
의 환심을 사는 거, 남의 약점을 찾아내는 거, 사랑한다고 말하
는 거, 외롭다고 징징거리는, 그런 걸 정상이라고 말하는 거야?
결국 확인하고 싶은 건 내가 여관에 혼자 갔다는 거, 어떤 놈하
고 가지 않았다는, 그걸 확인하고 싶은 거 아니야? 내 말 틀려?
　　나는 묵계를 깬 일을 후회했다. 그네는 남들이 자기한테 보이
는 관심이 지나치다 싶으면 날카로워졌다. 높게 복받친 감정을
겨우 추스르고 나면 물먹은 솜처럼 가라앉았다. 얼굴에 핏기가
가시고 입술이 하얗게 타들며 늘어졌다. 말수가 줄고 거의 먹지
도 않았다. 이상한 일이다. 우연의 일치겠지만 그럴 때면 뭔가 안
좋은 일이 주변에 일어나곤 했다. 치매로 기도원에 갇혀 사는 아
버지가 기물을 파손했다는 소식이 오거나 이복동생들이 뭔가
문제를 일으키곤 했다. 가족들은 장남인 나를 포기하고 있었다.
마흔이 넘도록 결혼을 하지 않은 채 정체불명의 여자와 동거하
는 일, 더구나 여자가 친인척 대소사에 얼굴 한번 내미는 일이
없다. 그네에 대한 반감은 내 친인척들이 결속을 다지는 데 한몫
을 했다.

어이, 플라 박! 요즘 인간 복제 얘기가 많이 나오네. 사 선생이 집으로 찾아왔다. 사실은 내가 그를 부른 것이다. 사 선생을 통해 집에서 들리는 새소리의 진원지를 밝혀 보고 싶었는지도 모른다.

네가 플라나리아 몸뚱이를 자르는 것두 결국은 생명 복제가 맞냐?

물론이지. 하지만 수정란을 반으로 갈라 그 자식인 다른 생명체를 만들어 내는 복제와는 달라. 플라나리아의 경우는 생명체A가 자신의 일부를 떼어 다른 생명체A로 분가시킬 뿐 모자 관계의 복제가 아니라는 거지.

복제 인간에 대해선 아직 부정적인 견해가 지배적이잖냐.

사 선생이 요즘 인간 복제 얘기를 동화로 구상하고 있다는 얘기를 들은 것 같다.

그래, 하느님의 창조 원리에 위배된다는 거지. 즉 생명은 암수가 어울려 새로운 생명을 만들어야 하는데 복제는 암수 섹스 없이 가능하니까. 물고기들은 체외수정으로 번식을 하잖아. 그것도 암수가 어울리는 섹스의 한 방법이지.

언젠가 인간 복제에 대한 그녀의 생각을 물어본 적이 있었다. 그냥 관망하는 쪽이에요. 반대한다고 인간 복제가 안 되진 않아요. 과학은 진화의 들러리잖아요. 갈 데까지 다 갈 거예요. 숙암이 연구하는 걸 어깨너머로 보면서 나도 하나 알았지요. 무성생식에서 유성생식으로의 진화 말이에요. 시간이 지나면서 먹이 전쟁이 벌어지고 또 새로운 환경과 그 환경이 파괴되면서 거기에 적응할 수 있는 번식 방법이 생긴 거 아니겠어요. 그게 유성 생식이겠지요. 어머니에게서 온 자식이 좀 더 다른 환경에 적응할 수 있는 번식 방법이지요. 문제는 어머니의 나쁜 유전자로 해서 그 자식마저 그 환경에 살아남기가 어렵다면 그건 도태돼야 마땅해요. 하하. 그래서 복제양 돌리가 나오게 됐다는 얘기구먼. 난 유전공학 쪽은 잘 모르지만 아마 그런 원리일 거 같아요.

플라 박. 이왕 내친걸음, 복제 인간도 한번 만들어 보라야. 우선 증발한 선녀를 복원하는 일부터 시작하는 거야.

그건 자네 같은 글쟁이들이 할 일이지.

그래. 선녀가 다시 돌아온 얘기로 써줄까?

돌아왔어.

무슨 얘기야, 아까 나한테 전화한 얘기가 바로 그거야?

사 선생이 새삼스러운 눈으로 집 안을 둘러본다.

그랬다. 증발한 그네가 다시 나타났다. 아침 잠자리에서 일어나면서 나는 그 소리를 들었다. 시찌시찌, 시찌 비이―. 그네의 입에서 나던 산솔새 소리가 분명했다. 거실과 베란다를 샅샅이 살펴도 새는 보이지 않았다. 그러나 새소리는 벌써 며칠 동안, 소음이 가라앉은 시간이면 일정한 사이를 두고 계속 들려왔다. 그네의 입에서 나던 그 소리보다 더 분명한 음조였다. 시찌 시찌, 비이―. 새소리의 진원지를 찾아 집 안을 뒤지다 침대 밑에서 그네의 것이 분명한 올이 굵고 윤기 나는 음모 하나를 발견했다. 그네는 잠자리에 들 때 몸에 아무것도 걸치지 않았다. 잠자리에서 화장실에 다녀올 때도 거침없이 알몸이었다. 그네의 음모 한

우상의 눈물

오라기를 들고 있는 동안 산솔새 소리는 더 이상 들리지 않았다.

선녀가 저 화초들을 다 가졌다는 게 사실이야?

ㅎㅎ. 그래.

베란다에서 화분 매만지는 일이 그네의 유일한 취미였다. 그네는 꽃나무나 원예 화초에서 떼어 낸 가지라든가 뿌리는 되도록 버리지 않고 화분 한구석에 묻었다. 일종의 삽목인데 이상하게도 그네가 흙 속에 묻은 것들은 거의 모두가 뿌리를 내렸다. 란타나와 무화과 가지가 뿌리를 내리고 인화텐스라 불리는 불란서 봉선화의 번식 또한 빨랐다.

그네가 증발한 뒤 집 안에서 생긴 가장 경이로운 사건은 흔적도 없이 죽었던 산야초가 다시 살아난 일이다. 3년 전 평화의 댐을 다녀오다가 국도 변의 어느 계곡에서 그네가 발견한 병아리난초였다. 작은 폭포가 내리치는 바위틈에서 그네가 그것을 손가락으로 호벼 팠다. 산삼이라도 보는 줄 알았어요. 어젯밤 꿈에 발가벗은 어린애가 날 산속으로 끌고 갔거든. 석부작으로 쓰던 돌구멍에 병아리난초를 심으면서 그네가 말했다. 그 병아리난초는 다음 해 여름 담자색꽃을 쪼르라니 피웠다. 그러나 그뿐이었다. 작년에 싹이 안 보여 파보니 방종상의, 굵은 뿌리가 완전히 삭아 버린 상태였다. 그 위에다 돌양지꽃을 떠다 심었지만 그것마저 말라 죽었다. 그런데 며칠 전, 그 자리에서 다시 병아리난초 새순을 본 것이다.

야, 정말 신기하다야. 새소리가 나는 거야 네 환청이라고 하더라도 저런 돌 틈에 어떻게 풀이 다시 살아날 수 있을까. 이걸 샤먼의 신끼라고 봐도 되는 건가 모르겠네.

무슨 소리야, 샤먼의 신끼라니?

무당 능력 말이야.

뭐 무당?

그래, 네가 더 잘 알 테지만 그 여잔 무당이었어. 입에서 새소리가 난다는 건, 죽은 어린애가 실렸기 때문이야. 그걸 태주라고 하잖아. 여자애가 실리면 명도. 북한에선 죽은 애 혼이 실린 걸 새타나리라고 해. 새鳥, 탄乘, 이人. 새소리가 실린 사람이라, 바로 그거야.

언제 무속학자가 됐냐?

내 얘기가 틀림이 없을 거다. 무당까지는 아니라 하더라도 그 여잔 내림굿을 하지 않으면 안 될 단계의 무병을 앓고 있었던 게 분명해.

소설 쓰구 있네.

이것도 내 느낌인데 어쩌면 그 여자…, 혹시 간질 증세는 없었냐?

너 정말, 여기 없는 사람 얘길 그렇게 막 하기냐?

생각해 봐. 결혼을 안 한다는 거하며, 더구나 애를 결단코 낳지 않겠다는 건 또 뭐야. 유전질의 거부 현상이라고 보는 게 정확할 거야. 그때 음독을 했던 것도 그런 맥락에서 생각해 볼 수도 있다 그거지. 내 말 틀려?

아무것도 안 들은 거로 하겠다.

그래야 하겠지. 천상에서 지상으로 곤두박질치는 게 얼마나 비참한데.

그 순간 온몸으로 뭔가 와락 끼쳐들면서 어질증이 왔다. 야, 너 왜 그래? 사 선생이 나를 부축하고 있었다. 다 정 떼라고 한 소리야. 넌 집착이 너무 심해. 네 기억의 잔상으로 그 여자가 살아 있는 한 너는 불행한 거야. 얼굴 밝은 무당 못 봤다. 남의 영혼까지 몸에 담고 산다는 게 어디 쉬운 일이겠냐.

나는 철 늦게 싹을 보인 병아리난초를 그늘 쪽으로 옮긴 뒤 분무기로 물을 뿌렸다. 야, 그 풀도 죽여야 해. 사 선생이 혼자 주방에 앉았다가 술잔을 들고 베란다로 나왔다. 그 여자 혼을 네 몸속에서 몰아내라니까. 네가 그 여잘 죽인 것처럼 여자와 관계된 모든 걸 죽여 버려.

뭐, 내가 누굴 죽였다고?

넌 그 여자가 떠날 것을 겁냈던 거야. 그 집착이 여잘 죽인 거야.

너 정말…….

…물론 기억하고 싶지 않을 거야. 어쩌면 넌 그 여잘 죽인 일을 벌써 캄캄 잊고 있는지도 모른다. 자신이 저지른 일을 기억하지 못하고 있는 사람이 얼마나 많다구.

몇 잔 마시지 않은 것 같은데 많이 취했다. 사 선생 역시 취한 걸음으로 돌아갔다. 돌아가면서도 사 선생은 고약한 말로 내 심사를 뒤틀었다. 난 말이야, 네가 오늘 그 여자 죽인 거 고백성사라도 하는 줄 알았지 뭐냐.

내가 그네를 죽였다? 죽였다 죽이고 또 죽인다 플라나리아를 가로세로로 절단하듯 예리한 칼로 여자의 몸을 자른다 두부와 체간과 사지를 절도 있게 가른다 시찌 시찌 비이— 내 몸속의 더러운 피 다 빼줘 맑고 깨끗한 피로 다시 채워 줘 내 뇌수 속의 유전인자 음흉하기 짝 없는 무끼를 빼줘 작두날 위에서 춤추는 내 에미 저 신끼를 죽여 줘 눈을 감아도 보이고 떠도 보이는 목매달아 죽은 저 원혼 죽여 줘 시찌 시찌 비이— 물에 빠져 죽은 귀신 똥통에 빠져 죽은 애 귀신 폐병으로 죽은 애비 귀신 미국놈한테 몸 주고 칼 문 에미 귀신 강간으로 밴 애 떼 내다 죽은 처녀 귀신 게거품 물고 죽은 간질 귀신 죽이고 죽여 풍덩 우물에 넣어 줘 태 버린 데도 몰라 풍덩 애비도 몰라 풍덩 에미도 몰라 풍덩 내가 너를 먹는다 플라나리아가 나를 먹는다 플라나리아 잘린 도막들이 살아난다 플라나리아가 떼 지어 수조를 기어 나온다 제라늄을 먹고 시클라멘을 먹고 병아리난초를 먹고 소철을 먹고 그네의 샌들을 먹고 구두를 먹고 머리카락을 먹고 내 양복을 먹고 내 뇌를 먹고 내 간을 파먹는다 네가 나를 죽였지 네가 나를 먹었지 수천수만 마리 플라나리아가 내 몸 위로 기어오른다.

숙취 중의 가위눌림 때문인가. 아침에 눈을 뜨자 가슴이 답답하고 머리가 무겁다. 사 선생 말처럼 내가 정말 그네를 죽인 것은 아닐까. 연엽산 계곡에는 왜 가기 싫었을까. 그네가 증발한 뒤 나는 정말 연엽산 계곡에 한 번도 안 갔단 말인가. 시찌시찌,

우상의 눈물

시찌 비이―. 또 그놈의 산솔새 소리다. 이제는 새소리의 진원지를 찾는 일도 버겁다. 새소리가 내 입에서 나지 않는다는 것을 지난밤 사 선생을 통해 확인한 것만 해도 다행이다. 허나 기분이 안 좋다. 샤워를 하고 나와도 매한가지다. 누군가 나를 보고 있다. 내가 나를 보고 있는 느낌. 아니다. 나 아닌 누군가 나를 바라보고 있다. 그네가 정말 집에 돌아온 것일까. 베란다로 나간다. 섬뜩하게 낯선, 뭔가의 기척. 분명 뭔가 살아 움직이는 것이 있다. 몸에 소름이 끼친다. 민달팽이다. 민달팽이 한 마리가 지난밤 그늘 쪽으로 옮겨 놓은 병아리난초 옆에 점액을 번질거리며 붙어 있다.

나는 왜 껍질 없는 민달팽이를 본 순간 그네를 생각했을까. 민달팽이는 주로 밤에 나와 식물의 새순을 갉아 먹는다. 머리에 뿔처럼 나와 있는 두 쌍의 더듬이 중 하나에는 눈이 붙어 있고 다른 한 쌍의 짧은 더듬이는 후각기관이다. 그 후각 더듬이 때문인가, 민달팽이는 냄새에 예민하다. 예민했다. 입에서 새소리가 날 때의 그네는 좀 심하다 싶게 예민했다. 아파트 같은 동 어느 집에서 간장 항아리를 열어 놓았는지, 어느 집에서 청국장을 띄우고 있는지도 알아냈다. 도둑이 두 층 아랫집의 현관문을 따는 소리를 감지해 신고했을 정도로 그네의 모든 감각은 예민했다. 어떤 때는 텔레비전 소리는 물론 냉장고 팬 돌아가는 소리나 선풍기 바람 소리에도 신경을 곤두세웠다. 폭풍우가 치는 날은 아예 이불을 뒤집어썼다. 초인종 소리에도 놀라고 아파트 관리소의 안내 방송에도 놀랐다. 나를 여섯 살 적부터 맡아 키운 계모가 말했다. 네가 산에서 줘왔다는 여자, 뭔가 귀기가 흘러야. 백년 묵은 여시가 둔갑을 했는지두 몰라야.

아주 드문 일이긴 하지만 그네가 농탕치는 자태를 보이는 날이 있었다. 그런 날은 잘 웃고 술도 술술 잘 먹었다. 취했다 하면 어린아이처럼 어리광도 부렸다. 옷도 먼저 벗었다. 유독 뜨거운 입술. 나는 눈을 감는다. 그네를 받아들인다. 하지만 내 입술에 와닿는 건 그네가 아니다. 20년 전 열세 살이었던, 한 여자아이의 입술이다. 여자아이가 나를 유혹한다. 선생님, 우리 공부하지 말고 그냥 놀아요. 집은 비어 있고 아이의 공부방 방바닥은 따뜻하다. 여자아이가 내 목에 매달린다. 내 입술을 먼저 빤 것도 여자아이다. 황홀하다. 여자아이가 내 손을 끌어다가 자기 젖가슴에 댄다. 내 다른 손 하나도 스커트 속으로 끌어간다. 여자아이가 움직임을 멈춘다. 숨소리도 죽인다. 방문이 열리고 여자아이의 엄마 얼굴이 보인다. 엄마, 나 과외선생님하고 입 맞췄다. 선생님이 애기 씨도 준댔어. 나는 소스라쳐 몸을 뺀다. 체외 사정, 습관이 나를 살리곤 했다.

섹스는 유전자를 섞는 일이지. 그네가 증발하기 전 내가 그네를 설득하던 말이다. 이제 날개옷 같은 것은 없다는 확신이었다. 난자와 정자와의 만남, 그리고 수정, 그것이 곧 새 생명의 탄생이지. 고로 섹스는 생명이다. 그네가 완강하게 버틴다. 그건 모두 쾌락 본능의 부산물에 불과해요. 하지만 중요한 건 그 본능이 인류사의 핵이라는 거지. 아니요 인류 역사는 인간의 의지예요. 아이를 낳지 않겠다는 의지? 아니요 나쁜 유전자를 종식시키는

우상의 눈물

일이에요. 생명의 탄생과 함께 죽음이 필연인 이유가 바로 그거
예요. 아직도 죽고 싶은 거야? 나는 참지 못하고 소리친다. 그네
가 입을 비틀며 웃는다. 아니요 다 같이 죽고 싶어요.

  선생님, 그때 없어진 플라나리아는 어떻게 되었어요? 그날 민
방위 훈련 경보와 함께 햇빛 속으로 사라진 플라나리아 도막들
은 아직도 아이들 머릿속에 있다. 열세 살 그 여자아이가 내 몸
속에 살아 있듯 그때의 플라나리아도 살아 있다. 영혼의 집, 기
억의 잔상 속에. 죽었다! 현상과 본질의 혼동은 곤란하다. 과학
에는 기적이 없다. 그날 플라나리아의 증발을 죽음이라고 말해
야 한다.
  환경이 곧 생명이다. 나는 언젠가 그네에게 생물의 진화에 대
해 얘기한 적이 있었다. 그래, 유성생식을 하는 2배체 세포 생물
은 생명이 유한한 것과는 달리 무성생식을 하는 1배체 세포 생
물은 결코 죽지 않지. 식물은 한계 수명이 없다. 그런 얘기야. 다
만 식물이 죽는 것은 수명이 다한 것이 아니라 환경 때문이지.
물이 부족하거나 갖가지 천재지변, 그리고 벌레 한 마리에 의해
서도 식물은 죽을 수 있어. 수십억 년 동안 모든 생명체가 무성
생식으로 번식해 올 수 있었던 것은 그만큼 좋은 환경을 가졌기
때문에 가능했던 거야. 무성생식으로 번식하는 세포들은 부모
와 자식은 물론 모두가 그 생김새가 같아. 좋은 놈과 나쁜 놈이
있을 수 없지. 그러나 환경이 달라지면서 그것에 적응하기 위한
새로운 번식 방법으로 두 개의 세포가 결합하여 부모와는 다른

자식을 생산해 내는 일. 드디어 환경의 변화가 유성생식의 시대를 연 거야. 종족 보존을 위한 세포들의 본능이 일어서기 시작한 거지. 유성생식은 환경에 적응할 수 있는 유리한 쪽으로 자식을 생산해 내는, 그야말로 획기적인 번식 방법이라구. 그네가 웃는다. 유성생식의 필요 때문에 개발된 섹스가 결국은 진화에 속도를 불어넣었다는 얘기 아니에요. 바로 그거야. 우리 관계도 진화해야 해. 진화는 전통의 일탈 혹은 역행의 의미도 있는 거예요. 아니지, 사이드에서 메인으로 들어가는 것이 진짜 진화야. 노 땡큐! 난 아니에요.

자, 다음은 너희들이 플라나리아를 관찰한 결과를 적어 놓은 거다. 관찰 사실이 아닌 것은 다음 중 어느 거냐? 일, 몸 색깔은 갈색이다. 이, 징그럽다. 삼, 몸을 성냥개비로 건드리면 움츠린다. 사, 눈이 두 개이고 머리는 세모 모양이다.

징그러운 것은 관념이다. 감각의 보편적 관념. 다른 수컷들처럼 나는 그네를 사랑했다. 수컷들이 좋아할 성적 매력의 외모와 투명한 이성의 조화. 한눈에 그네를 선택했다. 사랑의 양이 서로 같아야 된다는 것은 어디까지나 희망사항일 뿐, 한쪽이 주고 한쪽이 받는 것이 암수의 사랑 법칙이다. 수컷의 끊임없는 유혹의 투자를 통해 동거에까지 이르렀다. 당신이 거기 있지 않았다면 내가 이처럼 떨릴 이유가 없지. 사랑의 표현은 물리는 법이 없다. 숙명이지. 당신을 만나기 위해 이때까지 기다려 왔으니까. 지금까지의 내 핸디캡을 수컷 공작의 화려한 날개처럼 펼쳤다. 내가

우상의 눈물

일곱 살 때 아버지가 어머니를 버렸어. 아버지에 대한 어머니의 유일한 복수가 당신 스스로 목숨을 끊는 거였지. 어머니의 자살에 대한 대응으로 아버지는 다른 암컷 셋을 통해 자신의 유전자를 일곱 자식에게 나눠 줬지. 그리고 아버지는 그 모든 것을 잊은 채 지금 기도원에 갇혀 있다구. 자, 이 정도면 내가 아이를 갖지 않겠다는 당신의 뜻에 동의한 이유를 알 거야. 물론 그네가 알고 싶은 것은 진실이었을 것이다. 그 진실이 무엇이었을까. 열세 살 난자핵을 행해 달려간 내 정자 속의 디엔에이? 어쩌면 그네는 화려한 내 깃털 속에 감추고 있는 진드기를 보았을는지 모른다. 그래, 그네는 내 깃털 속의 진드기가 무서워 떠났을 수도 있다.

실험기구들을 정리하는데 사 선생이 들어왔다. 어이, 플라 박, 자네 다니는 대학에서 연락이 왔어. 내일 대학원생들 종강이 있다고 저녁 6시까지 학교로 나오라더라.

대학원 진학도 그네에게 과시할 수 있는 수컷의 날개무늬 만들기였는지도 모른다. 보호본능일까. 그네의 도움이 컸다. 복제 인간이 태어났을 경우 원래 원형이 되었던 사람과 복제 인간 간의 사고와 행동은 같을 것이다. 아니다. 같지 않을 것이다. 과학은 가치중립적 학문인가. 과학기술에 대한 낙관론과 비관론. 과학자에게 윤리적 판단이 요구되는 이유는? 생명공학에 대한 사회학적 접근 방법으로서의 이러한 가설 명제를 놓고 우리는 토론했다. 그네는 매우 적극적이었다. 어느 정도까지는 상대의 얘기를 충분히 들은 다음 자신의 주장을 비교적 우회적인 방법으로 내놓을 줄 아는 매너를 보였다. 그러나 시간이 지나면서 매우 확신에 찬 톤으로 상대를 압도했다. 외고집쟁이의 저돌적인 아집이 얼굴에 나타나는 것도 그때부터다. 나도 녹녹히 물러서지 않았다. 다행히 우리의 논쟁은 감정적 말싸움으로 번지지 않았다. 순간순간 그네가 보여주는 날카로운 직관과 판단의 명료함에 내가 매료당했기 때문이다. 생명 복제가 인류의 삶에 끼칠 여파. 암컷과 수컷으로의 분리와 관련된 이형배우자의 기원은 무엇인가? 자연과 인간사회에서 발견되는 흥미진진한 섹스 스토리를 안주로 해서 우리는 소주 세 병쯤을 비웠다. 간간이 우리는 상대의 눈길을 오래오래 붙잡았다. 참 예쁘다. 숙암도 그래요. 뭔가에 열중하는 모습이 좋아 보여요. 그럴 때 그네는 결코 타인이 아니었다. 당신 영혼이 지금 내 몸을 채우고 있어. 아니요. 그네가 찬물을 끼얹는다. 난 아니에요. 그네와의 토론은 생물의 영혼 유무로 이어졌다.

생명이 곧 영혼이다. 내가 모든 자연물에 영혼이 있다고 믿는 애니미즘적 물활론자라면 그네는 영혼은 육체 밖에서 와서 인간의 의지까지를 지배할 수 있다는 원시 종교적 영혼관을 주장했다. 두 쌍의 염색체를 가진 생물 중에서 인간만이 영혼을 가지고 있다는 주장은 기독교 창조 원리와도 일치했다. 그러나 그네의 인간 영혼설은 엉뚱한 의도를 품고 있었다. 인간은 자기 안에 들어 있는 영혼을 조종하는 의지가 있을 때 비로소 영혼 소유자로서의 자유를 획득한다는 것이다. 신에 대한 도전이었다. 육체

우상의 눈물

에서 자유로운 영혼이 아니라 육체의 소멸과 함께 죽는 그런 영혼의 소유자를 지향해야 한다는 주장이었다. 결국 인간 의지에 의한 죽음 예찬이라고 할 수 있었다.

1960년대 초 제임스 맥도널과 그의 동료는 플라나리아로 재미있는 실험을 했다. 학습시킨 플라나리아를 다른 플라나리아에게 먹여서 학습된 내용이 전달되는가를 알아본 것이다. 접시에 담긴 플라나리아에게 불빛을 비춘 후 전기 충격을 가하자 몸을 동그랗게 말아서 전기 충격의 고통을 줄이려고 노력했다. 이렇게 불빛을 비춘 후 전기 충격을 여러 번 반복하게 되면 플라나리아는 불빛만 비춰도 몸을 동그랗게 오그렸다. 파블로프의 조건반사 실험과 같은 것인데 이렇게 학습된 플라나리아를 갈아서 다른 플라나리아에게 먹였다. 학습된 플라나리아를 먹은 다른 플라나리아 역시 불빛만 비춰도 몸을 말았다. 학습된 내용이 전달된 것이다.

뇌를 먹으면 그 사람의 지식까지 가져올 수 있을까? 곤충 외계인이 촉수로 사람의 뇌를 빨아먹는 영화가 생각났다. 그네의 증발이 내 창조성을 충동질했다. 창조성이란 그림을 귀로 듣는 것, 바퀴벌레의 말을 알아듣는 것, 그것을 훔치기 위해 투명인간이 되는 것, 그네를 재생시키는 것, 그네의 영혼 속에 내 육체를 집어넣는 것.

…보고 싶었다. 그동안 집 안에서 찾아낸 그네의 분신들…, 머리카락과 음모와 손톱과 화장대 위에서 발견된 비듬 한 톨. 그

네의 육성이 녹음된 테이프의 한 조각을 면도칼로 조각조각 잘랐다. 또 있다. 시찌시찌, 시찌 비이一. 산솔새 소리를 함께 들은 그놈. 병아리난초 싹을 노리고 있는 민달팽이를 화분 밑에서 찾아 죽인 그 한 도막까지. 그네의 분신들을 육안으로 확인되지 않을 때까지 자르고 또 잘라 더 이상 가루일 수 없는 미세한 먼지로 만들었다.

검은 종이테이프로 가려진 수조 속에는 무성번식으로 재생된 플라나리아가 수십 마리 살고 있다. 그들은 나이가 모두 같다. 원래의 플라나리아에서 절반을 쪼개는 순간 원래의 플라나리아도 재생된 플라나리아와 같이 새로운 생명체로 탄생한다. 그들은 나이가 같을 수밖에 없다. 내가 너를 떼어 낸 것도 네가 나를 떼어 낸 것도 아니다. 엄마도 아니다. 자식도 아니다. '나'가 있을 뿐이다. 플라나리아 '나', 플라나리아 '나', 플라나리아 '나'……. 재생된 플라나리아 '나'들에게 며칠 동안 먹이를 주지 않았다. 먹지 못하면 죽는다. 굶주림에서 살아남은 강성의 플라나리아 '나'들이 좁쌀처럼 작게 잘라진 간 조각에 붙은 그네의 분신들을 아귀아귀 뜯어먹기 시작한다.

형평의 원칙일까. 그네의 증발로 내 사회성은 복원되었다. 그동안 소원했던 인간관계가 우호적으로 바뀌면서 평화가 찾아왔다. 그네의 증발은 나와 관계된 모든 사람들의 상처받은 마음을 어루만져 주었다. 한 살 아래인 이복동생은 바둑을 두자고 찾아왔고, 아버지의 세 번째 여자인 계모는 내 아파트로 밑반찬을

　　　　　　　　　　　　　　　우상의 눈물

날랐다. 그 여시 물리쳐 달라고 내가 통성기도 했어야. 대학원 진학으로 동료들의 눈치 보는 일이 부담스러웠다. 대학원에 휴학원을 제출하고 돌아온 날 교장은 공석인 교무 자리를 내게 선물했다. 사 선생은 속초에서 배로 떠나는 6박 7일의 중국 여행 동행을 제의해 왔다.

여름방학도 거의 끝나 가고 있었다. 그네를 떠나보내는 마지막 의식만이 남았다. 혼자 그곳에 가기가 뭔가 짐짐했다. 그네의 부재 증명을 위해서도 며칠 전 중국 여행에서 돌아온 사 선생이 필요했다. 사 선생은 중국 여행에 내가 동행하지 않은 것을 못내 아쉬워하면서 나를 따라나섰다.

연엽산 계곡 입구에 차를 세우고 걸어 올라가는 도중 사 선생이 말한다.

추억 더듬기도 일종의 바람이라더라. 살아 있음의 허영 같은 거.

죽을 것 같아.

사람을 죽였으니 당연히 벌을 받아야지.

그 사람이 지금도 거기 있을까.

다른 선녀를 물색해라. 애도 딸린 과부 선녀.

지난해 있었던 집중 폭우 탓인가, 계곡은 그전 모습이 아니었다. 나는 너럭바위를 찾는다. 너럭바위는 폭우를 스쳐 보내고 기린초 한 무더기를 키우고 있다. 낙차가 크지 않은 작은 폭포 물줄기에 무지개라도 설 듯 여름 햇빛이 영롱하다. 폭포 옆 벼랑바위 틈에 바위떡풀이 꽃을 달았다.

학교 실험실 수조에서 건져 온 플라나리아들을 계곡물 속에 집어넣는다. 그네와의 결별 의식은 여름 햇빛만큼이나 깨끗하게 끝난다. 사 선생은 너럭바위에 걸터앉아 물에 발을 담근다.

김밥은 역시 왕할머니집이 최고야. 사 선생이 김밥을 풀어 헤친다.

한여름 산속에는 새소리도 없다. 나는 벼랑바위 틈에 핀, 날개를 늘어뜨린 모기 모양의 바위떡풀꽃을 망연히 쳐다본다.

이후, 나는 그네를 만나게 된다!

그네를 보았다. 병가 중인 교감 대신 시교육청 회의에 다녀오던 길이었다. 나는 팔호광장 로터리에서 신호 대기 중이었다. 내 차 앞으로 그네가 지나가고 있었다. 불과 3미터 정도의 거리여서 잘못 볼 리가 없었다. 생각하고 어쩌고 할 겨를이 아니었다. 나는 로터리 코너에 차를 대고 그네가 간 방향으로 뛰었다. 뒷모습 역시 그네가 분명했다. 담황색 끈으로 묶어 틀어 올린 머리까지 그대로였다. 이봐요! 나는 그네 뒤에 바싹 따라서며 소리쳤다. 그네가 돌아보았다. 틀림없이 그네였다. 나는 그네의 걸음에 보조를 맞추며 웃었다. 가슴이 터질 것 같았다. 다소 당혹한 얼굴로 그네가 걸음걸이를 늦췄다. 대체 이게 뭐지? 말이 입 밖으로 나오지는 않았다. 다소 겁에 질린 얼굴과 나를 쳐다보는 그네의 눈길에서 나는 모든 것을 알아차렸다. 그네가 나를 모른다는 것, 그네는 내 기억의 잔상에 남은 그네일 뿐 나와 함께 살았던 그네

우상의 눈물

가 아니라는 사실을.

분명 그네인 또 다른 그네를 만난 것은 티브이 저녁 9시 뉴스 시간이었다. 번화한 도시 한가운데까지 만산홍엽의 만추가 황금빛으로 출렁이고 있다는 뉴스 앵커의 멘트와 함께 거리 풍경이 흘렀다. 황금빛 낙엽을 밟으며 거리를 걷는 행인들 사이에 그네가 있었다. 눈에 익은 미색 바바리코트를 걸친 채 머리를 약간 숙인 자세로 그네가 걷고 있었다.

그네와 똑같이 생긴 또 다른 그네를 만났다. 서울, 1호선 전철 속에서였다. 시냇물에 살던 플라나리아는 어디로 갔는가. 플라나리아 서식 환경을 주제로 한 아이들의 공동 작품을 과학전람회에 제출하고 돌아오는 길이었다. 전철 객실 입구 쇠기둥에 몸을 기댄 자세로 그네는 무슨 생각엔가 골똘하고 있는 표정이었다. 짙은 눈썹이며 선이 또렷한 입술, 파마기 없는 생머리 묶음, 손잡이를 잡은 길쭉하고 투명한 손. 그네였다. 청량리에서 하차할 때까지 그네와 부딪친 눈길은 대여섯 번, 번번이 그네가 먼저 눈길을 돌렸다. 낯선 눈길에 대한 선병질적인 경계심을 애써 눙치고 있는 표정이 역력했다.

에필로그

플라나리아 '나'는 팔호광장 근처에서 한 남자가 뒤따라오는 것을 느낀다. 급히 달려오느라 헐떡이는 숨소리까지 들을 수 있다. 이봐요! 플라나리아 '나'는 남자를 돌아다본다. 작은 키에 배불뚝이, 오종종한 얼굴이다. 이쪽을 익히 알고 있다는 표정이긴 한데 그 눈길이 뭔가 의아하다. 남자에게서 절실한 게 보인다. 난 아니에요. 난 당신이 찾는 사람이 아니에요. 그렇게 말하기도 전에 남자의 눈에 절망이 비친다. 플라나리아 '나'는 2만 원을 주고 지금 들어갔던 여관 온돌방의 짧은 시간을 생각한다. 저 남자는 여자가 혼자 여관방에 발가벗고 누워 있는 그 절절한 자유를 모른다. 세상 속에 가장 가까이 노출돼 있으면서 세상에서 가장 완벽하게 격리된 그 공간의 자유를 저 남자는 모른다. 저 남자의 절망 속에는 어떤 사연이 들어 있는 것일까. 어쩌면 저 남자는 내가 여관 온돌방에서 두 시간 동안 안락하게 잠들어 있었을 그때에 꿈속을 헤집어 놓았던 그 사람인지도 모른다. 플라나리아 '나'는 남자가 아직도 그 자리에 선 채 이쪽을 바라보고 있다는 것을 느낀다.

또 하나의 플라나리아 '나'는 번화한 가로수 거리에 떨어진 황금빛 은행잎을 밟으면서 방금 전에 들어갔던 노래방을 생각한다. 다음엔 좋은 분과 같이 오세요. 플라나리아 '나'는 들어갈 때 나갈 때 훑어보는 노래방 주인 여자의 칙칙한 눈빛이 소름 끼친

우상의 눈물

다. 녹음한 건 가지고 가세요? 플라나리아 '나'는 대답 없이 노래 방을 나온다. 100점이 나오고 팡파르가 울릴 때의 기분을 네가 알기나 해. 오르가슴 같은 그 그리움을 네가 알기나 하냐구. 여자는 만추의 거리를 걸으면서 팡파르의 여운, 그 솟구치는 그리움을 죽음이라고 생각한다.

또 하나의 다른 플라나리아 '나'는 전철 객실의 쇠기둥에 몸을 기댄다. 배가 볼록 나온, 오종종한 얼굴의 키 작은 남자가 쳐다보고 있다는 걸 느낀다. 남자의 눈길이 온통 먹빛이다. 억지로 누르고 있는 숨소리와 심장 뛰는 소리가 한꺼번에 들린다. 플라나리아 '나'는 옆얼굴이 근질근질 해온다. 남자는 종각역에서 청량리까지 한 번도 눈길을 떼지 않는다. 꺼져! 플라나리아 '나'는 그 남자가 청량리역에서 내리는 것을 본다. 버엉신. 남자가 걷기를 멈추고 돌아본다. 야, 난 아니야. 네가 찾는 '나'가 아니란 말이야. 플라나리아 '나'는 방금 산부인과에서 다섯 번째로 긁어버린 핏덩이가 생각난다. 개새끼, 콘돔을 빼버리다니. 낳구 보자구? 좋아, 다음엔 낳아 가지고 시멘트 바닥에 패댁질쳐 죽일 거다. ㅎㅎ. 이 상태론 더 이상 임신이 힘들 거라고? 이런 오라질, 그 의사 새끼, 칼을 어떻게 댄 거야. 플라나리아 '나'는 하복부의 심한 통증으로 얼굴을 찡그린다.

2002년 《동서문학》 봄호

우상의 눈물

학교 강당 뒤편 으슥한 곳에 끌려가 머리에 털 나고 처음인 그런 무서운 린치를 당했다. 끽소리 한 번 못한 채 고스란히 당해야만 했다. 설사 소리를 내질렀다고 하더라도 누구 한 사람 쫓아와 그 공포로부터 나를 건져 올리지 못했을 것이다. 토요일 늦은 오후였고 도서실에서 강당까지 끌려가는 동안 나는 교정에 단 한 사람도 얼씬거리는 걸 보지 못했다. 더욱이 강당은 본관에서 운동장을 가로질러 많이 외떨어져 있었다. 재수파들은 모두 일곱 명이었다. 그들은 무언극을 하듯 말을 아꼈다. 그러나 민첩하고 분명하게 움직였다. 기표가 웃옷을 벗어 던진 다음 바른손에 거머쥐고 있던 사이다 병을 담벼락에 부딪쳐 깼다. 깨어져 나간 사이다 병의 날카로운 유리 조각이 기표의 걷어 올린 팔뚝에 사악사악 금을 그었다. 금 간 살갗에서 검붉은 피가 꽃망울처럼 터져 올랐다. 기표가 그 팔뚝을 내 눈앞에 들이댔다. 핥아! 기

우상의 눈물

표 아닌 다른 애가 말했다. 내가 고개를 옆으로 비키자 곁에 둘러선 서너 명의 구두 끝이 정강이에 조인트를 먹였다. 진득한 액체가 혀끝에 닿자 구역질이 났다. 오장이 뒤집히듯 역한 것이 치밀었다. 나는 비로소 온몸을 와들와들 떨기 시작했다. 나 자신도 헤아릴 길 없는 거센 공포로 해서 나는 그 자리에 무릎을 꿇고 앉아 두 손을 비벼 댔다. 재수파들이 나를 일으켜 세웠다. 내 바지에서 혁대가 풀려나간 다음 벗겨져 맨살이 드러난 허벅지에 칼끝이 박히는 것 같은 아픔이 왔다. 나는 그들에게 양쪽 겨드랑이를 잡힌 채 몸부림쳤다. 도저히 견딜 수 없는 고통이었다. 칼끝은 상당히 오랜 시간 허벅지에 박혀 있는 것 같았다. 나는 내 살 타는 냄새를 맡았다. 칼침이 아니라 그들은 담뱃불로 내 허벅지 다섯 군데나 지짐질을 했던 것이다. 소리 질러 봐, 죽여 버릴 거니. 한 놈이 귓가에 속삭였다. 나는 드디어 허물어져 내리듯 의식을 잃어 갔다. 그런 몽롱한 의식 속에서 기표가 씨부렁댄 한 마디 말소릴 놓치지 않았다.

　—메시껍게 놀지 마!

　어처구니없게도 그들이 내게 린치를 가한 이유란 단지 그것이었다. 2학년 재수파들이 나를 첫 표적으로 삼은 것은 내가 그들 눈에 메스껍게 보였기 때문이다.

　"유대야, 너 그대로 참을 거냐?"

　분식집에서 만난 형우가 슬쩍 내 심중을 떠보고 있었다. 내가 입 한 번 벙긋하지 않았는데도 그 소문은 파다했다. 소문이 쉬쉬 떠도는 며칠 동안 나는 심한 공포에 휩싸였다. 그 소문이 학교 선생들에게 알려져 문제가 생길 경우 십중팔구 나는 결딴이 나고 말 것이다. 기표는 그런 일을 충분히 해낼 수 있는 아이였다.

"그 새긴 악마다."

형우가 동정 어린 눈으로 나를 충동질했다. 그러나 나는 대답 없이 빙그레 웃어 보였을 뿐이다. 누구에게나 그렇게 해 보였다. 그것은 이미 엄청난 것을 겪어 냈다는 우월감 같은 것이었다. 나는 나를 충동질하는 형우의 눈에서 자기도 미지에 당해야 하는 두려움과 아울러 나에 대한 선망이 깔려 있음을 놓치지 않았다. 형우가 기표에게 당할 것은 너무나 뻔했다. 그것은 기표와 같은 배에 오른 우리들의 공동 운명이라고 할 수 있었다.

그날 반 편성이 끝나고 키 크기에 따른 각자의 번호와 교실 좌석까지 다 정해졌을 때 새 담임이 된 김 선생이 입을 열었다.

"이제부터 육십육 명이 운명을 함께하는 역사적 출항을 선언한다. 목적지에 이를 때까지 단 한 사람의 낙오자나 이탈자가 없기를 진심으로 기원한다. 아울러 이 시간 분명히 밝혀 둘 것은 우리들의 항해를 방해하는 자, 배의 순탄한 진로를 헛갈리게 하는 놈은 용서하지 않을 것이다. 우리가 나무를 전정할 때 역행 가지를 잘라 버려야 하듯 여러분의 항해에 역행하는 놈은 여러분 스스로가 엄단할 수 있어야 한다. 더 중요한 것은 일 년간의 일사불란한 항해를 위해서는 서로 사랑과 신뢰로써 반을 하나로 결속하는 슬기를 보이는 일이다."

새 담임선생은 과학 교사답지 않게 적절한 비유로써 자기가

　　　　　　　　　　　　　　　　　우상의 눈물

맡은 반 아이들에게 뭔가 불어넣으려 애쓰고 있었다. 그에게 중요한 것은 무사안일 속의 1년이었을 것이다.

"고삐는 여러분 손에 쥐어져 있다. 필요하다고 생각할 때 그 고삐를 당겨 여러분 스스로를 제어해 주기 바란다. 내가 가장 우려하는 바는 여러분 스스로가 내 손에 그 고삐를 쥐어 주는 일이다. 나는 자율이라는 낱말을 좋아한다."

담임선생은 자율이라는 낱말로 요술을 부려 우리들을 묶고 있었다. 어느 연극 잡지에서 완숙한 연출가는 배우 스스로가 연출하도록 유도하는 비결을 가지고 있다는 것을 읽은 적이 있었다. 대단한 담임을 만났다는 기대로 아이들은 가슴을 부풀이며 앉아 있었다. 열네 개 반에서 사오 명씩 떨어져 나와 새로이 편성된 새 반의 분위기는 사뭇 숙연했다. 나는 문득 이런 숙연한 분위기가 우습게 생각되었다. 단 며칠 못 가 형편없이 허물어질 아이들이 목에 잔뜩 힘을 주고 앉아 담임선생의 말을 경청하고 있는 게 우습게 보였던 것이다. 그들의 긴장을 풀어 주고 싶은 충동이 일었다.

"선생님, 우리가 탄 이 배의 선장은 누굽니까?"

내가 불쑥 일어나서 물었다. 선장은 도대체 누구란 말인가. 자율이라는 낱말로 우리를 묶으면서도 실상 우리들 머리 위에 군왕처럼 군림하고 싶은 담임의 저의를 찔러 주고 싶었던 것이다. 아이들이 내 느닷없는 물음에 부스럭부스럭 굳은 몸을 풀고 있었다.

"이 배의 선장이 누구냐. 그렇게 묻고 있는 사람의 번호와 이름은?"

담임이 얼굴 가득 미소를 잡으며 여유 있게 나를 훑었다. 반격을 당한 나는 얼굴을 붉히며 엉거주춤 다시 일어나야 했다.

"삼십오 번 이유댑니다."

"예수를 판 유댄가, 이스라엘 유댄가?"

아이들이 와하하 웃음을 터뜨렸다.

"오얏 리, 옥 유, 큰 댓 자, 이유대입니다."

"좋았어. 이유대 군이 오늘 이 시간부터 일주일간 2학년 13반의 임시 선장이다. 물론 일주일 뒤에는 새 선장을 뽑겠다. 다시한 번 강조해 두겠다. 이 배의 주인은 여러분 자신이다. 이유대선장, 내 말의 뜻을 알겠나?"

아이들이 와하하 웃으며 박수를 쳤다. 반장 하고 싶어 몸살난 애라구요. 그렇게 소리 지르는 놈도 있었다. 실로 난처한 입장이 돼 버렸다. 한낱 농으로 시작한 일이 담임의 임기응변에 의해 꼼짝없이 임시 반장 감투를 쓰게 되었다. 꽁무닐 빼고 어쩌고 할 기회를 주지 않은 채 담임은 첫 만남을 끝냈다. 이렇게 해서 된 임시 반장이 기표의 비위를 사납게 하는 결정적인 이유가 됐을 것이다.

"어떤가, 약 일주일간 반장을 하면서 느낀 우리 반에 대한 소감은?"

담임선생이 가정방문을 나왔다. 학교에서 만나는 선생과 집에서 만나는 선생의 이미지는 전연 다르게 마련이다. 학교에서보다 훨씬 부드럽게 대해 주는데도 공연히 거북스럽고 몸이 찌부러진다. 그래서 우리들이 경험한 바에 의하면 담임선생에게 가정방문을 당한 뒤로는 독 빠진 뱀처럼 맥을 쓸 수 없게 된다. 가정방문을 나온 담임선생은 대개 여러 가지 정보를 얻어 내려 부심한다.

"얘네 반 아이들이 좋은 담임선생님을 만났다고 좋아들 한답니다."

곁에서 엄마가 의례적인 아부의 말을 했고 담임은 내 얼굴에서 눈을 떼지 않은 채 못 들은 척했다. 사실 아이들은 좋은 선생이 어떤 사람인가를 알았다. 좋은 선생이란 조건 없이 아이들의 입장을 이해한 다음 그것을 가볍게 입 밖으로 내지 않는 사람이다.

"어때, 유대가 그대로 반장을 맡는 게?"

이번에는 담임이 엄마의 귀를 겨냥한 말을 했다.

"아닙니다. 전 그런 일이 적성에 맞지 않습니다."

내가 단호한 어조로 말했고 엄마가 거들었다.

"그래요 선생님, 앤 반장 하는 게 죽어두 싫다는군요."

뭔가 아쉬워하면서도 엄마는 내 뜻을 따라 주었다. 반장을 하면 성적이 떨어지게 마련이란 내 말을 잊지 않고 있었던 것이다. 남 앞에 나서는 일, 남들보다 한 발짝 높은 데 선다는 일이 얼마나 외롭고 번거로운 일인가를 나는 엄마의 극성에 의해 중학교 3년간 반장을 하면서 절실히 체득했던 것이다. 그것은 내게 무서운 구속이었다. 남을 다스리는 그런 자유보다 남에게 다스림 받는 데서 얻는 마음의 평화가 내게는 더 좋았다. 나는 고독하기를 바라지 않는다. 기표 같은 애들이 누리는 지배욕 그 안쪽에 몸을 뒤틀고 있는 고독의 그림자를 나는 어렴풋하게나마 본 것 같았다.

"맞습니다. 사실 유대는 반장을 하는 것보다 공부에 달라붙는 게 더 좋을 겝니다. 아깝지만 유대를 위해서 제가 양보할 수밖에요."

우리의 담임선생은 일을 요령 있고 재치 있게 풀고 마무리하는 명수였다. 아무튼 나는 굴레에서 벗어났고 담임선생의 논리대로라면 누군가 내 대신 희생이 되어야 한다.

"임형우, 걔가 반장으로 괜찮지 않을까?"

일주일 동안 그는 우리들을 상당히 깊게 파악한 것처럼 보였다. 그의 안목은 대단했다. 반장이 되고 싶은 아이를 알고 있던 것이다.

"형우라면 틀림없습니다."

내 말의 꼬리를 잡아 엄마가 껴들었다.

"형우라니? 어머, 형우하고 또 한 반이 됐니? 선생님, 얘하고 형우는 중학교 때부터 친구랍니다. 걔하고 늘 전교에서 일이 등을 다퉜는걸요. 그룹 과외도 같은 데서 죽 함께 해왔고… 우리 유대가 늘 앞선 편이긴 했지만… 그래요, 걘 반장 같은 건 잘할 거예요. 애가 통솔력이 보통이 아녜요."

중학교 3년 동안 아들에게서 위대한 통솔력이 나타나 주기를 고대했던 엄마의 푸념이 깃든 말대로 형우는 반장이 될 만한 여

우상의 눈물

건을 많이 갖추고 있었다. 무게가 있고 때로는 교만하지만 일단 자기가 마음먹은 것은 무슨 일이 있어도 해내는 결단력이 대단했다. 학교 당국의 지시에는 일단 긍정적인 생각을 가지고 임하다가도 어떤 결점이 보일 때는 무섭게 반격을 가하는 용기도 있었다. 한마디로 그는 아이들에게 인기가 많았다.

"어떤가, 우리 반에 크게 문제가 될 만한 애는 없겠지?"

첫 만남에서 담임이 말한 우리들의 항해에 방해가 될 만한 그런 역행 가지를 귀띔해 달라는 것일 게다. 나는 불현듯 담뱃불에 지짐질당해 아직도 진물이 줄줄 흐르는 내 허벅지를 내보이고 싶은 충동을 받았다. 어쩌면 담임도 내 입에서 기표에 대한 얘기가 나오길 기대하고 있는지 모른다. 1학년 때의 기표 담임이 기표가 유급생으로서 문제가 많다는 것을 이미 귀띔했을 것이 분명했다. 그러나 나는 입을 열 수가 없었다. 엄마 앞에서 반우를 매도하는 일 같은 건 할 수 없다고 생각한 것이다.

"최기표, 그놈 괜찮을까?"

담임선생이 조심스럽게 내 반응을 살폈다. 나는 내 허벅지의 상처를 내보인 것처럼 기분이 더러워 얼굴을 돌렸다.

"최기표라면 1학년 때 낙제해서 한 해 묵었다는 그 애 말이구나?"

엄마는 교육에 관심이 많았다. 학교에서 일어나는 모든 걸 알고 싶어 안달했다. 일주일에 두 번씩 담임선생한테 전화를 걸곤 했다. 그러나 엄마는 가장 가까운 데 있는 내 허벅지의 담뱃불 자국을 알지 못하고 있다. 최기표의 이름을 알고 있으면서도 최

기표가 어떤 아이인지를 진정 모르는 어른들에 대해서 내 상처를 내보이는 것은 무의미한 일이었다.

"맞습니다. 걘 유급한 것도 문제지만 보통 말썽꾸러기가 아니지요. 왜, 한눈에 이건 범죄형이다, 그렇게 보이는 얼굴이 있지 않습니까. 걔가 바로 그런 전형적인 범죄형이지요. 음침하고 포악스럽고……. 1학년 때 걔 담임을 한 선생이 그러더군요. 십년 감수를 했다구요. 그러면서 나를 동정한다는 얘기였어요. 그 정도면 알쪼가 아닙니까."

"그런 애가 어떻게 여태 퇴학을 안 당했나요. 교칙이 엄하기로 이름난 학교인데……."

엄마가 의아하다는 듯 얼굴에 그늘을 깔았다.

"바로 그겁니다. 이놈이 원래 교활하고 지능적이어서 도대체 제적을 당할 만한 큰일에는 직접 앞에 나타나지 않고 뒤로 쑥 빠진다 그겁니다. 엉뚱한 놈이 당하곤 하지요. 정학을 몇 번 당하긴 했지만 어떤 결정적 꼬투릴 잡을 수 없으니까 제적을 못 시키는 거지요."

기표가 무서워서, 그의 안하무인인 앙갚음이 두려워서 제적을 못 시켰다는 그런 얘기는 할 수 없을 것이다. 어떻든 나는 놀라지 않을 수 없었다. 며칠 사이에 기표에 대해서 이처럼 깊이 파악하고 있다니……. 과연 기표는 이름난 애라는 생각이 들었다. 더구나 기표 얘기를 입에 올리는 담임은 얼굴까지 벌겋게 상기돼 있었다.

나는 문득 이제부터 1년간 담임선생과 최기표 사이에 치열하

우상의 눈물

게 벌어질 싸움을 상상해 보았다. 이제까지의 결과로 미루어 보아 최기표에게 승산이 크다는 생각이 들면서도 우리의 담임선생 또한 그렇게 만만치 않으리란 예감이 들었다. 어쩌면 그 싸움에 임형우도 한몫 끼어들지 모른다. 그가 어떤 편에 서느냐 하는 문제도 퍽 흥미 있는 문제일 것이다. 아무튼 이처럼 멀찍이 떨어져서 그네들 싸움을 구경한다는 것은 진정 즐거운 일임에 틀림이 없었다.

"이놈들이 옛날과 달라서 선생을 우습게 알기 때문에……"

담임선생은 엄마와 함께 자신들의 교육론을 펴고 있었다.

그랬다. 슬픈 일이지만 우리들은 언제부터인가 선생들을 한낱 껄끄러운 존재로 여길 뿐 오히려 그룹 과외선생의 완벽함에 더 매료되곤 했다. 그것은 상대적이었다. 우리들이 선생들을 존경하지 않는 것처럼 그들도 우리를 사랑으로 가르치지 않았다. 그렇다고 그룹 과외선생처럼 철저하게 얼굴에 철판도 깔지 못하고, 어정쩡한 태도를 취했다. 문제는 지배에 대한 견해의 다름이었다. 그네들은 옛날 훈장이 누렸던 권위가 고스란히 쥐어 주길 바랬고 실상 그러한 권위만이 변화된 가치 속에서 그네들이 누릴 수 있는 유일한 보상이었다. 그러나 우리들은 그러한 인습적 권위에 대해서 콧방귀를 날릴 수 있을 만큼 그보다 더 완벽하고 조직적인 분명한 권위의 다스림 속에 몸을 맡기길 좋아하고 있었다. 그 한 가지 예로 우리 엄마는 촌지 봉투로 담임선생을 움직일 수 있다는 확신을 가지고 있었던 것이다.

"선생님, 그 기표라는 애네 집에 가보셨어요?"

무슨 얘기 끝인가 엄마가 물었다.

"아직 못 갔습니다. 1학년 때 담임들도 걔 부모를 못 만났다더군요. 놈이 중간에서 훼방을 놓은 거지요. 한양천 뚝방 동네에 살고 있는 건 틀림이 없는데 번지를 제대로 알아도 집 찾아내기가 어렵다더군요. 어떤 애 얘기론 기표 아버지가 중풍으로 드러누운 폐인이래요."

담임선생은 우리 집 방문을 끝내고 다른 집으로 가는 도중에 내게 말했다.

"유대, 네 도움이 필요하다."

"뭘 말입니까?"

"우리 반을 위해서 네 협조를 받고 싶다는 얘기다. 물론 나는 네가 반에서 일어나는 일들을 일일이 고자질하는 그런 사람이라곤 생각하지 않는다. 다만 내가 원하는 것은 반 전체를 위한 너의 조언이다. 어때, 협조해 줄 수 있겠지?"

나는 얼굴에 열기가 끼쳤다. 이것은 치욕이었다. 담임은 나를 자신의 첩자로 삼으려는 것이다. 1학년 때도 그랬다. 나는 담임선생이 원하는 대로 반에서 일어나는 일들을 하나도 빼놓지 않고 담임에게 알렸다. 그것은 즐거운 일이었다. 역사를 만든다고 생각하는 사람들이 바로 그런 즐거움을 느낄 것이다. 내 입에서 전해진 말이 요술을 부려 아이들이 일사불란하게 움직이고 있는 것을 시치미 떼고 바라볼 수 있다는 것은 얼마나 통쾌한 일인가. 아이들 자신을 위해서 내가 이바지했다고 하는 자부도 없지 않았다. '우리'를 위해서 내 힘이 쓰이고 있다는 기꺼움 때문

우상의 눈물

에 나는 그러한 고자질을 해낼 수 있었던 것이다. 그러나 나는 내가 어수룩하다고 생각했던 많은 아이들에게 따돌림받았다. 나는 한낱 '우리'의 힘을 해치는 담임의 첩자였을 뿐이다. 나를 이용해 먹은 담임이 그 사실을 새 담임에게 인계하는 배신을 했다는 것을 안다는 것은 울화통이 터질 일이었다.

"불쾌하게 생각하지 않기를 바란다. 다만 나는……."

내 표정이 꽤 굳어 보였던 모양이다. 담임선생은 내 눈치를 살피며 말했다.

"다만 나는 인간적인 면에서 네 도움이 받고 싶었을 뿐이다."

"선생님, 그런 일이라면 임형우가 잘해 줄 겁니다. 선생님이 염려하는 최기표도 형우가 잘 다스려 나갈 겁니다. 내일 당장 형우를 반장에 임명하세요."

"그럴까? 네 말대로 임형우가 최기표를 잘 다스려 준다면 고맙겠지만…, 내 생각엔 최기표를 부반장에 임명하면……."

"선생님, 기표 한 개인을 위해서입니까, 아니면 기표의 힘을 빼어 반 아이들을 보호하기 위해서입니까?"

담임은 무슨 소리냐는 듯 내 얼굴을 뻔히 치어다보다가 음모의 한 귀퉁이를 드러내 보인 무안함을 감추기라도 하듯,

"여러 사람에게 해가 되는 그런 힘은 아예 빼어 버리는 게 좋은 거다."

기표가 이 세상을 살아갈 수 있는 힘은 바로 그런 것에 있는지도 모르는데요…, 이렇게 말하려다 나는 그만두었다. 그 대신,

"선생님, 기표는 유급생인 데다 여러 번 정학을 당했잖아요.

우상의 눈물

그런 아이를 간부로 임명하면 아이들이 좋지 않게 생각할 겁니다."

기표가 학교의 지시 사항을 전달하기 위해 교단 위에 서서 아이들한테 애원하는 광경은 생각만 해도 불쾌했다. 누가 사자를 울 속에 넣어 길들이는 발상을 처음 했는가. 나는 내 허벅지의 상처를 결코 격하시키고 싶지 않았다.

춘계 교내 체육대회를 위해서 우리는 정해진 체육복 외에도 마스게임용 추리닝 한 벌을 사야 했다. 협동심과 조화 속의 미를 창조하는 데 그것은 없어서는 안 되는 것이었다. 툴툴거리는 아이도 몇 없지는 않았지만 결국 그들도 그것을 모두 준비했다. 그러나 우리 반에 있는 재수파 두 아이는 끝내 그것을 사 입지 않았다. 담임이 말했다.

"두 사람 때문에 반의 일사불란한 결속이 깨질 수 없다. 두 사람 모두 집이 어려운 걸로 알고 있다. 그래서 담임이 두 사람 것을 준비했다. 받아 주면 고맙겠다."

한 아이가 기표의 눈치를 살피며 머뭇거렸다. 그러나 기표는 무표정한 얼굴로 창 쪽을 바라보고 있었다. 담임선생이 그 추리닝을 기표와 또 한 아이의 책상 위에 놓은 다음 교실을 나갔다.

담임선생이 교실을 나가기가 무섭게 기표가 주머니에서 칼을 꺼내 그 추리닝을 찢기 시작했다. 너덜너덜 조각난 추리닝을 쓰레기통 쪽으로 던졌다. 다른 한 아이가 기표처럼 그렇게 추리닝을 찢었다. 기표가 반의 총무를 맡고 있는 정수라는 애한테 다가갔다.

우상의 눈물

"야, 네 추리닝 나 줄 수 없냐?"

정수가 고개를 끄덕거렸다. 정수 뒤의 애한테도 같은 말을 했다.

"쟤도 나처럼 돈이 없어 못 사 입었다. 네 거 좀 얻자. 줄래?"

정수 뒤에 앉은 애도 고개를 끄덕거렸다. 이렇게 해서 우리 반 육십육 명 모두는 마스게임용 추리닝을 입게 되었다.

우리가 볼 때 기표는 구제불능이었다. 그의 환경이 그를 그렇게 만들었다고 보기보다 선천적인 어떤 포악성을 가지고 있는 것처럼 보였다. 냉혈동물처럼 피가 찬지도 모르는 일이었다. 그는 뱀처럼 작고 징그러운 눈을 가지고 있었다. 그는 교활한 자들이 가끔 보이는 그런 거짓 착함마저도 나타나 보일 줄 몰랐다. 철저하게 악할 뿐이었다. 평생을 두고 사랑이라는 낱말로 미화될 수 있는 행동거지를 해 보일 인간과는 거리가 멀어 보였다. 물론 그는 자신의 그런 포악성 때문에 누구에게도 사랑받지 못한다는 것을 알고 있었는지도 모른다. 그의 표정은 항상 독기를 음울하게 깔고 있어 맞서는 사람으로 하여금 섬뜩함을 느끼게 했다.

그런데 이해하기 어려운 것은 중학교 때부터 기표를 알고 지내 온 아이들(대부분 3학년이거나 졸업했다.)은 기표가 그처럼 철저하게 나쁜 애임에도 불구하고 그에 대해서 좋지 않게 말하는 것을 들어 본 적이 없다는 것이다. 물론 좋은 애라고 말하는 일도 없었지만 아무도 기표를 욕하지 않았다. 피해를 직접 받은 애들마저도 기표에 대해 나쁘게 말하지 않았다.

말하길 꺼리는 거야. 악에 대한 공포 때문이지.

나는 이렇게 생각해 보았다. 그러나 나는 내 생각이 옳지 않음을 내 자신의 경험 속에서 너무나 잘 알고 있었다. 기표에 대한 공포는 그에게 린치를 당할 때뿐이었다. 내가 린치를 당한 사실을 아무에게도 털어놓지 않은 것은 앙갚음에 대한 두려움 때문이 아니었다. 나는 또한 그처럼 무자비한 린치를 당했으면서도 그를 미워할 수가 없었다. 무언가 헤아릴 수 없는 힘이 그에게 있는 것 같았다.

"형!"

동급생이면서도 우리들은 2학년에 재학하는 유급생 이십여 명을 매우 정중히 대했다. 그것은 재수파들을 이끌고 있는 기표에 대한 우리들의 당연한 예우였다.

"야, 체육복 좀 빌려 줘라."

유급생들을 잘 몰라보고 말을 함부로 놓는 이들이 더러 있었다. 그럴 때 그 아이는 영락없이 얻어터졌다. 일의 전후 사정을 따지지 않는 게 기표가 행하는 악의 특징이었다.

"명칭, 조직의 목적, 모임의 횟수를 모두 대라구!"

교실에서의 집단 구타 사건으로 그들이 걸려들었을 때 학생 주임은 전말서를 내밀며 소리쳤다. 기표들은 1학년 때부터 음성 서클로 지목되어 수차례 조사를 받아 왔다. 그러나 학생주임은 번번이 그들에게서 아무것도 알아내지 못했다. 그들에 대해 알고 있는 게 너무 형편없었기 때문이다.

재수파는 우리들이 편의상 붙인 이름이었을 뿐이다. 조직어

우상의 눈물

아니기 때문에 어떤 목적이나 정기적인 모임 같은 게 없었다. 동물 영화를 보면 밀림을 달리는 맹수 떼들은 한 리더를 중심해서 같은 방향으로 달려간다. 그들도 그랬다. 그냥 기표를 중심해서 그들은 모였고 계획된 것이 아니라 지극히 우발적인 폭력이 그들에 의해서 저질러졌을 뿐이다.

기표는 교실에서 담배를 피웠다. 그의 담배 은닉처는 고흐의 자화상이 있는 액자 뒤쪽이었다. 쉬는 시간이면 그는 액자 뒤쪽을 더듬어 담배를 꺼냈다. 미션 계통의 학교라 일주일에 몇 번씩 있는 채플 시간을 통해 교목이 인간 양심의 타락을 개탄했다. 바로 그러한 시간에 기표는 주번을 대신해서 교실에 남아 담배를 피거나 아이들 도시락을 먹어 버리는 일을 했다. 그는 적어도 하루 두 개의 도시락을 축냈다. 아무도 그것을 항의하지 않았지만 기표 또한 미안해하는 표정이나 사과의 말을 남기는 법이 없었다.

기표들에게 린치를 당하고 학교 골목을 절뚝거리며 나오던 그 고통스럽고 긴 시간 내가 생각한 것은 기표야말로 우리들이 흔히 말하는 악마의 자식이 아닐까 하는 생각이었다.

내가 이런 생각을 얘기해 통할 만한 집안의 어떤 형에게 말했더니 그가 대답했다.

"맞다. 신이 매우 거북하게 생각하는 악마란 바로 네가 말한 놈처럼 착함을 가질 수 있는 가능성이 전혀 없는 그런 순수한 악마지. 그러한 순수한 악마만이 신을 돋보이게 하기 때문에 신은 마음속으로 괴로운 거야. 그렇기 때문에 신은 결코 악마를 영원히 추방하지 않아. 항상 곁에 두고 자신을 돋보이게 하는 일에 그것을 이용할 뿐이야."

5월 중간고사가 끝나는 날 오후, 반장인 임형우가 드디어 재수파한테 당했다. 아무도 상상하지 못한 일이었다. 그처럼 근본이 포악한 기표마저도 형우의 얘기라면 귀를 기울이곤 했었다. 그처럼 형우는 모든 아이들의 인심을 살 줄 알았다. 형우의 성실성이, 남을 위해 자기를 던질 줄 아는 의협심이, 그의 천성적으로 착하게 보이는 외모가 아이들을 사로잡았다. 형우에 대한 다른 반 선생들의 호감은 보통이 아니었다. 형우는 특히 기표에게 잘해 주었다. 아우가 형을 대하듯 스스럼없이 사랑해 주었다. 그렇다고 유독 그의 환심을 사려고 노력하는 것 같지도 않았다. 물론 다른 아이들이 기표에 대해 갖는 그런 공포 같은 것도 없어 보였다.

그런데 5월 고사에 이르러 형우가 결정적 실수를 했다. 시험을 며칠 앞둔 어느 날 형우가 반에서 성적이 괜찮은 몇몇 아이를 모았다.

"두 사람을 조금씩 도와주자."

그가 제의했다.

"이번 시험을 잘 못 보면 또 낙제할 가능성이 있다고 담임선생님이 말했다."

"나쁜 낙제 제도 때문에 그들이 구제불능의 상태에 놓이도록 방관하는 것은 옳지 못한 것 같다. 물론 공부를 잘 못하는 것은 그들의 책임이다. 그러나 책임으로 그들을 추궁하기에는 그들이 너무 한심한 상태라는 사실이다."

"결국 동정하자는 거군."

어떤 아이가 말했다.

"인간을 구제한다는 것은 값싼 동정과는 근본적으로 다르다."

"다투고 싶지 않다. 결국 우리가 어떻게 돕자는 거냐?"

먼저 아이가 물었다.

"조금씩만 돕자."

"결국 부정행위를 하란 말이냐?"

"그렇다. 커닝이 교칙에 위반된다고 해서 하기 싫으면 안 해도 좋다. 나는 다만 너희에게 부탁했을 뿐이다."

"걸렸을 때는?"

"모든 책임은 내가 진다. 내가 시켜서 했다고 해라."

우리는 형우의 단호한 어조에 감명을 받았다.

"걔들이 우리들의 도움을 거부하면?"

어떤 애가 그런 우려를 내놓았다. 충분히 있을 수 있는 일이었다.

"거부하지 않을 것이다. 사월 고사에서 내가 약간 시도해 보았기 때문에 자신할 수 있다."

나는 형우의 눈꼬리에 매달린 교활해 뵈는 웃음을 보았다. 나는 참지 못하고 말했다.

"누구를 위해서 그렇게 하자는 거냐? 기표냐, 아니면 우리들 자신이냐?"

"유대, 네 말은 대답할 가치가 없다고 생각한다."

"대답해라. 대답 못할 것도 없을 텐데?"

내가 빈정거리는 투로 다그쳤다.

"그렇게 해주는 것이 옳다고 판단했기 때문이다. 왜 옳은가는 네 자신이 생각해도 된다."

"네 의협심을 존중한다."

내가 간단히 손을 들어 버리자 형우가 당연하다는 듯이 씨익 웃었다.

"이왕 얘기가 났으니 말이지만 이 일은 우리 모두를 위해서 하는 것이라고 생각해도 좋다. 최소한 반장인 내가 기표의 환심을 사려는 개인적인 일이 아니라는 것만 알아줘라. 마지막으로 부탁할 것은 이 일이 내 제안에 의해 이루어졌다는 걸 기표가 모르도록 해달라는 것이다."

우리들은 형우의 말을 믿었다. 자기가 모든 것을 책임지겠다고 하는 얘기도 그의 진심으로 받아들였다. 4월 중순께 기표가 3학년 형을 구타한 일로 벌을 받게 됐을 때 학급 전원이 서명해서 기표를 구하기 위해 일사불란하게 움직였던 것처럼 우리는 형우의 지시에 따라 세심한 계획을 짜고 시험 날짜를 기다렸다. 무슨 과목은 누가 어떤 방법으로 도와준다는 등 그들이 또다시 유급하지 않을 정도의 점수를 올리기 위해 우리들은 빈틈없이 준비했다. 남을 위해서 일한다는 것이 마음에 이다지 큰 기꺼움을 준다는 것도 비로소 알게 되었다.

3일간 계속되는 중간고사 첫날이었다. 기표와 대각으로 앉게 된 정수가 자리의 이점을 이용해서 답안지를 바른쪽 허리께로 내리밀어 기표가 보기 좋게 해주었다. 첫 시간에 기표가 정수의 그러한 호의를 어떻게 받아들였는지는 알 수 없었다. 다만 그는 퇴장할 수 있는 30분이 되자 제일 먼저 답안지를 놓고 나갔을 뿐이다. 시간이 끝나고 답안지를 거둔 아이의 말에 의하면 기표의 답안지는 거의 백지에 가까웠다는 것만 알았을 뿐이다. 둘째 시간은 영어였다. 총무를 맡은 애가 시간 중간쯤에 문제 번호와 답을 쓴 커닝페이퍼를 몇 사람 손을 거쳐 기표에게 전달했다.

그것이 문제였다. 기표가 벌떡 일어나 시험 감독 선생 앞으로 걸어 나갔다.

"어떤 새끼가 이걸 나한테 전해 왔습니다."

그는 시험 감독으로 들어온 선생한테 쪽지 한 장을 내밀었다. 그리고 제자리에 돌아와 앉으며 사방을 적의 깊게 둘러보았다. 기표의 입가에 간특한 미소가 고물고물 기어 다녔다.

감독으로 들어온 선생은 마음 너그럽기로 이름난 영어 선생이었다. 그는 기표가 내놓은 종이쪽지를 한참 들여다 본 후에 말했다.

"누가 이 메모지를 지금 저 학생한테 전달했나?"

문제 풀기에 여념이 없던 아이들이 한 번씩 고개를 들었다간 다시 문제로 돌아갔다.

"누군가?"

그래도 대답이 없었다.

"어떤 개새끼야?"

이번에는 기표가 자리에 앉은 채 으르렁거렸다.

"선생님, 제가 그랬습니다."

반장인 임형우가 벌떡 일어섰다. 감독 선생이 어이없다는 듯 허허 웃었다.

"아닙니다. 그건 제가 썼습니다."

불쑥 딴 자리에서 또 한 애가 일어섰다. 총무를 맡아 보는 애였다.

"아닙니다. 제가 그랬습니다."

다른 아이 하나가 또 일어섰다. 함께 모의를 했던 아이 중의 하나였다.

"접니다."

또 다른 놈이 일어섰다. 접니다. 접니다. 사방에서 이이들이 우르르 일어섰다.

허, 허허, 허허허······. 감독 선생은 이 어처구니없는 사태에 어리둥절한 모양이었다. 기표의 얼굴이 노랗게 질렸다.

"자, 모두 앉아요."

감독 선생이 뭔가 사태를 파악한 듯 이삼십 명의 아이들을 자리에 앉도록 지시했다. 아이들이 다 자리에 앉은 다음, 그 나이 많은 감독 선생이 말했다.

"오늘 이 일은 전연 없었던 것으로 해두기로 한다. 아주 훌륭한 사람들이 모인 반이라는 생각이 든다. 종이쪽지를 가지고 여기 나왔던 사람의 곧은 정신이나 우정이 무엇인가를 여실히 보여 준 여러분 모두의 결의는 대단히 훌륭했다."

일은 이런 방향으로 매듭지어졌다. 그 시간이 끝나자 아이들

우상의 눈물

은 숨을 죽이고 기표를 살폈지만 그는 자리에 보이지 않았다. 끝시간인 셋째 시간도 별일 없이 끝났다. 종례가 끝나고 청소 시간까지 아무런 일이 없었다.

"유대야, 담임이 아까 오라고 한 사람들 빨리 교무실로 오래."

한 애가 내게 말을 전해 왔다. 종례가 끝나고 교무실로 돌아가던 담임이 복도에서 나를 불러내어 청소가 다 끝난 뒤 나와 반장 그리고 정수를 교무실로 오라고 했던 것이다.

함께 교무실로 가려고 찾으니 반장도 정수도 보이지 않았다. 나는 운동장으로 내려서는 계단 휴게실까지 가보았다. 거기도 그들은 없었다. 교무실에 먼저 가 있겠거니 하고 계단을 올라서는데 정수가 학교 후문 있는 데서 뛰어오면서 손짓하고 있는 게 보였다.

"반장은 어디 갔나?"

담임선생은 그날 끝낸 화학 시험지의 답안지를 정리하면서 건성으로 물었다.

"아무리 찾아도 보이지 않아 저희들만 왔습니다."

나는 정수의 얼굴을 쳐다보지 않은 채 대답했다. 곁에 선 정수의 숨소리는 아직도 고르지 않았다.

"응, 됐어, 너희들 둘이 해도 되겠지."

짐작했던 대로였다. 우리는 담임선생님의 채점 기계로 호출된 것이다. 답안지를 든 담임선생님을 따라 우리는 화학실로 올라갔다.

"나 화학실에 있다고 사환 애한테 알려 둬라. 밖에서 전화 올

게 있어서 그런다."

복도에서 담임이 말했다. 내가 아래층 교무실로 뛰어 내려갔다. 우리들 사이에 '넙쩍이'라고 불리는 여자 사환애가 만화책을 보고 있었다.

"우리 담임선생님 화학실에 계셔. 무슨 일 있으면 그리 연락하라고!"

넙쩍이가 고개를 들지 않은 채, 알았어, 했다.

우리는 담임선생과 함께 아이들의 답안지에 ○×해 나갔다. 맞은 것 틀린 것, 좋은 답 나쁜 답, 착한 놈 나쁜 놈…… 우리들이 동그라미 하나 더 치면 그 아이는 5점이 올라갈 수 있었다.

"야, 느덜 오늘은 속도가 느리구나."

담임의 말이 사실이었다. 우리는 다른 때와 달리 몇 장 넘기지 못하고 있었다. 정수나 나나 매한가지였다. 정수는 눈에 띄게 허둥거리고 있었다. 나 역시 답안지의 내용이 자꾸 헛갈렸다. 적어도 일곱 명쯤의 재수파들 속에 형우가 무릎을 꿇고 와들와들 떨고 있을 것이다. 명치를 찌르는 주먹, 정강이뼈를 겨냥한 구둣발 세례, 피가 꽃망울처럼 솟아오르는 기표의 팔뚝, 허벅지를 태우는 살 냄새…… 하나, 두우울, 세에엣, 네에엣, 다아…… 아악, 소리 질러 봐, 죽여 버릴 거니! 석공이 돌을 다듬듯 완벽한 솜씨로 그들은 형우의 육체와 영혼을 주장질시키는 일에 탐닉하고 있을 것이다. 형우는 지금 어떤 표정으로 무슨 생각을 하고 있을까. 정수가 담임에게 일러바쳐 지금쯤 자기를 구원해 주러 오는 사람들을 기다리고 있을 것인가, 아니면 죽기를 각오하고 그들에게 도도한 자세를 보일 것인가. 나는 짐짓 정수의 눈을 찾았다. 나를 바라보는, 정수의 눈이 애원하듯 타고 있었다. 그렇게 무서우면 네가 말해! 그런 뜻의 눈짓을 내가 보냈지만 목덜미를 더욱 벌겋게 달구며 고개를 꺾었다.

"너희들이 잘해 주어서 올해는 퍽 수월하게 넘어갈 것 같구나."

담임선생은 채점하는 일을 멈춘 뒤 담배를 피워 물었다.

"반장이 생각했던 것보다 잘해 주는 것 같단 말이야. 느이들이 아다시피 우리 반이 2학년 전체에서 제일이거든. 지난 춘계 체육대회 때 종합 우승이며 이번 이사 분기 납부금 실적도 단연 으뜸이고……"

나는 실소하며 정수의 눈을 찾았다. 그러나 정수는 고개를 들지 않았다. 아직 채점지 한 권에서 반도 넘기지 못한 채였다. 나는 다시 한 번 속으로 웃고 있었다. 담임선생이 지금 형우가 처한 상황을 안다면 어떤 표정으로 바뀔 것인가.

"참 알 수 없는 일은 최기표가 들던 것과는 달리 양처럼 순하다 그거야. 몇 번 말썽이 있긴 했지만 그까짓 거야 별거 아니지. 어떻든 그놈도 본성은 착한 놈인데 가정 형편이 꽤 안 좋은가 보더라."

담임선생은 자기가 부리는 채점 기계의 묵묵한 작업에 눈을 보낸 채 자못 흐뭇한 표정이었다.

"다 담임선생님께서 잘 지도해 주신 덕분이죠 뭐."

내가 시치미를 떼면서 말하자,

"아닌 게 아니라 나로서도 그동안 너희들이 이해 못할 애로사항이 많았다. 인간을 교육한다는 것이 새삼 어렵다는 걸 깨닫게 됐고, 또한 그런 어려움 속에서 교육하는 보람도 얻을 수 있었던 거지."

정수가 비로소 고개를 들어 나를 쳐다보았다. 그의 이마에 번지르르 땀이 배어나고 있었다. 그의 눈알이 불안하게 움직였다. 그는 몹시 괴로워하고 있음이 분명했다. 형우가 재수파들한테 끌려 학교 뒷산 으슥한 곳으로 끌려갔다는 사실을 내게 전한 것만으로도 그는 마음이 가벼워질 줄 알았을 것이다. 그러나 그는 지금 그 사실을 나한테 얘기한 것을 몹시 후회하고 있는지도 모른다. 나라면 담임선생한테 그 사실을 쉽게 알릴 수 있으리라고 생각한 자신의 판단이 빗나간 데 대한 당혹감으로 그는 떨고 있는 것이다.

— 임마, 느덜이 생각한 것처럼 난 담임선생님의 첩자가 아냐.

나는 다시 정수의 눈에 맞춰 눈싸움을 벌였다. 정수는 금방 울음을 터뜨릴 것 같은 표정이었다. 자칫하다가는 이 녀석이 발광을 할는지도 모른다는 생각이 들었다.

1학년 때 나는 해중이란 아이가 기표 때문에 학교를 그만둔 일을 알고 있었다. 그 애 역시 재수파였다. 다섯 놈이 캠핑을 나가 여학생 하나를 결딴냈다. 피해자 측에서 사생결단하고 덤벼 일이 크게 번졌다. 당한 애가 인상을 말했기 때문에 범위는 대번 좁혀져 재수파들이 학생부실에 불려 갔다. 그러나 그들은 한사코 잡아뗐다. 하루 내내 족쳐도 헛일이었다. 여학생과 대면을 시키겠다고 해도 되레 만나게 해달라고 날뛰었다. 그때 그들 재수파 중의 한 아이 어머니가 학교에 나타난 것이다. 그네는 학생부실에 들어가기가 무섭게 기표를 손가락질했다. 저놈, 저놈이 우리 해중일 맨날 불러냈어요! 우리 해중일 망치는 놈이 바로 저놈이라우! 모두 기표를 바라보았다. 기표는 눈썹 하나 까닥하지 않은 채 해중이를 돌아다보았다. 이 새끼야 내가 느네 엄마 말대로 널 맨날 불러냈냐? 소름이 끼치도록 낮고 매서운 추궁이었다. 말해라, 이 녀석아, 왜 사실대로 말 못하는 게야? 해중이 엄마가 펴댔다. 말해! 기표가 씹어 뱉듯 말했다. 해중이가 느닷없이 몸을 와들와들 떨기 시작했다. 그리고 미친 사람처럼 부르짖기 시작했다. 엄마, 기표는 우리 집에 한 번도 안 왔어. 우리 집도 모른단 말이야. 선생님, 접때 그 일은 제가 했어요. 딴 학교 애들하고 그랬단 말예요. 그는 말을 마치기가 무섭게 학생부실 시멘트벽에 머리를 두어 번 부딪쳤다. 해중이가 병원으로 들려 간 뒤 학생부 선생이 함께 조사를 받던 놈들한테 물었다. 해중이 말이 사실이냐? 기표가 고개를 끄덕거린 다음, 그 쌍새끼 하고 중얼거렸다. 다른 애들도 모두 기표처럼 고개를 끄덕거렸다. 해중이가 스스로 학교를 물러난 것으로 일은 끝나 버렸다.

"아직 멀었냐?"

담배를 피운 다음 책상에 앉아 잠시 졸고 난 담임선생이 다시 물었다.

"느 정말 오늘 왜 이렇게 늦냐?"

우리들은 대답할 수가 없었다.

"어때, 90점 이상 많이 나오냐?"

"하나도 없는데요."

"참 느덜 공부 안 해 큰일 났다."

그때 화학실 문이 열렸다. 넙쩍이 아가씨가 거기 서 있었다.

"왜, 나한테 전화 왔냐, 여자지?"

그러나 넙쩍이 아가씨가 헐떡이는 목소리로 말했다.

"전화가 아녜요. 선생님 빨리 내려가 보세요. 큰일 났어요."

담임선생이 허둥지둥 달려 나갔다. 정수의 얼굴이 하얗게 질리고 있었다.

"유대야, 말하는 건데 그랬다."

"난 네가 말할 줄 알았지."

"아까 네가 말하지 말랬잖아? 난 네가……."

정수는 금방 울음을 터뜨리기라도 할 듯 얼굴을 일그러뜨렸다.

"기표가 안 좋아할걸, 고자질하는 거 말이야."

"그렇지만 형우가……."

"아마 형우도 원하지 않았을 거다."

"왜, 왜 그렇게 생각하니?"

"응, 형우는 자신이 스스로 그렇게 당하길 원했거든."

정수가 무슨 얘기냐는 듯 나를 보았지만 나는 짐짓 딴전을 부렸다.

"죽진 않았을 거다."

우리들이 답안지를 정리해 들고 교무실을 내려왔을 때 교무

우상의 눈물

실은 넙쩍이 아가씨 혼자 있었다.

"김 선생님이 빨리 한강병원으로 오라고 하던데요."

"무슨 일이래요?"

"어떤 아줌마가 아까 막 달려와서 학생들이 뒷산에서 사람을 죽인다고 해서 학생주임 선생님이 가봤더니요. 2학년 13반 반장이 혼자 뒹굴고 있더래요."

우리들은 학교에서 가까운 한강병원까지 단 한 마디 말도 않은 채 달려갔다. 죽지 않았을 거다. 나는 뛰면서 생각했다. 기표가 사람을 죽일 리가 없지. 기표는…….

형우는 응급실 침대에 엉거주춤 누워 있었다. 형우가 외관상 멀쩡해 보이는 데 대한 한 가닥 실망이 스쳤다. 그러나 자세히 보니 형우의 얼굴은 퉁퉁 부어 있었고 임시로 잡아맨 넙쩍다리의 붕대 위엔 꽃송이처럼 선명한 핏자국이 피어올랐다.

우리를 발견한 형우가 재빠른 동작으로 손가락 하나를 퉁퉁 부은 제 입술에 댔다가 떼었다. 나는 고개를 끄덕거려 주었다.

"유대야, 너 형우네 집 전화번호 알지?"

학생주임과 함께 서 있던 담임이 물었다.

"모르겠는데요."

나는 시치미를 떼며 형우의 표정을 살폈다. 형우는 얼굴을 찡그리며 말했다.

"선생님, 제발 저를 그냥 돌아가게 해주세요. 전 아무렇지도 않단 말씀예요."

"임마, 여길 나가기 전에 사실대로 대란 말이다."

학생주임이 다그쳤다.

"말씀드릴 수 없습니다. 제가 잘못한 일로 싸웠는데 왜 친구들을 괴롭혀야 합니까."

"임마, 넌 싸우지 않았어. 본 사람이 그랬어. 네가 몰매를 맞더라고."

"아닙니다, 선생님. 제가 먼저 그 아이한테 시비를 걸었던 겁니다."

"그게 누구냔 말이다."

"말할 수 없습니다."

"너 정말……."

학생주임이 혀를 내둘렀다.

"너 정말 나를 허수아비로 아는 거냐? 학교 다니기 싫어?"

"저는 처벌을 달게 받겠습니다. 그러나 그 아이들이 누군지 말할 수는 없습니다."

담임선생은 얼굴에 그늘을 깐 채 팔짱을 끼고 한편에 묵묵히 서 있었다. 우리반의 일사불란한 항해를 거스른 자가 누굴 것인가, 그것을 생각하고 있는지도 몰랐다. 이제야말로 우리들 손에서 고삐를 낚아채어 거머쥐고 목을 옥죄고 싶은 심정일 것이다.

"유대, 넌 알 거다. 형우를 때린 놈들이 기표네 패라는 걸 말이다."

"형우가 그렇게 말했나요?"

"그런 건 아니지만 그건 틀림이 없다. 기표 놈이 아니곤 그런 짓을 할 놈이 없다."

72   우상의 눈물

담임은 헐떡거렸다. 양같이 순하게 길들여졌다고 확신했던 자신의 어리석음을 질타하고 있을 것이다.

"선생님, 형우가 뭘 잘못했다는 걸까요?"

내가 짐짓 떠보았다.

"형우가 거짓말을 하고 있는 거다. 잘못하기는커녕 형우가 그놈들을 위해서 얼마나 많은 일들을 했는지 넌 모를 게다."

담임선생님은 몹시 흥분하고 있었다. 기표에 대한 혐오감으로 해서 얼굴이 벌겋게 달아올랐다. 기표를 미워하다니. 나 역시 담임선생에 대한 적대감으로 몸을 떨었다.

"뭡니까, 선생님. 형우가 기표를 위해서 무얼 했단 말입니까?"

내 반감 짙은 어투에 놀랐는지 담임선생은 좀 멈칫했다. 그러나 곧 비웃음을 섞어 말했다.

"임마, 나는 다 알고 있어. 기표가 저질러 온 짓 말이다. 유대, 너도 기표한테 당했잖아! 그리고 너희들이 그놈들 부정행위를 거들어 준 것도 알고 있다."

그랬겠지. 나는 속으로 신음처럼 중얼거렸다. 무서웠다. 어른들의 음흉스러움. 알면서도 모른 체 시치미를 뗀 그 저의는 무엇인가.

형우는 우리들 사이에서 일약 영웅이 돼 버렸다. 예상 안 한 건 아니지만 그 여세는 보통이 아니었다. 3학년에도, 1학년 하급생들도 2학년 13반 반장 임형우가 입에 올랐다. 전치 2주의 상해를 입고도 끝내 그 상대를 입에 올리지 않음으로 해서 형우의 존재는 풍선처럼 부풀었다.

기표가 그 사건 다음 날부터 내리 사흘이나 학교에 나오지 않았어도 재수파들은 학생부에 불려 가지 않았다. 아무도 그것을 문제 삼지 않았다.

담임이 학교에 나오지 않는 기표를 찾기 위해 뚝방 동네를 연이틀이나 헤맨 사실도 학교에 널리 알려졌다. 기표가 학교에 나온 날 담임은 조회 시간에 간단히 말했다.

"최기표 군은 그동안 피치 못할 가정 사정으로 결석했다. 앞으로 다시는 결석이 없을 것으로 안다."

항상 빳빳하게 쳐들고 앉았던 기표의 고개가 잠깐 숙여지는가 싶게 느껴졌다. 그것은 매우 수상한 조짐이었다.

형우가 병원에서 퇴원을 해 2주일 만에 학교에 나왔다. 악수 세례가 쏟아지고, 등을 두드리고, 체육 시간에는 헹가래까지 시키려고 했지만 형우가 도망을 쳤다. 그렇게 하면서 우리들은 숨죽여 기표의 동정을 살폈다. 그러나 그의 차가운 시선에 부딪친 아이들은 섬뜩한 느낌으로 고개를 돌리곤 했다. 나는 후우, 가슴을 쓸어내렸다.

"형, 우리 미술 시간에 라면 먹으러 갈까?"

내가 말을 건넸다. 우리들은 가끔 후동 교사 뒷담을 넘어 구멍가게에서 라면을 사 먹은 다음 감쪽같이 들어오곤 했다. 재수파들이 그 전문이었던 것이다.

"필요 없어."

기표가 쳐다보지도 않은 채 퉁명스럽게 뱉었다. 그는 국어책

우상의 눈물

을 읽고 있었다. 안톤 슈낙의 『우리를 슬프게 하는 것들』. 울음 우는 아이는 우리를 슬프게 한다. 사냥꾼의 총부리 앞에 죽어 가는 한 마리 사슴의 눈초리.

다른 반 애들이 말했다. 선생들이 교실에 들어올 때마다 임형우의 일화가 예로 들어지면서, 학우를 아끼고 의리로써 지켜준 참다운 우정과 반의 결속을 위해 담임선생님과 함께 남모르게 애써 온 그 숨은 이야기가 술술 펼쳐지더란 것이다. 교정에 모여선 아이들도 온통 형우의 얘기로 꽃을 피웠다.

"우리들이 커닝을 도와준 것이 기표의 비위를 상하게 한 모양이지?"

병원에 있을 때는 남의 눈을 생각해 못 물어본 걸 하굣길 형우와 둘만의 자리가 됐을 때 내가 넌지시 물어보았다.

"글쎄 그런 것 같았다."

형우가 짐짓 좌우를 둘러보면서 대답했다.

"그때 그 일, 담임선생님이 시켜서 한 거지?"

내가 넘겨짚자 형우가 한순간 당황하는 것 같았다. 언제고 밝히고 싶었던 것이라 나는 다시 다그쳤다.

"그렇지?"

"꼭 그런 건 아니지만 그 문제를 담임선생님과 의논한 건 사실이다."

"합법적으로 만들기 위해서냐?"

"아니다. 담임선생님이 기표를 나한테 일임하겠다고 말했기 때문이다. 선생님은 기표를 구원해 주고 싶었던 것이다."

"그랬겠지. 형우야, 넌 지금 네가 기표를 구원했다고 보니?"

"아직 완전히는……. 그러나 멀지 않았다."

나는 웃어 주었다.

"기표는 그렇게 생각하지 않을걸. 형우, 네가 구원해 주고 있다고 말이야."

"그것은 기표가 생각할 일이 아니다."

"무슨 뜻이냐?"

"우리가 무서워했던 건 기표가 아니라 기표를 둘러싸고 있는 재수파들이었다."

"그런데?"

"이제 그 조직은 없어졌다."

"무슨 근거로 그렇게 말하는 거냐?"

"내가 병원에 있을 때 그 애들이 모두 나한테 사과하러 왔었다. 하나하나 서로가 모르게 다녀갔다."

"기표두 왔었니?"

내가 헐떡이면서 물었다.

"오지 않았다. 그러나 난 그런 놈한테 사과도 받고 싶지 않다."

그럴 테지. 나는 후우 가슴을 쓸어내렸다.

"그래, 다른 애들이 너한테 사과를 했다고 해서 재수파가 없어졌다고 생각하는 건 잘못일 거야."

"물론 겉으로야 그대로 남아 있겠지. 그러나 그들은 이미 이빨 뺀 뱀이나 다름없어. 걔들이 모두 나한테 말했다. 기표는 악마라고. 자기들 피를 빨아먹고 사는 흡혈귀라고."

76　　　　　　　　　　　　　　　　　　　　　　　우상의 눈물

형우와 갈라서야 하는 길목이었다. 나는 형우네 집 쪽으로 따라가며 물었다.

"너 지금 무슨 얘길 하는 거냐?"

형우가 나를 향해 싱긋 웃었다.

"기표는 다 아는 것처럼 가난한 집 애다. 거기다가 그 부모가 다 병들어 누워 있다. 시집간 기표 누나가 대주는 돈으로 겨우겨우 먹고산 댄다. 기표는 동생이 셋이나 있다. 기표 바로 밑의 동생이 버스 안내원을 해서 생활비를 보탰는데 요즘 무슨 일로 해서 그것도 그만두었다. 아무튼 생활이 말두 아니란 거야. 재수파들이 매달 얼마씩 모아 생활비를 보태 줬다는 거야. 집에서 돈을 뜯어낼 수 없는 애들은 혈액은행에 가 피를 뽑아 그 돈을 내놓았다는 거다."

"그렇게 해달라고 기표가 강요한 건 아닐 텐데."

"마찬가지다. 재수파들은 기표가 무서웠다는 거야."

"지금도 무서워하고 있을걸."

"그렇지 않아."

병원에서 지내는 동안 혈색이 더 좋아진 형우가 자신 있게 말했다.

"이제 아무도 기표를 무서워하지 않게 될 거다."

형우가 손을 흔들고 자기 집 골목으로 사라져 버렸다. 그는 유능한 반장이 틀림없다고 나는 생각했다. 씁쓸한 느낌이 가슴을 스쳤다.

담임의 예언대로 기표는 결석을 하지 않았다. 형우와 기표 사이에도 이렇다 할 마찰 없이 여름방학이 지났다. 교실에서 도시락이 없어지는 일도 드물었다. 물론 재수파들이 기표를 찾아 교실에 들락거리는 횟수는 잦았지만 아이들은 그다지 신경을 곤두세우지 않아도 되었다. 기표는 여전히 침묵하고 있었다. 담임선생이 가끔 기표에게 학급 사무를 맡기는 게 눈에 띄었다. 기표가 별 표정 없이 그런 일을 맡아 했다.

　그날도 기표는 담임선생의 지시에 의해 체육부실에 내려가 우리 반 아이들의 체력검사 통계를 내고 있었다. 그때를 이용해 담임선생이 말했다.

　"육십육 명이 탄 우리 배는 순풍을 맞아 참으로 순탄한 항해를 하고 있다. 다 여러분의 노력에 의한 것이라고 생각한다. 그런데 한 가지 알려줄 게 있다. 여러분의 한 친구가 매우 어려운 처지에 놓여 있다. 그 자세한 얘기는 반장이 해줄 것이다. 다만 담임으로서 당부하고 싶은 것은 그것이 남의 일 아닌 내 일이라고 생각해서 그 사람을 돕는 일에 앞장서 주기 바란다."

　담임선생이 교단에서 내려서고 그 대신 반장 임형우가 사뭇 엄숙한 표정으로 단 위에 섰다.

　"담임선생님의 말씀처럼 지금 우리 친구 하나가 매우 어려운 처지에 놓여 있다. 좀 늦은 감이 있지만 지금이라도 힘을 합쳐 그 친구를 구원해 주어야 한다고 생각한다."

　이렇게 서두를 잡은 형우는 언젠가 하굣길에서 내게 들려준 기표네 가정 형편을 반 아이들한테 이야기하기 시작했다. 그런

데 놀라운 일은 형우의 혀였다. 나한테 얘기를 들려줄 때의 그런 적대감은 어느 구석에도 찾을 수 없었다. 오직 우의와 신뢰 가득한 말로써 우리의 친구 기표를 미화하는 일에 열을 올렸을 뿐이다.

기표 아버지가 중풍에 걸려 식물인간으로 누워 있는 정경이며 기표 어머니의 심장병, 그러한 부모를 위해서 버스 안내원을 하던 기표 여동생의 눈물겨운 얘기. 라면으로 끼니를 때우는 기표네 식구들의 배고픔이 눈에 보이듯 열거되었다. 그런 가난 속에서도 가난을 결코 겉에 나타내지 않고 묵묵히 학교에 나온 기표의 의지가 또한 높게 치하되었다. 더구나 그런 가난 속에서 유급을 했기 때문에 1년간의 학비를 더 마련해야 했던 그 고통스러운 얘기도 우리들 가슴을 뭉클거리게 했다.

"나는 얼마 전 기표가 버스 안내원을 하던 여동생을 몹시 때린 일을 알고 있습니다. 그 여동생은 몸이 약해 버스 안내원을 그만두었던 것인데 생활이 더 어렵게 되자 돈을 벌기 위해 술집에 나가기로 했었다는 겁니다. 그 여동생이 앞으로 어떤 무서운 수렁에 떨어져 내릴는지 아무도 알 수가 없다는, 바로 그겁니다."

반 아이들은 사뭇 숙연한 자세로 형우의 말에 귀를 기울였다.

형우는 기표네 가정 사정을 낱낱이 얘기함으로써 이제까지 우리들에게 신화적 존재로 군림해 온 기표의 허상을 빈곤이라는 그 역겨운 것의 한 자락에 붙들어 맨 다음 벌거벗기려 하는 것 같았다. 기표는 판잣집 그 냄새나는 어둑한 방에서 라면 가락을 허겁지겁 건져 먹는 한 마리 동정받아 마땅한 벌레로 변신

되어 나타났다.

"한 가지 또 알려줄 게 있습니다. 그것은 어려운 처지의 친구를 위해서 이제까지 남이 모르게 도와 온 우정이 있다는 것입니다. 그것은 기표의 가까운 친구들입니다. 이제까지 우리들이 재수파라고 불러온 아이들입니다. 우리들이 무시해 온 그들이야말로 진정 아름다운 우정이 어떤 것인가를 보여주었던 것입니다. 그들은 매달 용돈을 저축하고 또는 방학 때 공사장에 나가 일을 해서 받는 돈으로 기표를 도와 온 것입니다. 그들 중에는 매달 자신의 귀한 피를 뽑아 그 돈을 내놓기도 했습니다. 한 달에 피를 세 번이나 뽑았기 때문에 빈혈을 일으켜 병원에 입원했던 사람도 있습니다. 사회에서 구원받지 못한 가난을 우정으로써 구원하려 한 그들이야말로 훌륭한 정신의 소유자들입니다. 협동과 봉사, 기여 정신의 산증인들입니다. 우리들은 가끔 학교에 싸 가지고 온 도시락이 텅텅 비어 있는 것을 발견하고 기분 나쁘게 생각한 적이 있었습니다. 그것은 진정으로 배고파 보지 못한 우리들의 우매함이었습니다. 남의 도시락을 훔쳐 먹어야 했던 우리의 가난한 이웃을 우리는 너무나 모르고 지냈다는 겁니다. 나는 반장으로서 그 사실을 몹시 부끄럽게 생각합니다. 그것을 사과하는 뜻에서 나는 오늘이라도 우리의 친구 기표를 돕는 일에 앞장서기로 결심을 했습니다."

아이들이 술렁거리기 시작했다. 깊은 감동의 강물이 모두의 가슴 한가운데를 출렁이며 흘러가고 있었다.

담임선생이 교단으로 다가갔다. 그는 주머니에서 만 원짜리

　　　　　　　　　　　　　　　우상의 눈물

한 장을 꺼내어 교탁 위에 놓았다. 반장도 안주머니에 손을 넣었다. 아이들이 조용한 술렁거림 속에서 모두 돈을 찾아 들었다.

"오늘 돈이 없는 사람은 내일 가져오는 게 어떻습니까?"

한 아이가 일어나서 큰 소리로 제안하자 모두, 그럽시다. 소리쳤다. 박수가 쏟아져 나왔다.

모 일간지 편집부국장을 지내는 학부형이 우리 반에 있었다. 담임선생님과 반장이 그 학부형을 만나러 갔다. 그 신문사 기자가 학교에도 여러 번 다녀갔다.

며칠 뒤에 신문 미담란에 우리 반 얘기가 크게 다뤄졌다. 박스 기사였다. 기표의 갸륵한 효성에서부터 재수파들의 우정 어린 피 뽑기와 급우들로부터 시작된 친구 돕기 운동이 전교적으로 파급되어 이룩한 성과가 자세하게 났다. 기표의 여동생 얘기도 끼어 있어 그 기사를 읽은 우리들의 콧등이 새삼 찡했다. 기사 맨 위에 담임선생과 반장, 그리고 기표의 사진이 박혀 있었다. 교장선생님 지시에 의해 그 기사는 각 교실 뒤쪽 게시판에 붙었다.

그 신문 기사가 나가고부터 월요 조회 때마다 교장선생님은 사회 각계에서 보내오는 성금과 위문편지를 최기표에게 전달했다. 담임선생도 종례 때면 기표에게 편지 여러 장을 건네며,

"거기 여학생 편지도 많이 있으니까 혼자 몰래 보라구."

아이들이 와하하 웃었다. 기표가 얼굴을 벌겋게 달구며 편지 다발을 책상 속에 넣곤 했다. 그럴 때마다 아이들이 박수를 쳤다. 반 분위기가 실로 화기애애했다.

"기표 얘기가 영화로 된다며?"

"그렇대. 재수파들을 중심으로 한 얘긴데 티브이에 나오는 제삼교실 같은 거겠지."

어디서 나온 얘긴지 기표의 얘기가 영화로 만들어진다는 소문이 파다했다.

이제 아이들은 아무도 기표를 무서워하지 않았다. 형이라고 호칭하는 아이도 드물었다. 아무나 곁에 가서 말을 걸 수가 있었고 때로는 어깨도 툭툭 쳤다.

그것은 기표가 아주 부끄러움을 잘 타는 아이로 변해 버렸기 때문이다. 누구를 만나도 수줍어하는 그 아이는 그렇게 당당하던 체구마저도 왜소하게 짜부라진 채 우리가 보통 사진을 찍을 적에 '치이즈' 하고 웃는, 바로 그런 미소를 얼굴에 담고 있었다.

우리는 그렇게 미소 짓는 기표의 얼굴을 보면서 일사불란한 항해를 계속했다. 담임은 더욱 깊은 이해로써 우리 반을 돌봐 주었다. 반장 형우는 그 나름의 성실과 지혜로 '우리'를 위해 헌신했다. 우리 교실에 들어오는 선생님마다 칭찬의 말을 아끼지 않았다. 기표의 얘기가 영화로 만들어진다는 얘기가 더욱 구체적으로 드러나기 시작했고 우리들은 덩달아 들떠서 술렁거렸다.

그러던 어느 날 우리는 기표의 자리가 빈 것을 알았다. 다음 날도 그는 결석했다. 무단결석이었다. 담임선생이 한 아이를 기표네 집에 보냈다.

"집에도 없어. 이틀 전에 집을 나갔대."

우상의 눈물

우리들은 서로 얼굴을 마주 보며 술렁거리기 시작했다. 뭔가 심상찮은 생각들을 머리에 떠올리고 있었던 것이다.

　기표가 내리 사흘이나 결석을 한 아침나절이었다. 수업 중인데 담임이 형우와 나를 찾는 쪽지가 왔다.

　우리가 교무실에 내려갔을 때 담임선생은 병색이 완연해 뵈는 어떤 여자와 얘기를 나누고 있었다. 그네는 초가을인데도 낡고 두터운 오버를 걸치고 있었다.

　"아이구, 우리 기표 친구들이구만. 시상에 이렇게 고마운 친구들이 어디 있겠누. 그런데 이눔에 자슥이……."

　그네는 몸을 일으켜 우리에게 굽실거리며 때 낀 손수건으로 눈물을 찍어 냈다. 그네는 우리의 손을 더듬어 쥐고 싶어 했다.

　"자, 이제 고만 돌아가십시오. 애들하고 의논해서 찾아보겠습니다."

　담임선생은 기표 어머니를 내쫓듯 교무실에서 밀고 나갔다. 그네는 교무실을 나가며 자꾸 아쉬운 듯 우리들 얼굴을 돌아다보았다.

　그네를 배웅하고 돌아온 담임이 의자에 소리 나게 주저앉으며 부들부들 떨리는 손으로 담배를 피워 물었다.

　"이 망할 새끼가 끝까지 말썽이란 말이야."

　그는 담배 연기를 깊이 빨아들였다가 내뿜으며 투덜거렸다.

　"내일 천일영화사 사람들하고 만나기로 약속한 날이잖냐? 그런데 이 망할 새끼가……."

　그는 서랍에서 편지 하나를 꺼내 우리들 앞에 내던졌다. 기표

가 바로 밑의 여동생한테 보낸 편지였다. 편지 맨 앞줄에 이렇게
쓰여 있었다.

　—무섭다. 나는 무서워서 살 수가 없다.

1980년 《세계의문학》 봄호

우리들의 날개

내가 국민학교 2학년 때 두호가 태어났다. 여덟 살 터울의 동생을 본 것이다. 두호의 출생은 우리 식구들뿐만 아니라 가깝고 먼 친척은 물론 이웃 사람들까지 떠들썩하게 했다. 7대 독자 집안에 사내아이가 또 하나 태어난 이 경사야말로 결코 예삿일이 아니었던 것이다. 그러나 이런 뜻하지 않은 기쁨 뒤에는 으레 그 기쁨이 무언가에 의해 허물어져 내릴 것 같은 위구심이 일게 마련이다. 두려움은 두려움을 낳게 마련이고 드디어는 그 두려움의 뿌리를 뽑아 버리기 위해 신경을 곤두세우다 보면 처음의 그 기쁨이 형체도 없이 사라진 뒤이기 예사다.

우리 집의 경우가 꼭 그랬다. 그때 아직 정정한 모습으로 살아 계셨던 할머니는 둘째 손자를 본 기쁨으로 동네 노인들 앞에서 덩실덩실 춤까지 추었다. 하루에도 수십 번씩 안방을 들랑거리며 두호 기저귀를 갈아 채우면서 그 기쁨을 감추지 못했다. 두호에 대한 할머니의 정성은 정말 극성스러웠다. 부정을 탄 사람, 이를테면 초상집에 다녀오는 사람이 우리 집 대문 근처만 얼씬 거려도 야단이 났다. 내가 태어났을 때 그랬던 것처럼 두호도 석 달 열흘간이나 안방 문지방을 넘지 못했다. 정수박이를 만지면 단명한다고 해서 3년간 그곳에 쇠딱지를 한 번도 씻어 내지 않 았다. 삼신풀이굿을 위해 무당이 집안을 들랑거렸다. 두호가 베 는 베개를 가지고 장난을 하다가 할머니한테 호된 매도 맞았다. 매를 맞고 내가 서럽게 울 때마다 할머니가 말했다.

"너두 이 핼미가 다 그렇게 키웠단다."

내가 태어났을 때는 두호의 몇 갑절이나 되는 정성을 쏟았다 는 얘기다.

"니가 다 복이 많으려니까 동생을 본 게야."

그러면서, 아무리 내리사랑이라고는 하지만 그 대견한 거야 맏손자에 비할 거냐고 남들 앞에서 내 자랑을 늘어놓던 할머니 였다.

그런데 할머니한테 이때껏 안 하던 소리를 가끔 구시렁거리는 버릇이 생겼다. 조상귀신들을 들먹여 입에 올리는 일이었다.

"망할 영감태기 같으니라구. 몇 해만 더 살다가 갈 것이 지……."

두호가 세상에 태어난 기쁨을 혼자 누리는 죄스러움을 몇 해 전 타향에서 객사한 할아버지에 대한 원망 섞인 그런 푸념으로 나타냈다. 5대 독자였던 할아버지는 당신의 아들이 장가를 가 손자를 낳기까지 안절부절못하고 공연히 집안 여자들만 들볶았

우상의 눈물

다는 것이다. 딸 하나를 낳고 꼭 10년 만에 아들을 낳았는데 그때 할아버지 나이 서른여덟이었다. 이러다간 손자도 못 보고 죽겠다며 투덜거리더니 결국 아버지를 열일곱 살에 장가를 들였다. 그리고 아버지가 나를 스물둘에 낳았다. 그런데 집안에 대가 끊길 것을 염려해 전전긍긍하던 할아버지가 나를 낳은 뒤로 사람이 달라졌다는 것이다. 육순이 지난 이가 늦바람이 난 것이다. 여자라곤 할머니밖에 모르던 할아버지가 이웃 마을에 살던 과부와 눈이 맞아 어디론가 종적을 감췄다. "귀신이 덧들인 거지." 그 일을 두고 할머니는 알다가도 모를 일이라고 했다. 딸 하나만 낳고 아들을 낳지 못한 할머니가 시앗이라도 봐 자식을 보라고 했을 때는 무슨 소리냐고 펄쩍 뛰던 이가 어쩌자고 그 어려운 손자까지 본 뒤에 그런 바람이 불었는지 정말 모를 일이었다. 할머니가 점을 쳐봤다. 당신에게 어려운 일이 생길 때마다 복채를 싸들고 점쟁이를 찾아다닌 할머니였다. 그럴 때마다 점괘가 신통하게도 잘 맞아떨어졌다. 10년 만에 아들을 낳을 해까지 알아맞힌 점쟁이도 있었다. 이번의 경우 할아버지가 늦바람이 나 이웃 마을 과부와 달아난 일을 두고 점쟁이가 말했다.

"집 나갈 팔자구먼!" 그 소경 점쟁이가 다시 말했다. "내버려 둬, 잘 나간 거니까. 억지루 잡아 뒀다간 자식 잃을 수여." 요는 집안에 살이 긴 두 사람이 한 지붕 밑에 살게 되면 결국 한쪽 기가 꺾여야 집안이 태평한 법인데 그렇게 되자면 한 사람이 죽는 길밖에는 없다고 했다. 할머니는 그 점쟁이 말을 고스란히 믿었다. 집 나간 할아버지를 원망하거나 자신의 팔자 푸념을 할 줄 모르는 할머니였다.

"니가 하라버이 대신이여!"

할머니가 내 등을 긁어 주며 가끔 그런 뜻의 말을 했다. 할아버지가 집을 나갔기 때문에 우리 집의 손이 끊이지 않게 됐다는 얘기였다.

집 나간 할아버지가 돌아온 것은 내 나이 여섯 살 때였다. 거적주검이 돼 돌아왔다. 할아버지와 함께 도망쳤던 그 과부가 아편쟁이였던 것이다. 논 몇 마지기 팔아 가지고 나간 뒤 그 돈이 다 떨어지자 그대로 거지가 되어 여기저기 떠돌아다녔다. 끝내 집에 돌아오지 않은 채 객지에서 거적주검이 된 할아버지 소식을 처음 듣던 날 할머니는 젖을 더듬는 내 손을 무섭게 뿌리쳤다. 그때 나를 쏘아보던 할머니의 그 눈을 나는 잊을 수가 없다. 지극히 짧은 순간이었지만 할머니의 눈에는 적의 같은 게 번쩍였던 것이다. 그리고 할아버지의 장사를 치르고 이태 만에 엄마가 아이를 배자 할머니는 점쟁이부터 찾아갔다.

"아들을 낳겠구먼." 점쟁이가 다시 말했다. "허지만 아들이라고 다 좋은 건 아니여."

입맛을 쩝쩝 다시며 그랬다. 할머니가 무슨 얘기냐고 다그쳐도 점쟁이는 속 시원한 말을 해주지 않았다. 다만 아기를 낳거든 그 출생 일자를 맞춰 다시 한 번 와보라고만 했다. 그러나 둘호를 낳기가 무섭게 그 점쟁이를 찾아갔을 때는 이미 그는 서울 어디론가 이사를 가버리고 만 뒤였다. 다른 점쟁이들을 찾아다녔지만 별 신통한 소리를 듣지 못한 채 할머니는 오직 얼마 전의

우상의 눈물

그 점쟁이 말만을 마음에 새록새록 되새길 수밖에 없었다.

두호가 세 살 때 할머니가 돌아가셨다. 나는 엄마와 함께 할머니의 임종을 지켜보았다. 아버지는 그때 군대에 들어가 집에 없었던 것이다.

할머니는 숨을 몰아쉬면서도 방 안을 두리번거렸다.

"두호는 밖에 나갔어요. 어머니."

엄마가 큰 소리로 말했다. 할머니는 앓아누우면서부터 두호를 싫어했다. 싫어한다기보다 차라리 무서워하는 것 같았다. 당신 곁에 두호가 얼씬도 못하게 했다.

"우리 어머니가 왜 저런대?"

서울서 내려온, 아버지보다 열 살 위인 고모가 엄마한테 물었다. 엄마가 고모 곁으로 바싹 다가앉으며 말했다.

"내가 형님한테 묻고 싶은 얘기예요. 글쎄 어머님이 서울 가셨다 온 뒤로 저렇게 두호를 미워하신단 말씀예요."

고모가 뭔가 생각을 짚어 내려는 듯 눈을 껌벅이다가,

"맞아. 어머니가 서울 우리 집에 오셨을 때 여기 읍에 살던 그 점쟁이를 만나 보셨대. 어머니 말로는 아주 용한 점쟁이라고 하데."

"그래, 그 점쟁이가 우리 두호를 미워하라고 했대요?"

"설마 그럴 리가! 다만 그 점쟁이를 만나고 나서 부랴부랴 집으로 내려가셨거든. 하긴 이런 말씀은 하시데. 두호 쟤가 자식이 아니라 사邪라고."

"아마 그건 그때 쟤 아버지가 제 고집대로 군대엘 들어간 일 때문에 그랬을 거예요." 엄마가 말했다.

사실 아버지는 6대 독자이기 때문에 군대에 가지 않아도 되었다. 그런 걸 아버지 스스로가 지원해서 들어갔던 것이다. 할머니가 머리를 싸매고 누워 식음을 전폐하면서 말려도 아버지는 막무가내였다. 그 즉시로 서울 고모네 집으로 내려갔던 할머니였다.

"도대체 그 점쟁이가 뭐라고 했을까요?"

"그걸 누가 알겠나, 어머니밖에."

그 비밀을 끝내 입 밖에 내지 않은 채 할머니는 세상을 떠났다. 할머니의 마지막 숨을 거두는 모습이 그렇게 무서울 수가 없었다. 나는 밖으로 뛰어나갔다. 두호가 마당에 앉아 흙장난을 하고 있다가 내게 말했다.

"형아, 함무니 듀겄나?"

두호는 얼굴에 온통 흙을 묻힌 채 반들거리는 눈으로 나를 쳐다봤다. 나는 더럭 무섬증이 났다. 할머니의 마지막 숨 거두는 순간의 그 무서움과는 또 다른, 살아 있는 사람의 교활한 눈에서 찾을 수 있는 그런 무서움이었던 것이다.

아버지가 군대를 마치고 집으로 돌아왔다. 집에 돌아오는 즉시 조상 대대로 물려 오는 논밭을 처분했다. 그리고 서울 망우리 근처로 이사를 했다. 할아버지나 할머니가 살아 계신다면 어림도 없었을 일을 아버지는 손바닥 뒤집듯 쉽게 해버렸다. 누가 말리고 어쩌고 할 겨를도 주지 않고 척척 팔아 버린 다음 서울로 이사를 한 뒤 오막살이 같은 집 하나를 사고 남은 돈으로 화물

　　　　　　　　　　　　　　우상의 눈물

트럭을 샀다.

농사나 지어 먹던 농사꾼이 이처럼 생활환경을 바꾼 일은 아무래도 예삿일이 아니었다. 엄마는 귀신에 홀린 것처럼 아버지가 하자는 대로 따라 하면서도 가끔 아버지한테 대들었다.

"한호 아버지, 정말 이래도 되는 거예요?"

그러나 아버지는 어깨에 바람을 일으킬 뿐 엄마 말 같은 것은 들은 척도 안 했다.

아버지가 이처럼 사람이 바뀐 것은 군대 생활 3년, 거기서 배운 운전 기술 때문이라고 할 수 있었다. 아버지는 군대에 들어가면서 곧 운전교육대에서 자동차 운전을 배웠다. 운전대를 잡는 그 첫날 아버지는 이것이야말로 자기가 바란 새로운 세계의 열림이라는 강한 느낌을 받았다. 한마디로 자동차 운전이 아버지의 적성에 맞았던 것이다. 그 고되다는 군대 생활이 아버지에게는 마냥 신바람이 났을 뿐이다. 아버지는 운전 미치광이가 됐다. 그는 시간만 있으면 자기가 운전할 차에 달라붙어 그 차의 내부를 속속들이 알려고 했다. 그리고 운전대를 잡고 칸보이 지프를 따라 국도를 달려 나갈 때 그는 어금니를 비집고 올라오는 웃음을 참을 수가 없었다. 그 커다란 괴물을 움직여 나가고 있는 자신의 어떤 보이지 않는 힘을 느낄 수 있었던 것이다. 그래서 아버지는 당신이 배속되어 있던 수송 중대에서 가장 모범적인 운전병으로 인정을 받았다. 그런데 어느 날 수송 책임을 맡은 선임하사가 운전병들을 모아 놓고 말했다. "어젯밤 내 꿈자리 되게 안 좋았데이. 느딜 중에 말이다, 내 꿈자리 액땜에 자신 있는 사람은 나서 보레이!" 평소 농담을 모르던 그가 그런 농담 비슷한 말을 하자 모두 어리둥절했다. "임마들아, 내사 3대 독잔기라." 그가 약간 멋쩍게 웃으면서 계속했다. "내사 아직 아들도 하나 못 맨들었는기라. 우리 집 와이프 뱃속에 지금 하나 삐약삐약하고 있다만… 이런 처지에 내 죽을 수 있노?" 요는 꿈자리가 나쁜 자기를 누가 태우고 가겠느냔 얘기였다. 운전병들은 서로 눈치만 살폈다. 운전하는 사람들 마음속에 자신도 모르게 깃드는 금기 때문이었다. "임마들아, 그라믄 내사 하나 물어보겠데이, 느덜 중에 외아들이 아무도 없나?" 선임하사가 운전병들을 둘러보았다. 그러나 아무도 손을 들지 않았다. 그때 아버지는 비로소 자신이 6대 독자라는 생각이 퍼뜩 떠올랐다. "니, 나 태우고 갈 자신 있나?" 손을 쳐든 아버지를 향해 선임하사가 물었다. "자신 있습니다!" 아버지는 자신도 모르는 사이에 그렇게 소리쳤다. 그러나 그날 아버지가 사고를 낸 것이다. 국도를 달리면서 옆에 앉은 선임하사가 출발 전에 한 말이 계속 머릿속에서 떠나지 않았다. 선임하사의 흉몽 속 그 뱃속의 아기 생각에서 벗어나기 어려웠다. 특히 선임하사가 말한 그의 고향에 있는 아내의 뱃속에 들어 있을 아이의 얼굴이 갓난애의 그것이 아닌 서너 살 먹은 아이의 모습이었다. 문득 그것이 두호의 모습으로 겹쳐 나타나기도 했다. 산모롱이 비탈길을 달려가고 있었다. 여름 한낮 쨍쨍한 햇볕에 아스팔트가 눅진눅진 녹았다. 한없이 무료감에 빠져드는 그런 시간이었다. 이런 때 운전하는 사람들은 가끔 눈을 뜬 채 졸기도 한다는 것이다. 아버지가 바로 그랬다. 깜박했다가 정신을 차려

우상의 눈물

보니 길 한가운데 아이 하나가 서 있었다. 아버지는 자신도 모르는 사이에 핸들을 잡아 꺾었다. 그리고 정신을 잃었다. 깨어 보니 낭떠러지에 처박힌 차 속에 선임하사가 죽어 있었다. 아버지는 자신의 몸이 생채기 하나 없이 말짱하다는 걸 알았다. "그래, 그 길 가운데 있던 아인 어떻게 됐나?" 아버지 얘기를 듣던 사람 하나가 물었다. "글쎄 그게 묘하다니까, 나는 분명 아이를 보았는데 내 차 뒤를 따라온 운전병들에 의하면 그런 아이는 거기 없었다는 거야, 결국 내가 헛것을 봤다는 거지."

말하자면 아버지가 농사를 집어치우고 논밭을 팔아 서울로 올라온 즉시 화물 트럭을 산 것은 군대에서 선임하사를 죽게 했던 그 사건이 아버지 가슴에 오기처럼 뻗쳐올랐기 때문이라고 할 수 있었다. 그것은 죄의식하고는 거리가 멀었다. 비록 사람은 죽었을망정 그날의 비현실적인 여러 요소가 아버지의 호기심에 불을 댕긴 것이다. 선임하사의 꿈, 선임하사의 고향, 그의 아내 뱃속에 든 아이, 그리고 길 한가운데 서 있음으로 해서 자동차를 둘러엎었던 그 헛보여진 아이……. 이 모든 것은 아버지의 뜻과는 무관하게 일어났고 아버지의 의지로써는 어쩔 수 없는 그런 일들이었던 것이다.

이제까지 아버지는 그 커다란 괴물을 자신의 힘으로 움직이고 있다는 기꺼움으로 운전대를 잡아 왔지만 그 사고 이후부터 그는 운전대에 앉은 새로운 세계를 체험하는 기분이었다. 그것은 어떤 알 수 없는 힘과의 싸움을 의미했다. 제대를 하자 아버지는 기꺼이 그 싸움을 본격적으로 벌이기 시작했던 것이다.

아버지는 화물 트럭을 몰고 무슨 일이든 맡아서 했다. 답십리 고모네가 커다란 싸전을 했기 때문에 아버지는 처음 그 싸전에 넣을 곡식을 모으기 위해 시골로 차를 몰고 다녔다. 그다음은 이삿짐을 나르는 일도 하고 집 짓는 데 쓰는 자재를 나르는가 하면 자갈 채취장에서 그 하청을 맡아 하는 등 그야말로 닥치는 대로 뛰었다. 아버지는 항상 신바람이 났다. 몸도 보기 좋게 붙고 얼굴도 피둥피둥 폈다. "야, 한호야. 느네 형 간다." 내 친구들이 그렇게 놀려대기도 했을 정도로 아버지는 젊었다. 그러나 엄마는 아버지와 달랐다. 아버지처럼 그렇게 젊지 않았다. 아버지보다 두 살 위이긴 했어도 요즘같이 그렇게 팍삭 늙은 엄마의 얼굴을 본다는 것은 그다지 기분이 좋은 일은 아니었다.

그것은 아버지가 차 운전을 하기 때문이었다. 엄마는 옛날 시골서 할머니가 하던 것과 똑같이 점쟁이를 찾아다녔다. 아버지가 차를 처음 끌고 나가던 날은 무당까지 집에 들여 굿을 했다. 굿을 한 떡을 마을에 돌리면서 엄마는 아버지의 무사를 빌었다. 아버지가 늦게 돌아오는 날은 골목까지 나가 아버지를 마중하느라 늘 잠을 설쳤다. 할머니가 그랬던 것처럼 엄마도 늘 구시렁거렸다. 엊저녁 꿈자리가 뒤숭숭하니 오늘은 그냥 집에서 쉬는 게 어떠냐며 아버지의 눈치를 살피곤 했다. 그러나 아버지는 엄마 말을 귓전으로 흘렸다. 그런 날은 하루 내내 엄마 얼굴에 그늘이 깔렸다. 아버지가 차를 가지고 나간 뒤 우리 형제가 조금 싸움을 해도, 하찮은 소리로 입바른 말을 해도 엄마는 언성을 높

우상의 눈물

였다. 우리는 길에서 돌멩이도 마음대로 주워 들일 수 없었고 집 안의 물건을 함부로 옮겨 놓아도 안 되었다. 아버지가 운전을 하기 때문에 우리 집에는 그렇게 금기가 많았던 것이다.

그러나 당사자인 아버지는 엄마와는 사뭇 달랐다. 엄마가 벌이는 그런 뒤숭숭한 일을 나무라지는 않았지만 대개 무관심하게 웃고 넘어갔다.

"꿈자리가 너무 나빠요." 엄마가 이렇게 말하면 아버지는, "당신 꿈은 나빴는지 몰라두 내 꿈은 되게 좋았다구." 이렇게 웃어 넘겼다. 그렇다고 아버지가 엄마의 하는 일을 전연 무시하는 것은 아니었다.

"두호 엄마가 그렇게 집에서 빌어 주니까 내가 무사한 거 내가 다 안다구." 이런 식으로 엄마를 위로했다. 엄마는 그 말 한마디가 고마워 눈물을 질금거렸다. 그리고 다음 날이면 또 용하다는 점쟁이를 찾아 나섰다. 아버지에 대한 점괘가 늘 좋지 않게 나온다고 엄마가 답십리 고모한테 얘기하는 걸 여러 번 들었다. 엄마는 그 좋지 않은 점괘를 액막이하느라 사람들 눈을 피해 별의별 이상한 일을 벌이곤 했다. 소반 위에 쌀을 서른세 줌 받아 놓고 그 위에 칼을 세워 놓는가 하면 실을 일곱 발 반을 재서 끊은 다음 그 실로 이상한 매듭을 만들어 천장 속에 넣기도 했다. 그리고 아버지의 구두 속이나 베개 속에는 언제나 부적이 들어가 있었다.

이러한 엄마의 액막이 놀음에 훼방꾼이 하나 있었다. 여섯 살이 된 두호가 바로 그 훼방꾼이었다. 두호는 엄마의 그러한 액막이 짓을 몰래 숨어서 보고 있다가 엄마가 자리를 뜨면 이내 달려가 소반 위에 놓인 칼을 집어 마루에 꽂는가 하면 엄마가 찬장 위에 감춘 실매듭을 목에 감고 다니기가 예사였다. 아버지 구두 속 혹은 베개나 옷 속의 부적도 늘 두호의 주머니에서 나왔다. 그 일로 해서 엄마는 무섭게 화를 냈다. 두호에게 매질을 하는 엄마의 눈에서 나는 살의를 보았다. 엄마는 부들부들 치를 떨면서 사정없이 두호를 패댔다. 그러나 두호의 그런 짓궂은 버릇이 쉽게 없어지지 않았다. 두호는 여전히 엄마가 하는 일에 훼방을 놓았다.

한번은 엄마가 두호의 목에 칼을 들이대고 너 죽고 나 죽자던 때가 있었다. 아버지가 트럭을 사서 운전한 뒤 처음이자 마지막이 된 그 사고가 나기 바로 이틀 전이었다. 엄마가 좀 심한 액막이를 했었다. 그날 밤 나는 고양이 우는 소리를 듣고 밖으로 나가 봤다. 엄마가 우리 집 고양이 목에 노끈을 감으면서 뭔가 중얼거리고 있었다. 뭔가 숫자를 세는 것 같기도 했다. 엄마는 고양이 목에 노끈을 꽤 여러 번 감았다. 고양이가 발버둥치고 있었다. 답십리 고모네 싸전에 있던 고양이 중의 하나를 얻어다 기르는, 꽤 큰 놈이었다. 두호의 고양이었다. 엄마가 그 고양이 목에 노끈을 감아쥐고 뒤꼍으로 돌아갔다. 뒤꼍에 연탄을 넣어 두는 창고가 있었다. 엄마는 그 연탄 창고 서까래에다 고양이 목을 매달았다. 고양이는 허공에서 버둥대며 짧고 절박한 울음소리를 냈다. 엄마가 그 고양이를 가운데 놓고 정확히 서른여덟 바퀴를 맴돌았다. 서른여덟은 아버지 나이였다. 아버지는 그때 자갈 채

　　　　　　　　　　　　　　　우상의 눈물

취장에서 묵어 가며 차를 굴리고 있었다. 내일모레면 아버지가 집에 돌아오는 날이었다. 나는 엄마에게 들킬세라 내 방으로 돌아왔다. 두호는 안방에서 잠을 자고 있었다. 나는 숨을 죽이며 엄마가 안방으로 들어가는 소리를 들었고 그리고 오래오래 계속되는 고양이의 비명을 듣다가 제풀에 잠이 들었다. 나는 꿈속의 그 고양이 울음소리 때문에 결국 잠이 깨고 말았다. 그러나 이미 그때 고양이 울음소리는 들리지 않았다.

나는 무서움을 참고 잠자리에서 일어나 살금살금 뒤꼍으로 돌아갔다. 달빛이 연탄 창고까지 비껴들고 있었다. 거기 고양이가 축 늘어진 채 매달려 있었다. 내가 그 곁에까지 다가가도 고양이는 그대로 미동도 하지 않았다. 죽은 것이 분명해 보였다. 나는 방에서 가지고 간 면도칼을 꺼내 고양이가 매달린 노끈 중간쯤을 끊었다. 그리고 그다음 순간 나는 그 자리에 주저앉을 만큼 놀랐다. 툭, 둔탁한 소리를 내며 땅바닥에 떨어질 걸로 예상했던 것과는 달리 나는 아무 소리도 못 들었던 것이다. 고양이는 땅에 떨어지지 않았다. 땅에 떨어졌는가 싶었는데 어느새 놈은 냐아옹, 아주 길고 암팡지게 한 번 운 다음 나는 듯이 내 눈앞에서 사라져 버렸던 것이다.

"누가 고양일 살려 줬니?"

아침에 엄마가 두호와 나를 불러 놓고 아주 착 가라앉은 목소리로 물었다. 엄마의 얼굴은 차고 매서웠다. 눈에 팔팔 살기 같은 게 날렸다. 두호가 코를 훌쩍 들이마시며 내 얼굴을 쳐다봤다. 나는 두호의 얼굴을 마주 볼 수가 없어 얼른 시선을 다른 데로 돌려 버렸다.

"한호야, 니가 그랬니?" 엄마가 나지막한 목소리로 다그쳤다.

"내가 뭘 그랬단 말예요?" 나는 짐짓 퉁명스럽게 말했다.

"그럼, 이번에도 또 니가 그랬구나?" 엄마가 두호의 멱살을 잡았다. 두호가 멱살을 잡힌 채 엄마의 얼굴을 그 큰 눈으로 빤히 쳐다보며, "그거 내 고양인데……." 멱살을 죄인 채 불분명한 발음으로 입안말을 하다가 내 쪽으로 힐끗 눈을 주었다. 나는 얼른 두호의 눈길을 피했다.

"요 망할 놈의 새끼!" 엄마가 두호의 멱살을 더 다부지게 추켜들었다.

"너 죽고 나 죽자!" 엄마는 두호를 질질 끌고 부엌까지 가 식칼을 찾아 두호의 목에 댔다. 두호가 엄마한테 몸을 내맡긴 채 눈을 감았다. 엄마가 두호의 멱살을 풀면서 뒤로 밀어 던졌다. 두호의 몸이 부엌 시멘트 바닥에 나둥그러지며 머리가 계단 모서리에 둔탁한 소리로 부딪쳤다. 처음 몇 분 동안 두호는 울지 않았다. 엄마가 부둥켜안고 흔들어도 얼굴을 약간 찡그릴 뿐 아무 소리도 내지 않았다. 그러나 얼마 후에 두호는 아주 가냘픈 소리로 칭칭 울기 시작했다. 두호는 낮에 한 차례 토했다. 그리고 머리가 아프다고 누워 일어나지를 않았다. 엄마가 두호를 안고 울음을 터뜨리다가 드디어는 가까운 병원으로 갔다. 그 병원에서는 종합병원에 가 진찰을 해보라고 했다. 종합병원은 이미 외래객을 받지 않는 시간이었다.

다음 날 오전 수업 중인데 담임이 나를 불러냈다. 집에 빨리

우상의 눈물

가보란 얘기였다. 엄마가 나를 기다리고 있었다. 두호는 일어나 앉아 장난감을 가지고 놀고 있었다. 나는 우선 숨을 내쉬었다.

"뭐야 엄마, 엄마가 학교에 전화한 거야?"

엄마가 나들이옷을 챙겨 입고 나서며 말했다.

"두호하고 집 좀 보고 있거라. 아버지가 다치셨단다."

엄마 눈에 주렁주렁 눈물이었다.

아버지가 운전하던 트럭이 사람을 치이면서 산비탈에 넘어진 것이다. 아버지는 이마에 유리 파편이 하나 박혔을 뿐 다른 데는 말짱했다. 문제는 아버지 차에 치인 사람이었다. 병원에서 완치 6개월의 진단이 떨어진 중상이었다. 완치라고는 하지만 다리 하나를 절단해야 할 판이었다. 그 중상당한 사람의 가족들이 다음 날 우리 집에 몰려와 난장판을 벌였다. 아버지는 병원에 있었고 엄마는 몸을 피했다.

두호는 그날도 배를 움켜쥐고 설설 기더니 아침에 먹은 걸 토해 냈다. 아버지가 입원한 병원을 대라, 아버지 말고 다른 식구를 내놓아라―, 몰려온 사람들은 아우성이었다. 나는 참담한 심정으로 그네들을 맞아야 했다. 하루 내내 버티던 사람들이 저녁에 물러가자 나는 긴장을 풀고 깜박 잠 속으로 떨어졌다. 꿈속에서 고양이 울음소리를 들었다. 그날 밤 나를 속여 도망친 뒤 한 번도 모습을 나타내지 않던 그 고양이가 나타나 목에 감긴 노끈을 풀어 달라며 울어 댔다.

아버지 차에 치인 그 사람의 치료를 위해서 우리는 집을 내놓아야 했다. 부서진 아버지의 그 헌 트럭은 아무런 보탬도 못 되었다. 머리에 붕대를 맨 채 아버지는 엄마와 함께 얼굴이 새까맣게 죽어 이리 뛰고 저리 뛰어다녔다. 우리는 남의 집에 방 한 칸을 빌어 살았다. 아버지는 그 젊고 싱싱하던 얼굴을 잃고 어깨를 축 늘어뜨린 채 집 안에 숨어 살았다. 집을 팔아 해결을 보았기 때문에 교도소에 안 간 것만도 다행이라고 엄마가 말하곤 했다.

엄마가 대신 벌이를 나갔다. 아동복 보따리를 이고 행상을 나선 것이다. 방을 지키는 것은 아버지와 두호였다. 물론 두호는 그날 부엌 바닥에 머리를 부딪친 뒤 몇 번 토하고 머리통을 감싸며 꼭 죽을 것처럼 누워 있더니 아버지가 사고를 낸 그 경황 속에서 우리 식구들의 관심 밖으로 밀려나 버렸던 것이다. 더 큰 탈이 생기지 않은 것만 해도 다행이었다. 물론 아버지는 두호가 그렇게 머리를 다쳤다는 얘기를 엄마한테 들어서 알고 있었다. 그러나 셋방 구석에서 아버지는 바보처럼 멍청한 눈으로 집안 식구 누구의 일에도 관심을 갖지 않는 것 같았다. 엄마가 평화시장에서 떼어 온 옷가지를 싸들고 얼굴이 새까맣게 그을도록 돌아다녀도 별 얘기가 없었다.

아버지는 자신의 패배에 대해 골똘히 생각하고 있는 것 같았다. 운전대를 잡고 자신의 힘으로 불가사의한 어떤 힘과의 대결에서 능히 이겨 낼 수 있다고 자신했던 그만큼 그의 패배의 후유증은 컸다. 아버지는 깊은 실의의 늪에 빠져 허덕였다. 운전대를 잡지 못한 아버지는 송장과 다름없어 보였다. 내 학교 성적이 급격하게 떨어져도 별 관심이 없었으며 두호가 얼굴에 핏기를 잃은 채 삐삐 말라 가고 있어도 매한가지였다.

우상의 눈물

나는 밤마다 꿈에 고양이를 보았다. 고양이 목에 노끈이 칭 칭 감겨 있었다. 나는 고양이 목에서 그 노끈을 풀어 내고 싶었 다. 숨이 답답하고 오줌이 마려워 견딜 수가 없었다. 그러나 고양 이는 좀처럼 잡히지 않았다. 겨우겨우 잡았다고 생각하면 그것 은 예외 없이 두호였다. 나는 늘 두호의 목을 다잡아 쥔 채 눈을 뜨곤 했다. 눈을 뜨고도 나는 한참씩 고양이와 두호를 혼동하고 있었다.

"엄마, 두호 병원에 좀 데리고 가봐요."

나는 어느 날 엄마한테 말했다. 엄마가 행상을 쉬고 집에서 묵은 빨래를 하는 날이었다. 아버지는 밖에 나가고 없었다.

"두호가 왜?"

엄마가 마당 한구석에 앉아 흙장난을 하고 있는 두호를 힐끔 쳐다보며 물었다. 그러나 나는 대답하지 않았다. 나는 두호가 정 상적인 발육을 하고 있지 않다는 것을 오래전부터 알고 있었다. 핏기 없는 해쓱한 얼굴, 점점 커 보이는 눈과 항상 불안하게 움 직이는 눈동자, 그리고 두호는 뼈만 앙상하게 메말라 가고 있었 던 것이다. 더 무서운 것은 두호가 하루 내내 거의 한 마디도 입 을 떼지 않는다는 것이다. 두호는 안집 아이들과 결코 어울려 놀 지 않았다. 늘 외톨박이로 마당 한구석에서 흙장난이었다. 손으 로 마당에 구멍을 팠다. 그리고 그 구멍에 오줌을 누었다. 때로 는 똥을 누어 흙으로 덮었다. 안집 여자가 질색을 했지만 두호가 집에서 하루 내내 하는 장난이란 결국 그 한 가지뿐이었다.

두호에 대한 내 경고를 무시한 채 엄마는 여전히 보따리 장사에만 매달렸다. 폐인이 되어 집에 처박혀 있는 아버지 대신 생활비를 벌어야 했던 것이다.

나는 이해할 수가 없었다. 아버지를 이처럼 낭패의 늪으로 떨어뜨린 그 힘은 무엇일까. 아버지는 그날 사고 당시의 정황 같은 걸 한 번도 얘기하지 않았다. 아버지가 군대 수송중대에 있었던 그 당시 선임하사를 운전석 옆에 태우고 가다 사고가 난 그날의 정황을 얘기하듯 뭔가 아버지의 입을 통해서 나올 법한 얘기가 단 한 마디도 나오지 않았기 때문에 나는 실망하고 있었다.

그러나 아버지의 칩거는 오래 걸리지 않았다. 시들었던 풀포기에 다시 물이 오르듯 그렇게 아버지가 싱싱하게 살아 오르기 시작한 날이 왔다. 답십리 고모가 우리 집에 뻔질나게 드나들면서 뒤숭숭한 일을 벌이고부터였다. 답십리 고모가 집에 오는 날은 엄마도 장사를 쉬었다. 그리고 고모와 함께 부엌 뒤에서 뭔가 숭숭거리며 얘기를 나눴다. 그네들은 깊은 한숨을 몰아쉬기도 하고 때로는 고개를 크게 주억거려 어떤 사실에 대해 깊은 긍정을 보이기도 했다.

나는 이러한 어둡고 으스스한 집안 분위기를 내 어린 시절 기억에서 찾아 올렸다. 그랬다. 할머니가 살아 있던 그 시절, 시골에서 무당과 점쟁이가 집안을 드나들던 그때의 그 귀기에 찬 냄새였던 것이다. 아니나 다를까, 우리가 세 들어 사는 그 집에 무당이 나타나 굿판을 벌였다. 그 굿판은 교회에 나가는 주인집의 완강한 저지에도 불구하고 강행되었다. 마당에서는 차마 벌이지 못하고 우리의 좁은 그 단칸방에서 법석을 떨었다. 나는 귀를

우상의 눈물

막아 쥐고 골목을 빠져나가 그 창피한 현장으로부터 도망쳤다.

그날 밤 나는 멀리 떨어진 도봉산 중턱까지 올라가 산속을 헤맸다. 하나도 무섭지 않았다. 나는 다만 두호를 생각했을 뿐이다. 두호를 산속에 데리고 오지 못한 아쉬움이 가슴을 눌렀다. 그 숲에서 나는 두호 앞에 무릎이라도 꿇고 싶었던 것이다. 사실을 말해야 한다. 두호야. 형이 그때 그 고양일 살려 준 거다. 두호가 내 얼굴을 빤히 쳐다본다. 그리고 고집스러운 목소리로 말한다. "그거 내 고양이야." 그래. 네 고양일 형이 살려 준 거야. 살려 준 거라구. 그러나 내 목소리는 힘이 없다. 나는 아무것도 살려 주지 않았다. 나는 비겁할 뿐이다. "그거 내 고양이야." 두호가 다시 고집스레 말한다. 나는 두호와의 눈싸움에서 지고 만다. 나쁜 새끼. 살의가 손끝으로 뻗친다. 나는 두호의 멱살을 잡는다. 갈참나무 가지를 붙잡고 몸을 떨고 있는 자신을 발견한다. 그때서야 나는 두호를 산에 데리고 오지 않기를 잘했다는 생각을 했다.

그날 저녁 그 굿판 이후 우리 집에 묘한 일이 생기기 시작했다. 그 첫 번째 변화는 아버지가 다시 운전대를 잡게 된 일이다. 단 며칠 새에 싱싱하게 물이 오른 아버지는 그의 새로운 생활을 위해 일어섰다. 이번에는 관광버스를 끌었다. 주로 외국인 관광객을 상대로 하는 규모가 괜찮은 관광버스 회사였다. 거짓말같이 며칠 전과는 전혀 다른 얼굴을 보인 아버지였다. 엄마도 물론 보따리 장사를 집어치웠다.

더 놀라운 변화는 그네들의 관심 밖으로 던져졌던 두호에 대한 문제였다. 소나기 같은 사랑을 퍼붓기 시작했다. 그것은 결코 정상적인 부모의 자식에 대한 사랑이라고 생각할 성질의 것이 아니었다. 그네들은 이제까지 자기들이 보였던 자식에 대한 그 미온적인 사랑에 대해 참회라도 하듯 광적인 사랑을 퍼붓기 시작했던 것이다.

나는 열외가 되어 그네들의 그 비정상적인 변화를 적의 깊게 바라보았다. 그렇다. 나는 다분히 적의를 품지 않을 수 없었다. 두호와 나는 비록 여덟 살 차이기는 했지만 아직은 그네들 품속의 어린 새에 불과했기 때문이다. 나는 혼자 내던져지는 걸 무서워했다. 나는 솔직히 그네들의 편애에 대해서 참을 수 없는 분노를 모닥불 피우듯 가슴에 담아 가고 있었다.

두호에게 좋은 옷을 사다가 입혔다. 안집 아이들도 갖지 못한 장난감들이 주어졌다. 어느 날 나는 두호의 주머니에서 어린이대공원 입장권 세 장을 발견했다.

"두호야, 너 어린이대공원 갔었구나?"

내가 물었다.

두호가 내 눈을 빤히 쳐다보다가 내가 짐짓 웃어 주자 고개를 끄덕였다. 그리고 덧붙였다.

"형아한테 얘기하지 말랬쪄!"

나는 코웃음 쳤다. 뭔가 이해하기 어려운 음모가 우리 집안에 깔려 있었다. 그날 나는 월중고사를 보고 집에 일찍 돌아왔다. 방문을 열어젖혔다.

두호가 컴컴한 방에 혼자 앉아서 뭔가 먹고 있었다. 주먹보다 조금 큰 통닭구이였다. 나는 놀랐다. 아직 우리 집이 통닭구이를 먹을 만큼 형편이 펴이질 못한 걸 나는 알고 있었다. 통닭뿐이 아니었다. 나는 두호가 몰래 숨어서 먹는 여러 가지를 확인했다. 얼음과자, 비싼 과일, 그리고 두호가 가장 좋아하는 과일 넥타 등이 입에서 떨어지지 않았다. 물론 나한테도 그 일부분이 돌아오긴 했어도 어째서 내가 이런 걸 먹어야 하나 하는 마음의 부담 때문에 나는 그것들을 입에 즐길 수가 없었다.

두호가 안집 마당에 서서 바나나를 먹고 있었다. 아직 바나나 철이 되지 않아 엄청나게 비싼 때였다. 안집 아이들이 두호를 둘러싸고 서서 바나나 껍질을 벗기고 있는 두호를 쳐다보고 있었다.

"두호야, 그거 이리 내!"

내가 두호를 노려보며 말했다. 두호가 그 바나나를 뒤로 감췄다. 나는 그것을 뺏기 위해 두호의 목덜미를 잡았다. 너무 거뿐하게 잡혀 들어 기분이 안 좋았다. 그러나 나는 그예 그 바나나를 뺏어 담 밖으로 집어 던졌다. 두호가 울었다. 그의 거뿐한 몸무게만큼 두호는 아직 어린애였다. 땅바닥에 주저앉아 발버둥치며 울어 댔다.

"한호야!"

째지듯 암팡지게 내 이름을 부르며 부엌에서 달려온 엄마가 미친 듯이 내 온몸을 쥐어뜯기 시작했다. 평소 엄마한테서 볼 수 없었던 발작이었다. 무섭게 쥐어뜯으며 등판을 후려치던 엄마가 두호를 끌어안으며 느닷없이 울음을 터뜨렸다.

납득이 안 가는 이런 우스운 짓거리는 계속되었다. 아버지는 관광객들을 태우고 관광지에 갔다가 손님들로부터 팁을 받은 날은 꼭꼭 두호의 장난감을 사오곤 했다. 두호는 그 장난감들을 안집 마당에 여기저기 벌여 놓고 놀았다. 안집 아이들이 침을 흘리며 두호 곁을 배돌았다. 그러나 두호는 대단한 고집통이었다. 안집 아이들과 전혀 어울려 놀지 않는 것은 물론 제 장난감에 손만 조금 대어도 땅바닥에 주저앉아 발버둥 치며 울어 댔다. 더 우스운 것은 그러한 두호를 편드는 엄마의 짓거리였다. 땅바닥에 주저앉아 우는 두호를 끌어안으며 두호의 장난감에 손을 댄 안집 아이들을 향해 욕을 퍼대는 것이었다.

"두호 엄마, 정말 왜 이래요?"

안집 여자와 엄마가 다투는 일이 잦아졌다.

"그래, 우리 애들 보란 듯이 이렇게 많은 장난감을 사다 주는 거예요? 잘 멕이는 거야 애가 약해서 그렇다고 하더라도, 이건 도대체 어린애들도 아니고 뭐예요?"

안집 여자가 마당에 그득한 장난감을 가리켜 보이며 입가에 비웃음을 머금었다.

"아니, 내 애 내 돈으로 이런 거 사주는 게 뭐 잘못이나요?"

"잘못이라는 게 아니라, 도무지 눈 뜨고 볼 수가 없어서 그래요."

"눈 뜨고 못 보다니요?"

"우리 애들 교육상 나빠서 그래요. 부잣집 애들도 그렇게 버릇없인 안 키울 거예요."

우상의 눈물

"알겠다구요. 셋방살이 주제에 장난감이 다 뭐냐 그 말씀이신데, 이거 집 못 가진 사람 어디 서러워서 살겠나!"

그렇게 푸념 삼아 맞서던 엄마가 나중에는 두호를 끌어안고 울음을 터뜨리기가 일쑤였다. 그렇게 어처구니없게 울고불고 하는가 하면 나중에는,

"예수쟁이들 맘 좋다고 하는 건 새빨간 거짓말이라구. 못사는 사람 괄시하는 것들이 뭔 천당엘 가겠다구……."

이처럼 억지를 부리고 나서는 엄마를 향해 안집 여자가 끌끌 혀를 찼다.

"이 여자가 정말 미쳤나? 맨날 무당만 찾아다니더니 귀신이 붙었는가 봐."

"그래, 나 미쳤다. 이 예수쟁이야!"

"두호 엄마, 정말 요새 왜 이래?"

"왜 그러다니, 몰라서 그래? 나 미쳤어, 내 새끼가 죽는다는데 안 미칠 년 있어?"

엄마가 입에 게거품까지 물며 언성을 높였다.

"두호 엄마!" 엄마와는 달리 안집 여자의 목소리는 낮다. 정말 딱하다는 그런 얼굴로 엄마를 부른다.

"두호 엄마, 낼 당장 나하고 교회 좀 같이 가요. 난 정말 두호 엄마가 딱해 죽겠어요. 그래 그 무당 점쟁이들 말을 그대로 믿는 거예요?"

이번에는 엄마 쪽에서 금세 풀죽은 얼굴이 됐다. 한참 만에 엄마가 한숨 섞어 말했다.

"물론 이해가 안 갈 거예요. 그런 건 직접 겪어 본 사람이 아니고선 아무도 모른다구요. 난 무서워요."

엄마가 두호 옷에 묻은 흙을 털어 내며 몸서리쳤다. 싸움은 끝났다. 엄마나 안집 여자는 그 이상 더 얘기를 하지 않았다. 그네들은 그 정도로 화해가 된 듯 평상으로 돌아갔다. 엄마의 두호에 대한 비정상적인 사랑이 그런대로 묵인된 셈이다.

엄마나 아버지의 두호에 대한 그 이해할 수 없는 편애는 날이 갈수록 심해졌다. 나는 물론 알고 있었다. 두호는 하루하루 시간이 흘러갈수록 살이 빠지고 멍청한 애로 바뀌어 가고 있었다. 나는 더 이상 참을 수가 없었다.

"왜 두호를 병원에 안 데리고 가는 거예요?"

아버지를 향해 내가 말했다.

"병원엘 안 데리고 가다니?"

"두호가 어디 아픈 줄도 모르고 계시잖아요!"

"야, 너 엄마한테서 아무 얘기도 못 들었나?"

"무슨 얘길요?"

"한호야!"

엄마가 부엌에서 밥을 짓다 말고 허둥지둥 방에 들어섰다.

"넌 아무것도 모르면 잠자코 있기나 해! 왜 내가 두호를 병원에 안 데리고 간 것 같니?"

"그럼 병원에 갔었단 말이야?"

"한두 번 간 게 아니란 말이야. 병원에 갈 때마다 그러더라. 두호한텐 아무 병도 없다고."

나는 엄마가 거짓말을 하고 있음을 알았다. 두호는 단 한 번도 병원에 간 일이 없었던 것이다. 나는 시치미를 떼고 물었다.

"아무렇지도 않은 애가 왜 저렇게 빌빌 말라 간대요?"

"그걸 내가 어떻게 아니?"

엄마가 딴전을 피웠다. 아버지는 이미 이불을 머리까지 덮어쓰고 돌아누운 뒤였다.

그네들의 그 납득하기 어려운 두호에 대한 편애의 비밀이 밝혀진 것은 답십리 고모를 통해서였다. 내가 우정 고모를 찾아갔던 것이다.

"고모, 그 점쟁이가 그렇게도 용해요?"

나는 짐짓 넘겨짚고 있었다.

"용하다니, 누가?"

"난 다 알고 있다고요. 고모 괜히 시치미 뗄 필요 없어요."

순간 오십이 가까운 고모의 얼굴에는 당황하는 빛이 역력했다.

"엄마가 그 얘길 해주디?"

"무슨 얘길?"

내가 다그쳤다. 어렸을 적부터 고모는 내 말을 잘 들어주었다. 나는 고모에게서 그네들 비밀의 정체를 캐내고 말 심산이었던 것이다. 돌아가신 할머니를 꼭 빼닮은 고모가 내 다그침에 견디다 못해 입을 열었다.

"이건 너두 알고 있어야 할 거라고 생각은 했다만……."

오십이 가까운 고모는 열네 살 조카한테 그네들이 숨겨 온 비밀의 내막을 털어놓기 시작했다.

"네 동생 걔, 살아야 몇 달 더 못 산다."

고모가 들려준 얘기의 핵심은 두호가 얼마 더 못 산다는 것이다. 실로 어처구니없는 얘기였다. 일의 빌미는 아버지가 자갈 채취장에서 자갈을 실어 나르다가 사고를 낸 데서부터였다. 말하자면 엄마는 아버지가 그런 사고를 낼 것을 미리 알고 있었던 것이다. 엄마가 그처럼 찾아다니던 점쟁이들의 점괘가 그렇게 나왔다. 엄마가 찾아간 점쟁이들은 하나같이 아버지의 운수가 좋지 않다고 말했다. 할머니가 그렇게 말리는 군대를 기어코 자원해서 들어간 것이며, 군대에서 운전 사고를 내 사람을 죽인 일 그리고 조상 대대로 물려 내려온 논밭을 팔아치운 일에서부터 지금까지 서울에 올라와 그토록 풀리지 않던 갖가지 일이 모두 점쟁이 말 그대로였던 것이다. 물론 엄마는 점쟁이들이 시키는 대로 그 액땜이란 걸 부지런히 했다. 그러나 집안에 깃든 사기가 너무 커 엄마의 정성이 들어 먹히지 못했다는 것이다. 엄마와 고모는 집안의 그 사기를 눌러 줄 어떤 힘을 찾고 있었다. 그러나 어떤 점쟁이도 그것을 제대로 일러 주지는 못했다. 얘기가 제각각 달랐다. 어떤 점쟁이는 몇 대조 할아버지 산소를 잘못 써 그렇다면서 면례장사를 귀띔해 주기도 했고 어떤 이는 족집게로 집어 내듯 집을 나가 객사한 할아버지의 원귀를 들춰내기도 했다. 그러나 아무도 그런 액운을 겪을 만한 뾰족한 방법을 내놓지는 못했다.

110

"그런데 느 엄마가 그 점쟁일 서울서 다시 만난 거다."

고모가 말하는 그 점쟁이란 옛날 우리가 시골에 살 때 할머니가 단골로 가던 그 용하다는 사람이었다. 그러고 보니 할머니가 그네의 임종 바로 직전까지 두호를 얼씬도 못하게 하던 생각이 났다.

엄마가 그 점쟁이를 다시 만난 것은 아버지가 사고를 내고 폐인처럼 멍청한 얼굴로 방구석에 박혔던 몇 달 전, 먹고살기 위해 옷 보따리를 들고 돌아다닐 때였다. 물론 엄마가 먼저 할머니의 단골 점쟁이를 알아봤다. 그 점쟁이 역시 엄마를 알아봤다. 점쟁이는 우리가 시골에 살 때의 우리 집 내력을 따르르 꿰뚫어 알고 있었다. 엄마가 그 점쟁일 붙들고 늘어졌다.

아무 날 아무 시에 난 애기 잘 크나? 점쟁이가 그렇게 물었다. 잘 큰다고 엄마가 대답했다. 그렇겠지! 점쟁이가 딴전을 피웠다. 엄마가 한 달 동안 장사한 돈을 복채로 놓았다.

문제는 두호였다. 두호가 사라는 것이었다. 한 집안에 살이 낀 사람이 둘 있으면 그렇게 안 좋다는 얘기였다. 손이 귀한 집일수록 그런 일이 흔하다고 했다.

"느 아버지하고 두호가 바로 상극이란 거여!"

고모가 말했다.

"그럼 액땜을 하면 될 거 아냐?"

내가 비꼬는 투로 묻자 고모가 설레설레 고개를 흔들었다.

"딴 방법은 없다더라. 두 사람 중에 하나가 죽는 수밖에……."

그 말을 어렵잖게 해내는 고모의 얼굴에 개기름이 번지르르 했다.

"그래서 두호가 죽을 거란 말예요?"

나는 나도 모르는 사이에 소리쳤다. 고모가 내 입을 막으면서 말했다.

"그 점쟁이 말로는 두호가 명을 짧게 태어났다고 하더란다. 그 대신 일평생을 산 사람처럼 제 기를 다 써먹고 죽을 거란 얘기였 다."

몇 달 전 아버지의 운전 사고 때 두호가 길 한가운데 나타났 다는 것이다. 아버지의 군대 시절 그 사고 때처럼 느닷없이 한 아이가 길 한가운데 나타나 두 손을 번쩍 들더란 것이다. 그 아 이를 피하려고 운전대를 튼 순간 사고가 났다는 얘기였다.

"우리 아버지도 두호가 죽을 거란 걸 알고 있어요?"

"느 아버지한테야 얘기 안 할 수가 없더라. 그러니 두호가 느 아버지 대신 죽는다고야 어디 말하겠디? 그래 느 엄마랑 짜구설 랑 두호가 몹쓸 병에 걸렸다고 거짓말을 했던 거다."

"아버지가 그걸 믿을 것 같아요?"

"믿든 안 믿든 어쩌겠냐?"

나는 내 마음속에서 뭔가 허물어져 내리는 것 같았다. 그것 은 아버지에 대한 실망이었다. 나는 적어도 아버지만은 우리 집 안 구석구석에 밴 그 미신적인 냄새와는 거리가 먼 사람이라고 생각해 왔던 것이다. 뭔가 확실히 알 수 없지만 아버지가 집안의 그 뒤숭숭하고 요령부득의 어떤 힘과 맞서서 끝까지 싸울 것이 라고 기대해 왔던 것이다. 나는 아버지가 며칠 만에 집에 돌아올 적마다 두호의 장난감을 한 아름씩 사오는 그 이유를 알았다. 벼엉신. 나는 입속으로 신음처럼 중얼거렸다.

"내가 느 아버지랑 엄마한테 그랬다. 기왕 죽을 자식, 죽은 뒤에 포원이나 없게 잘해 주라구."

"두호가 죽은 뒤, 마음 덜 괴로우려고 그렇게들 열심이라 그 얘기군요."

나는 뒤틀리는 심사대로 한마디 쏘아붙이지 않고는 견딜 수가 없었다.

그네들의 생각과는 달리 두호는 더 오래 버텨 냈다. 눈은 더욱 퀭하게 들어가고 팔다리는 배배 꼬여 갔지만 아직 그렇게 쉽게 꺼질 것 같지는 않았다. 잘 먹고 잘 놀았다. 장난감이 안집 마당을 가득 채웠다. 이제 안집 아이들이 그 장난감을 마음대로 가지고 놀아도 두호는 울지 않았다.

두호의 취학 통지서가 나왔다.

"몸은 약해도 이놈이 공분 잘할 거야."

아버지가 말했다. 엄마가 고개를 설레설레 흔들면서 대구했다.

"공연히 애 고생시킬 것 없이 집에서 편히 놀게 하는 게 어때요?"

"당신 정말 미쳤군!"

아버지가 언성을 높였다. 두호 문제를 놓고 그들이 얘기를 나눌 때 아버지는 늘 이처럼 엄마를 나무랐다. 아버지의 마음속에서 싸움이 일고 있다는 뜻이다. 그는 점쟁이와 엄마의 말을 쉽게 받아들이지 않고 있음이 틀림없었다. 그러나 아버지는 돈만 있으면 두호를 위해서 뭔가 하고 싶어 안달을 했다.

아버지의 일이 잘 풀리면 풀릴수록 두호에게 쏟는 정이 각별했다. 말하자면 두호가 그처럼 빼빼 메말라 가고 있는 대신 자신의 운이 잘 펴인다는 생각 때문이었는지도 모른다. 어떻든 아버지의 수입이 괜찮아졌다.

"이놈들아, 일 년만 참아라."

1년 후에는 집을 살 계획을 할 만큼 아버지의 수입은 좋았다. 엄마는 답십리 고모가 하는 계에 3번과 20번을 들었다. 얼굴에 화색이 돌고 안 하던 화장까지 하면서 엄마는 싱싱해졌다. 그러나 엄마가 두호의 불길한 그 일까지 잊고 있는 것은 아니었다. 우리 집 형편이 펴이면 펴일수록 두호에 대한 엄마의 편애는 심해졌다. 엄마는 아버지와는 달리 노골적이었다. 어쩌면 그것은 자식으로부터 지레 정을 끊으려던 엄마의 통곡이었는지도 모른다.

"애 죽은 뒤에 애통해해야 소용없어요."

두호는 엄마가 생각했던 것처럼 그렇게 쉽게 죽지 않았다. 두호는 방구석이나 안집 마당에서 소리 없이 혼자 놀았다. 어떤 때는 아침에 나간 애가 저녁때가 되어 돌아오곤 했다. 두호가 그렇게 밖에 나가 돌아오지 않을 때마다 엄마는 드디어 올 것이 왔구나 하는 얼굴로 허둥거렸다. 그러나 두호는 제 발로 집을 잘 찾아들었다.

"이놈의 새끼야, 너 어디 갔었니?"

엄마가 자신의 예감을 부끄러워하면서 그 부끄러움을 오히려 두호에 대한 매질로 나타냈다.

"엄마 속 이렇게 썩히려면 어서 칵 죽어 버려!"

매를 맞은 뒤 두호는 허겁지겁 밥을 퍼먹고 그 자리에 쓰러져 잠들곤 했다.

"너 어디 갔었냐?"

어느 날 내가 살살 달래면서 물어보았다.

"산에 갔어!"

"산에 뭣하러!"

"새 잡으러."

"새?"

"산에 새 많아!"

두호는 새를 좋아했다. 안집에서 십자매 한 쌍을 키웠을 때 두호는 몇 시간이고 그 새장 앞에 웅크려 앉아 있곤 했다. 그 십자매가 비를 맞아 죽었을 때 두호는 독감으로 오래 앓아누웠다. 독감을 앓고 나서도 두호는 그 빈 새장 앞에 오랫동안 앓고 웅크려 앉아 있곤 했다. 엄마가 두호를 밖에 나가지 못하게 했다. 두호는 밖에 나가는 대신 집 안에서 불장난을 했다.

안집 여자가 얼굴이 파랗게 질려 펄펄 뛰었다. 엄마가 집 안의 성냥을 모두 두호 눈에 띄지 않는 곳에 감춰 놓았다.

그러나 두호가 그예 불을 냈다. 그렇게 깨끗하게 타버릴 수가 없었다. 안집은 물론 우리 집 세간까지 몽땅 타버렸다. 처음에 두호까지 죽은 줄 알고 엄마는 땅을 치고 울었다. 두호가 발견된 것은 다음 날 아침 이웃집 지하실에서였다.

"네가 불장난을 했지?"

사람들이 다그쳤다. 두호가 대답 대신 울음을 터뜨렸다. 우리는 거지 신세가 되었다. 엄마는 경찰서에 스무 번도 넘게 불려 다녔다. 아버지는 회사에서 돈을 꾸어다가 안집에 넘겨주었다. 엄마와 아버지가 교도소에 가지 않은 것만 해도 다행이었다.

우리는 산 밑 동네에 방 하나를 얻어 들었다. 밥을 해 먹는 양은솥에서부터 숟가락까지 모두 새로 사야 했다. 형편이 말이 아니었다. 나는 학교를 당분간 쉬어야 했다.

"이 웬수 놈의 새끼!"

엄마는 두호한테 매질을 했다. 분에 복받쳐 매질을 하다간 제풀에 지쳐 두호를 끌어안고 울음을 터뜨렸다.

두호는 장난감도 없이 잘 놀았다. 집에 붙어 있는 시간보다 밖에 나가 노는 시간이 더 많았다. 밖에서 아이들하고 어울려 노는 게 아니라 혼자서 산에 올라가길 좋아했다. 산에 새가 많아. 그러나 두호는 늘 빈손으로 돌아와 엄마의 눈치를 보며 밥을 먹은 다음 그 자리에 쓰러져 잠들어 버리곤 했다.

아버지가 월급을 타 오기가 무섭게 엄마는 점쟁이를 찾아 나섰다. 집안 구석구석이 으스스 귀기를 띠고 다시 그 이상한 부적들이 나붙기 시작했다. 이제 철이 든 두호는 엄마가 싫어하는 일은 하지 않았다. 그러나 엄마는 두호에 대한 경계를 결코 풀지

우상의 눈물

않았다.

그런데 또 일이 터졌다. 정말 엎친 데 덮친 격이었다.

"오히려 깨끗하게 됐어요."

아버지 소식을 가지고 온 회사 사람이 엄마한테 말했다. 아버지가 운전하는 차에 치인 사람이 그 현장에서 죽었다는 것이다. 크게 다쳐 입원을 한 뒤 두고두고 골치 아픈 일이 생기는 것에 비하면 회사 측으로서는 정말 잘된 일이란 것이다.

그 사고로 해서 아버지는 삼백 리 떨어진 지방 도시의 경찰서 유치장에 있었다. 엄마가 이틀에 한 번씩 아버지 면회를 갔다. 새벽에 나간 엄마는 밤 열두 시가 되어서야 돌아왔다. 엄마는 지쳐 있었다. 내가 라면을 끓여다 놓았지만 엄마는 이미 인사불성으로 잠이 든 뒤였다. 그렇게 옷을 입은 채 쓰러져 잠을 잔 엄마는 다시 새벽 세 시쯤 눈을 떠 묵은 빨래를 하고 아침밥을 지어 놓은 다음 집을 나갔다. 우리 형제 같은 건 엄마 안중에도 없는 것 같았다.

그날 밤도 엄마는 아직 돌아오지 않고 있었다. 우리가 세 들어 사는 안집에서는 텔레비전 소리가 몹시 높게 들려왔다. 온 식구가 박수를 치며 떠들썩했다. 권투 중계였다. 우리나라 선수가 세계 타이틀을 놓고 싸우고 있을 것이다.

나는 입술을 악문 채 참았다. 라면을 끓이는 냄비에 덴 손가락이 벌겋게 부풀어 올랐다. 안집 텔레비전이 와와 아우성을 치고 있었다. 케이오 펀치가 터진 모양이었다. 우리 방에는 텔레비전은 말할 것도 없고 그 흔해 빠진 라디오 하나 없었다.

"혀엉, 라면 다 끓었나?"

두호가 목을 길게 빼들고 부엌을 내다보았다.

두호는 제 몫의 라면 한 그릇을 눈 깜짝할 사이에 먹어치웠다.
우리들은 그날 점심을 굶었던 것이다.

"혀엉, 나 무울!"

내가 부엌으로 물을 뜨러 나갔고, 그사이에 두호가 내 라면
그릇을 차지하고 앉아 콧물을 길게 빼문 채 아귀아귀 먹어 대고
있었다. 와아와아 안집 텔레비전이 아우성치고 있었다.

"이 쌍놈에 새끼!"

나는 부드득 이를 갈았다. 두호가 힐끗 나를 치어다보았다.
나는 두호의 그 걸신들린 눈을 보자 소름이 끼쳤다. 두호가 이
처럼 무서워 보이기는 처음이었다. 고양이 사건이 있던 그날 아
침 엄마한테 목을 죄인 채 나를 쳐다보던 그런 눈이었다.

"두호야, 나하고 산에 가자!"

나는 서둘러 옷을 입으며 말했다. 실로 순간적인 결단이었다.

"……?"

"내가 저 뒷산에 새집을 맡아 놨다. 밤에 가면 잡을 수 있어."

나는 두호의 그 퀭한 눈이 번쩍 빛을 내는 걸 보았다.

우리는 뛰다시피 산을 오르기 시작했다. 산의 큰길을 버리고
우정 샛길을 찾아 숲이 무성한 산속으로 들었다. 후둑후둑, 산
새가 자리를 바꿔 앉느라 부산할 뿐 등산객들이 다 하산한 밤
의 산속은 죽음처럼 조용했다.

우상의 눈물

"혀엉!"

두호가 내 뒤에서 헐떡이고 있었다.

"조금만 더 올라가면 돼!"

나는 걸음을 늦추지 않았다. 생각보다 두호의 걸음은 빨랐다. 내가 아무리 빨리 걸어도 두호는 내 뒤에서 헉헉 숨을 몰아쉬고 있었다. 그러나 나는 계속 걸음을 빨리했다.

"형아, 같이 가자."

드디어 두호가 겁먹은 소리를 울음 섞어 질러 댔다. 산속의 그 휘휘한 밤공기가 우리들의 발짝 소리에 의해 조금씩 흔들리고 있었다. 발끝에 채인 돌이 비탈을 굴러 내렸다. 그럴 때마다 나는 온몸으로 소름이 끼치도록 무서웠다.

"귀신이닷, 귀신!"

대여섯 걸음 뒤쳐진 두호를 향해 내가 느닷없이 부르짖었다. 귀신이닷, 귀신— 밤의 산속 메아리는 그 울림이 더욱 쟁쟁하다. 소리 질러 놓고 나는 더욱 빨리 뛰었다. 마치 두호에게 잡히기만 하면 죽기라도 하는 양 그렇게 필사적으로 뛰었다.

"혀엉!"

상당히 뒤떨어진 데서 두호가 울부짖고 있었다. 우와 우와……. 산골짜기 전체가 울음소릴 냈다. 나는 문득 뒤돌아보았다. 산 아래 동네의 불빛이 전혀 보이지 않는 위치에까지 이르러 있음을 알게 됐다. 이제 단 한 발짝 앞도 분간하기 어려운 칠흑 같은 어둠이 깔린 산속이었다.

나는 길 옆 바위 뒤에 가만히 몸을 숨겼다. 그리고 숨을 죽인 채 두호가 가까이 다가오기를 기다렸다. 두호가 징징 울면서 다가오는 기척이 있었다. 두호가 가까이 다가올수록 나는 가슴이 죄어들었다. 두호가 무서웠다. 그러나 나는 더 이상 도망치지 않고 기다렸다. 드디어 두호가 내 곁에 이른 순간 나는 심장이 터질 것 같았다. 나는 벌떡 몸을 일으키며 벼락 치듯 소리쳤다.

"귀신이닷!"

두호가 악— 소릴 지른 다음 그 자리에 주저앉았다. 나는 얼결에 다시 산을 치뛰기 시작했다. 온통 내 발짝 소리뿐이었다. 그 발짝 소리에 질려 그만 걸음을 멈췄다. 정적이 쏴아 밀려왔다. 다시 온몸으로 소름이 끼쳤다. 두호의 기척은 어디에고 없었다.

나는 상반된 기대 속에 두호의 소재를 파악하고 싶었다.

"두호야!"

나는 벌벌 떨리는 목소리로 불러 보았다. 그러나 내 목소리는 어둠 속에서 그냥 산울림이 되어 돌아왔을 뿐이다. 내가 내 목소리를 의식하는 그런 묘한 두려움이 머리끝으로 쭈뼛쭈뼛 뻗쳤다. 그러나 두호를 버리려는 내 결심이 흔들리는 건 아니었다. 두호는 이미 버려졌다. 두호는 대답할 수 없어야 한다.

"두호야!"

나는 더듬더듬 산길을 내려가기 시작했다. 오를 때는 전연 몰랐는데 경사가 급한 돌밭이었다. 발을 조심조심 디뎠다. 두호의 기척을 놓쳐서는 안 된다. 두호는 살아 있을 것이다. 살아 있어야 한다. 탁. 나는 발을 헛디뎌 하마터면 비탈길을 굴러 내릴 뻔하였다. 내가 발을 헛딛는 순간 돌 하나가 굴러 내리기 시작했

120

다. 비탈을 굴러 골짜기 그 아래로 쏟아져 내리는 돌덩이들이 우당탕거리는 소리가 산속의 그 정적을 여지없이 깨고 있었다. 나는 귀를 막았다. 돌덩이 속에 휘말려 굴러 내리는 두호의 비명을 듣지 않기 위해서였다. 두호는 혼자 산에 갔어요. 엄마는 내 말을 믿으리라. 걘 죽을 애였어요. 엄마가 사람들을 설득할 것이다. 그러나, 귀에서 손을 떼었을 때 이미 돌 구르는 소리는 그친 뒤였다. 그 소리보다 더 무서운 정적이 쏴아 밀려왔다.

"두호야!"

나는 계속 두호를 부르면서 허둥허둥 비탈길을 내려서고 있었다. 마치 술래잡기에서 숨은 아이를 찾는 술래처럼 조심스레 두호의 기척을 살폈다. 그러나 두호는 대답하지 않았다. 등 쪽으로 소름이 쫙 끼쳤다.

"두호야!"

나는 더럭 외로움 같은 걸 느꼈다. 그것은 무서움과는 또 다른 떨림이었다. 나는 부들부들 몸을 떨기 시작했다.

엄마의 실신한 얼굴이 보였다. 네가 두호를 죽였지? 엄마가 내 목덜미를 옭아매며 소리친다. 절망의 아득한 구렁텅이가 보인다.

"두호야!"

나는 차라리 울고 싶었다. 그러나 몸이 심하게 떨릴 뿐 울음 같은 건 나오지 않았다.

문득 눈앞에 희끔한 것이 보였다. 나는 그 자리에 얼어붙었다.

"혀엉!"

느닷없이 덮쳐든 것은 두호의 작은 몸뚱이였다. 나는 겨우 주저앉는 것만은 면했다. 내 가슴에서 파닥이며 숨을 할딱이는 작은 새 한 마리. 두호는 내 가슴에 얼굴을 묻은 채 그 깡마른 두 손으로 내 몸을 다잡아 쥐고 발발 떨었다. 마치 절벽 끝에 매달린 사람이 필사의 힘으로 바위를 그러쥐듯 그렇게 내 몸을 그러쥐고 있었다. 나는 두호의 심장 뛰는 소리를 들었다. 어쩌면 그것은 내 심장 소리였는지도 모른다. 두호의 작은 손에서 따스한 체온이 내게 전해졌다.

"임마, 왜 대답 안 한 거야?"

내 물음에 두호가 아직은 겁먹은 목소리로 더듬거렸다.

"형아가 나, 나 내뻐리고 갈려구 그랬지?"

나는 더 견디지 못하고 그 작은 몸뚱이를 와락 껴안았다. 비로소 내 눈에서 뜨거운 것이 줄줄 쏟아졌다. 두호는 생각보다 무거웠다. 나는 두호를 등에 업고 어둠 속의 그 산길을 내려오면서 다시 보이기 시작한 산 아래 마을의 그 휘황한 불빛에서 눈을 뗄 수가 없었다. 그러나 그 불빛이 있는 산 아래 마을에 대한 적의 같은 것은 씻은 듯 가신 뒤였다.

나는 경둥경둥 뛰다시피 산길을 걸었다. 내 등에서 두호가 간지럼을 타는 듯 키들키들 웃었다.

"두호야!"

"으응, 혀엉?"

"우린 지금 새처럼 날아서 내려가는 거야."

우리는 사실 어둠의 산에서 그 아래 불빛을 향해 훨훨 날아내리는 기분이었다.

나는 이제 눈물 같은 건 흘리지 않았다. 뱃속 깊은 데서 위로 뿌듯하게 치밀어 오르는 어떤 힘을 느낀 것이다.

　그것은 날개 꺾인 이 어린 새의 어깻죽지에 새살이 돋을 때까지 내가 그의 날개가 되어 퍼덕여 주리라. 그런 마음 다짐이 어금니에 씹힌 때문이다.

1979년 《작단》 2집

침묵의 눈

언덕 아래의 시끌시끌한 소음이 겨울의 냉기 속에 얼어붙으면서 안개처럼 우우 짙게 내리깔리는 집 안의 정적을 이따금 흔들어 주는 것은 눈발을 세울 듯 우중충 흐린 하늘을 스쳐 오는 교회 종소리였다. 낡은 테이프로 음악을 흉내 내면서 울려오는 그 종소리는 심장을 치는 성스럽고도 경건한 의미를 담고 있지 않았다. 그것은 집회를 유도하는 그런 세속의 호객하는 소리처럼 음험할 뿐이었다.

저녁 종소리를 들으면서 나는 가까워진 천재지변을 예각하는 하찮은 동물들의 그 본능처럼 분명 뭔가 냄새 맡고 있었다.

겨울. 1970년대 초 굉장한 충격으로 상륙한 오일 파동에다 어떤 피치 못할 사연까지 덤으로 붙어 느닷없이 앞당겨진 장장 두 달여의 이 양양하고 칠칠한 겨울방학. 그리고 형의 칩거였다.

형은 꼬리를 사타구니로 말아 넣은 미친개의 음험한 눈을 하

우상의 눈물

고 밖의 겨울을 외면한 채 집 안 깊숙이 들엎드렸다. 이것은 분명 예삿일이 아니었다.

형은 가을부터 날뛰었다. 고질적인 그의 광기가 바깥 세계의 함성과 살기등등한 열기에 힘입어 마음껏 발산되었을 것은 지극히 당연했다. 밤늦어 돌아오곤 하는 그의 얼굴에는 야릇한 살기와 흉계의 찌꺼기가 더덕더덕 붙어 있었다. 물 본 기러기처럼 그 열기 속을 헤엄치며 즐겼음이 분명했다. 그러나 형은 겨울방학이 선고되기 며칠 전 집에 들어오지 않았다. 형이 돌아오지 않은 사흘간을 나는 가슴이 터질 것 같은 긴장 속에 텅 빈 집을 혼자 지켰다. 이 사실을 고향 아버지에게 알리지 않고 버틴 것은 역시 잘한 일이었다. 느덜은 별일 없재? 아버지가 그렇게 시외 전화를 걸어 왔을 때도 나는 시치미를 뗐다. 별일 없어요.

형은 돌아왔다. 고개를 꺾고 어깨를 움츠린 채 비실비실 걸어들어와 두문불출 자기 방에 죽치고 들앉은 것이다. 그의 초췌한 얼굴의 의미를 생각하면서 나는 잽싸게 철대문에 빗장을 질러 버렸다. 형이 뭔가 끝내주려 하고 있다 생각한 때문이다.

잠 못 자 죽은 귀신이라도 옮은 듯 형은 일주일을 내리 잠만 잤다. 배를 채우기 위해 가끔 얼굴을 내밀 때의 그의 얼굴은 부황 앓은 사람처럼 부석부석 떠 있었으며 이빨에는 누렇게 똥이 끼어 있었다.

물론 형의 이 칩거는 아무에게도 방해받지 않았다. 이것은 그가 꾸미고 있는 음모의 깊이를 생각하게 해주는 좋은 조짐이었다. 형은 철저하게 조처했던 것이다. 바깥 함성에 휩쓸리면서부터 곧장 가정부 아줌마를 그녀의 고향으로 내려 보낸 것을 비롯해서 자기 이름이 적힌 문패를 떼어 쓰레기통에 집어넣는 등. 방에 들엎드리기 전에 아버지에게 시외 전화를 거는 일도 잊지 않았다. 그러나 아버지가 먼저 말하고 있었다. 내 곧 상경하겠다만, 느이들 별일 없재?

아버지가 두려워하는 것은 항상 '별일'이었다. 아버지는 평화주의자다. 형은 얼굴을 찌푸린 채 아버지의 말을 듣고 있다가 기회를 잡아 용건을 잘라 말했던 것이다.

—우리 공부 좀 하게 아무도 올라오지 말아요.

백 번 장담해도 좋을 것이, 고향에서는 이제 아무도 상경하지 않을 것이다. 아버지와 계모. 그들은 형을 겁내고 있었다. 형의 광기를 너무나 잘 알고 있었기 때문이다.

형은 계속 잠만 잤다. 이를 부득부득 갈면서 잤다. 이 갈기는 형의 광기의 한 증세이기도 했다. 나는 형의 이 가는 소리를 들으면서 뒤꿈치를 들고 야금야금 걸으며 이 칠칠한 겨울을 즐겼다. 가끔 소리 죽여 ㅎㅎ 웃기도 했다. 이 즐거움의 근원은 기다림이었다. 기다림은 어떤 사실과의 만남을 전제로 한다. 나는 줄기차게 시치미를 떼면서 무엇인가 일어나 주기를 기다렸다. 형은 항상 나를 즐겁게 해주었다. 우리들이 좀 더 어렸던 시절, 함께 싸다니며 저지른 그 무수한 기행, 그것은 온통 즐거움이었던 것이다. 집에서 기르던 산비둘기 한 쌍을 펄펄 끓는 물에 슬쩍 데쳐 털을 모조리 뽑아 낸 다음 방 안에 던졌다. 비둘기들은 김이 오르는 그 빨간 몸뚱이를 강동거리며 방 안을 뱅뱅 돌았다. 우리

우상의 눈물

는 눈앞이 아찔한 즐거움으로 해서 기성을 질러 댔던 것이다.

형이 그 긴 잠에서 깨어난 것은 내가 대문 밖 쓰레기통에서 백치를 발견한 시간과 거의 때를 같이했다. 우습게도 형은 그 백치 놈을 맞아들이기 위해서 잠을 깬 것처럼 거동했는데 나는 그것을 믿어 주고 싶었다. 그의 그 예사롭지 않은 잠 속에 어찌 그 정도의 현몽이 없었겠느냐 싶었던 것이다.

밖에는 이미 어둠이 깔리기 시작했고 집 안에 모인 쓰레기를 버리기 위해 대문 빗장을 뽑았을 땐 아랫동네로부터 교회 종소리가 음악을 흉내 내면서 기어오르고 있었던 것이다. 이상한 예감에 사로잡혀 쓰레기통을 열었다. 나는 흑— 숨을 들이마시며 뚜껑을 다시 닫아 버렸다. 뭔가 희끗하게 쓰레기통 속에 꽉 차 있다는 느낌이었다. 허겁지겁 안으로 뛰어들었다. 형이 마당에 서 있었다.

밖에 누가 날 찾아왔지?

형은 누렇게 때 낀 이를 드러내며 천연스럽게 물었다. 그러나 그의 얼굴은 겁에 잔뜩 질려 있었다.

응, 쓰레기통 속에 있어!

나는 대답했다.

쓰레기통 속에 든 것이 무엇인가를 확인하고, 그리고 그 괴물을 밖으로 끄집어내는 데는 상당한 용기와 시간이 필요했다. 그러나 우리는 해냈다.

한눈에 그것은 우리들 적수가 아니었다. 입을 헤 벌려 침을 게

게 홀리는 백치였던 것이다. 놈은 오그라지듯 왜소한 체구를 하고 있었지만 나이는 꽤 들어 뵈었다. 얼굴은 화상에 의한 것인 듯 찌그러져 번들거렸다.

바로 그 새끼야!

내 맥 빠진 기분과는 달리 형은 숨을 헐떡이며 말했다. 그 새끼의 출현이었던 것이다. 형의 그 새끼는 이처럼 느닷없이 쓰레기통에서도 나왔다. 민중아, 불이야 불. 형이 나를 흔들어 깨웠다. 엄마가 살고 있던 바깥채가 불붙어 타오르고 있었다. 나는 무서워서 울었다. 그때 형이 미친 듯 울고 있는 내 귀에다 속삭였다. 저 불, 그 새끼가 싸지른 거야! 그 새끼를 형이 처음 입에 올린 것이 그때였다. 내가 대여섯 살, 형이 예닐곱 살쯤 됐을 때였다. 그 새끼가 죽인 거야. 재 속에서 끄집어낸 엄마의 시체가 철사에 꽁꽁 묶인 채 새카맣게 불타 오그라졌더라고 형은 엄마가 땅에 묻히는 날도 내 귓속에다 속삭였다.

형의 이러한 발작을 눈치채면서부터 아버지의 얼굴에는 난색이 짙었다. 아버지의 얼굴이 어두워지는 것은 오직 형의 광기 앞에서 뿐이었다. 매사 적당주의인 아버지라도 형의 광기가 한번 나타나면 속수무책으로 절절맸다.

형에게 덮씌워진 '그 새끼'의 귀신은 어디에서고 예고 없이 그 꼬락서닐 달리해 나타났다. 학교길 건널목 빨간불 대기에서 옆에 서 있는 중년 여인까지도 그 새끼로 보였던 것이다. 두툼한 입술과 툭 불거진 광대뼈가 온통 탐욕스럽게 생겨 먹었더란 것이다. 나중에 제정신이 들었을 때 형은 꼭 이런 어처구니없는 이

　　　　　　　　　　　　　우상의 눈물

유를 달곤 했다.

이처럼 형의 광기는 다혈질적인 체질에서 오는 과민성과도 통하는 바가 있었다. 하찮은 일에도 곧잘 입술을 파르르 떨며 동공을 좌우로 빠르게 움직이는 등, 그는 항상 불안하고 혐오에 가득 찬 얼굴을 하고 있었다. 그 새끼의 모습은 러시아워의 초만원 버스 속에서 가장 많이 나타났다. 학생이 든 책가방이 다리를 좀 스쳐도 목덜미를 벌겋게 달구며 눈에 살기를 띠는 선병질인 사내의 옆얼굴, 뒷머리를 지나치게 쳐올려 속살이 허옇게 드러나 혐오감을 불러일으키는 사내의 뒷모습, 껌을 질겅질겅 씹으며, 출구에 엉겨 붙은 승객들을 안쪽으로 집어넣기 위해 차체를 급회전시키는 버스운전사의 선글라스 낀 유들유들한 얼굴, 아낙네의 둔부에 사타구니를 밀착시키고 서서 옆 사람의 눈치를 살피고 있는 치한, 대개 이런 사람들이 형의 주먹을 먹었다. 느닷없이 그 새끼의 면상을 때리고 형은 그 자리에 쓰러져 간질병 환자처럼 사지를 뒤틀었다. 그래서 형은 항상 용서를 받을 수 있었던 것이다. 그러나 버스 속에서의 그런 얼굴은 그런대로 눈에 거슬려 증오심이나 적개심을 불러일으킬 수 있는 대상이었기 때문에 그런대로 수긍이 갈 수도 있었다. 그러나 형은 아주 점잖게 차려입은 중년 신사 뒤를 미행해 가다가 그 목덜미를 잡아챈 다음 놀란 그 신사의 얼굴에다 침을 뱉기도 했다. 고등학교를 졸업할 무렵 형은 아버지에 의해서 정신과 병원에 입원한 적이 있었다. 두 달여의 입원 끝에 형은 '이상 없음'의 결과를 가지고 히히 웃으며 천연스러운 얼굴로 돌아왔다. 그날 저녁 형은 음흉스럽게 웃으며 내 귀에다 대고 말했던 것이다. 의사, 그게 바로 그 새끼였단 말이야.

이 새낄 안으로 끌어들여!

형은 백치가 가슴에 안고 있는 형 이름이 적힌 문패를 빼앗아 다시 쓰레기통 속에 집어넣으며 말했다. 나는 망설일 필요 없이 백치의 몸을 대문 안으로 밀어 넣었다. 너, 이거 꼭 붙들고 있어. 형이 건네준 비둘기의 가슴이 내 손아귀에서 파득파득 뛰고 있었다.

마루에 선 채 두리번거리는 백치한테서 고약한 냄새가 났다. 입을 헤 벌린 꼴이 녀석의 화상으로 찌그러져 번들거리는 흉한 낯짝의 인상을 조금은 부드럽게 하고 있었다.

그렇게 멍청하니 서 있는 백치를 향해 형이 춤추듯 움직였다. 백치가 나무토막처럼 마루에 나동그라졌다. 형은 두어 번 발길질을 했다. 그러나 쓰러진 채 형을 쳐다보는 그 찌그러진 백치의 눈에는 공포가 없었다. 도대체 놈의 낯짝엔 악의라든가 분노 같은 게 없었다. 형이 식당에서 칼을 들고 나와 씩씩거리며 백치의 목에 댔다. 그러나 백치는 그냥 헤— 하니 입을 벌린 채 그 어떤 표정도 보이지 않았다.

이 새끼 봐라?

형은 신음하듯 중얼거리며 칼을 집어 던졌다. 그리고 한참 후에 내게 말했다.

이 새낄 목욕탕에 집어넣어!

나는 몸이 떨렸다. 끓는 물에 잠기지 않는 것은 오직 비둘기

130   우상의 눈물

대가리뿐이었다. 털이 뽑히지 않은 대가리를 덩그렇게 치켜들고 벌거숭이가 돼 강동거리며 방 안을 돌던 비둘기를 보면서 나는 몸을 떨었다. 형은 백치의 옷을 반은 찢다시피 벗겨 냈다. 걸쳤던 그 더러운 옷보다 더 더러운 몸뚱이, 놈은 사람이랄 수가 없었다. 그러나 형은 놈의 몸뚱이를 욕조 속에 밀어 넣었다. 수도꼭지를 틀자 뜨거운 물이 쏟아져 나왔다. 아버지의 배려였다. 오일 파동을 비웃듯 지하실 속에 비축된 석유 드럼. 아버지의 부, 아버지의 힘이고 아버지의 사랑이었다. 이것이 또한 그의 삶의 최선의 방식이었다. 형은 백치의 몸에 직접 손을 대어 씻기기 시작했다. 더러운 몸뚱이에서 식혜 밥알 같은 때가 문정문정 떨어져 나왔다. 흰 타일 벽에도 형의 얼굴에도 놈의 때가 묻어났다. 놈은 여전히 표정 없는 얼굴로 몸을 맡긴 채였다. 형에게 맞아 터진 입술이 부어올라 얼굴은 더욱 흉하게 보였다. 그러나 형은 계속해서 놈을 씻겼다. 나는 구역질이 났다. 이 구역질은 형으로부터 도망치고 싶다는 충동 쪽으로 나를 밀어붙였다. 그러나 나는 도망치고 싶은 충동을 억제하면서 형이 하는 일을 지켜보았을 뿐이다. 나는 알고 있었다. 형으로부터 도망치고 싶다는 이 충동은 예견되는 어떤 사태에 대한 공포임을. 그러나 나는 결코 도망가지 않을 것이다.

목욕탕에서 나온 백치는 털 뽑힌 비둘기처럼 강동거리며 뛰지 않았다. 놈은 원숭이처럼 어깨를 잔뜩 움츠리고 마루 한가운데 서 있었다. 사타구니에 축 늘어진 물건은 완전한 포경이었다. 놈에게 내 겨울 체육복이 입혀졌다. 그리고 라면을 끓여 주었다.

놈은 참말 걸신들린 것처럼 뜨거운 라면을 맨손으로 건져 헐레헐레 넘겼다. 국물까지 다 마시고 놈은 포식한 돼지처럼 모로 쓰러져 잠들어 버렸다.

내 방에 돌아와 누웠지만 잠은 오지 않았다. 자꾸 불길이 치솟고 있었다. 엄마가 자고 있는 바깥채였다. 나는 울어 댔다. 저 불, 그 새끼가 싸지른 거야. 형이 말했다. 눈을 떠도 숨을 탁 막는 연기와 불길이었다. 갑자기 방문이 열리면서 칼을 든 백치가 내 가슴을 겨냥하고 내리 찔렀다. 견디다 못해 일어나 방문을 열었다. 마루의 난로가 벌겋게 달아 있었고, 그 석유난로 옆에 백치가 새우처럼 꼬부린 채 잠자고 있었다. 그리고 형의 이 가는 소리가 들려왔다. 나는 비로소 어깨의 힘을 빼고 자리에 쓰러져 잠들 수 있었다.

이 새낄 다시 사람으로 만드는 거야!

아침부터 형은 이 형편없는 저능아에게 과거를 되돌려 주기 위해 갖은 방법을 다하고 있었다. 너 개새끼지? 느 아버지가 널 때렸지? 느 엄마 똥깔보지? 네가 느 엄마 죽였지? 느 엄마 이렇게 죽었지? 형은 정말 눈을 허옇게 뒤집어쓰고 마룻바닥에 죽은 것처럼 쓰러졌다. 그러나 백치는 멀뚱하니 앉아 형의 얼굴만 쳐다보았다. 그 어떤 물음에도 대꾸하지 않았다. 형의 말을 듣고 있는 게 분명한데도 놈은 아무것도 말하지 않았다. 말할 수 있을 만큼 과거를 기억하고 있지 않을지도 모른다. 그러나 형은 계속했다. 이 새끼야, 웃어! 히히 웃어 봐! 형이 언성을 높이기 시작했다. 이 새끼야, 울어! 울어 보란 말이야! 드디어 더 참지 못하고

우상의 눈물

형의 주먹이 날아갔다. 죽여 버릴 거다! 그러나 백치는 쓰러진 난롯가에 흐트러진 빵 부스러기를 주워 먹기 시작했다. 형이 빙긋 웃었다.

지금부터 이 새끼한테 아무것도 먹이지 마!

그리고 우리들은 백치가 보는 앞에서 점심을 먹었다. 저녁도, 다음 날 아침까지도 놈에게 물 한 방울 주지 않았다. 그러나 놈은 잘 견뎌 냈다. 우리들 곁에 다가들지 않았을 뿐 아니라 식당에 있는 음식에도 손을 대지 않았다. 언제나 난로 옆 마룻바닥에 꼬부려 죽은 듯 누워 있었을 뿐이다.

형의 눈이 분노로 이글이글 타오르고 있었다. 그는 밥그릇을 들고 백치에게로 다가갔다. 백치는 서슴없이 손을 내밀어 밥그릇을 받았다. 주저하거나 의심하는 그런 눈이 아니었다. 밥을 움켜쥐어 입에 넣으려는 순간 형이 밥그릇을 낚아챘다. 놈은 손에 묻은 밥알을 뜯어먹는 데 그쳤다. 그가 개처럼 으르렁거릴 걸로 예상했던 형은 그만 낙망한 얼굴을 보였다.

의자 하나 내와! 형이 시키는 대로 나는 책상 의자를 마루로 내왔다.

거기다 저 새낄 묶어! 백치는 의자에 앉혀진 다음 전깃줄로 묶여지기 시작했다. 움직일 수 있는 것은 그의 머리뿐이었다. 형은 백치의 머리를 뒤로 젖힌 다음 그 화상으로 해서 번들거리는 얼굴에다 수건을 얹었다. 그리고 그 수건 위에다가 주전자에 가득 찬 뜨거운 물을 조금씩 조금씩 부어내리기 시작했다. 백치가 고개를 흔들자 형은 한 손으로 백치의 이마를 누르면서 쉬지 않고 물을 부었다. 나는 숨이 헉헉 막히는 것만 같았다. 백치의 머리가 더욱 심하게 움직이자 형은 백치의 턱을 받쳐 들었다. 물이 계속 부어져 내리자 끄끄 짐승 같은 소리가 덮인 수건 밑에서 새어 나왔다. 너 이 새끼야 바른 대로 말해! 형이 백치의 귀에 대고 소리쳤다. 그러나 백치는 의자에 묶인 채 꿈틀거릴 뿐 더 이상 아무런 소리도 내지 않았다. 나는 숨이 막혀 쓰러질 지경이었다. 그러나 결코 도망치지 않고 지켜보았다. 주전자의 뜨거운 물은 수건을 적시면서 백치의 코와 입의 숨길을 막았다. 그리고 목을 타고 흘려내려 마룻바닥에 질펀하게 흘렀다. 주전자의 물이 다 비었을 때 백치는 고개를 더 이상 움직이지 않았다. 그제야 형은 내게 백치의 묶은 몸을 풀게 했다. 나는 기절해 버린 백치를 풀어 마루에 누인 다음 그 옆에 밥그릇을 놓아 두었다.

백치는 눈을 뜨기가 무섭게 밥그릇을 들어 집어먹기 시작했다. 갓난애가 엄마 젖을 빨듯 그렇게 열심히 먹어 댔다.

형이 또 다른 일을 시작한 것은 백치가 식곤증으로 해서 막 곯아떨어졌을 때였다. 형은 전선 플러그를 마루 벽 콘센트에 꽂고 그 전선 끝을 백치의 목덜미에 댔다. 백치의 몸이 퉁기듯 일어나 앉았다. 그러나 곧 다시 쓰러져 잠들려 했다. 형이 또 같은 방법으로 충격을 가했다. 백치는 다시 몸을 뒤틀며 일어나 앉아 눈을 번들거렸다.

너 간첩이지?

이렇게 물으면서 형은 철사가 두 줄 노랗게 빠져나온 코드를 백치의 코밑에 들이댔다. 백치의 눈이 스르르 감겼다. 형이 낮게

우상의 눈물

소리 내어 ㅎㅎ 웃었다. 백치의 몸뚱이는 맨땅 위의 생선처럼 벌쩍벌쩍 뛰어올랐다. 너, 느 집에 불 질렀지? 또 한 번 백치의 몸이 퉁기듯 움직였다. 너, 사람 죽였지? 백치가 또 뛰어올랐다. 너 간첩이지? 형의 눈이 이글이글 타오르고 있었다. 눈을 허옇게 치뜨기 시작한 백치의 찌그러진 얼굴에 공포의 빛이 일렁이기 시작했다. 그러나 그것은 전기 충격이 가해지는 순간의 놀람 때문이었을 뿐이다. 충격이 멈추는 것과 동시에 그의 눈에는 공포의 빛이 사라졌다. 놈은 훌륭했다. 벌벌 기어 달아나지 않았다. 엉엉 울지도, 손을 모아 빌지도 않았다. 나는 놈이 백치라는 사실을 까맣게 잊고 있었다. 무서웠다. 죽여! 죽여! 나는 와들와들 떨면서 겁먹은 소릴 질러 댔다. 그러나 형은 전기 코드를 내던지며 벌렁 드러누웠다. 그리고 말했다.

이 새낀 아주 하등동물이야!

꼬박 하룻밤을 지새운 아침이었던 것이다. 백치와 형은 마루에 쓰러진 채 깊은 잠 속으로 굴러떨어졌다. 백치 위에 군림하여 그를 다스리지 못한 폭군의 잠든 얼굴은 몹시 처연해 보였다. 너두 그 새끼 봤지? 언젠가 형은 내 목을 죄면서 물었다. 나는 숨을 헐떡이며 손을 내저었다. '생각해 봐, 엄마 위에 엎드렸던 그 새낄 너두 봤어!' 나는 계속 손을 내저었다. 형이 내 손을 풀었을 때 나는 숨을 켁켁거리면서 괴로워했다. 형은 오늘처럼 저렇게 참담한 얼굴을 보이고 서 있었다. 나는 목을 쥐고 엄살떨어 울면서 가슴 밑바닥에 괴어 드는 즐거움 같은 걸 감출 수가 없었다. 백치의 잠든 얼굴에서 나는 지금 그런 표정을 찾고 있었다.

오후 두 시쯤 잠을 깬 형은 아직 잠자고 있는 백치를 한참 동안 묵묵히 내려다보고 있었다. 나는 숨을 죽인 채 유리창이 바람에 덜렁거리는 불길한 소리에 귀를 기울이고 있었다. 그때 형이 말했다.

지금부터 허수아빌 만드는 거다!

허수아비? 왜, 왜 그런 걸 만들어?

태워 버릴 거다!

왜, 왜 태워?

눈에서 불이 일었다. 나는 형의 두 번째 주먹을 피해 겨우 몸을 가눠 섰다. 나는 즐거워지기 시작했다. 형은 이미 불타오르고 있었던 것이다.

허수아비의 골상은 응접실용 옷걸이가 제격이었다. 우리들의 헌옷가지가 그 옷걸이에 사람의 몸 부피만큼 감겨졌다. 원형의 플라스틱 쓰레기통이 허수아비의 머리에 용수처럼 씌워졌다. 양팔은 마치 투항하는 병사의 그 엉거주춤 쳐들린 팔처럼 위로 세워졌다.

두 시쯤 시작된 작업은 저녁 어스름이 스윽스윽 내릴 무렵에서야 끝을 보았다. 마침 저녁 모임을 유도하는 교회 종소리가 오늘따라 가까이서 선명하게 들려왔다. 밖에 눈이 내리고 있었던 것이다. 유다의 침묵처럼 우울한 음조를 감추지 못하는 교외 종소릴 들으면서 형은 자기 방에서 뭔가 오랫동안 쓰고 있었다. 나는 마루에 우뚝 세워진 우스꽝스러운 허수아비와 그 밑에 아직 잠들어 있는 백치를 바라보면서 우리들이 먹을 저녁을 장만하

우상의 눈물

고 있었다.

이때 형이 자기 방에서 편지 두 통을 들고 나왔다. 그것을 내게 내밀면서 그는 침통한 목소리로 말했다.

민중아, 이 편지 좀 부쳐 줄래?

밖에는 눈이 내리고 있었다. 눈 내리는 밤공기를 교회 종소리가 쉬엄쉬엄 깨뜨렸다. 나는 어느 집인가 그 대문 처마 밑에 눈을 피해 서서 형의 편지를 뜯었다.

나는 아무리 괴로워도 입을 열지 않을 결심이었다. 입을 열어 봤자 말할 게 없었기 때문이다. 그러나 나는 말하지 않을 수 없었다. 떠오르는 것은 너희들 이름이었다. 머리에 떠오르는 이름을 아무렇게나 주워대는 내 입에 그들이 녹음기를 들이대고 있었다. 나는 내가 한 말을 거둬들일 기력이 없었다. 모두에게 미안할 뿐이다.

수신인이 형 친구로 돼 있는 형의 유서였다. 형이 돌아오지 않았던 그 사흘간의 유다의 고뇌가 거기 적혀 있었다. 또 한 통은 아버지에게 보내는 것이었다. 나는 갑자기 뜯어보고 싶은 충동을 잃었다. 별일 앞에 놀라 까무러칠 아버지의 얼굴이 보였기 때문이다. 뜯어진 겉봉은 우표 파는 집에서 풀을 얻어 붙인 다음 그 두 통의 편지를 우체통에 넣어 버렸다.

나는 서둘러 언덕을 올랐다. 눈 쌓인 언덕길은 미끄러웠다. 그러나 나는 허둥지둥 치닫기 시작했다. 만들어지는 역사의 현장을 놓칠 수가 없었기 때문이다.

내가 집에 이르렀을 때는 마루에 불이 켜져 있었으며 이미 저
녁상까지 놓여 있었다.

최후의 만찬이다!

형이 ㅎㅎ 웃으면서 말했다. 유다의 고뇌와 같은 그림자는 찾
아볼 수 없었지만 그는 이상하게 허둥거렸다. 잠을 깬 백치가 밥
상에 다가앉아 허겁지겁 마지막 만찬을 즐기고 있었다.

이 허수아비 어디서 태울 거야?

나는 몹시 조급했다. 부지런히 알아내야 했기 때문이다.

너 정말 몰라서 묻냐?

형은 숟가락을 들다가 도로 내려놓았다. 나는 형의 눈을 피했
다.

여기 이 마루에서 태울 거다. 왜?

형은 지금 웃고 있을 것이다. 그러나 나는 그의 속셈을 알아
낼 때까지 섣부르게 굴어서는 안 된다고 생각했다.

왜? 무섭냐?

천만에! 다만 이 집까지 타 버릴까 봐 그게 걱정이라구!

집을 태우는 거야!

이건 우리 집이야!

그래, 맞아. 우리 집을 태우는 거야!

형, 내 몫도 있다는 걸 잊지 말라구!

이 병신아. 네 몫은 안 태워! 넌 지주거든. 난 건물주구……

그렇게 말하고 형은 짧게 ㅎㅎ 웃었다. 그리고 곧장 정색을 하

며 내 멱살을 잡았다.

저 새낄 죽일 거니까, 너 참견하지 마!

형이 턱으로 가리키는 백치는 다시 식곤증으로 해서 난로 옆에 쓰러져 있었다. 놈은 정말 하등동물이었다.

형두 저 새끼하구 함께 죽는 거야?

나는 절벽 끝에 서 보고 싶은 충동을 받았다. 형이 내 멱살을 풀면서 말했다.

말해 주지. 난 안 죽어. 저 새끼가 내 대신 죽는 거야!

절벽 끝에서 나는 드디어 형이 파놓은 그 깊은 흉계의 늪을 보았다. 그 늪에 나까지 밀어 넣는다면 형의 흉계는 더욱 완전하게 성공할 것이 틀림없다. 나는 얼른 밥상을 들고 일어섰다. 토끼처럼 슬기롭게 늪에서 도망쳐야 했기 때문이다.

거기 그냥 놔 둬!

형이 내 앞을 막아섰다.

내가 왜 형 대신 죽어야 해? 난 죽고 싶지 않아.

나는 부르짖었다. 내가 몸을 떨며 기다린 것은 즐거움이지 이건 결코 아니다. 죽는 것은 싫었다.

겁내지 마. 안 죽일 거니까. 넌 내가 이 세상에 살아 있다는 걸 알고 있는 단 한 사람으로 남아 있음 돼.

난 참을 수 없어! 말해 버리고 말 거야. 난 그런 무서운 비밀을 지니고 살 수 없단 말이야!

넌 절대 말하지 않을 거다. 넌 사실을 얘기할 만큼 어리석지가 않아.

난 형이 살아 있다는 그 사실 때문에 미치고 말 거야.

거짓말하지 마. 넌 절대 미치지 않아. 넌 모든 걸 곧 잊겠지. 너 자신을 위해서 말이야. 세상 사람들이 다 그런 것처럼 어쩌면 너는 더 무서운 놈일 거야.

난 잊을 수가 없어!

그래. 잊지 않는다고 해도 넌 그 기억을 되살려 내진 않을 거야. 그때 그 새낄 기억해 내지 않듯 말이지.

나는 후닥닥 형으로부터 물러섰다. 그가 지금 무엇에 대해 말하고 있다는 걸 알았기 때문이다.

형, 난 정말 아무것도 기억에 없어.

저 새끼처럼 말이지?

그러면서 형은 현관 신발장 옆에 놓인 석유통을 들어 올렸다. 그는 서서히 마개를 뺀 다음 마루 한가운데 우뚝 서 있는 허수아비의 몸뚱이에 석유를 붓기 시작했다. 헌옷가지가 감긴 허수아비의 몸뚱이는 갯솜처럼 흠뻑 적셔졌다. 그리고 석유는 마룻바닥으로 흘러내려 새우처럼 웅크린 채 잠든 백치의 몸까지 번져 들었다. 형은 발로 백치의 이마를 찼다. 이때 나는 형이 구두를 신고 있음을 발견했다. 구두에 차인 백치는 전기 충격을 당했을 때처럼 화들짝 놀라며 일어났다간 다시 쓰러졌다. 그러나 몸에 배어드는 물기를 느꼈는지 다시 엉거주춤 몸을 일으켜 앉았다.

형, 정말 왜 이러는 거야?

나는 석유통을 집어 던진 형이 점퍼 주머니에서 성냥을 꺼내

우상의 눈물

들자 재빨리 몸을 피해 현관 쪽으로 다가갔다.

보기 싫으면 어서 꺼져. 어차피 넌 잊을 거니까.

난 잊지 않아! 아무나 붙들고 형이 한 일을 말해 줄 거야.

그래 말해 봐. 그때 그 새끼 얘기두 함께 말이야.

형은 비웃고 있었다. 나는 이상한 충동에 의해 형에게 끌려들고 있었다.

형, 나는 정말 그 새낄 못 봤어!

나는 형이 다시 그 새끼에 대해서 말해 주길 바라고 있었던 것이다.

넌 봤어. 나처럼 똑똑히 봤단 말이야. 다만 사실을 말하길 두려워할 뿐이야. 두렵기 때문에 잊어버렸다. 그거야.

형, 나는 그때 겨우 다섯 살이었단 말이야. 본 게 사실이라구 해두 잊어버릴 수도 있어.

그래. 다섯 살이었을 거다. 넌 그때 나하고 함께 엄마가 있는 텐트 속에 들어갔었지. 그리고 그 새낄 본 거야.

나는 대꾸하지 않았다. 형은 이제 스스로 말하기 시작할 것이다.

그날 우리는 수리대 호수로 낚시를 갔던 거야. 여보, 기분 어때? 아버지가 엄마를 돌아다보며 말했어. 너무너무 좋아요. 엄마가 대답했어. 우린 밤고길 잡기 위해 강가에다가 텐트를 쳤어. 엄마는 텐트 옆에서 저녁을 짓고 있었지. 그때 우리들은 아버지와 함께 텐트에서 산모퉁이를 하나 더 돌아선 곳에서 낚시질을 하고 있었던 거야. 바람 없이 잔잔한 수면에 뒷산 그림자가 저녁

노을에 어울려 일렁거렸지. 물 위로는 저녁밥을 찾는 물고기들이 흰 배를 드러내며 펄쩍펄쩍 뛰어오르고, 물새들이 수면을 스치듯 날던 기억도 난 지금 생생하단 말이야. 나는 아버지 옆에서 아버지가 괴어 놓은 낚싯대 하나를 지켜 앉았는데 넌 아버지 옆에 붙어 앉아 자꾸 칭얼거렸던 거야. 이제 그만 엄마 있는 데로 돌아가자는 거였다. 데려다 두고 올까? 내가 아버지한테 물었더니 낚시에 정신이 팔려 있던 아버지는 고개만 끄덕였어. 나는 네 손을 붙잡고 산모퉁이를 돌아 엄마가 있는 텐트 쪽으로 가면서 너하고 달리기 시합도 했어. 나는 일부러 너한테 못 당하는 척 엄살을 떨기도 했어. 텐트가 가까워 오자 우리는 몸을 조그맣게 웅크려 살금살금 다가갔지. 엄마를 놀라게 하려고 그랬던 거야. 그러나 엄마는 없었지. 우리는 서로 얼굴을 마주 보며 킥킥 웃었지. 그리고 동시에 텐트 속으로 기어 들어간 거야. 그때 우린 보았어!

나는 형이 성냥개비를 뽑아 드는 걸 보았다. 백치는 얼굴에 묻은 석유를 팔소매로 열심히 닦아 내고 있었다.

우린 그때 봤단 말이야. 난 그것을 본 순간 벌벌 떨리기 시작했어. 그래서 네 손목을 끌고 마구 울면서 아버지한테로 달려갔던 거야. 네가 울면서 아버지한테 말했거든. 엄마가 죽어! 그리고 내가 숨을 헐떡이며 설명했지. 텐트 속에서 우리가 본 그 새끼에 대해서 말이야. 엄마 위에 있던 그 새끼는 동화책에 나오는 곰처럼 크고 무서웠어. 그러나 나는 엄마 입에 물려져 있던 그 수건과 우리를 쳐다보던 엄마의 눈을 설명할 수가 없었어. 너두 기억

우상의 눈물

할 거야. 엄마의 그 눈 말이야. 그런데 아버지는 이미 우리들 곁에 없었어. 우리는 울면서 아버지가 괴어 놓은 낚싯대 옆에 쭈그려 앉아 있었던 거야. 주위가 어둑어둑해지면서 우린 무서웠어.

형은 말을 끊고 마치 그때처럼 겁먹은 눈으로 사방을 둘러보았다. 그의 발밑에 불 당겨지지 않은 성냥개비가 두어 개 분질러져 있었다. 그는 또 다른 성냥개비를 꺼내 들며 말했다.

누군가 뒤에서 우리를 물속으로 밀었던 거야. 나는 물속에서 아버지의 무서운 얼굴을 보았어. 아버지, 아버지— 나는 물속에서 허우적거리며 아버지를 불렀던 거야. 내가 정신이 들었을 땐 텐트 있는 데였어. 네가 옆에서 울고 있었지. 엄마아! 나는 소리치며 텐트 속으로 기어들어 갔어. 그러나 거기는 텅 비어 있었단 말이야. 네가 더욱 소리 내어 울었지. 민중아 울지 마. 형이 거짓말을 한 거다. 거짓말하는 사람은 물귀신이 잡아 가는 거야. 그렇게 말하면서 아버지가 내 얼굴을 힐끗 돌아봤어. 아버지는 웃고 있었지. 뱀처럼 그렇게 웃었어. 아버지는 내가 거짓말을 했다는 거였어. 엄마는 몸이 아파 벌써 오래전에 집에 갔다면서 우리들이 텐트 속에서 보았다는 게 전부 거짓말이라는 거였어. 민중아, 너는 아무것도 못 봤지? 아버지가 울고 있는 너한테 물었어. 너는 내 눈치를 보며 고개를 끄덕거렸던 거야. 아무것도 못 봤다는 거였어. 현중아. 너도 못 봤지? 아버지가 내 눈을 들여다보며 물었다. 그러나 난 소리 질렀던 거야. 난 봤어. 그 새끼가 엄마 위에 있었단 말이야! 아버지가 웃었어. 뱀처럼 웃으면서 일어나 내 목덜미를 쥐고 다시 물가로 끌고 갔던 거야. 네가 울면서 따라왔지. 민중아, 형이 미쳤다. 물귀신이 붙은 거야. 물귀신은 물속에서 떼어야 하는 거다. 그래서 나는 다시 물속에 던져졌던 거야. 하늘이 새까맣게 보였어. 나는 기를 써서 기어올랐어. 그럴 때마다 아버지는 나를 다시 물속에 던져 넣었어. 두 번 세 번… 울컥울컥 물을 먹으면서 나는 이것이 죽는 것이구나, 생각했어. 내가 정신이 다시 들었을 때 아버지가 물었어. 너 또다시 거짓말할래? 아버지의 얼굴은 뱀이었어. 아버지 잘못했어요. 잘못했어요. 나는 울면서 말했던 거야. 집에 돌아온 다음 날부터 나는 앓기 시작했어. 대단한 고열이었을 거야. 문득 문득 까마득히 절벽 아래로 떨어져 내리며 헛소릴 했어. 아버지, 잘못했어요. 다시는 거짓말 안 할게요.

성냥개비를 든 형의 손이 부들부들 떨리고 있었다. 그의 얼굴이 벌겋게 이글거렸다. 나는 더 참을 수가 없었다.

거짓말이야. 형은 지금 거짓말을 하고 있는 거야. 이랬을지도 모른다고 생각해 왔던 그 생각이 사실처럼 보인 거야. 착각이라는 거야. 일곱 살 때의 기억을 그처럼 생생히 되살릴 수 있다는 자체가 이미 정상이 아니란 말이야.

이 새끼야, 난 미치지 않았어!

씹어뱉듯 말하면서 형은 성냥개비에 득— 불을 댕겼다. 백치가 그 성냥개비에 붙은 불을 쳐다보며 화상으로 번들거리는 얼굴을 잠깐 찡그려 보였다.

형은 손끝까지 타들어 온 불을 마룻바닥에 던져 밟아 버렸다.

모든 걸 쉽게 잊어버린 채 뻔뻔스러운 낯짝을 한 새끼들이 더

우상의 눈물

러워서도 난 죽을 수가 없단 말이야. 난 살아 있어야 해. 그래서 언제고 사실을 말해 줄 거다!

형, 사실을 말해 줄 거라구? 사실이 그렇게 중요한 거야?

형은 성냥을 그으려다 말고 내 얼굴을 뚫어지게 쳐다보았다.

난 알고 있었어. 아버지가 왜 우리들을 엄마가 있는 바깥채에 못 나가게 했었는지 말이야!

그게 어쨌단 말이야? 아버진 엄마가 나쁜 병에 걸려서 우리하고 격리시켰댔잖아. 그리고 엄마는 죽었을 뿐이야.

그래, 엄마는 죽었어. 불타 죽었다. 그 새끼가 불 싸질러 죽인 거야.

그게 누군데?

너지?

나는 갑자기 맥이 풀렸다. 성냥 불빛에 어른거리는 형의 얼굴은 광기로 이글거리고 있었다. 나는 고개를 저었다. 형은 아니야. 그는 너무 어렸어. 형은 다시 성냥개비를 꺼내 들고 허수아비 앞으로 다가갔다.

백치가 밍깃밍깃 형을 피해 앉았다.

난 아니야. 난 엄마를 안 죽였단 말이야……. 나는 형 있는 데로 다가서며 외쳤다. 꿈에 엄마를 보았다. 엄마는 새까맣게 불탄 얼굴로 나를 노려보며 말했다. 민중아, 네가 날 죽였지? 형이 내 목을 죄며 그 물가의 기억을 추궁하던 밤이었다.

형이 허수아비 머리에 불을 댕겼다. 불은 금세 투항하는 병사가 엉거주춤 쳐든 손처럼 위로 뻗은 두 팔을 타고 옮겨 붙었다.

형! 나는 현관 쪽으로 쫓기듯 물러서며 소리쳤다. 나는 더 이상 움직일 수가 없었다. 브레이크 고장 난 자전거를 타고 내리막길을 가속으로 내리닫는 그런 내던진 심정이랄까. 그러나 정신은 맑았다. 민중아, 형아가 미쳤다. 귀신이 붙은 거야. 그리고 아버지는 또 속삭이고 있었다. 나를 봐라. 끄떡없지 않느냐? 아버지처럼 살아야지.

허수아비의 머리와 팔에 당겨진 불은 타오르면서 아래쪽으로 맹렬히 번져 내렸다. 이제 허수아비는 온통 불길 속에 휩싸이고 있었다. 타오르면서 번져 내린 불길은 마룻바닥을 핥으며 엉거주춤 일어나 앉은 백치의 몸뚱이까지 옮겨 붙었다.

순간 백치는 짐승처럼 부르짖었다. 쫙 소름 끼치는 소리였다. 또한 그의 화상으로 찌그러져 번들거리는 얼굴에서 팍팍 튀어나오는 것이 있었다. 그것은 분노였다. 격노한 자의 살기 띤 얼굴이 형을 향했다. 그러한 백치의 가슴팍을 향해 형의 발길이 날았다. 걷어찼다고 그렇게 느꼈을 뿐이다.

백치의 몸이 풀쑥 위로 솟았다.

그 순간 형의 몸뚱이가 백치 위에 나무등걸처럼 무너졌다. 백치의 두 팔이 형의 하체를 끌어안고 있었다. 형은 버둥거렸다.

그러나 그들의 몸뚱이는 결코 풀리지 않은 채 불길이 되어 타오르고 있었다.

나는 불길이 천장에 치닫기까지 현관 입구에 붙어선 채 움직이지 않았다. 보고 싶었던 것이다. 수리내 호수의 그 물가 풍경을. 엄마 입에 재갈을 물리고 엄마 위에 엎드려 있었다는 그 새끼가 있는 물가 풍경을, 그리고 우리를 쳐다보던 엄마의 그 눈을 기억해 내기 위하여 나는 눈 하나 깜박이지 않고 지켜보았다. 불길 속에서 형이 말하고 있었다. 네가 그 새낄 겁내고 있기 때문이다. 그러나 커다란 아버지의 손이 내 눈을 가리며 말했다. 민중아, 넌 아무것도 못 본 거야. 넌 아무것도 기억할 필요가 없어. 불길은 뱀의 혀처럼 마룻바닥을 핥으며 맹렬히 번져 올랐다. 민중아, 나를 보아라. 철사에 묶인 채 새카맣게 불타 오그라진 엄마가 불길 속에 서 있었다.

밤의 언덕은 지하실 가득 비축되었던 십여 개 석유 드럼이 폭발하는 굉음과 함께 하늘 높이 치솟는 불길로 해서 대낮처럼 휘황했다. 그러나 현장으로부터 적당히 비켜 선 위치에는 팔짱 낀 불구경꾼들이 구름처럼 모여 있었다.

나는 그들 방조범 중에서 한 사내의 목덜미를 낚아챘다. 그는 몹시 당혹스러운 얼굴로 돌아다보았다.

너지?

나는 그 사내의 귀에다 나직이 속삭인 다음 그 뾰족한 턱에다가 냅다 주먹을 날렸다. 그 새끼였던 것이다.

1978년 《한국문학》 2월호

맥

   그 여자의 주검은 화장터에서 불살라 다시 가루로 빻은 다음 마포 강물에 뿌려졌다. 그것은 그네가 숨 거두기 전 단 하나의 혈육인 내게 마지막 남긴 간절한 뜻에 의해서였다.

   죽음에 따른 주검의 그 찌꺼기를 강물에 뿌리는 마지막 의식을 행하면서 아버지는 짐승 같은 소리로 두어 번 쿵쿵 울었다. 이복누님들도 손등으로 눈물을 닦아 내며 그동안 쌓이고 쌓인 의붓어미와의 정의를 울컥울컥 되살려 내고 있는 눈치였다. 그네들은, 강물은 흘러 서해에 합류할 것이고, 그네 주검의 가루 씻긴 서해의 물갈래는 언제고 그네 태어난 일본 땅 어느 해변에 하얗게 이를 드러내며 기어올라 남의 땅에서 지친 그네 혼백을 조용히 잠재우리라— 이런 정도의 나긋한 감상에 젖어들고 있음이 분명했다. 썰렁한 바람기 있는 늦가을 강변 풍경은 실상 그네 주검과의 '사요나라'에 그럴싸하게 어울리는 정조를 자아내기

          우상의 눈물

에 충분했다.

나는 다만 백지처럼 멍청하니 서 있었을 뿐이다. 도대체 눈물이 나와 주지 않았다. 자식의 땅에 묻히기를 거부한 그네의 유음을 듣던 순간 내 눈물의 샘은 말라 버렸다.

그것은 마치 함께 스크럼을 짰던 어제의 내 학우와 자랑스럽게 매달았던 내 모교가 나만을 보기 좋게 팽개쳐 버린 채 무슨 일이 있었느냔 듯 문을 열고 평상으로 돌아가 버린 것처럼. 그리고 내게는 다만 학칙 몇 조에 꿰인 제적통고가 한 장 배달됐을 때, 그리고 어머니가 운명한 바로 그날 아침 내게 전해진 입영통지서처럼 그 모든 것은 내게 짙은 배신감만을 안겨 주었던 것이다.

또한 그네의 죽음이 피할 수 없는 것임을 알아낸 뒤부터 맥 풀린 얼굴로 그러나 가슴 밑바닥을 흐르는 어떤 결의를 번득이며 지금 이때를 기다렸다는 듯 얼마 되지 않는 가산을 정리, 귀향을 서둘던 내 아버지의 저 까닭 모르는 심정의 변화는 또 얼마나 깊은 낭패의 구렁텅이로 나를 밀어 던졌던가.

내 의식의 뿌리는 송두리째 흔들리고 있었다. 아무것도 제대로 보이지 않았다. 보이는 모든 것, 그리고 지금까지 내가 보아 온 모든 것은 다만 때 긴 연륜만을 자랑하는 뻔뻔스러운 가상의 무리였음을 알았을 뿐이다. 알았다 함은 거짓말이다. 나는 아무것도 알 수가 없었다. 내가 알고 있는 단 한 가지 분명한 것은 그네들이 나를 배신했다는 그 사실뿐이다.

어머니를 마포 강물에 영별한 그 저녁, 아버지는 미아리 큰매형집에서 자기의 뜻을 또 한 번 다짐하면서 내 문제까지 일방적으로 결정지어 버렸다.

"진호 문제는 당분간 느덜(큰매형)이 좀 봐줘야겠다. 학비는 지가 장학금을 타서 낸다니까, 또 내가 조금씩 보내 줄 게고 문제는 식빈데 내가 농살 지어서 내려 보낼 거여!"

여러 차례 거론됐던 문제로, 안 해도 좋은데 그는 '내가 농살 지어서'를 강조함으로써, 자신의 귀향을 영 못마땅하게 생각하고 있는 시집간 두 딸들을 설득시키고자 함인 모양이었다.

아버지의 말을 들으면서 나는 속으로 웃었다. 내 학비, 내 장학금, 만약 내가 이들 앞에서 제적통고서와 입영통지서를 내보인다면 이들은 진짜 내 문제에 대해서 어떤 얼굴로 무슨 말을 할 것인가. 그러나 내가 아버지 문제에 대해서 모르는 것처럼 내 진짜 문제에 대해 아무것도 알지 못하는 아버지가 다시 말했다.

"학교두 요즘 쉬고 하니 너두 함께 가는 거다. 선영두 알아 둘 겸, 더구나 할아버지 할머닐 글루 모시는 판국에 네가 안 가서야 되냐? 넌 5대 독자야!"

커다란 손으로 눈꼬릴 훔쳐 내면서였다.

사람이 늙으면 대개 그렇듯이 더구나 20년 반려를 영별한 뒤라서인지 아버지는 퍽 다변이었고, 듣는 쪽에서 면구할 정도로 심약해 보였다. 그것은 무려 4반세기 만에 귀향을 결심한 그의 가슴 밑바닥에서 어떤 음충스러운 벌레들이 몹시 들떠 스멀거리고 있기 때문이리라.

우상의 눈물

아무튼 나는 아버지의 귀향길에 동행할 것을 결정해 버렸다.
그것은 천부적이라고 할 수 있는 내 강한 호기심이 나의 칩거를
용서하지 않는 이유도 있긴 했지만 나는 무엇인가 심상찮은 걸
냄새 맡고 있었던 것이다. 그러나 보다 분명히 내 자신에게 다짐
해 두어야 할 것은 이번 이 노정이야말로 내가 누릴 수 있는 최
선의 시간이며 종언이 될지도 모른다는 그 가능성 말이다. 내 생
의 종언이 의미하는 것은 온통 거짓과 뿌연 안개 속에 숨어 있
는 그네들의 흰수작에 대한 내가 할 수 있는 단 하나의 응징의
길이라는 점이다. 나는 단연 해낼 것이다.

　마장동에서 시외버스를 탔다. 죽은 사람은 차비를 내지 않아
도 되니까 표는 두 개만 끊었지만 사실 일행은 넷인 셈이었다.
할아버지 할머니는 창호지에 곱게 싸인 채, 아버지가 손수 만든
사과 궤짝 길이만 한 널 속에 분해되어 누워 있었던 것이다.
　수상쩍게 여긴 안내원이, 할아버지, 그게 뭐예요? 하고 물었
을 때 아버지는 서슴없이 시침을 뗐다.
　"왜, 이 속에 송장 들었을까 봐 그러냐?"
　안내원은 무안스럽게 웃었고, 아버지는 할아버지 할머니 유
해가 든 널을 내 무릎에까지 걸쳐 놓았다. 나 또한 아버지의 유
일한 살림살이인 미장이 도구와 대패 톱 등이 든 배낭을 옆에
움켜쥐고 있었다. 이처럼 철저하게 서울을 등진 내 아버지 옆에
앉아 나는 이 불가사의하고 배신적인 이네들 귀향에 대해 연구
하기 시작했다.

어머니는 자기가 태어난 땅에 대해서 말하지 않았다. 그리운 동산을 입속으로라도 읊조릴 듯한데 그네는 비정하리만큼 고향에 대한 추억을 말하지 않았다. 그네의 어린 시절은 물론 내 아버지와 만나 하나의 가정을 이루기 전까지의 30년 세월을 그네는 단 한 번도 입 밖에 내지 않았다.

그네는 아버지를 만나 5대 독자인 나를 낳았다. 내 이복누님들을 자기가 난 자식처럼 곱게 키워 시집을 보냈다. 그리고 우리나라의 전형적인 하류층 시부모의 한심하기 짝 없는 그 천덕스러움과 노망. 드디어는 그 번거로운 임종의 순간까지 눈물을 쏟아 내며 혼신의 힘을 다한 그네의 그 궂은 나날— 이것이 내가알고 있는 그네의 과거였다. 또 있다면 그네가 일본 여자라는 점이다. 이 사실은 우리 집의 내용을 조금씩은 기웃거릴 수 있었던 중랑천변의 판자촌이나 상계동 골짜기의 우리 이웃이었던 사람들을 무척 감동시켰고 입을 모아 '어쩌면 저럴 수가'였다. 그네의 신비에 가까운 헌신적 사랑의 극치는 뭐니 뭐니 해도 내 아버지에 대한 것이었다. 그네의 그 맹종적인 남편에 대한 사랑은 일본 여자를 겪어 본 구식 사람들에 의해 '역시 일본 여자!'임을 확인하게 해주었던 것이다. 어머니는 미장이 일이나 목공일을 하는 아버지를 따라다니며 일을 도왔다. 이를테면 데모도 역할을 했는데 커다란 짐차(자전거)를 타고 재료를 나르거나 일을 맡으러 다녔다. 아버지의 일솜씨도 괜찮은 데다 어머니의 이 기이한 행장은 인근에 널리 알려져 일거리는 쉴 새 없이 들어왔다. 그러나 근년에 와 어머니가 몸이 불편해 못 나가게 되는 날이면 아버지도 그날은 여하한 일이 있어도 쉬었다. 아버지가 못 나가게 되는 날이면 어머니도 매한가지였다. 무엇이 이들을 그처럼 결속시킨 힘인지 나는 아직 모른다. 아무튼 어머니는 우리 모두를 사랑했던 것이다. 이 땅의 지푸라기 하나라도.

그러나 그네는 숨 거두기 하루 전인가 모두가 있는 앞에서 말했다.

"지노!"

절음이 불분명하고 호격 조사도 쓰지 않은 채 그네는 내 이름을 불렀다.

"지노! 이 어머니 죽거든 땅에 묻지 말고 태워서 마포 강에 띄워줘야 해요."

그네는 자식인 내게도 경어를 써왔다. 죽음을 앞에 둔 그 시간까지. 섬뜩한 느낌이 몰려와 나는 무심결 그네의 그 거칠어진 손을 놓았다.

다음 날 그네는 숨을 거두면서, 혼신의 힘을 다해 외쳤다.

"미사끼, 미사끼상!"

그것은 그네가 처음이자 마지막으로 내뱉은 일본 사람 이름이었다. 그런 다음 그 여자는 이 세상에서 영원히 사라졌다.

아버지의 귀향 준비는 어머니의 병이 이제 죽는 날만 남았다는 진단이 내려졌을 때부터 착착 진행되었다.

어머니도 그 사실을 알고 있었을 것이다. 알고 있을 정도가 아니라 두 사람만이 가진 어떤 약속 같은 게 아니었나 싶다. 일의 진행 상황에 대해서 두 사람이 얘기를 나누는 것을 여러 번 보았다.

아버지는 가옥은 물론 자잘한 가재집기에 이르기까지 깡그리 정리했다. 정리된 돈은 아버지의 새 예금통장에 꼬박꼬박 입금됐다. 나는 적의 깊게 그 예금통장을 노려보곤 했다.

아버지 역시 고향 얘기를 입에 올리지 않았다. 자신의 과거지사를 일절 들먹이지 않은 점에서도 어머니와 다를 바 없었다. 내가 십여 살 때 돌아가신 할아버지 할머니 역시 당신들의 고향 얘기는 물론 자신의 지나간 일에 대해서 의식적이라고 할 수 있을 정도로 피하지 않았나 하는 생각이 든다. 어떤 때는 고향 아무개가 어떻고 하는 얘기를 스스럼없이 쏟아 놓다가도 어떤 대목에 이르러선 주춤 말꼬리를 사리곤 했다. 나보다 10년 이상의 연상인 두 이복누님들은 더 심한 편이었다. 그네들은 할아버지들이 고향 얘기만 꺼내면 독기 서린 눈으로 노인들의 입을 막았다. 그러면 노인들은 머쓱해져 그 자리를 슬슬 피했다.

그런저런 면에서 주워듣고 기워대 미루어 볼 수 있다고 확신할 수 있는 것은 내 아버지가 6·25 때 부역자였다는 사실이다. 그로 인해 그는 5년여의 세월을 어둠 속에서 살았을 것이고 그 감옥살이를 마치자 곧 한 여자를 만나 5대 독자인 나를 낳고, 그 자식은 아버지의 결코 떳떳할 수 없는 지난 그늘로 하여, 그 그늘 속에 스멀거리고 있는 죄의 잔뿌리에 감겨 심통 사나운 아이, 꽈배기처럼 배배 꼬인 이십대 성년으로 컸던 것이다.

결과는 제적통고였다. 그리고 이십여 일의 유예기간을 내게 베풀어 준 입영통지서. 천부적이라고 할 수 있는 내 호기심이 아버지의 결코 떳떳할 수 없는 과거를 캐기에 눈알을 번들거렸던

우상의 눈물

것처럼 가히 전문가인 그네들이 제 할 소임을 게을리했을 리가 만무하지 않은가.

아버지는 차창으로 스쳐가는 늦가을 노변 풍경에 넋을 놓고 있었다. 그의 가슴속에 지금 흐르고 있는 것은 무엇일까.

무려 세 시간을 달린 끝에 우리들은 또 다른 차를 바꿔 타기 위해 어느 읍 소재지에서 버스를 내렸다. 할아버지 할머니 화제에 자주 오르던 읍 이름이 정류장 건물 위에 쓰여 있었다. 비로소 아버지의 고향 냄새를 맡기 시작한 것이다.

"오늘이 읍내 장날이구나. 옛날엔 바로 예가 장터였지."

버스정류장에 인해를 이룬 시골 사람들을 휘휘 둘러보는 아버지의 얼굴이 벌겋게 상기되어 있었다. 그것은 마치 창경원에 처음 온 시골 아이의 표정이었다.

하루 한 회밖에 운행하지 않는다는 노선의 시골 구형버스에 올랐다.

우리 부자가 버스 맨 뒤쪽에 자리를 잡고 앉았을 때 몇몇 촌로들이 아버지를 이리저리 뜯어보기 시작했고 유해가 든 상자를 무릎에 부여안은 아버지는 짐짓 눈을 지레 감아 보기에 들떠 오르는 마음을 좌정시키는 모양이었다. 그러나 그들 촌로들의 추적은 끈질기게 계속되었고 아버지는 드디어 눈을 뜨고, 거짓말같이 사람이 변해 가고 있었다. 아버지에게 저런 구석이 있었다는 게 도무지 신기하기만 했다. 목소리에 와랑와랑 힘이 있었고 내가 아직 들어 보지 못한 너털웃음까지 웃어젖히는 것이 아닌가. 다분히 위장적인 허세임이 들여다뵈긴 했어도 이 같은 아버지의 변화는 놀라고 볼 일이었다.

"임자, 풍암리 살던 최만배가 맞지?"

"그렇소만…, 가만 있자아, 이거 수작골 사는 유복되이 아냐?"

"아니긴! 이놈 만배, 너 누깔 한번 안 변했구나!"

"복되이 이놈, 너 서석 장바닥 씨름판에서 날 깔아 엎었겠다?"

"아암, 그렇구말구! 그땐 이 어르신네가 덕머리 박씨 어른 집에서 새경 쳐먹고 살던, 심이 펄펄한 총각 시절이여!"

이처럼 요란스러운 수인사가 나눠지는가 싶더니 금세 숙연한 얼굴들을 해 가지고 선고선비의 생전 안부를 묻는가 하면, 사과 궤짝만 한 유골함을 사이에 두고 새삼스러운 조문 의식을 정중히 나누는 것이었다.

"…상사의 말씀을 뭐라……(우물우물)."

"고마우이. 헌데 내 워낙 부모헌테 불효막심한 자식이 돼놔서……."

이쯤에서 나는 화제의 추이에 숨을 죽여 아버지의 얼굴과 촌로들의 표정을 뜯어보기 시작했다. 그러나 그네들은 아슬아슬 위험 지역을 돌아 다만 '기가 막히도록 변한' 세상 물정에 대해서, 세상 꼬락서니에 대해서 술회하고 있었다. 짐짓 아버지의 아픈 데를 건드리지 않으려는 촌로들의 그 얄팍한 인정이 가증스러워 보였다. 나는 아버지와의 이 무모한 동행에 대해서 조금은 후회하기 시작했다. 진실이 객기로 인해 오히려 역습당할 우려가 크다는 뜻의 우리들의 좌절을 위무하는 척하면서 기실은 우리

우상의 눈물

들의 젊음을 한낱 객기로 몰아붙이던 노교수의 그 달변이나마 다시는 들어 볼 수 없는, 그러한 자격을 잃은 채 내가 스스로 택한 이 도정은 정말 무의미한 것일까.

우리들 부자 무릎 위의 유골함이 차체에 덜컥 부딪쳤다. 내가 좀 심하게 몸을 뒤튼 모양이었다.

"얘가 내 자식일세."

나는 대번 알아냈다. 아버지의 방금 그 허세들이 바로 나를 담보로 한 것이었음을. 아버지의 이 치사스러운 음모에 말려들 수는 없었다. 나는 등받이에 몸을 기대고 눈을 감아 버렸다. 이미 촌로들은 아버지 옆의 나를 동물원의 원숭이 바라보듯 훑어보고 있었다.

"참 장하이! 내 지난번 읍에서 탑골 박씰 만나 자네 자손 둔 얘기두 들었네만, 여하튼 참 장하이!"

탑골 박씨라면 아버지가 귀향을 서두를 무렵 상계동 우리 집에 서너 차례 나타나 자리에 누운 내 어머니에게도 낯을 보이며 아버지와 무엇인가 상의해 오던 아버지 고향 사람으로는 내가 처음 만난 사람이었다.

"그 탑골 박씨가 그러데나, 자네 영식이 대핵꼴 돈두 안 내구 다닌다구. 거 참 용하이!"

지금 아버지의 표정은 어떤 것일까.

"내가 아나, 지가 하느라구 하데만. 하긴 조상 뵐 면목 하난 세운 셈이지. 얘들이 요즘 대학생 데몬가 뭔가 땜에 핵교가 쉬길래 선영 좀 일러 줄 겸……."

"아암, 그래야지!"

버스는 두어 시간을 더 툴툴거린 다음 우리들을 어느 조그마한 분지에 쏟아 놓았다. 사방이 산이었다. 산마루에 반 뼘쯤 걸린 해가 이제까지 부어내린 볕을 되삼킨 듯 눈이 부셨다. 그러나 저녁 그늘에 잠기기 시작한 마을은 사뭇 음산한 느낌이었다.

아버지가 몇몇 촌로와 재회를 약속하고 있는 사이에 나는 느닷없는 시골 순경 아저씨와 마주쳤다. 낯선 방문객이었고 그리고 아직 벗어 버리지 못한 내 교복 때문이었다. 그는 서울서 내려온 대학생 앞에 사뭇 정중했으나 결코 임무를 게을리하지 않았다. 어느 대학이오? 여행지는? 풍암리가 우리 고향입니다. 체류기간은? 글쎄요, 한 나흘. 목적은? 내가 아버지와 동행한 그 목적을 말해 버리면 이 순경 아저씨는 어떤 표정을 할까. 그러나 이때 황망히 다가온 아버지가 안고 있는 유골함을 보이며 장황하게 늘어놓기 시작함으로써 순경 아저씨는 고개를 크게 주억거리며, 풍암리까지는 족히 이십 리 길인데 서울 양반들 고생들 하시겠다는 전송 인사까지 잊지 않았다. 나는 조금 웃었다. 아버지의 귀향은 이처럼 떳떳한 것이었구나.

산그늘에 잠긴 농가에서는 저녁연기가 피어오르고 있었다. 타작 뒷설거지를 하던 사람들이 낯익지 않은 우리 부자를 힐끔거렸다.

아버지는 사과 궤짝만 한 유골함을 가슴에 안아 막달 찬 임부처럼 어기적어기적 걸었다. 그러나 걸음의 속도는 보기와는 달리 빨라 아버지의 배낭을 짊어진 내가 허덕거리며 쫓아가야 할

우상의 눈물

판이었다.

아버지는 버스에서와는 달리 말이 없었다. 4반세기 만에 고향 땅을 밟는 그의 착잡한 심정이 뭉클 잡혀 왔다.

참으로 쑥스럽고 따분하게 이를 데 없는 아버지와의 동행은 구불구불한 시골길을 따라 계속되었다. 산새가 푸득푸득 숲에서 날아올랐다.

차라리 우리 단둘만의 이 산속에서 아버지와의 결별을 일찌감치 단행해 버릴까 하는 생각이 불쑥 치밀었다. 그것은 지극히 쉽고 간단할 것이다. 그러나 나는, 서두르지 말자, 서두르지 말자, 내심에 거듭 다짐 두었다. 초행인 이 산길의 저녁 어스름이 마음에 끼쳐 드는 어떤 적막감이 그렇게 작용한 것이었는지도 모른다.

우리는 꽤나 험하고 가파른 고개를 허위넘고 있었다. 신작로를 피하고 옛길인 지름길로 들어서 있었다.

"이 고개가 자작고개라는 거다."

고개 마루턱에 올라서서 이미 어둠에 먹혀 들어가기 시작한 골짜기를 내려다보며 숨이 턱에 차 헉헉거리고 있는 나를 향해 아버지가 입을 열었다.

"동학난리 때 남쪽에서 쫓겨 올라온 동학군이 예서 근 팔백여 명이나 떼죽음을 했다는 거여. 동학난리가 바로 이 골짜기에서 끝난 거지. 그때 어떻게나 피가 많이 흘렀던지 그 핏물에 고갯길이 온통 자작자작 젖었다고 해서 고개 이름이 자작고개라는 거여."

그것의 진위를 따져 생각하기에 앞서 나는 아버지의 말을 들으면서 폐부를 쿡 찔리는 느낌이었다. 역사의 현장을 굽어본다는 것은 그 얼마나 가슴 설레는 일인가. 이러한 내 의중을 헤아리기라도 한다는 듯 아버지는 말을 이었다.

"동학군만 죽은 게 아니구, 죄 없는 우리 풍암리 사람들두 숱허게 죽었다는 거여!"

아버지는 좀 뜸을 들이고 나서,

"동학군에 내통한 사람도 있었겠지만서두 밤에 산길을 나댕기는 사람은 불문곡직하고 찔러 죽였다는 거여. 그 난리통에 네 증조부께서도 돌아가신 거구……."

"증조할아버지가요?"

"네 할아버지 얘기론 증조부께서 그냥 억울하게 돌아가셨다곤 하시더라만 옛날 마을 늙은이들 얘기를 듣자면 증조부께서 동학군과 내통을 했다는 거여. 마을 황소를 끌어다가 잡았다구두 하구……."

산속의 어둠은 걷잡을 사이 없이 우왁우왁 밀려들었다. 그 밀려드는 어둠 속에서 나는 아주 조그마하게 위축되어 가는 자신을 발견했다. 나는 무엇인가에 질리고 있었다.

산속의 적막…… 죽음의 정체가 어둠을 통해서 서서히 다가오고 있는 느낌 속에 나는 묻혀 있었다.

드디어 우리 부자는 그 깊은 죽음의 골짜기로부터 허위허위 벗어나 마을 어귀 정자나무 밑에 이르렀다. 아주 가까운 데서 개 짖는 소리가 들려왔다.

우상의 눈물

"이제 다 왔어!"

아버지는 약간 볼멘소리를 했고 나는 속으로 이 양반이 지금 울고 있구나 생각했다.

우리가 여장을 푼 곳은 상계동 우리 집에 몇 번 다녀갔기 때문에 이미 구면인 탑골 박씨네 집이었다. 겉보기와는 달리 아버지의 방으로 정해진 듯싶은 사랑방에는 제법 무늬가 야단스러운 비닐 장판까지 깔려 있었다.

동네 사람들이 하나둘 모여들기 시작한 것은 우리가 어둑한 남폿불 아래서 저녁상을 물리고 그 남폿불이 눈에 익어 환해 보이기 시작할 무렵이었다.

찾아온 사람들은 하나같이 사립문에서부터 대단한 헛기침을 했고, 방문 앞에 이르러선, 이거 내가 오래 살고 볼라니까……이런 식으로 허두를 잡아 문을 열어젖히곤 입을 따악 벌려 한참이나 그렇게 서 있는 것이었다.

"자알 왔네, 자알 왔어!"

"아암, 잘 오잖구! 수구초심이라는데 제깟 것이 안 오고 견뎌?"

그러나 아버지는 버스 속에서처럼 그렇게 허튼소리로 받아넘기지 않았다. 아주 정중히 그들과 맞절을 하고, 손을 잡아 흔들고, 그리고 거짓말같이 눈물을 주르르 쏟으면서 목멘 소릴 했다.

"너두 인살 올려야지!"

아버지는 내게 명했고, 나는 결국 이들 만남의 절실함에 조금은 감동되어 버렸기 때문에 아버지가 시키는 대로 큰절을 했다.

묘하게도 그네들은 내 절을 받으면서 도리어 황송해하는 그런 몸짓들을 취했다.

"보게나, 자네가 오늘 여기 나타난 것두 다 이 핏줄을 믿구 그런 거여!"

그들은 나를 훑어보며 제가끔 고개를 끄덕끄덕 가만한 한숨들을 쏟아 놓고 있었다. 그들은 소주잔을 돌리면서 와장와장 목소릴 높여 주로 이미 이 세상에 있지 아니한 사람들이나 자식 따라 도회지로 나가 호강하는 사람들 얘기며 호강은커녕 전답 다 날려버리고 패가망신한 집안의 얘기들을 풀어놓고 있었다.

나는 방 안의 그 탁한 공기에 질려 그만 밖으로 나왔다. 칠흑 같은 어둠이 야기 속에 깔려 있었다. 사립문은 열려진 채였다. 갑자기 인기척을 느꼈다. 사립문 밖 배추 밭머리에서 사람이 하나 풀썩 솟더니 부리나케 내 옆을 지나 집 안으로 들어가는 것이었다. 아까 초저녁 우리 부자가 도착했을 때 봉당에 얼핏 그 모습을 드러냈던 외줄로 머리를 딴 처녀가 분명했다.

나는 더듬더듬 그 처녀애가 오줌을 깔기던 그 배추 밭머리까지 걸어갔다. 피부에 닿는 두메산골의 밤공기가 그다지 싫지만은 않았다.

"산 자리야, 옛날부터 자네가 지관 아닌가!"

탑골 박씨와 아버지는 할아버지 할머니의 면례 장사 절차에 대해서 두어 시간은 의논들을 했다. 결국 모든 음식 장만이며 상여 내는 문제들은 탑골 박씨가 맡기로 했고, 아버지는 당신

우상의 눈물

스스로 산 자리를 잡기 위해 아침부터 산 오를 준비를 했다. 나도 어쩔 수 없이 탑골 박씨의 헌 농구화를 얻어 신고 아버지 뒤를 따랐다. 아버지는 빈 외양간 지붕에 꽂힌 낫을 빼어 낫자루에 침을 한번 탁 축인 다음 다부지게 잡아 쥐었다.

아버지는 그 험한 산길을 휘휘 날다시피 걸었다. 무슨 힘이 저토록 뻗쳐나는지 도무지 모를 일이었다. 그는 뒤에서 두 손을 짚고 절절매고 있는 나를 가끔 돌아다보며 끌끌 혀를 찼다. 숨이 턱에 찬 채 아버지의 연민 가득한 눈길을 의식하자 나는 엊저녁 어둠 속에서 그랬던 것처럼 내 존재의 왜소함을 다시금 느낄 수밖에 없었다. 그것은 누구에겐가 기대고 싶은 그런 외로움이라고 할 수 있는 그런 것이었다.

"저기 저 건넛산 중턱을 잘 봐라. 아래로 흘러내린 산줄기들이 꼭 사람 형용을 하고 있재?"

그렇게 생각하고 보아서인지 건넛산 산세는 마치 사람 정수리로부터 시작해서 가지런한 지체 그대로였다. 더욱이 여자 음부에 해당하는 그 갈랫골짜기에는 검푸른 잣나무가 다보록 퍼져 있어 실로 묘한 느낌까지 몰아왔다. 그러나 명당은 정작 그 정수리에 있다는 것이었다.

우리가 그 중턱까지 올랐을 때는 이미 해가 중천에 있었고 우리들은 땀으로 흠뻑 젖었다. 우리가 건넌 개울물이 뱀처럼 구불구불 산을 감아 돌고 있었다.

다섯 기의 무덤이 흩어져 있었다. 그중 제일 위쪽의 것이 봉분의 규모로 보나 제법 번듯한 빗돌과 상석으로 미루어 한 종문의 시조비쯤 돼 보였다.

"지금에야 그렇지두 못한가 보더라만 사변 전까지만 해두 풍암리는 온통 김씨 문중이 판을 쳤던 거여. 이 양반이 높은 벼슬자릴 내놓구 옐 들어와 한 문중을 이뤘다는 거여. 저것이 김 초시구. 그래, 저 맨 끝의 것이 초시 양반의 장손인 김구장 님이시다."

아버지는 다른 무덤을 다 젖혀 놓고 그 김구장 님이라는 무덤 앞에 이르러 몸가짐을 바로하고 두 번 절했다. 아버지가 바라는 눈치도 그랬지만 그의 지성스러움에 말려 나도 무릎을 꿇어 절을 했다.

"사변 나던 해 봄에 돌아가셨다만, 생전에 인망이 높았던 양반이시다. 따지고 보면 네 외할아버지가 되셔. 네 누나들의 생모가 바로……."

아버지는 이쯤에서 말을 끊고 그 무덤에서 물러나 담배에 불을 댕겼다. 그 담배 한 개비가 다 타들어 가도록 그는 산 아래 햇빛 속에 번쩍이고 있는 개울 물줄기만 내려다보고 있었다.

아버지 최만배가 김씨 문중 장손의 딸을 아내로 삼았다는 그 내력에 엉킨 뭔가 심상찮은 사연을 되살리고 있는 눈치였다.

아버지는 끝내 입을 열지 않은 채 몸을 일으켰다. 우리는 산비탈을 가로질러 다른 등성이로 옮아갔다. 날개 빛이 요란한 장끼가 바로 눈앞에서 푸드득 날아올라 고즈넉한 산 공기를 깨뜨렸다.

우리는 수없이 많은 무덤들을 지나갔다. 참말 보잘것없이 작

우상의 눈물

은 무덤들로 이곳 시골의 공동묘지 격인 모양이었다. 빗돌이나 상석 같은 건 아예 눈에 띄지도 않았다.

작은 등성마루를 하나 더 넘은 그 아래쪽에 몇 개의 무덤이 초라하게 널려 있었다. 남향이었고 탁 터진 전망이 그림처럼 가을 풍경을 펼치고 있었다.

그 무덤들 앞에 아버지는 꿇어 엎드렸다. 그는 오래오래 일어나지 않았다.

"누가 벌초를 했나 봐요."

4반세기를 돌보지 않은 그런 무덤은 분명 아니었다.

"이게 사람 인심이란 거여."

낫으로 무덤 주위의 잡목을 쳐내면서 아버지는 무척 감격한 듯 얼굴이 벌겋게 상기돼 있었다.

"할아버지 할머니두 여기다 모실 거예요?"

우습지만 나는 문득 마태복음의 첫머리를 머릿속에 떠올렸다. 아브라함과 다윗의 자손……

"그래야지! 당신들의 생전 소원이 그거였으니까."

죽은 내 어머니가 의식이 몽롱한 가운데 중얼거린 그 소원이 이루어졌듯 죽은 사람들이 죽기 전 산사람에게 남기는 그 뜻이 왜 이처럼 소중하게 받아들여지는 것인가. 살아 숨 쉬고 있다는 그 깊은 감격을 그런 식으로 드러내 뵈는 것은 아닐는지.

뽀얗게 메마른 가을 산은 갈색을 띠고 있었다. 간간이 나뭇잎을 흔드는 바람, 이름 모를 멧새들의 지저귐, 아버지가 휘두르는 낫에 잘려 나가는 잡목 가지들의 비명, 이런 소리가 아닌 보다 깊은 산의 숨소리가 나를 압도했다. 항상 침묵하는 느낌 속의 산은 그러나 분명히 숨 쉬고 있었다. 하지만 무덤들은 말하지 않았다. 그것은 무덤 이상의 그 어떤 의미도 상징도 없었다.

그렇지만 나는 분명 느끼고 있었다. 살아 숨 쉬는 자는 항상 이런 그럴싸한 배경과 시간 앞에서 솟아오르는 그 원초적인 충동에 못 견뎌 함을.

나는 아버지가 무엇인가 말하려 하고 있음을 간파했고, 그래서 끈질기게 기다렸다. 나를 배신한 내 어머니가 이미 내 마음에서 떠난 것처럼 아버지와 합류될 수 없는 깊은 강이 내 가슴으로 도도히 흐르고 있었지만 나는 아직 이들과의 관계에서 멀어지고 싶지 않았다. 나는 굶주린 자처럼 눈을 번뜩이며, 나와 맺어 있는 그 어떤 것에 대해서도 알고 싶었던 것이다.

"우리 최씨 집안이 풍암리에 발을 들여놓은 게 언제쯤인진 모르겠다만……."

아버지는 담배를 찾아 물며 잔디 위에 풀썩 주저앉았다.

풍암리에 대대로 터 잡아 사는 김씨 문중은 자손이 번성했다. 풍암리뿐 아니라 근동의 농토가 대부분 그 자손들의 것이었다. 타성바지가 풍암리 상답을 욕심낸다는 것은 생각도 못할 일이었고 이 마을에 발붙여 볼까 하고 기어들었던 몇몇 집안은 몇 해 견디지 못하고 제풀에 뜨곤 했다. 소작을 주어도 자기 문중들끼리 나누어 부쳤다. 설사 논 몇 마지기 얻어 부치게 됐다 손 치더라도 결국 한 해 농사짓고는 고개를 홰홰 내저으며 물러섰다. 우리 선조도 아마 김씨 문중 머슴살이에서 분가를 해 서

우상의 눈물

슴서슴 뿌리를 내리기 시작했던 모양이다. 소작을 안 주면 화전을 일구고 화전이 신통찮으면 벌목을 해 뗏목으로 띄우고 그것을 관에서 막으면 일가가 몽땅 집을 비우고 약초 뿌리를 캐러 심산으로 들었고 눈 푹 덮인 겨울이면 짐승 다니는 몫에 덫을 놓아 생계를 이었다. 또한 워낙 아슬아슬 대를 잇는 집안이라 홀쩍 타관으로 떠나고 나면 집안은 영영 끝장이라는 생각에서 죽으나 사나 풍암리에 엉덩이를 디밀고 살아오지 않았나 싶다. 그렇게 김씨 문중에 빌붙어 산다는 게 얼마나 치욕스럽고 감내해내기 어려운 설움이었는가는 짐작이 가고도 남았다. 앞뒤 재지 않고 불끈 밸을 곤두세워 그 굴욕을 되갚으려 황당하게 대들었다가 오히려 더 큰 혹을 자식에게 붙여줘 버린 할아버지들도 없지는 않았는가 보았다. 우선 증조부가 젊은 혈기에 마을에 들이닥친 동학군에 덥석 내통했다가 거적송장이 되자 인근에서들은 혈혈단신 홀어미를 모시고 사는 할아버지를 마치 역적의 자식 취급을 했다. 소작을 떼어 가고 동계에 부르기는커녕 아예 이름을 빼어 버렸다. 그러나 할아버지는 풍암리를 뜰 생각은 아예 하지도 않았던 모양이다. 약초를 캐 읍에 내다 팔며 근근이 연명해 갔다. 그게 할아버지식이었다. 원래 진국이었던 할아버지는 남을 원망할 줄도 모르고 그저 이런저런 구박 다 받아 가며 김씨 문중을 드나들었다. 그래, 고진감래는 아니더라도 그런대로 다시 떼었던 소작을 얻고 동정도 받아 가며 눌러앉아 살게 되었던 모양이다.

그러나 아버지는 달랐다. 동네 천덕꾸러기로 따돌림받는 게 죽기보다 싫었다. 못난 부모 원망하기를 하루에도 수십 번이었다. 김씨 문중 아이들에게 몰매를 맞고 그 분풀이로 김씨 문중 사당 문턱에 대변을 봤다. 아버지 대신 할아버지가 끌려가 김구장 식솔들한테 맞아 저고리를 피로 말아 왔다. 김구장을 당장 찔러 죽이겠다고 식칼을 들고 나가는 아버지를 두 노인네가 붙들고 늘어진 게 한두 번이 아니었다. 그예 아버지는 일을 덜컥 저질러 놓고 말았다. 김구장네 딸 하나를 삼밭에 끌고 들어가 범해 버린 것이다. 첫 번째는 김씨 문중에서 쉬쉬 넘겨 버려 다행이었다. 그다음은 아버지가 김구장네 집에 걸어 들어가 넉살 좋게 딸을 달라고 했다. 내쫓는 머슴 두엇을 댓돌에 집어 던졌다. 일본 순사에게 끌려가 꼬박 1년을 징역 살았다. 징역에서 풀리기가 무섭게 김구장네 집으로 숨어들어 자기 때문에 혼담이 끊긴 김구장 딸을 업어 내왔다. 너무 기가 찬 김구장은 아예 모른 척했다. 그러나 다시 소작은 떨어지고 김씨 문중 사람들의 학대가 시작되었다. 그렇게 7, 8년을 앙숙으로 버티다가 해방을 맞고 아버지는 김씨 일가를 친일파로 몰아붙였다. 피차 원한은 더 깊어진 채 사변이 터졌다.

바뀐 세상에, 풍암리 일대는 온통 아버지의 것이었다. 성분 좋겠다. 내력 깊겠다. 아버지는 떠억 인민위원회 풍암리 위원장 감투를 썼다. 아버지는 진정 살맛이 났다. 불량스러운 눈을 해 가지고 마을을 설쳤다. 읍 내무서원을 하나 데려다 마을 반동분자를 잡는다며 닷새씩이나 마을을 발칵 뒤집었다. 빨갱이 지시라면 척척 잘도 해냈다. 네 부모를 죽여라 했어도 그것을 해냈을

우상의 눈물

만큼 아버지는 악랄해져 있었다. 몸 망치고 끌려와 억지 결혼을 한 내 이복누님들의 생모는 딸 둘만 낳은 채 기죽어 살고 있다가 남편이 빨갱이 앞잡이가 되어 날뛰자 시부모와 함께 남편 옷자락 붙잡고 늘어지다 여러 번 발길에 차여 넘어졌다. 그러나 남편을 내버려 둘 수는 없었다. 하늘이 무서워요, 하늘이. 싫고 무서운 남편이었지만 우선 살리고 볼 일이었다.

저녁바람이 수수수 나뭇잎을 흔들었다. 아버지는 더 입을 열지 않은 채 몸을 일으켰다. 그는 산을 오를 때의 기세와는 달리 내 뒤를 따라 느릿느릿 걸었다. 맥 풀린 사람처럼 탈진해 보였다.

해 있어 산에서 내려온 탓으로 우리 부자는 탑골 박씨네 집으로 돌아오는 도중 많은 사람들을 만나지 않으면 안 되었다. 아버지로선 어차피 만나야 할 사람들이긴 했다. 그러나 엊저녁까지의 나이 든 사람들과의 만남처럼 감동적이고 우호적인 만남은 아니었다. 마을에는 노인들보다 훨씬 더 많은 젊은이와 아이들이 살고 있었다. 이미 마을은 아버지 시절의 것은 아니었다. 훨씬 더 깨이고 현실적인 사람들이 마을의 주인이었던 것이다. 그들은 다분히 적의를 지닌 눈으로 우리 부자를 바라보았다. 아버지가 다시 이 마을에 뿌리 내리기에는 상당한 세월과 인내가 필요하리라. 나는 좀 암울한 기분에 휩싸이기 시작했다. 술 취한 어떤 청년 한 사람을 장거리에서 만남으로 해서 그 느낌은 더욱 짙어졌다.

"최만배, 당신이 최만배지? 이보라구, 내가 왜 이 모양 이 꼬락서니가 된 줄 아오? 당신이 울 아버질 인민군에 끌어낸 거 잊진 않았을 거요! 당신 덕분에 난 유복자가 된 거구……."

아버지의 참담한 얼굴은 차마 바라보기가 민망스러울 정도였다. 아버지, 당신이 바라고 찾아온 것이 바로 이것이었잖소! 나는 흔들리기 시작한 내 마음의 평정을 지키기 위해 끝내 방관자의 입장에 섰다.

이날 저녁 아버지는 마을 노인들이 탑골 박씨네집 마당에서 내 조부모의 면례 장사 준비로 떠들썩한 틈을 타 2홉들이 소주한 병을 벌컥벌컥 들이켰다.

그러나 아버지가 더 엉망으로 술을 들이키기 시작한 것은 마을의 젊은이들이 상여 메기를 거부해 온 뒤부터였다. 그 젊은이들 기세에 눌렸음인지 꽤 나이 든 축들도 맡은 일을 버리고 슬금슬금 꽁무니를 뺐다. 아버지는 전연 예상 못했던 일인 양 몹시 당황한 얼굴을 했다. 그리고 술을 퍼마시기 시작했던 것이다.

밤늦어 곯아떨어진 아버지를 바로 눕히며 내 손은 떨렸다.

또 한 번 아버지와의 결별의 시간을 생각해 본 것이다. 그러나 이때 문밖에 자리끼를 떠온 탑골 박씨네 외줄로 머리 딴 처녀애의 인기척을 깨닫고 나는 구원받은 기분으로 문을 열어젖혔다. 쪽마루에 물 사발이 놓여 있고, 그리고 내 눈에 비친 것은 그 처녀애의 실팍한 둔부였다.

다음 날은 내게 있어서 더럽게 치욕스럽고 지리한 시간이었다. 늙은이들에 의한 운구. 그 가락 시원찮은 만가와, 작업 틈틈이 주고받는 그 상스러운 해학들, 그리고 술 취한 늙은이들의 추접스러운 꼬락서니. 봉분 높이기와 마른 떼 입히기의 그 지루한 시간. 그러나 아버지는 엊저녁 그 과음에도 불구하고 싱싱한 얼굴로 재게 움직였다.

"이젠 제법 족산다우이!"

술 취한 한 늙은이의 말에 나는 그만 실소했다.

뼈를 깎히는 그런 아픔을 웃었던 것이다.

눈을 떠보니 눈부신 가을 아침 햇살이 격자창 가득히 부어져 내리고 있었다. 아무도 옆에 없었다. 나는 몽설을 했고, 망측한 새벽꿈 속의 그 계집애를 보기 위해 방문을 열어젖혔다. 그러나 둔부 실팍한 그 처녀애는 보이지 않았다.

아버지가 무엇인가 부지런히 준비하고 있는 게 보였다.

죽은 사람을 찾는 마지막 작업이 시작된 것이다.

아버지는 단호하게 마을 노인들의 동행을 거부했다. 탑골 박씨마저 못 따라오게 막았다.

나는 아버지와 다시 갖게 된 이 둘만의 시간이 눈물이 나도록 고마웠다. 내 계획대로 내가 아버지보다 일찍 잠이 깼더라도 이 동행은 이루어지지 않았을 것이다. 그 궁둥이 팡팡한 계집애와의 새벽 꿈속의 정사만 아니었더라도 나는 이미 별 볼 일 없는 이 마을을 떠나 열엿새밖에 남지 않은 내 생의 마지막 유예 기간 동안 모든 것을 철저하게 배신하기 위해 도회지로 출발했을 것이 아닌가. 그러나 아버지는 아직 나의 낌새를 눈치채지 못한 모양이고 나는 아버지와의 영별에 앞서 꼭 하나 물어보고 싶은 것이 있었던 것이다.

"아버지!"

산 밑을 흐르는 개울의 징검다리 세 번째 돌을 밟은 아버지를 나는 나지막하게 불렀다. 그는 돌아다보았다. 그 얼굴은 어제 그 치욕스러운 면례 장사를 치른 사람 같지 않게 탄탄한 힘을 풍기고 있었다. 나를 바라보는 그의 눈이 그 어느 때와도 달리 정 있어 보임은 내 마음이 그렇게 생각해서 그런 것일까.

"아버지, 미사끼가 누굽니까?"

순간 아버지는 좀 의외란 듯한 표정을 짓더니 그냥 몸을 돌려 다음 돌을 밟았다. 나는 지체 없이 또 아버지를 불러 세웠고 아버지는 다시 아들의 굳어진 표정을 살피고 있었다.

"어머니가 돌아가실 때 부른 그 일본 사람 이름이 누굽니까?"

아버지는 징검다리에 엉거주춤 앉으며 삽을 물에 담갔다. 물 속 돌멩이 윤곽이 선명하게 드러나도록 해맑은 개울물이 가을 볕을 실은 채 돌돌돌 흘러내리고 있었다.

생각보다 아버지는 쉽게 입을 열어, 마치 대사 외듯 부자연스러운 어조로 말했다.

"미사끼란 사람은 내가 감옥에 들어간 지 얼마 안 돼 만났던 사람이다. 완전히 한국 사람 행세를 했고, 또 국적도 한국으로 돼 있는가 보더라만, 네 죽은 어머이처럼 일본 사람이었다. 그 사람은 네 죽은 어머이하구 열아홉 살 때 일본에서 건너왔다구 하더라. 피치 못할 일루 도망을 온 게지. 그래 우리나라에서 해방을 맞구, 사변을 치르구, 그런데 그 사변이 끝나던 해 어떤 살인

우상의 눈물

죄에 걸려 들어왔는데 형기두 워낙 긴 데다 내가 만났을 땐 이미 갤갤 다 죽어 가구 있었다. 폐병이야. 난리통이라 그런 다 죽어 가는 사람들하고 한 감방을 쓰는 게 보통이었는데 그 미사끼가 다른 데로 옮겨 가면서, 옮겨 간 데서 곧 죽었다는 얘길 나중에 네 어머이한테 들었지만, 제 뒷바라지를 내가 좀 해줬다구 해서 내 손을 붙잡고 징징 울더구나. 그리구 내가 4대 독자란 얘길 언제 들어 뒀던지, 자기두 같은 처지라는 거야. 하다못해 딸자식 하나 못 남기고 죽게 됐다구. 결국 자기 대에 와서 끝장이 난 거라구…, 고향에두 못 가구…, 그러면서 네 죽은 어머이 주솔 일러 주더구나. 그러나, 그 주솔 찾아낼 필요두 없이 네 죽은 어머인 내 남은 옥살이 뒷바라지를 다 해준 거여. 알구 보면 네 어머이 같은 사람, 세상에 또 없다!"

아버지는 깨끗하게 씻긴 삽을 물속에서 들어내며 몸을 일으켰다. 더 이상 입을 열지 않았다. 그는 더 이상 말하지 않을 것이다. 나 또한 더 이상 듣고 싶지 않았다.

나는 조금 어지러웠다. 모든 것이 흔들리고 있었다. 그 흔들림은 무엇에고 푹 기대고 싶은 그런 외로움과 같은 느낌 속으로 나를 밀어넣고 있었다.

아버지는 이미 징검다리를 건너 산으로 오르는 계곡을 향해 성큼성큼 걷고 있었다. 나는 끌리듯 그 큰 걸음을 쫓아 걷지 않을 수 없었다.

마을에서 맞바로 바라보이던 야산 중턱 못 미쳐 보리밭이 하나 있었다. 그쯤에서 내려다본 마을은 늦가을 볕 속에 그림처럼 조용했다. 추수 다 끝난 논바닥에 볏집이 댕그라니 쌓여 있었다.

"저 아래 느티나무가 하나 안 있냐? 바로 그 느티나무 옆으로 길게 배미를 이룬 논이 저번에 우리가 산 논이다. 좀 비싸게 치겼다만 논이야 상답이지!"

그는 어린애처럼 자랑스러워하고 있었다.

"이백 평 한 마지기로 치면 다섯 마지기 반에서 좀 빠진다만 내년 농산 내 손으로 지을란다!"

아버지는 보리밭으로 성큼성큼 걸어 들어갔다. 겉보리 본엽이 서너너덧 매 파랗게 돋아나 있었다. 아버지는 일부러이기라도 한 듯 연약한 잎들을 짓밟았다. 보리의 착생이 잘 되도록 어린 보리싹의 경엽 밟아 주기인 모양이었다. 나도 아버지처럼 보리싹을 짓밟아 보았다. 어린 싹은 짓밟혀 잠시 누웠다가 곧 푸들푸들 다시 일어섰다.

"옛날에 이 애비가 예까지 묶여 올라왔었다."

가슴이 뛰었다. 가상은 언제고 실체를 드러내는 법. 나는 아버지의 입을 쳐다보았다. 그러나 아버지는 더 이상 입을 열지 않은 채 보리밭 가장자리 한쪽에 수북이 쌓인 돌무더기 앞에 다가가 숙연한 얼굴을 했다.

찌륵찌륵 멧새 울음소리가 가까운 데서 들렸다. 나는 휘 사방을 둘러보았다. 아버지가 서 있는 돌무더기 저쪽, 보다 남향이고 좋은 곳에 조그마한 무덤이 하나 얌전하게 누워 있었다.

"누가 저기다 뫼를 썼누! 하긴 자리가 나쁘진 않아."

아버지는 혼잣소릴 하면서 신을 벗고 삽자루를 잡았다.

우상의 눈물

"우선 이 돌부터 걷어 내야겠다."

나는 아무것도 묻지 않았다. 아버지가 시키는 대로, 밭에서 나온 돌을 하나둘 모아 놓은 듯싶은 돌무더기를 걷어 내기에 열중했을 뿐이다. 아버지처럼 농구화도 벗어 버리고 맨발이 됐다.

돌이 거의 치워질 때쯤 돼서 아버지는 돌무더기가 쌓였던 땅을 푹푹 떠내기 시작했다. 사람이 하나 들어가 누울 만한 넓이로 파내려 갔다. 무릎 높이까지 깊어졌을 때 아버지는 삽을 놓고 담배를 찾아 물었다. 내가 삽자루를 잡자 손을 휘저어 정색을 하고 막았다. 나는 삽자루를 놓고 아버지 옆에 앉아 마을을 내려다보았다. 어느 집에선가 탈곡기 소리가 가을볕 속에 어우러졌다.

"이 구뎅인 이십몇 년 전에 내가 묻힐 자리였다!"

세상이 또 뒤집힐 기미를 눈치 못 챘던 건 아니었지만 그것이 그다지 빠르게 올 줄은 정말 몰랐던 것이다. 면 인민위원회 놈들이, 더구나 내무서 놈들마저 시치밀 떼는 통에 당한 건 그였다. 수리봉 쪽으로 새까맣게 비행기가 날고, 가끔 인민군 녀석들이 비실비실 북으로 향할 무렵이었다. 면에 내려가니까 마을에서 꼭 처치해야 할 반동분자 명단을 작성해 올리라는 지시였다. 그동안 국방군 가족이니 경찰 가족이니 쌀 숨겨 놓고 안 내놓은 반동분자니 해서 꽤나 찔러 넣은 그것만 해도 괴로운데 이제는 아예 처치할 반동분자 명단을 올리라는 거였다. 며칠을 두고 끙끙댄 끝에 서너 사람의 이름을 적어 품속 깊이 넣고 집을 나섰다. 제출하라는 기일보다 이틀이 지난 뒤였다. 자전거를 타고 마

맥

을 밖을 빠져나가다가 머리통에 몽둥일 맞고 쓰러졌다. 정신이 들어 보니 바로 자기 집 사랑방에 묶여 있었다. 집안 식구들도 모두 묶여 재갈이 물린 채 안방에 갇혀 있는 낌새였다. 그는 밧줄을 풀려 무진 애를 썼다. 자유로운 몸이 되면 우선, 계집에만 둘 낳고 고만인 아내부터 죽일 작정이었다. 명단을 적어 품속에 넣는 걸 본 사람이 있다면 오직 그네뿐이었으니까. 마을 사람들은 그를 쳐 넘어뜨리고 우선 품속을 뒤져 그 명단부터 찾아냈던 것이다.

"마을 사람들은 날 그렇게 잡아 두고 날이 어둡길 기다렸던 거여."

아버지는 다시 삽을 들고 구덩이를 파기 시작했다.

나는 문득 이쪽 야산으로 오르기 전에 건너 조그마한 개울 징검다리 있는 곳에 눈을 주었다. 행색이 마을 사람들인 듯싶은 세 사람의 남자가 그 돌다리를 건너 우리가 있는 쪽으로 향하고 있는 게 보였다. 나는 묘한 예감으로 몸이 떨리면서 다시 시작된 아버지의 얘기에 귀를 기울였다.

그날따라 마을을 지나는 인민군 패잔병도 없었고(있어 봤자 제까짓 것들이 무슨 힘이 있겠는가만은……) 구름 잔뜩 낀 하늘은 쉽게 어둠을 몰아왔다.

눈이 뒤집힌 마을 사람들이었지만 마지막 가는 길에 부모처자의 얼굴은 한번 봐둬야 한다며 그를 안방 문 앞에 세웠다. 재갈이 물린 채 자기를 쳐다보는 집안 식구들의 그 처연한 눈빛. 그는 그냥 그 자리에 주저앉고 말았다. 다리에 맥락이 풀려 더

　　　　　　　　　　　　우상의 눈물

이상 서 있을 수가 없었던 것이다.

"그리고 예까지 끌려왔던 거다."

아버지의 얼굴에 땀이 번질거렸다. 구덩이는 이미 허리 높이만큼 깊어져 있었고 그는 삽질을 아주 조심조심 해 나갔다. 징검다리를 건넌 세 사람이 눈에 띄지 않았다. 아마 이쪽 보리밭으로 오르는 계곡으로 접어든 모양이었다.

"사람들은 내게 물린 재갈을 풀어 주지 않더구나."

그것만 풀어 주면 목 놓아 엉엉 울고 싶었다. 제발 한 번만 살려 달라고 애원하고 싶었다. 대한민국 만세, 이승만 대통령 만세를 백 번 백만 번이라도 외쳐 살고 싶었다. 난 4대 독자야. 내가 죽어선 안 돼. 그렇게 외쳐 그네들의 동정을 받고도 싶었다. 그러나 마을 사람들은 그에게 물린 재갈을 풀지 않았다.

손 묶은 건 풀지! 누군가 그렇게 말했고, 그는 횅하니 입을 벌린 구덩이를 보았다. 사람들은 그를 산 채로 밀어 넣을 모양이었다. 그는 풀린 두 손을 들어 입에 물린 재갈을 벗기려고 했다. 그러나 완강한 팔목들이 그의 양 어깨를 감싸고 있어 그것은 불가능했다.

빨리 처넣어! 손에 돌을 든 사람들이 재촉하는 소리가 들렸다. 그는 필사의 힘을 다해 발버둥질 쳤다. 구덩이로 떨어지는 시간이 조금은 지연되고 있었다. 바로 그런 순간이었다.

구덩이 속으로 누군가 풀썩 떨어져 내렸다. 누구야? 놀란 목소리로 누군가 소리 질렀다. 그러나 구덩이 속에선 얇은 신음소리가 잠깐 들렸을 뿐이다. 한 사람이 성냥을 그었다. 여자였다.

누군가 구덩이 속으로 내려가, 엎어진 여자를 하늘을 향해 정면으로 뉘었다. 얇은 홑저고리 하나인 그네 젖가슴 왼쪽에 칼이 꽂혀진 채였다.

죽었어!

밑의 사내가 구덩이에서 기어오르며 말했다.

사람들은 그를 보리밭에 놓은 채 망연자실 구덩이 속만 들여다보고 있었다. 그때 어둠 속에서 누군가 귀에 속삭였다.

이 몹쓸 것아! 네 처가 대신 죽은 거야.

또 하나의 목소리가 있었다.

왜 이러구 있어? 이 죽일 놈아! 어서!

아버지는 삽을 구덩이 밖으로 내던진 채 맨손으로 흙을 파고 있었다. 마을에서 올라온 세 사람이 우리들 곁에 다가와 있는 기척도 모른 채.

한 사람은 탑골 박씨였고, 사십 전후가 돼 보이는 두 사람은 그 차림새로 보아 이 마을 사람이 분명한데 내게는 초면인 얼굴들이었다.

"이보게, 만배! 거 뭘 허구 있는 게여?"

아버지가 몸을 일으켰다.

"자네, 이 사람들 얼굴 보면 모르겠나?"

이처럼 놀란 아버지의 얼굴 표정을 본 일이 없다.

"놀라긴, 자네 처남들이야!"

아버지가 말해 준 그 김구장의 두 아들들의 얼굴을 나는 곧

우상의 눈물

바로 쳐다보았다. 아버지가 빼앗아 온 그 처녀의 남동생들은 나를 향해 조금 웃어 보였다.

"매형, 올라오세유!"

그들 형제는 구덩이 속의 아버지에게 손을 내밀었다.

"누님은 우리 둘이서 몇 해 전에 딴 데다 모셨는 걸유. 바로 저기……."

그들 중의 하나가 우리들이 서 있는 보리밭 저쪽 좀 더 양지바르고 전망 좋은 데의 바로 그 무덤을 가리켜 보였다.

"이 사람들이 그 얘길 자네한테 하지 말라구 해서……."

탑골 박씨가 목덜미를 긁으며 쑥스럽게 웃자, 그중 좀 연장인 듯싶은 쪽이,

"동네에서는 매형이 고향엘 온다는 소식을 듣곤 매형이 제일 먼저 와야 할 것이 바로 여기라고 했어유. 와 가지곤 이렇게 매형 손으로 직접……."

다시 탑골 박씨가 받아,

"글쎄, 이 사람들 얘기론 자네가 여길 제일 먼저 와보지 않음, 자넬 이 동네에서 쫓아내려고 했다지 뭔가! 어제 그 상여두… 하여튼 요즘 젊은 사람들 얕보지 말게."

나는 아버지가 파놓은 흙더미 위에서 발가락 사이로 비집고 올라오는 찬 흙의 촉감을 즐기고 있었다.

"이 사람이 바로……?"

내 외삼촌뻘이 되는 두 사람은 최씨 집 5대 독자인 내게 손을 내밀었다. 나는 그들의 억센 손아귀에 손을 잡힌 채 이 사람들

이야말로 우리의 귀향을 진정 반기고 있구나 싶었다.

나는 내 출생 비밀의 현장인 흙더미 위에서 땅의 찬 서기가 심장까지 힘차게 뻗쳐오름을 감지했다. 이 느낌은 새벽녘 꿈속 궁둥이 팡팡한 계집애 몸속 깊이 사정하던 그런 아찔함과 다르지 않았다.

그러나 무엇보다 내게 시급한 것은 어서 아버지와의 단둘만의 시간이었다.

나는 그예 울음을 터뜨릴 것이고, 입영통지서를 펴든 아버지는 내 등을 뚜덕거리며 나를 위무하리라. 이것이 우리의 현실이라고. 나는 더 많은 문제에 대해서, 그리고 진정 내 문제에 대해서 아버지와 긴히 의논하고 싶은 것이다.

또 한 가지 내가 해야 할 것은 지금 내 주머니 속에 옮겨 와 있는 예금통장과 인장을 주인에게 되돌려 주는 일이다.

1977년 《현대문학》 3월호

우상의 눈물

동행

　발목까지 빠져드는 눈길을 두 사내가 터벌터벌 걷고 있었다. 우중충 흐린 하늘은 곧 눈발이라도 세울 듯, 이제 한창 밝을 정월 보름달이 시세를 잃고 있는 밤이었다.

　앞서서 걷고 있는 사내는 작은 키에 다부져 보이는 체구였지만 그 걸음걸이가 어딘지 모르게 허전허전해 보였다.

　이 사내로부터 두서너 걸음 뒤져 걷고 있는 사내는 멀쑥한 키에 언뜻 보아 맺힌 데 없다는 인상을 주면서도 앞선 쪽에 비해 그 걸음걸이는 한결 정확했다.

　큰 키의 사내가 중절모를 눌러쓰고 밤색 오버에 푹 싸이다시피 방한에 빈틈이 없어 보이는가 하면 키 작은 사내는 희끔한 와이셔츠 위에 다만 양복 하나를 걸쳤을 뿐, 그 차림새가 퍽도 을씨년스러워 보였다. 그 양복이라는 것도 윗도리의 품이 좁디좁고 길이도 깡똥한 반면 아랫바지는 헐렁하게 크기만 해 걷어

올린 바짓가랑이에 눈이 녹아 붙어 걸음을 옮길 적마다 서걱거렸다. 작은 키에 어깨를 잔뜩 좁혀, 을씨년스럽고 초라한 모습이었다.

"정말 이렇게 동행을 얻어 다행입니다."

큰 키의 사내가 간간하면서도 어딘가 여유를 둔 나지막한 목소리로 말했다.

"예, 밤길을 혼자 걷기란 맹했죠. 더욱이 이런 산골 눈길은⋯⋯."

하고, 앞서 걷던 작은 키의 사내가 어떤 생각으로부터 후다닥 벗어나기라도 한 듯 생경한 목소리로 받았다.

그리고 곧 자기 쪽에서 말을 건네 왔다.

"참, 선생은 춘천에서 오신다기에 말씀입니다만, 혹시 어제 근화동에서 살인사건이 생긴 걸 아시우?"

그러자 큰 키의 사내는 흠칫 몸을 추슬렀다가 좀 사이를 두어,

"살—인이라면⋯ 아, 네! 알구말구요. 사실 전 우연한 기회로 현장까지 봤습니다만⋯⋯." 하고, 조심스레 말끝을 흐렸다.

그러자 키 작은 사내가 주춤 멈춰서며 다그치듯,

"혀, 현장엘? 그래요? 그 술집엘 선생이 가보셨다구⋯⋯?"

다시 몇 걸음 떼어 놓다가 말을 이었다.

"근데, 말입니다. 그 살인범을 경찰에선 쉬 잡아낼 수 있겠습디까? 뭐, 단서 같은 거라두⋯⋯."

그러자, 큰 키의 사내는 잠깐 머뭇거리다, 글쎄요, 그건 잘 모

우상의 눈물

르겠군요… 중얼거리듯 잘라 놓곤 이어,

"그런데 노형은 아까 원주에서 오신다고 하신 듯한데 어떻게 벌써 그 사건을 그렇게… 역시 소문이란……"

그냥 흘려 넘기는 투였다.

그러나 이때 키 작은 사내가 주춤 멈춰서며,

"아, 아니 선생. 이거 왜 이러슈. 그래, 내가 언제 원주에서 온다고 했단 말이유?"

무턱대고 시비조였다.

"아, 그러십니까? 제가 그만……"

그제야 멈춰 섰던 사내가 다시 걸음을 옮겨 놓기 시작했다. 큰 키의 사내도 어깨를 한번 으쓱 추키곤 앞선 쪽의 뒤를 부지런히 따라붙었다.

그렇게 상당한 거리를 서로 한 마디의 대화도 없이 눈길을 터벌터벌 걷던 그들이 문득 고개를 쳐들었을 때, 그들 시야에 꽤 넓은 평지를 사이에 두고 좀 멀찍이 놓인 산마루가 희미하게 윤곽을 드러냈다.

작은 키의 사내가 걸음을 멈추고 엉거주춤한 자세로 질금질금 소변을 보기 시작했다. 이때 큰 키의 사내는 바짓가랑이와 오버 자락에 엉겨 붙은 눈을 털어 내다가 불쑥,

"저 재 너머가 바루 와야리겠습니다그려?"

무슨 변명이라도 하듯. 초행이라 놔서… 했다.

그러나 키 작은 쪽은 대꾸도 없이 바지 단추를 더듬거려 채우다간,

"가만있자… 이 길루 내쳐 가면 엔간히 돌 게구……."

곧 뒤의 키 큰 사내를 향해,

"선생, 우리 일루 질러갑시다."

그런 다음 이쪽 대답은 아랑곳없다는 듯 지금 그들이 걸어 온 큰길을 벗어나 도무지 길이 있을 것 같지 않은, 그냥 눈 덮인 밭으로 터벌터벌 걸어 들어가고 있었다.

"질러가는 겁니까? 허지만 이 눈에 저 고갤… 좀 돌더라두……."

언제나 말미를 흐리곤 하는 큰 키의 사내가 아직 큰길에서 내려서지도 않은 채 머뭇댔다.

"맘대루 허슈, 난 일루 가겠수다."

뒤도 돌아보지 않은 채 작은 키의 사내는 터벌터벌 발목까지 빠져드는 흰 눈밭을 걸었다.

그러자 큰 키의 사내는 퍽 난처하다는 듯 한동안 망설이다가,

"여보시오, 노형, 나 잠깐!"

그러나 키 작은 사내는 뒤도 돌아보지 않았다.

큰 키의 사내는 무슨 결심이라도 한 듯 어깨를 한번 으쓱 추켜올리곤 큰길에서 내려서 앞서 간 쪽의 발자국을 조심스레 되밟아 나갔다.

앞서 가던 쪽이 밭두렁에서 발을 헛디뎌 앞으로 넘어졌다. 그러나 곧바로 몸을 세워 옷에 묻은 눈을 털 생각도 않고 그냥 걷고만 있었다. 그렇게 키 작은 쪽이 허청거릴 적마다 큰 키의 사내는 오버 주머니에서 가죽 장갑 낀 손을 빼어 줄타기하듯 조심

우상의 눈물

스레 발을 옮기곤 했다.

바짓가랑이에 붙은 눈을 열심히 털면서.

그들이 지금 가로지른 평지가 끝난 바로 앞에 하천이 하나 가로놓여 있었다.

"여길 건너야 할 텐데……."

작은 키의 사내가 벌써 아래로 내려서면서 중얼거렸다. 언뜻 보기에 거기 개울이 있다고 보기엔 어려웠다. 다만 잘잘거리는 물소릴 듣고야 바로 앞에 막아선 산기슭을 타고 개울이 흐르고 있다는 걸 짐작할 수밖에 없었던 것이다.

"얼음이 잘 얼었을까요? 물이 많진 않을 것 같습니다만……."

큰 키의 사내가 조심스레 개울로 내려서며 말했지만 역시 앞선 쪽은 대답이 없었다.

온통 눈으로 덮인 개울은 처음엔 자갈이 밟혔다. 좀 더 들어서자 덧물이 흘렀다가 언 층이 발 닿는 곳마다 부적부적 소릴 냈다. 큰 키의 사내는 언제나 앞선 쪽의 발자국을 따라 디디며 그것도 못 미더운지 몇 번씩 발을 굴러 보곤 했다.

이때 앞서 걷던 사내가 뒤로 돌아서며, 여긴 안 되겠수다, 중얼거림과 동시에 그의 한쪽 발이 뿌지직 얼음을 깨뜨렸다. 그러자 사내는 다시 몸을 돌려 꺼져 드는 얼음 위를 철벅철벅 걸어가며,

"어어, 물 차다!"

꺼져 버린 얼음 조각들이 흐르는 물에 처르르— 씻겨 내리고 있었다. 눈 덮여 희던 개울 바닥이 그가 걸어 나간 뒤를 좇아 검

은빛으로 번져 나갔다.

그렇게 찬 물속을 철벅거리며 개울을 다 건넌 사내는 이쪽에서 아직 어쩌지 못해 서성거리고 있는 큰 키의 사내를 향해 말했다.

"제엔장, 일룬 안 되겠수다. 여긴 여울이라 놔서……."

키 작은 사내는 산기슭을 타고 개울 상류로 거슬러 오르고 있었다. 이쪽 사내는 안절부절못하는 몸짓으로 역시 같은 방향으로 거슬러 오르며 눈은 항시 건너편 사내에게서 뗄 줄 몰랐다.

그렇게 얼마쯤 허둥대고 걷다가 큰 키의 사내는 무턱대고 개울로 들어섰다. 다행히 여울이 아닌 모양이어서 쉽게 건널 수 있었다. 그러나 키 작은 사내는 이쪽에 눈 한번 주는 법 없이 서벅서벅 제 발길만 옮기고 있었다. 큰 키의 사내는 꽤 허덕댄 다음에야 앞선 쪽을 따라갈 수 있었다.

역시 앞 사내의 발자국을 되밟으며 따라 걷던 큰 키의 사내는 힉— 한번 혼자 웃었다. 앞 사내의 바지가 정강이까지 온통 물에 젖어 있어 차츰 얼어 들고 있었다.

"노형, 그거 그렇게 젖어서 어떻게 합니까? 진작 이 위로 건너실걸……."

"제에기랄, 누가 아니래우. 근데 옷은 이렇게 벌써 뻐쩍 얼어 드는데 이놈의 발이 통 안 시렵다니……."

잠시 사이를 두었다간,

"그래, 꼭 그날 밤도 이랬지! 제기랄……."

우상의 눈물

신음하듯 중얼댔다. 그러자 큰 키의 사내가, 그날 밤이라뇨…? 하고 불쑥 물었다. 그러나 앞선 사내는 대꾸 없이 개울 상류를 향해 자꾸 치오르며 옆 산비탈을 올려다보곤 했다.

날씨는 차고 하늘은 금세 눈이 쏟아지기라도 할 듯 우중충 흐렸다.

드디어 키 작은 사내의 바짓가랑이가 데거덕거리기 시작했다.

그렇게 자꾸 산비탈을 훔쳐보며 개울 기슭을 따라 걷던 작은 키의 사내가 다시 주춤 멈춰 섰다.

"하, 이거 아무래도 잘못 잡았지……."

그러면서 사방을 두리번거렸다.

"눈에 홀린다더니, 정말 눈길을 걷기란 힘이 듭니다그려."

오버 자락의 눈을 털면서 큰 키의 사내가 말했다.

"선생한텐 정말 미안하우. 제에기랄, 이놈의 델 와본 지도 꽤 오래 돼 놔서……."

"그럼 여기가 고향……?"

그러나 키 작은 사내는 이쪽 말은 염두에도 없다는 듯 제 궁리에 잠겼다가,

"에라, 내친김에 좀 더 올라가 볼 수밖에……."

하고, 다시 데걱거리며 걷기 시작했다.

그렇게 한참을 걸었다. 그러나 앞선 쪽의 사내는 다시 걸음을 멈추며 속으로 가만히 한숨을 몰아쉬는 것이었다. 이때 함께 멈춰 발을 탁탁 구르며 주위를 두리번대던 큰 키의 사내가 한쪽을 가리켜 보였다.

산을 끼고 흐르던 개울이 점차 산비탈과 그 거리를 벌리면서 그 중간쯤에 집 한 채가 오똑 눈에 띄었다. 누가 먼저 말을 낸 것도 아닌데 그들은 그쪽으로 발을 옮기고 있었다.

집 앞의 길은 꽤 넓게 눈이 쓸려 있었다. 눈이 쓸리고 거뭇거뭇 드러난 맨땅에 이르러 그들은 옷에 묻은 눈을 털었다. 키 작은 쪽의 바짓가랑이는 달라붙은 눈덩이와 함께 데걱데걱 얼어 있었다.

키 작은 사내가 사립문 앞으로 다가갔다.

이때 허리를 굽히고 열심히 눈을 털던 큰 키의 사내가 쿳쿳― 기침을 하기 시작했다. 꽤 밭은, 그리고 사뭇 어깨를 움츠린 채였다. 기침이 멎자 그는 눈 위에 무엇인가 뱉었다. 짙은 자국이 눈 위에 드러났다. 발로 즉시 그 자국을 뭉개 버렸다. 그리고 손수건을 꺼내어 거기에 무엇인가 또 뱉었다. 그 손수건을 유심히 들여다본 다음 다시 입 언저리를 닦았다.

"많이 변했군. 이런 데 집이 다 있구. 헌데 이눔의 집은 초저녁부터 자빠져 자는 건가?"

키 작은 사내가 사립문 위로 고개를 세워 들고 안을 기웃거리다가 언성을 높여,

"여보시우, 쥔장! 거 말 좀 물어봅시다."

그러나 안에선 기척이 없었다.

제엔장, 눈까지 친 걸 보면 빈집이 아닌 건 분명한데 하고, 키 작은 사내가 사립문을 마구 흔들어 대기 시작했다. 사립문에 달린 깡통이 쩔렁쩔렁 울렸다.

우상의 눈물

그러기를 한참. 드디어 안에서 두런거리는 소리가 들리는가
싶더니,

"거, 누구요? 첫잠에 그만 푹 빠져서……."

하는 남자의 목소리.

그러나 키 작은 사내는 자꾸 사립문만 흔들어 댔다.

그제야 방문이 삐끔 열리며,

"뉘세유?"

이번엔 여자였다.

"거 말 좀 물어봅시다. 지르매재고개가 어디쯤 되우?"

그러자 삐끔히 열린 문 사이로 남자의 목소리가 새어 나왔다.

"거 누군지 지르매재고갤 찾는 걸 보니 와야릴 가는가 본데,
에이 여보슈, 길을 영 잘못 잡았수다. 좀 돌더라두 큰길로 갈 것
이지, 거 미욱하게시리 이 눈길에 지르매젤 넘다니!"

쯧쯧, 혀까지 차고 있었다.

작은 키의 사내가 그 말에 응수라도 하듯 세차게 사립문을
흔들어 대며,

"아니 여보, 누가 얼루 가든 이거 왜 이래? 거 주인 좀 이리 나
오슈!"

사뭇 깐깐한 시비조였다.

"에이그 손님, 참으세유. 우리 으른은 몸이 불편해서 못 나오
세유. 지르매재고갤 넘으실려구 허세유? 그럼 저 앞에 개울을 따
라서 한참 내려가셔야 해유."

"알았수다. 실은 나두 와야리 사람이유. 댁에선 여기 산 지가

얼마 됐는지 모르겠소만 혹시 최억구라구 아시겠수? 바루 내가 최억구란 말이유······."

언 바짓가랑이를 데걱거리며 몸을 돌리던 키 작은 사내가 말했다.

방문을 열고 섰던 아낙네가, 최억구유? 최억구······ 하고 중얼거렸다.

그러자 갑자기 놀란 남자의 목소리가 방 안으로부터 튕겨 나왔다.

"엥? 최억구라구? 분명 억구랬다! 아아니, 그런데 그 사람이 정신이 있나? 와야릴 제 발루······."

그러나 최억구라구 씹어뱉듯 이름을 밝힌 키 작은 사내는 방 안에서 굴러 나오는 소리엔 아랑곳없다는 듯, 흥, 콧바람을 날리며,

"선생, 가십시다. 제기랄, 좀 서 있으려니 발이 부쩍 얼어 드는구먼."

심한 기침을 끝내고 아직 말 한마디 없이 서 있던 큰 키의 사내가 입을 열었다.

"노형, 발이 그렇게 얼어선 안 됩니다. 예서 좀 녹여 가지구 가십시다."

그러나 최억구는 이미 저만큼 앞서 걸으며 혼잣말 하듯, 얼어서 안 될 것도 별루 없수다 했다.

그 기세에 머쓱해진 큰 키의 사내 역시 그냥 덤덤히 키 작은 사내를 따라 나섰다.

우상의 눈물

두 사내는 조금 전 자기들이 밟고 올라온 눈길을 되밟으며 개울의 흐름을 따라 산비탈을 끼고 내려갔다.

"이거 정말 안됐수다! 거, 아까 선생 말대루 큰길루 가야 하는 건데, 선생 고생이 말이 아니외다."

아까와는 달리 푹 누그러진 음성으로 얘길 시작한 억구는 이어,

"우습지만, 선생이 와야릴 우째 가는지 여쭤보지두 못했네유. 그래, 하필 이 설한에 춘천에서 와야린 뭣하러 가는 거유?"

그냥 예사롭게 묻는 투였다.

큰 키의 사내는 좀 당황한 듯 공연히 발을 힘주어 쿵쿵 울려 디디다간,

"예, 뭐 좀 일이⋯ 하, 이거 죄송합니다. 사삿일이 돼 놔서, 말씀드리기가⋯⋯."

더듬거렸다.

"사삿일이시라면⋯⋯."

하고, 좀 사이를 두었다가 이어,

"아, 그럼 휴양이라두?"

큰 키의 사내는 흠칫 놀란 듯,

"네? 휴양⋯ 아, 네, 몸이 좀⋯⋯."

이렇게 어물어물 말미를 흐렸다.

"역시 몸이? 아까 기침을 하실 때 객혈이 있으시기에⋯⋯."

"보셨군요. 예, 약두 무척 썼지요. 허지만 그게 좀체루. 역시⋯ 제 병은 자기가 잘 알지 않습니까!"

다시 큰 키의 사내는 터져 나오는 기침을 참느라고 쿳쿳— 했다.

"그럼 결국……"

말이 무심결에 튀어나온 걸 은폐라도 하듯,

"참, 선생은 뭘 하시우? 내 보기엔 어디 관공서에라두 나가시는 것 같은데……"

"예, 뭐, 그저… 길이 참 맹했다!"

주춤 몸을 가누며 중절모를 벗어 들었다가 다시 눌러쓰는 큰 키의 사내.

"노형 고향이 와야리시라면 거기 친척이 많으시겠습니다그려……"

억구에게로 질문을 돌리고 있었다.

"친척? 하아 친척이라… 제에기랄……"

억구는 걸음을 잠깐 멈추며 허리춤을 고쳐 올린 다음 씹어뱉듯,

"가친이 계시죠. 우리 아버지 말입네다……"

하고는 ㅎㅎㅎ… 허탈하게 웃어 댔다.

"아, 그러십니까. 춘부장께서 아직… 부럽습니다."

"아직 죽지 않았느냐구요? 부럽다구요?"

그렇게 다그치던 억구가 다시 허탈한 웃음을 터뜨렸다.

눈 덮인 산골 밤은 냉랭하고 적연했다. 다만 개울물 흐르는 소리가 잘잘 두 사내의 눈 밟아 나가는 소리에 어울려지곤 할 뿐이었다.

우상의 눈물

하늘은 곧 눈을 쏟을 듯 점점 어둑해지기 시작했다. 억구의 언 바짓가랑이 데걱거리는 소리가 제법 컸다.

앞서 걷던 억구가 멈춰 섰다.

거뭇거뭇 송림이 우거진 고갯마루를 치어다봤다. 지르매재고개라고 했다.

큰 키의 사내가 두어 번 발을 구르며 오버 주머니에서 담배를 꺼내어 피봉을 뗐다. 그리고 한 개비를 뽑아 억구에게 내밀었다. 담배를 받아드는 억구의 맨손이 뻣뻣하게 얼어 있음을 그의 엉거주춤한 손가락을 보아 곧 알 수 있었다. 키 큰 쪽도 한 개를 빼어 물고 성냥을 찾아 가죽 장갑 낀 채 불을 댕겼다.

성냥불에 담배를 대고 빠는 억구의 턱이 심하게 떨고 있었다. 첫 성냥개비는 허탕이 됐다. 다시 성냥을 그어 대는 큰 키의 사내 시선이 모가 난 억구의 얼굴을 날카롭게 뜯어보고 있었다.

"그래, 와야릴 갈래면 꼭 저놈의 고갤 넘어야 한단 말이우? 내 애참!"

생뚱같이 중얼거리는 억구의 말을 큰 키의 사내가 사뭇 송구스럽다는 투로 받았다.

"전 여기가 초행이라 놔서……."

그러나 억구는 흥, 콧바람을 날리며,

"왜 이러슈 이거! 내가 여길 지릴 몰라 그걸 선생한테 물은 거유?"

하고 튕기듯 퉁명을 부렸다. 그리고 담배를 몇 모금 거듭 빨아 연기를 내뿜으며,

"제에기랄, 저놈의 고갤 내가 꼭 넘어야 하는 이유가 도대체 뭐야?"

혼잣소릴 했다.

큰 키의 사내는 조용히 억구의 옆모습만 뜯어보고 서 있었다.

문득 옆 사내의 시선을 알아차리기라도 한 듯 억구는 담배를 손끝까지 타들도록 거듭거듭 빨아 대곤 획 집어 던지며 고개를 향해 터벌터벌 오르기 시작했다. 언 바짓가랑이를 데걱거리며.

고개 쪽을 향해 걷기 시작한 억구에게서 시선을 떼지 않고 서 있던 큰 키의 사내가 아랫입술을 지그시 물었다. 그리고 고개를 두어 번 끄덕인 다음 억구의 뒤를 따랐다. 터져 나오는 기침을 쿳쿳— 참아 가며.

고개로 접어드는 산기슭, 보득솔밭을 지나며 먼저 입을 뗀 것은 억구였다.

"제에기랄, 우리 어렸을 적만 해두 이 보득솔밭엔 토끼두 숱했는데… 거, 눈이라두 좀 빠졌을 땐 그저 두어 마리 때려잡긴 예사였소만… 그런데 거 토끼란 짐승은 눈엔, 특히 내리뛰는 데는 덴 영 맥을 못 쓰지유."

그러자 큰 키의 사내가 회고조로 천천히 말을 받았다.

"이거 토끼 얘기가 나왔으니 생각이 납니다만……."

중학 2학년 때인가 전교생이 학교 뒷산으로 식수를 나갔다. 이제 싸리 순이 파랗게 터져 오르는 싸리밭에서 토끼똥을 주워 든 아이들이 장난삼아, 토끼 여깃다아— 하자 여기저기서 웅성 대다 보니 그게 그냥 토끼 사냥이 돼 버렸다. 상급반에서 정말

194 우상의 눈물

한 마리 풍겨 놓은 것이다. 그러나 스크럼이 허술한 몰이여서 그 놈은 이내 포위망을 빠져나가고 말았지만 어쩌다 이제 겨우 발발 기는 새끼 한 마리를 붙잡았다. 토끼 새끼를 번쩍 쳐들어 둘러선 아이들에게 구경을 시킨 생물 선생은 싱글거리며 이쪽에게 그것을 건네주며, 잘 가지고 있어라— 했다. 얼결에 새끼 토끼를 받아 든 이쪽은 생물 선생의 말을 들으면서 그만 헛구역질을 했다. 이놈을 생물 시간에 해부를 해 보이겠다는 것이었다. 해부를 한 다음에는요? 하고 어떤 녀석이 장난조로 묻자, 하 그건 너희들이 아직 잘 모를 테지만, 거 토끼 고기가 뭐 뭐에는 최고지— 하는 생물 선생의 말을 받아 아이들은 합창하듯,

"토끼 다리 술안주!" 했다. "고오놈들." 과히 무서울 것 없는 호령이었다.

그러나 조막만 한 토끼 새끼의 귀를 잡고 앉아 있는 이쪽은 요렇게 작은 걸— 내심으로 툴툴대며 자꾸 헛구역질을 했다. 토끼 새끼의 가슴팍에 손을 대어 봤다. 파득파득 뛰고 있는 가슴팍에서 따스한 온기가 전해졌다.

이때 누군가 "저기 에미 토끼 온다아!" 소릴 쳤다. 정말 칡 빛 토끼 한 마리가 이리로 곧장 구르다시피 달려 내려오고 있었다. "에미다, 에미! 야, 임마, 그 새낄 에미가 보게 번쩍 쳐들어, 번쩍!" 국어 선생이었다. 어미 토끼를 포위하기란 수월했다. 아이들이 와와 소리쳤다. 어미 토끼는 이리저리 핑핑 돌기만 했다. 그렇게 어쩔 줄 모르고 핑핑 돌던 어미 토끼가 갑자기 딱 멈춰 서며 이쪽의 번쩍 쳐들고 있는 새끼 토끼를 노려보는 것이 아닌가. 이

당돌한 기세에 아이들도 주춤했다. 쥣 빛 어미 토끼의 쭈뼛 곤두선 두 귀와 까만 눈빛, 빛나는 눈알을 보자, 이쪽은 부르르 몸을 떨었다. 그러자 이때 살기 차고 공포에 질린 표정으로 이쪽을 노려보던 그 어미 토끼가 씽하니 이쪽에게로 내달아오기 시작했다. 둘러섰던 아이들이 그제야 와아… 소릴 쳤다. 새끼 토끼 역시 무어나 알기라도 한 듯 몸을 바둥거리며 끽끽거렸다. 이쪽은 어미 토끼의 눈에서 무엇인가 뻔쩍하는 걸 본 듯했다. 마치 불꽃 같은 순간, 새끼 토끼를 쳐들고 있던 이쪽은 그만 얼결에 비켜서고 말았다. 그 틈이 난 사이로 토끼가 빠져나가 산으로 치뛰고 있었다. 치뛰는 토끼를 쫓는다는 건 무모한 것이었다. 모두들 악을 쓰다시피 이쪽에게 욕을 해대고 있었다. 그러나 정작 이쪽은 멍하니 선 채로 치뛰는 어미 토끼를 바라보고 있을 뿐이었다. 토끼 새끼의 두 귀를 움켜쥔 손바닥에 땀이 배었음을 늦게야 깨달았다. 거, 인간이나 동물이나 모성애란 무섭거든— 하고 입을 연 국어 선생님은 금세 입을 헤 하니 벌리며 "하, 그놈 꽤 크던걸, 그으거 참……." 이쪽에게 힐끔 눈길을 주면서였다.

"하아, 그럼 누군 입맛을 안 다시겠소? 그때 선생님께선 욕깨나 먹게 됐수다 뭐."

흠흠— 웃으며 억구가 말했다. 그러나 자못 정색을 한 큰 키의 사내는,

"욕이 문젭니까? 그보다두 다음 생물시간에 벌어질 일을 생각하니……."

그러면서 겸연쩍게 웃었다.

　　　　　　　　　　　　　　우상의 눈물

"그래. 그담 날 고 조막만 한 토끼 새낄 정말 해불 합디까? 그 고긴 술안줄 하구……?"

억구가 다시 흠흠 웃었다. 하자 큰 키의 사내는 보득솔을 붙잡고 끙끙 힘을 써 오르며,

"글쎄 그게……."

잠시 사이를 두었다가,

"그날 밤 잠이 통 오질 않더군요. 그 어미 토끼의 도사리고 노려보던 눈, 그리고 배를 째놓은 새끼 토끼의 환상이 자꾸… 그예 난 잠자리에서 일어나고 말았지요. 그리고 생물 선생네 집을 향해 뛰기 시작했지 뭡니까."

하자, 억구는 그 예의 조소 섞인 웃음을 흠흠— 하며,

"하, 이제 알겠수다. 그 토끼 새낄 구해 주셨겠구만. 그러구 보니 선생두 어렸을 적엔 어지간하게시리 거 뭐랄까……."

"글쎄 그게 그렇게 되질 못하구……."

억구가 말을 낚아챘다.

"여하튼 선생 얘길 듣고 보니 난 사실 부끄럽수다. 그럼 선생, 이번엔 내 얘길 한번 들어 보실라우? 이렇게 눈이라두 푹 빠진 날이면 늘 생각나는 게 있수다. 좌우지간 이놈은 원래 종자가 악종이었지요."

아홉 살인가 그럴 때였다. 자기 집 앞 보리밭에서 눈을 뭉치고 있었다. 처음엔 주먹만 하게 뭉쳐서 그것을 눈 위로 굴렸다. 주먹만 하던 게 차츰차츰 커지기 시작했다. 아기 머리통만 하게, 더 커지면서 물동이만 하게, 억구는 자꾸자꾸 굴렸다. 숨이 찼

다. 장갑을 끼지 않은 손이 에듯 시렸지만 참았다. 꾹 참았다. 참아야만 했다. 뒤에 종종머리 계집애가 있었던 것이다. 눈덩이가 굴러 바닥이 드러난 곳에 푸릇푸릇 보리싹이 보였다. 그 드러난 자국을 좇아 종종머리 예쁜 계집애가 따라오며 좋아라 손뼉을 치고 있었다. 마을 밤나무 숲에선 까치가 듣그럽게 울었다. 계집애 옆엔 강아지도 길길이 뛰며 따르고 있었다. 신이 난 억구는 자꾸자꾸 눈덩이를 굴렸다.

그러나 이게 웬일인가. 이미 한 아름이 넘게 커진 눈덩이는 이제 바닥에서 뿌득뿌득 소리만 날 뿐 더 이상 움직이질 않았다. 눈덩이가 아홉 살짜리 힘에 부치게 컸던 것이다. 그러나 예쁜 종종머리 계집앤 자꾸 더 굴리란 것이다. 항아리만 하게, 낟가리만 하게, 산만큼 높게, 아주아주 크게, 하늘 땅 만큼 크게 만들라는 거다. 억구는 그만 울상이 됐다. 이젠 손이 시린 걸 더 참을 수가 없었다.

그러나 이때 종종머리 계집애가 저쪽을 손가락질했다. 득수란 놈이 이쪽으로 눈덩이를 굴려 오고 있지 않은가. 득수의 눈덩이가 점점 커지더니 잠시 후에 억구 것은 댈 것도 못 되었다. 종종머리 계집앤 문제없이 득수 편이 됐다. 강아지까지 득수 쪽에 붙었다.

억구는 그만 눈물이 징 솟았다. 더 참을 수 없이 손이 시렸다. 드디어 억구 앞까지 눈덩이를 굴려 온 득수가 씩 웃으며 파란 바탕에 노란 무늬 수놓은 장갑을 낀 손으로 억구 눈덩이를 손가락질하며, "애개 쪼끄매……." 했다. 덩달아 종종머리 예쁜 계집애

　　　　　　　　　　　　　　　우상의 눈물

도, "득수야 쟤 꺼(나를 가리키는 그 계집애도 빨간 벙어리장갑을 끼고 있었지요.)하구 막 싸워 봐, 누구 께 이기나!" 했다. 그러자 득구가 더 득의양양해서 자기 눈덩이를 억구 것 쪽으로 밀어 왔다. 억구 는 자기가 만든 눈덩이가 두 쪽으로 갈라지는 걸 보았다. 그리고 계집애가 좋아라 손뼉 치는 소리도 들었다.

"정신을 차리고 보니 내가 득수 놈의 장갑을 입에 물고 있더 란 말이오. 헌데, 입안엔 분명 장갑뿐인 게 아니었쥬. 난 그걸 뱉 는 거까지 잊어버린 채 그저 멍하니 서 있었지 뭡니까."

이때 눈 위에 벌렁 나자빠졌던 득수가 제 손등을 내려다보며 비명을 질렀다. 그렇게 기겁을 한 득수가 시뻘건 눈으로(놈이 커 서 죽을 때도 역시 꼭 그런 눈으로 날 노려봅데다.) 뿌르르 일어서더니 아직 억구의 입에 물려 있는 제 장갑을 낚아챘다. 그제야 억구 는 입안 가득히 괸 것을 눈 위에 뱉었다. 눈이 새빨갛게 물들었 다. 억구는 입안에 괴어든 피를 거푸 뱉어 냈다. 손등의 살이 떨 어져 나간 득수가 펄펄 뛰면서 울어 대는 걸 힐끔거리며 억구는 자꾸자꾸 침만 뱉었다.

"허나 이빨 사이에 끼인 그놈의 장갑 실오라긴 영 나오질 않습 디다그려!"

하고, 억구는 걷기를 잠깐 멈추고 몇 번 퉤 퉤, 침을 뱉고 나서 다시 이야길 이었다. 볼이 얼어서 발음이 제대로 안 되는지 더듬 더듬.

"마침 그때 울 아버진 집에 없었지유. 난 계모한테 붙들려 꼬 박 이틀을, 꼭 이틀 하구두 한나절을 광 속에 갇혀 지냈수다. 컴컴한 광 속에 가마니를 깔고 앉아 자꾸 침만 뱉었죠. 그러나 아무리 해도 그 득수 놈의 장갑 실오라긴 어떻게 빼낼 수가 없습데다. 속에선 불이 펄펄 일구. 그 망할 광 속은 왜 그리 캄캄하고 추운지! 제기랄. 내 그때 벌써 감옥소란 데가 이렇겠거니 생각했댐 알죠 아니우?"

억구는 말을 맺으며, 다시 눈 쌓인 고갯길을 오르고 있었다. 그의 양복은 온통 눈투성이었다. 바짓가랑이에선 여전히 데걱데걱 언 소리가 났다.

보득솔밭을 지나자 꽤 널찍한 송림 사이로 길 흔적이 보였다. 소나무 위에 얹혔던 눈이 쏴르르 떨어져 내렸다. 억구가 다시 이야길 이어 갔다.

"난 기어코 득술 죽이고야 만 겁니다. 거 왜, 사변 때 말입니다. 파리새끼 쥑이듯 사람 막 쥑일 때 말이죠. 놈을 쥑일 때 보니그놈은 왼손에 장갑을 끼고 있더군요. 차마 그걸 벗겨 버릴 순 없었는데, 울화통은 더 치밀더군요. 여하튼 난 득술 죽이고야 말았다. 이겁니다. 허나 그뿐인 줄 아슈? 육친을, 즉 제 애비까지 잡아먹은 게 바로 나요. 이 최억구가 그런 인간이라 그 말이우."

결국 이용당했다는 것이다. 어릴 적부터 동네의 천더기로 따돌림당하던 자기를 빨갱이들이 용하게 이용했다는 얘기다. 무슨 위원회 부위원장이니 하는 감투를 떠억 씌워서. 그래 결국 자기 부친까지 참사를 당하게 됐다는…….

부친과 함께 한방에서 자고 있었다. 계모는 이미 억구가 철들기 시작할 무렵 달아나 버렸고, 그래 부친은 늘 억구에게 장가가

길 원했던 것이다. 허지만 와야리에선 그것이 힘든 일일 수밖에.

억구는 눈을 멀뚱히 뜬 채 생각에 잠겨 있었다. 조금 전 소변을 보러 밖에 나갔던 부친이 돌아오며 하던 말이 떠올랐다. 밖에 눈이 퍽 내렸다고. 올해의 눈 온 짐작으로 봐선 내년은 분명 풍년일 게라고 하던 부친이 이불을 뒤집어쓰며 푸욱 한숨을 내쉬었던 것이다. 그 깊은 한숨 소리에 억구는 그만 잠을 뺏기고 말았다. 자기 때문에 마을도 한번 변변히 못 나가고(그렇게 이 억구란 놈이 악종으로 날뛰었던 겁니다.) 방 안에서만 늘 풀이 죽어 지내던 부친의 한숨 소리에 자꾸 헛기침만 해대던 억구였다.

그 밤, 부친은 죽창에 찔려 죽고, 어쩌다 자긴 이렇게 살아 있다고. 고갯길을 오르는 거친 숨소리에 억구의 한숨 소리가 묻혔다.

"우리 부자만 몰랐지, 동네에서들은 모두 국군이 멀지 않아 돌아온다는 걸 알고들 있었던 거죠. 결국 자기들 손으로 우리 부잘 처치해 버리자는 생각들이었겠죠. 억구란 놈이 그렇게 죽어 마땅한 놈이었습네다."

그들이 고개 오르기를 잠시 쉬는 동안도 산속의 소나무 위에 얹혔던 눈은 제 무게가 겨운지 쏴르르 쏴르르 쏟아져 내리곤 했다.

"그날 밤, 난 집을 빠져나와 뒷산으로 치뛰며 아버님의 비명을 들었수다. 득수 동생 놈이, 잡았다! 하고 소릴 치더군요. 잡았다, 하고 말입네다. 그래두 이놈은 살겠다고 정갱이까지 빠져드는 눈길을 맨발로 달아나구 있었수다."

그는 카악 가래침을 돋궈 입안에 쿨럭거리며,

"그러니까 그때 와야릴 떠나군 이번이 처음 가는 겁네다. 십년이 넘는 오늘에야 가친을 찾아가는 겁니다. 비록 무덤이지만……"

말을 하면서도 억구는 고갯길 오르기를 멈추지 않았다.

큰 키의 사내는 이제 눈길을 걷기에 지칠 대로 지친 듯 헉헉 숨을 몰아쉬곤 했다. 그러나 억구의 얘기에 흠뻑 끌리고 있는 눈치였다.

드디어 우중충 흐렸던 하늘이 눈을 내리기 시작했다. 세상의 모든 것을 덮어 버릴 그런 기세로 눈이 내렸다. 바람결에 비껴 내래는 눈발 위로 송림마저 웅웅 울었다.

"그럼, 노형은 이제 와야리 사람들을 만날 생각이십니까?"

큰 키의 사내가 좀 가파른 눈길을 엉금엉금 기어오르며 숨 가쁘게 말했다. 하자, 옆에서 기어오르던 억구가 주춤 멈추며 뒤를 향해,

"와야리 사람들을 만나겠느냐구요? 분명 선생이 그렇게 말씀하셨것다? 만나겠느냐구, 흥, 만나겠느냐구!"

억구는 거푸 되뇌며, 마치 얼빠진 사람처럼 웅얼거렸다. 그러다가 느닷없이 발끈 내질렀다.

"선생, 그래 내가 그 사람들을 만나지 못할 건 뭐유? 난 와야리서 낳구, 거기서 뼈가 굵었구, 가친이 게서 돌아가시구, 게다가 나두 사람인데 내가 왜 그 사람들을 못 만난단 말이우?"

꽤나 격앙된 어조다. 그러나 다시 푹 사그라진 어조로,

"난 어제두 와야리 놈을 하나 만났수다. 춘천에서 말이오. 바루 내가 죽인 거나 진배없는 그 득수 놈의 동생을 만났다 이겁니다. 놈이 날 보자마자, 형님, 이거 반가워유… 하지 않겠소. 사실 나도 처음엔 왈칵 반갑습데다. 놈을 술집으로 끌구 갔죠. 우린 과거 얘긴 될 수 있는 한 피했죠. 허나 술이 얼근해지자, 난 떠억 물어본 겁니다. 그래 자넨 우리 아버질 분명 잡았것다? 그런데 그 잡은 걸 어데다 묻었나? 하고 말이죠. 허니까 그 녀석 술이 확 깨는지, 그래두 놈은 내 맘을 풀어 볼 양으로 고분고분한 말투로, 우리 선대조 산소에 모셨노라구, 그리고 벌초까지 자기들어 매년 해왔다는 겁니다. 우선 놈의 얘기가 고맙더군요."

신음하듯 말미를 흐렸다. 큰 키의 사내가 말을 받았다.

"네에! 득수라는 사람 동생을 어제 만나셨다구요? 그 김득칠일……"

그러자 좀 놀란 기색의 억구가 말했다.

"예, 어제 분명 그놈을 만났지요. 그런데 선생이 어떻게 그놈 이름을 아슈? 알길……"

그렇게 다그치자 큰 키의 사내가 차분한 어조로 받았다.

"김득칠이가 맞죠? 서른셋, 직업은 면 서기죠. 그 김득칠이가 어제 근화동에서 살해됐습니다."

"나두 알고 있소. 득칠이가 소주병에 대가릴 맞아 죽은 걸 나도 알고 있단 말이오. 그런데 지금 선생은 꼭 내가 득칠일 죽인 범인이라두 되는 것처럼 생각하는가 본데, 자, 선생, 내가 득칠일 죽였단 말이오?"

억구가 눈 위에 곰처럼 도사려 앉아 밑에서 올라오는 큰 키의 사내를 향해 말했다.

큰 키의 사내는 오른손을 오버 주머니에 찌른 채 두어 걸음 밑으로 물러서며 억구를 쳐다봤다.

이미 그들은 거의 고개 마루턱까지 올라와 있었다. 한동안 그들은 서로 마주 본 채 움직이지 않았다. 큰 키의 사내의 오른손은 아직 오버 주머니에 꾹 찔려 있었고 억구는 머리부터 온통 눈을 뒤집어쓰고 있었다. 눈은 더욱 기차게 비껴 내리고 있었다.

이윽고 큰 키의 사내가 오른쪽 손을 오버 주머니에서 손을 뺐다. 그는 모자에 내려앉은 눈을 털면서 입을 열었다.

"공연한 오해를 하고 있는 것 같습니다그려. 제가 왜, 어제 근화동에서 그 현장을 우연히 봤다지 않습디까? 형사들이 죽은 사람의 증명서를 뒤지며 김득칠이니 뭐니 하길래… 또 노형이 어제 만났다는 분이 그 죽은 사람 같아서 한번 그래 본 것뿐입니다… 자, 그런데 이거 눈이 너무 오십니다그려……."

그러자 억구는 아무런 대꾸 없이 몸을 일으켜 걸음을 옮기기 시작했다.

이제 그들은 바람을 안고 내리막 눈길을 걷고 있었다. 걷는다기보다는 미끄러져 내려가고 있는 형편이었다. 앞선 것은 여전히 억구였다.

눈 덮인 송림이 웅웅 울고 있었다.

가끔 소나무 위에 얹혔던 눈 무더기가 쏴르르 쏟아져 내렸다. 부쩍 언 억구의 바짓가랑이는 연해 데걱거렸다.

우상의 눈물

"그래. 노형은 그동안 어떻게 지내셨습니까? 그날 밤 와야릴 떠난 후에 말입니다."

큰 키의 사내가 물었다.

"진작 물으실 줄 알았는데… 결국 선생이 궁금한 건 사람을 죽인 놈이, 제 애비까지 죽인 빨갱이가 그동안 그 대가를 치렀느냐 이거죠? 즉 이 최억구란 놈이 형무소에서라두 도망쳐 오는 게 아니냔 그 말씀이죠?"

억구는 또 그 예의 흠흠 조소 섞인 웃음을 웃었다.

그렇게 웃던 억구가 풀썩 미끄러져 주저앉았다. 주저앉는가 하자 어느새 굴러 내리기 시작했다.

"여보시오!"

외쳤다.

그러나 서너 바퀴 굴러 내린 억구는 온통 눈에 묻혀 버린 채 꼼짝도 않았다. 큰 키의 사내는 오른쪽 손을 주머니에 넣은 채 어쩔까 망설이는 표정으로 서 있었다.

눈발은 더욱 세게 비껴 내렸다.

이윽고 눈 속에 엎어져 있던 억구가 엉기엉기 길을 찾아 오르며 숨찬 목소리로 말했다.

"하긴 나두 처음엔 몇 번이고 자수할 생각이었죠. 그러나 결국 난 자술 못하고 만 거죠. 난 그 광 속을 잊을 수가 없었던 거요. 그 광 속에서 이틀 동안이나 이빨 사이에 박힌 장갑 실오라길 빼내려구 내가 얼마나 애를 썼는지 아슈? 침이 묻은 손은 자꾸 얼어들구, 실이 끼인 잇몸의 살이 떨어져 피까지 나왔지만 난 그 장갑 실오라긴 아무래도 뺄 수가 없었던 거요. 예, 늘 그 생각을 한 거죠. 난 그 육실하게 춥구 캄캄한 광 속에선 실오라길 죽어두 빼낼 수가 없었다, 이겁니다."

그는 흡사 술 취한 사람처럼 떠벌리며 기어올랐다.

큰 키의 사내는 얼마간 경계하는 몸짓을 하면서 그를 부축해 끌어올렸다.

다 기어 올라온 억구는 눈 같은 건 털려고도 않은 채 우선 양복 윗주머니의 불룩한 곳부터 더듬었다.

그리고 다시 앞을 서서 고개를 내려가기 시작했다. 넋두리하듯 지껄여 대며

"보시우 선생. 징역이니 사형이니 어쩌구 하는 것에다 제 죄를 전부 뒤집어씌워 놓곤 자긴 떠억 시치밀 뗄 수가 있다고 생각하시우? 어쩜 그게 가능할지도 모르죠. 허나 이놈에겐 그 춥구 캄캄한 광 속의 기억이 있는 한… 여하튼 산다는 게 무서웠습니다. 선생, 좀 어쭙잖은 말 같습니다만 늘 생각해 왔습네다. 내 운명이라는 게 너무 가혹하지 않았느냐, 그겁네다. 미련하구 무식한 나지만 난 분명 알구 있었지요. 이건 분명 사람으루 태어나서 사람처럼 살아 보질 못했다 그거예유. 우선 난 잠을 잃어버렸던 겁니다. 사람이 잠을 못 잔다는 건 마지막이 아닙니까? 그건 그렇다구 하더라두 이 최억구 놈 세상만사에 재밀 몰랐던 거요. 모든 게 나와는 거리가 멀구 하루하루 사는 게 그저 고역이었습네다. 이렇게 서른여섯 해를 살아온 납네다. 그래 놓으니 이 철저한 악종두, 이건 너무 억울하지 않으냐, 그 애깁니다요."

우상의 눈물

눈발은 여전히 푸슴푸슴 비껴 내렸다. 눈을 하얗게 뒤집어쓴 채 내리막 눈길을 걷는 억구의 바짓가랑이가 데걱데걱 일정한 소리를 냈다. 송림이 웅웅, 나뭇가지 위에 쌓였던 눈이 쏴르르 쏟아져 내렸다.

이때 앞서서 내려가던 억구가 아까처럼 쭈르르 미끄러져 두어 바퀴 굴러 내렸다. 하자, 큰 키의 사내는 재빨리 오버 주머니에 손을 넣으려다 짐짓 긴장을 풀며 오버 깃을 추켜올렸다. 굴러 내린 억구가 금방 일어나 기어오르며 떠벌렸다.

"내 어느 날 창녀 하나 찾아가질 않았겠소. 선생 같은 분네한 텐 부끄럽수만 난 돈푼이라두 생기면 그런 데라두 가지 않군 못 견뎠습네다. 어쨌든 끌어안고 보면 제 아무리 부처님이라도 열중 해 버리고 말거든요. 그렇게 무엇에고 열중할 수 있다는 게 이놈에겐 여간 대견한 일이 아니었수다. 암, 대견했죠. 그런데 어쩌다 그날 내게 걸려든 계집이라는 게 이건 정말 주물러 잡아 뺀 상판입데다. 눈칫밥만 사흘에 얻은 손님이라구 그 계집 입이 함박만 하게 벌어지더군요. 아무리 못났대두 끼구 누웠으려니 사람의 정이란 묘해서 이런저런 얘길 주고받았죠. 얘기래야 그 잘나 빠진 계집의 신파 같은 신세타령이었소만… 헌데, 내애 차암, 어이없어서. 글쎄 그 계집이 갑자기 쿨쩍쿨쩍 울더란 말이오. 그렇게 쿨쩍거리며 울던 계집이 이번엔 또 천연덕스럽게 한다는 소리가 제 운명을 탓해서 우는 건 아니라네요. 기뻐서, 가슴이 벅차서 운다는 겁니다. 그게 무슨 소린고 하니 자기가 지금 이렇게 천델 받고 살지만, 그게 도무지 억울하지가 않다나요. 억울할 게 뭐난 겁니다. 그래, 그게 어째 그러냐 했더니, 그 계집 대답이 걸 작입데다. 뭐라는고 하니, 자긴 죽었다가 다시 이 세상에 태어난 다나요. 그건 틀림이 없다구요. 그땐 지금 괄셀 받고 산 그만큼 잘 살아 보겠다는 겁니다. 그건 틀림이 없다나요. 그 생각을 하기만 하면 그만 가슴이 벅차서 울음이 터진다나요. 자기 머릿속에 꽉 차 있는 건, 다시 태어나면 그때 어떻게 살아 보겠다는 계획뿐이랍니다. '국회의원 외딸루 태어날지도 몰라요. 아버진 귀가 크구 잘생긴 얼굴에 기막히게 인자하시지 뭐예요. 이렇게 눈에 선한걸요. 학교에 갈 땐 꼭 아버지 차로 가겠어요. 사내 동생하나가 또 있음 좋겠어요. 갠 말 아니게 개구쟁이라니까요. 그래두 날 얼마나 따른다구요. 그 앤 영화배울 만들 거예요.' 이렇게 꿈 같은 소릴 하길래 내 말이, 오뉴월 쇠불알 떨어지길 기다리지 왜… 했더니 그 계집 정색을 하는 덴 내 그만 손 들었수다. 그렇지 못하다면 지금 자기가 왜 이 고생을 하며 살겠느냔 겁니다. 안 그래요, 손님? 하지 뭐요. 제에기랄, 계집이 미쳐두……."

억구는 이제 흡사 한 마리 흰곰이었다. 언 바짓가랑이가 걸음을 옮길 적마다 요란스레 데걱거렸다.

큰 키의 사내는 억구의 떠벌리는 말을 들으며 좀처럼 입을 열지 않고 있었다. 그의 모자와 오버에도 수북하게 눈이 내려앉았다. 그는 가끔 터져 나오려는 기침을 쿳쿳— 참고 있었다.

"그 창년 다음 세상에서 잘 살아 보길 원하고 있었지만 난 그게 아니었수다. 이왕 이 세상에 나온 이상 한번 그 태어난 값이나 해보자, 한 번쯤은 인간답게 살아 보구 싶었다 그겁니다. 아

우상의 눈물

마 나처럼 살려구, 그놈의 구렁텅이에서 벗어나려구 끈덕지게 버둥거린 놈두 드물 겝니다. 허지만 선생, 그 보답이 뭔지 아시우?"

마치 시비라도 걸 기세였다. 그러나 곧 수그러진 어조로,

"자, 이제 됐수다. 여기가 바루 큰길입네다."

걸음을 멈춘 억구가 엉거주춤한 자세로 소변을 봤다. 그의 말대로 그들은 이미 그 험한 지르매재 눈길을 다 넘어 큰길에 다다라 있었던 것이다.

큰길에 이르고서부터 그들은 서로 나란히 서서 걸었다. 두 사내의 발이 터벌터벌 발목까지 빠지는 눈길 위에 점을 찍어 나가고 있었다.

바람기가 조금 스러지면서 눈발은 이제 조용한 흩날림으로 변했다.

옆 산 소나무 위에 얹혔던 눈 무더기가 쏴르르 쏟아져 내렸다. 마치 자기 무게를 그렇게 나약한 소나무 가지 위에선 더 이상 지탱할 수 없다는 듯이……. 그때 좀 먼 곳에서 우지끈 뚝, 소나무 가지 부러져 내리는 소리가 들려왔다.

그러자 억구가 느닷없이 키 큰 사내의 앞을 막아서며,

"선생, 내가 득수 동생 놈을, 그 김득칠일 어제 죽였단 말이오. 이렇게 온통 눈이 내리는데 그까짓 걸 숨겨 뭘 하겠소. 선생은 지금 아주 흉악한, 사람을 몇씩이나 죽인 무서운 놈과 함께 서 있는 거유. 자, 날 어떻게 하겠수?"

그러면서 한 걸음 큰 키의 사내 앞으로 다가섰다.

큰 키의 사내가 후딱 몇 걸음 물러서며 오버 주머니에 오른손

을 잽싸게 넣었다.

그의 눈길이 억구의 깡뚱한 양복 윗주머니 불룩한 것에 가 있었다.

"아까두 말했지만, 그 술집에서 난 놈에게 이주걱댔죠. 그래 자넨 분명 우리 아버질 잡았것다? 그래 벌초를 매년 해왔다구? 아 고마워, 고마워… 하고 말입네다. 한데 그 득칠일 난 그날 밤 죽이고야 만 것입니다. 글쎄, 나두 그걸 모르겠수다. 왜 내가 그 득칠일 죽였는지……."

아직 들어 보지 못한 풀이 죽은 목소리였다.

그러나 큰 키의 사내는 묵묵히 억구의 얼굴을 뜯어보고만 있었다. 이윽고 억구가 큰 키의 사내 앞에서 몸을 돌리며 저쪽 산 등성이를 가리켜 보였다.

"바루 저 산에 가친 산소가 있답니다요. 우리 조부님 산소 옆이라는군요. 난 지금 거길 가는 겁니다. 가서 우선 무덤의 눈을 쳐드려야죠. 그리구 술을 한 잔 올릴랍니다. 술을 올리면서 가친의 음성을 들을 겁니다. 올해두 눈이 퍽 내렸구나, 눈 온 짐작으루 봐선 내년두 분명 풍년이겠다만…, 하시면서 푹 한숨을 몰아 쉬시겠죠. 그 한숨 소릴 들으면서 가친 옆에 누워야죠. 이젠 가친을 혼자 버려두고 달아나진 않을 겁니다."

그는 산등성 생눈길을 향해 걸음 떼다가 다시 큰 키의 사내를 돌아보며,

"참, 바루 저기 보이는 저 모퉁일 돌아감 거기가 바루 와야립니다. 가셔서 우선 구장네 집을 찾아 몸을 녹이시우. 뜨끈뜨끈한

우상의 눈물

아랫목에 푹 몸을 녹이셔. 자, 그럼 난……."

산등성을 향해 생눈길을 걸어가는 그의 언 바짓가랑이가 더 요란하게 데걱거렸다.

어깨를 잔뜩 구부리고 흡사 한 마리 흰곰처럼 산을 향해 걷는 억구의 을씨년스럽고 초라한 뒷모습에 눈을 주고 섰던 큰 키의 사내가 불현듯 큰길 아래로 내려서며,

"이보시오, 노형, 잠깐!"

언 바짓가랑이를 데걱거리며 걸어가던 억구가 주춤하니 멈춰 서며 이쪽으로 몸을 돌렸다. 큰 키의 사내가 생눈을 밟고 억구 쪽으로 성큼성큼 다가갔다. 오버 안주머니에서 무언가 꺼낼 그런 자세였다.

억구가 짐짓 몸을 추스르며 자기에게로 다가서는 큰 키의 사내 거동을 바라보고만 있었다.

억구 앞에 멈춰 선 큰 키의 사내가 할 말을 잊은 듯 멍청하니 고개를 위로 젖혔다. 입을 헤 하니 벌린 채, 하늘 향한 그의 얼굴 위로 사분사분 눈이 내려앉고 있었다.

─그날 밤 난 생물 선생네 담을 빙빙 돌고만 있었지. 내 키보다두 낮은 담이었어. 난 거푸 담을 돌고만 있었지. 만약 내가 담을 넘어 들어간다면……. 그러나 난 담을 넘어서는 안 된다고 생각했지. 담이란 남이 들어오지 말라고 만들어 놓은 거니까. 들어오지 말라는 걸 들어가면 그건 나쁜 짓이니까, 그건 도둑놈이지. 난 나쁜 놈이 되는 건 싫었으니까. 무서웠던 거야. 나는 담만 돌며 생각했지. 오늘 갑자기 생물 선생이 집에 무서운 개를 얻어

다 놓았을지도 모른다고. 또, 어쩌면 선생이 설사가 나 변소에 웅크려 앉았을지도 모른다는 생각을……. 무서웠던 거야. 결국 난 새끼 토낄 구할 생각을 거두고 담만 돌 다 가 그냥 돌아오고 말았지.

"아니 선생, 남을 불러 놓군 왜 그렇게 하늘만 쳐다보슈?"

억구가 말했다.

─나쁜 놈이 되기가 싫었던 거야. 담을 넘는다는 건…….

큰 키의 사내가 한 걸음 물러섰다. 생각하는 표정을 거두지 못한 채.

산속 소나무 위에서 다시 눈 무더기가 쏴르르 쏟아져 내렸다. 거푸 내려 쌓이는 눈의 무게를 연약한 나뭇가지 위에선 더 이상 지탱할 수 없다는 듯.

억구가 다시 다그쳤다.

"선생, 발이 시립네다. 내가 여기 얼어붙어야 좋겠소? 원 별 양반도… 자, 그럼……."

억구가 다시 산등성을 향해 몸을 돌렸다. 순간 그의 강뚱한 양복 윗주머니에 삐죽하니, 2홉들이 소주병 노란 덮개가 드러났다.

순간 망설이던 큰 키의 사내 얼굴에 어떤 결의의 빛이 스쳤다.

"아, 노형, 잠깐!"

억구가 바짓가랑이를 데걱거리며 다시 몸을 돌렸다.

순간 큰 키의 사내는 오른쪽 오버 주머니에서 손을 뺐다.

─나는 담만 돌았지. 무서웠던 거야.

큰 키의 사내가 억구 앞으로 무언가 내밀었다.

"이걸 나한테 주시는 겁니까?"

억구가 물었다.

"예, 드리는 겁니다. 아까 두 개비를 피웠으니까 꼭 열여덟 개비가 남아 있을 겁니다. 눈이 이렇게 많이 왔으니 올핸 담배도 풍년이겠죠. 그러나 제가 지금 드린 담배는 하루에 꼭 한 개씩만 피우셔야 합니다."

큰 키의 사내 얼굴에 엷은 미소가 번졌다. 그리고 그는 담배 한 갑을 받아 든 채 멍청히 서 있는 억구에게서 몸을 돌려 마치 눈에 홀린 사람처럼 비척비척 큰길을 향해 걸어갔다.

잔기침을 몇 번 큿큿 하면서.

걸어가는 그의 등 뒤로 마치 울음 같은 억구의 외침이 따랐다.

"뭐, 하루에 꼭 한 개씩 피우라구? 꼭, 한 개씩, 피, 우, 라, 구요?"

그러면서 그는 느닷없이 웃음을 터뜨렸다.

ㅎ ㅎ ㅎ ㅎ ㅎ ㅎ ㅎ

눈 덮인 산속, 아직 눈 조용히 비껴 내리고 있는 밤이었다.

1963년 1월 1일 《조선일보》

전야

딱 사흘이면 다녀올 수 있다고 처음 운을 떼었을 때 돼나 마뜩찮아 하던 주인아주머니의 냉랭한 마음도 한번 양지 쪽 봄눈 스러지듯 풀리더니. 이건 웬걸 그 사흘에다 덤으로 하루를 더 얹어 주는 등 그 마음씀씀이가 바다만 같다.

고향에 간다. 춘자에게 있어 그것이 비록 금의환향하는 심정에는 못 미친다 할지라도 짐승이 아닌 다음에야 어찌 고향엘 간다는데 이처럼 마음이 설레지 말란 법이 있느냐. 뭐 별나게 먹은 것 없이 자꾸 오줌이 마렵다. 잘금잘금 신통치두 않은 소변을 보면서 망신스럽게도 히히 소리 내어 웃음이 빠지는 것은 분명 엔간히 가슴 벅차다는 징표다.

춘자가 이처럼 싱숭생숭 마음 들떠 있음이야 말할 것도 없이 1년 반 만에 고향 찾아가는 그 벅찬 감회 때문이겠거니와, 그 감격을 저만큼 제쳐 놓고라도 세상 아무도 모르게 간직해 온 비밀

우상의 눈물

하나가 귀향 스케줄 밑바닥에서 벌렁벌렁 숨 쉬고 있다는 사실을 결코 빼놓을 수는 없을 터.

상수 씨를 만난다.

주인아주머니가 쓰던 핸드백 속에 상수 씨한테 받은 열두 통의 편지를 몰래 챙겨 넣은 것은, 지금까지 보관 장소로 써온 지하실 헌 광주리 속에 그것을 그냥 두고 간다는 것이 뭔가 마음에 짐짐했기 때문이다. 그 열두 통의 편지는 한 통 한 통 날아들 적마다 춘자 가슴을 벌렁거리게 하더니 급기야 상수 씨를 깊이 깊이 사랑하게끔 만들어 버렸다.

같은 식모살이를 할 바에야 이왕이면 대처로 나가야 앞길이 트일 게 아니냐는, 먼저 상경한 기숙이 말이 그럴듯해 홀홀 원주를 떠나고 거의 반년이나 넘게 집에다 소식을 못 주다가 편질 띄웠더니 연년생으로 한 살 아래인 진태에게서 눈물개나 쏟게 하는 답장이 오면서, 그 끝에 상수 씨가 소개돼 있었던 것이다.

'누나한테 상수라는 사람에게서 편지가 갈 거야. 나하고 한 공장에서 일하던 앤데, 나보다 두 살 위지만 우린 굉장히 친한 친구야. 걔가 이번에 서울 무슨 서비스 공장으로 갔지 뭐야. 서울에 빽이 좀 있는 모양인데, 잘되면 나까지 데려간다구 했지만 제까짓 게 무슨 빽이 있겠어. 누나 얘길 내가 자꾸 했더니, 누나와 인간적으로 꼭 친하고 싶다나. 새끼 무척 웃기는 놈이라구.'

실은 진태가 보낸 편지보다 상수 씨의 것이 하루나 먼저 날아왔다. 잉크병에 빠졌던 파리 새끼가 벌벌 기어 나와 날개를 털며 제멋대로 돌아친 것처럼 막돼먹은 글씨였다. 그러나 '인간적으로 사귀고 싶은 춘자 씨에게'라는 첫 편지 첫 대문은 화끈하게 춘자의 마음을 흔들어 놓았다. 인간적이고 뭐고는 아리송하기만 한 것이어서 별것도 아니었지만 그 '춘자 씨'의 '씨'로 말할 것 같으면 원주에 있을 때 연탄을 단골로 나르는 아저씨가 춘자를 보고 '아가씨'라 불렀을 때 받은 감격만큼이나 대단한 것이었다.

주인아주머니의 바다같이 넓은 마음씨는 결코 그 헌 핸드백(장식에 약간 녹이 슬긴 했어도 춘자 마음에 꼭 드는 최신형)에 그치지 않았다. 그 백에 든 파닥파닥한 오백 원권 여섯 장, 백 원짜리가 사십 장, 도합 칠천 원이나 되는 엄청난 돈(보나스다 보나스! 아저씨가 그렇게 말했다).

그것뿐이라면 말도 하지 않는다. 주인아주머니는 자기가 입던 미색 계통인 판타롱 바지와 짙은 밤색의 스웨터(윗도리가 짙으면 바지를 엷게 입는 게 좋다면서)를 척척 꺼내 놓았다. 아주머니와 키가 같다는 사실을 처음 안 것만 해도 즐거운 일인데, 옷은 너무 너무 기막히게 잘 맞았다. 다만, 몸이 좀 더 통통하기 때문에 판타롱 입은 궁둥이가 터질 듯이 팡팡하다는 것 외는.

언니(아주머니는 그렇게 부르는 걸 좋아한다.) 귀가 참 예쁘네유?

입 밖에 내진 않았지만 자기 옷을 입혀 놓고 손봐 주는 아주머니의 숱이 좀 엉성한 머리를 내려다보면서 춘자는 아주머니의 저 동그란 귓바퀴는 정말 예쁘지 뭐냐고 생각한다.

딸만 둘이기 때문에 이번에 꼭 아들을 낳기 위해 배가 툭 불거진 아주머니는 가쁜 숨까지 내쉬면서 이번엔 신발장까지 열어

우상의 눈물

젖힌다.

"이 포켓 슈즈가 발은 편하다만 겨울이라…, 그래, 그게 워킹 슈즈란 건데."

십여 켤레나 되는 구두, 심지어는 목이 긴 가죽 구두까지 내놓았지만 춘자는 그만 울고 싶었다. 어렸을 적 맨발로 강바닥에서 다슬기만 줍던 춘자의 발은 너무 컸기 때문이다.

그러나 춘자는 고마워서, 정말 고마워서 홍홍 울어 버리고만 싶었다. 늘 숨이 콕콕 막히게 쥐어박던 아주머니의 꾸지람이야, 하루 내내 직장에서 시달리다 보면 집에 돌아와 너한테 그럴 수도 있는 게 아니겠냐는 아저씨의 말씀이 아니더라도, 춘자는 아주머니가 밉지는 않았다고 열 번 백 번 다짐해 둔다.

"이이야, 미인인데!"

출근 준비를 하던 주인아저씨는 춘자의 팡팡한 엉덩이가 아무래도 눈에 거슬린다는 듯 한껏 근지러운 시선을 준다. 애길 배어 힘이 든 아주머니와 툭하면 신경질적인 싸움(주로 밤이다.)을 벌이는 아저씨지만 춘자에게는 항상 친절하다. 얼마 전 성탄절 때인가, 아줌마보다 은행에서 일찍 퇴근한 아저씨는 선아(아저씨네 둘째 딸이다.)를 업고 있는 춘자의 뒤에서 두 눈을 꼬옥 가리면서 젖가슴에다 무엇을 넣어 주는 게 아닌가. 지금까지 포장도 안 푼 채 깊숙이 간직해 둔 그 스타킹을 안고 그날 저녁 춘자는 오빠 오빠 오빠……. 백 번두 더 아저씨가 자기 오빠이길 빌었다.

"옷이 날개라니까!"

아주머니는 가슴을 뒤로 젖혀 춘자의 옷 입은 모양을 이리저리 뜯어보면서, 일견 대견해하면서도 자기보다 맵시가 나는 엉덩이 부분과 팡팡한 춘자의 가슴을 샘하듯 훑었다.

"박 선생네두 이렇게 있는 거 없는 거 다 챙겨 보냈더니, 글쎄 고 앙큼한 기집애가……."

아주머니와 같은 학교에 근무한다는 옆집 박 선생네 집에 있던 기숙이 얘기다. 기숙인 늘 이런 변두리, 전화도 없는 가난뱅이들 집에서 식모살일 하다니 한심하다고, 남 보기 창피한 일이 아니냐고 꽤나 불평해 쌓더니 그예 집엘 다녀온다며, 제가 입었던 헌 옷가질 뱀 껍질 벗듯 방구석에 벗어 놓고는 주인 여자 옷으로 쓰윽 빼입은 다음 나간 채 영 고만이었던 것이다.

춘자가 청량리시장에서 우연히 기숙일 만났을 때, 그네는, 너두 이제 날 찾아올 날이 있을 게라면서 전농동 진주옥이란 술집 약도를 적어 주었다.

"너 아주 까놓고 말하라구. 난 음충맞은 건 딱 질색이더라. 너 우리 집이 싫어진 거지?"

고향엘 좀 다녀와야겠다고 했을 때 아주머니의 마땅찮은 그 냉랭함은 바로 기숙이의 전례에서 비롯된 것인데, 내가 뭐 기숙인가, 아줌만 남의 속두 몰라주구……. 선아를 업은 채 돌아서서 훌쩍이니까.

"앤 나이 열아홉을 뭘루 먹었는지, 눈물도 쌨지! 가지 말랬다간 얘, 초상나겠다."

이처럼 아슬아슬 얻어낸 고향 휴가였다.

"춘자, 적금, 이제 몇 달 남았지?"

우상의 눈물

오버코트를 입으며 주인아저씨는 일금 10만 원짜리 적금을 일깨워 준다. 무슨 무진회산가 하는 데의 26개월 불입제 적금인데 한 달에 3,850원씩 넣는 것이다. 돈은 아주머니가 붓지만 통장은 마음대로 꺼내 볼 수 있어, 아마 쉰 번두 더 그 통장을 펴 보았던 것이다. 이제 여덟 달만 부으면 된다. 여덟 달 후 그 10만 원을 골목 어귀 김포쌀집에다 삼부 이자를 놓아 준단다. 1년 후면 그 10만 원이 곱으로 새끼 친다. 물론 새 적금은 또 달수를 채워 갈 것이고, 그런 기세로 1년 후 2년 후 3년 후에는…… 생각만 해도 뱃속이 근질거리면서 어금니로 공연한 웃음이 쿡쿡 비집고 나오는 걸 막을 수가 없다.

상수 씨를 만난다. 고향 가는 열차를 타기 전, 같은 서울에 살면서 한 번도 얼굴을 못 본 상수 씨를 만나야 한다.

시내버스 속에서 춘자는 아주머니가 준 헌 핸드백과 양장점에서 옷 넣어 주는 비닐주머니를 가슴에 꼭 끌어안으며 마냥 즐겁다. 비닐 주머니 속에는(역시 주인아주머니의 바다 같은 마음씨가 너무너무 고마워 눈물이 난다.) 남동생 진태에게 줄 사백오십 원짜리 가죽 장갑(상점 아저씬 틀림없이 가죽이랬다.) 한 켤레, 진태 밑의 동생 춘옥이에게 줄 스카프 한 장, 넷이나 되는 고만고만한 배다른 동생들에게 줄 양말 네 켤레, 의붓엄마 몫으로는 아주머니가 너나 입으라고 준 월남치마, 술고래 아버지에겐 거기 가서 술 한 병 사들고 들어가면 될 것이고, 또 그때 형편을 봐서 내복 한 벌쯤은 마음에 작정을 하고 있었다.

그러나 뭐니 뭐니 해도 비닐 주머니 맨 밑바닥에 소중스레 넣어 둔 장갑 한 켤레야말로……. 춘자는 가슴이 울렁거린다. 동생 진태 것보다 백오십 원이나 더 주고 산, 상수 씨에게 줄 선물이다.

하늘은 잔뜩 찌푸려 금세 눈발을 세우기라도 할 듯. 그러나 거리에 넘치는 사람들은 하나같이 활기차 있고 표정은 밝았다. 그네들 넘쳐흐르는 사람들 틈에 섞여 건널목을 건너는 춘자의 눈에 비춰진 모든 것이 다 그랬다. 시장바구니를 들고 어릿어릿 하는 그런 걸음이 아니라 가슴을 펴고 다리를 쭉쭉 뻗으면서 걷고 싶다. 다만, 마음에 하나 꼭 안 좋은 게 있다. 판타롱 바지 자락에 가려졌다 나왔다 하는 누렇게 흙물이 든 낡은 흰 운동화 말이다.

춘자는 역 대합실에 들어서면서 핸드백을 열어 시계를 꺼낸다. 아주 오래전에 화장대 서랍 속에서 발견된 주인아주머니의 헌 손목시계다. 고쳐 찰 테면 차라는 아주머니의 선심에 시장 갔던 길에 시계방에 들렀더니 아예 새것을 사는 게 낫다며 밀어놓는 게 아닌가.

대합실 벽시계는 오후 2시 5분, 춘자의 시계는 5분 전 6시다. 시계를 맞춰 놓는 척하다 그냥 찬다.

고향 가는 열차는 16시 30분발, 그다음이 막차인 19시 20분발이다. 저 막차 전에 상수 씨를 만나야 하는 것이다.

어느 곳으로부터인가, 이제 막 도착한 열차에서 내린 손님들이 꾸역꾸역 역 광장으로 쏟아져 나간다. 그네들 속에 섞여 춘자

우상의 눈물

도 대합실을 나온다.

광장에 길게 대기해 있던 택시 운전수들은 차창에 끼인 성에를 닦아 내면서 쏟아져 나오는 손님들을 힐끔거린다.

말만 잘하면 공짜로 태워 줄 것같이 착하고 밝은 얼굴들이다.

공중전화 부스 세 개는 모두 만원이다. 거리는 지하철 공사로 수라장이다. 자동차 흘러가는 소리, 탕탕 건물 허물어 내는 소리, 참말로 서울은 대단하다.

"미스 킴이지? 어, 나야 나. 이거 왜 이래?"

"뭐라구? 그 새끼가 날랐다구? 뭐? 얼마 떼었다구? 뭐, 삼십만 원?"

전화 부스 속 통화자들은 밖에서 누가 듣건 말건 꽥꽥 목청을 한껏 높인다.

미스 킴을 연발하던 청년이 얼굴을 벌겋게 달군 채 문을 밀고 나온다.

얼른 부스 속에 들어서긴 했어도 어떻게 해야 할는지, 처음 써 보는 공중전화다. 선아가 아프거나 할 때 아주머니에게 연락하기 위해 약국 전화를 가끔은 써봤지만.

서대문구 만리동 대양기업사.

—먼저 수화기를 들고 주화(5원)를 넣은 다음 다이얼을 돌리세요.

오늘을 위해서 오래전에 외어 둔 번호. 두르르 두르르……. 덜컥.

"여보시오?" 팅기듯 거칠고 탁한 목소리다.

"여보세요? 거기 대양기업산가요?" 가슴이 할랑할랑, 입이 마른다.

"여보시오! 누굴 찾소? 뭐야? 민상사? 여긴 그런, 뭐야? 민상수라구? 제기랄, 기다려!"

춘자는 그만 그 퉁명스럽고 터진 목소리에 기가 죽는다. 운동화, 누렇게 흙물 든 헌 운동화가 판타롱 바지 자락에서 빼꼼 얼굴을 내밀고 있다. 하나, 둘, 셋, 넷……. 숫자를 세며 상수 씨를 기다린다. '인간적으로 사귀고 싶은 춘자 씨'는 그 세 번째 편지에 이르러 춘자의 숨이 칵 막히게도 '죽도록 사랑하는 춘자 씨'였다.

서울이란 데가 싫어 죽겠습니다. 하루에도 몇 번씩 고향으로 내려가 버릴까 궁리를 합니다. 아무도 나 같은 인간을 거들떠보지도 않아요. 내가 만약 자동차에 깔려 죽었다 해도 눈 하나 깜짝할 사람이 없다고 생각하면 난 이상하게 아무나 막 찔러 죽이고 싶은 충동을 느낍니다. 그러나 나는 이제 고향에 가고 싶다는 생각이 나면서 세상 사람들이 모두 밉다는 생각을 하지 않습니다. 춘자 씨가 같은 서울에 살고 있다는 사실만으로도 나는 즐겁습니다.

"아, 여보세유! 전화 바꿨는데유!"

아주 멀리서 가늘고 여리게 솟아나오는 상수 씨의 목소리.

"저예요. 저, 춘자… 진태 누나……."

우상의 눈물

수인사가 끝나자, 춘자는 신바람을 피워 아주 크게, 정말 큰 목소리로 수화기에다가 침을 튀겼다.

"지금 고향에 가는 거예요. 예? 예! 세 시 삼십 분 찬데유, 일곱 시 삼십 분에 또 있어유. 예, 뭐라구유? 진태한테 전할 말도 있다구유? 다섯 시까지 청량리역으루 나온다구유? 내가 뭘 입고 있느냐구유?"

주인아주머니가 준 검은 핸드백, 미색 판타롱 바지, 짙은 밤색 스웨터. 운동화만은 말하지 않았다.

있는 목청껏 크게 소릴 치던 춘자는 옆 전화 부스에, 또는 밖에 서서 기다리고 있는 사람들을 의식하며 그만 황황히 부스를 나온다. 밖은 하나도 안 춥다. 춥기는커녕 춘자의 좁은 이마에선 김이라도 날 듯 열이 오른다.

5시. 청량리역 대합실 왼쪽 공중변소 앞에서 상수 씨를 만난다.

어떡할까. 대왕코너 앞에 망연히 서서 춘자는 시계를 본다. 체, 고장 난 시계 6시 5분 전.

겨울인데도 대왕코너 안은 덥다. 모든 게 눈부시다. 눈부시게 진열된 상품들을 아주 서서히 하나하나 감상을 하며 시간을 보내자. 그러나 그게 아니다. 진열대 사이를 걷고 있는 사람이 너무 적다. 어서 오세요. 뭘 찾으세요. 이거 어때요. 아줌마(아줌마라니!) 이거 하나 입어 보세요? 횃대에 걸린 옷만 바라보아도 잽싸게 의자를 놓고 올라서서 그걸 꺼내 후르르 펼쳐 놓는다. 이런 게 딱 질색이다. 그리고 또 하나 안 좋은 게 있다. 주인아주머니의 판타롱 바지, 짙은 밤색 스웨터, 최신형 핸드백(녹이 조금 슬었을 뿐인), 5분 전 6시에 머문 손목시계……. 어느 것 하나 이 요란한 진열대 사이를 지나가도 손색이 없는데, 다만 판타롱 바지 자락에서 나왔다 들어갔다 하는 헌 운동화가 아무래도 마음에 걸린다.

결국은 숙녀화 전문인 구두점 앞에 서 있는 자신을 발견한다.

"구두 하나 신어야겠구만!"

구두점의 젊은 아주머니가 이끄는 대로 매장 안으로 들어선다. 그런데 아무래도 발이 너무 크다. 그렇게 모양 좋아 보이던 구두들이 하나도 안 어울린다. 열 켤레는 더 신어 보았다. 콧등에 배지지 땀이 밴다.

옆 가게에 진열된 괘종시계들이 서로 다투듯 딩, 딩 4시를 친다.

좀 투박하긴 하지만 그런대로 마음에 드는 커다랗고 튼튼한 놈으로 하나 신었다. 헌 운동화는 구두 넣어 주는 종이봉지에 넣었다. 보따리가 셋이나 됐다. 핸드백을 열어 파닥파닥한 오백 원짜리 다섯 장을 내어 주며 춘자는 그만 울고 싶어지는 마음을, 이 구두는 춘옥일 주고 와야지, 춘옥일 주고 와야지, 그렇게 다짐하며 달랜다.

옆 대합실 공중변소 앞 벽에 기대서서 벽시계를 본다. 4시 20분. 손목시계는 5분 전 6시. 아찔하다. 어쩜 저 벽시계가 틀리고 자기 시계가 맞는 것인지도 모른다는 엉뚱한 생각이 든다.

그러나 춘자는 상수 씨가 나타날 때까지 망부석이 되기로 마

우상의 눈물

음을 느긋하게 다지며 걷는다. 바로 그때 말발굽 소리 요란하게 백마 탄 왕자가 앞에 나타난다.

"춘자 씨죠? 진태 누나……?"

"어머, 상수 씨?"

"맞아요. 택씰 타고 왔지 뭐야!"

팽팽한 청바지 뒷주머니에 가죽 장갑 낀 두 손을 찌르고 춘자를 내려다보는 사내. 가죽 잠바 안에 받쳐 입은 붉은 티샤쓰, 쏘옥 빠진 사내다. 역 광장을 걸어 나오면서 사내는 싱긋 웃는다. 화려하고 세련됐다.

드디어 프슴프슴 흩날리기 시작한 눈송이. 처음 신은 구두가 아무래도 어색하고 데퉁스러웠으나 춘자는 사내의 건들건들 앞선 걸음에 뒤질세라 총총히 따라 붙는다. 보따리 세 개가 조금은 거추장스럽다고 느꼈지만 마음은 하늘에 둥둥 뜬다.

경동극장 앞이다. 사내는 이쪽의 동의도 얻지 않고 표를 끊는다. 캄캄한 극장 속에서 상수 씨가 이끄는 대로 자리를 찾아 앉는다. 사람이 공중으로 휙휙 날면서, 수십 명이 죽어 넘어진다. 중간부터 보는 중국 무술 영화는 뭐가 뭔지 뒤죽박죽이다. 그냥 가슴이 마구 할랑거린다. 사내의 손이 슬며시 춘자의 등을 감싸면서 어깨를 자그시 주무른다.

"이소룡, 그 새끼 계집애들이 되게 좋아했는데 뒈졌단 말이야."

극장을 나와, 기세를 세우는 눈발 속을 걸으면서 영화에 나온 배우 얘기다. 경찰 백차가 사이렌을 울리면서 청량리 쪽으로 내닫는다. 백차를 바라보며 상수 씨가,

"체, 개새끼들!"

뎅, 뎅. 파출소 안의 벽시계가 두 점을 친다.

"일곱 시 반경, 홍릉갈비집이라. 그래, 거기서 뭘 먹었지?"

사복 아저씨는 길게 하품을 하면서 똑같은 걸 두 번씩이나 묻는다. 갈비탕을 먹었다. 이제 말이지만 그것은 정말 구수하고 맛이 좋았다. 그렇게 큰 음식점에서 그처럼 맛 좋은 음식을 대접받는다는 것이 춘자로선 난생처음이었다.

"다시 한 번 말해 봐! 정말 그 새끼가 네 애인인 줄 깜박 속았단 말이지?"

어쩌면 그렇게 눈꼽만치도 의심이 안 갔는지 아무리 생각해도 기가 막힌다. 상수 씨, 고향에 언제 가세유? 진태가 상수 씰 무척 좋아했나 봐유? 그런저런 말을 물었을 때 사내는 소주잔을 싹 비우며, 춘자 씨, 난 말이야. 그따위 얘기 하구 싶지 않아. 과거는 질색이야. 현재, 지금 이 시간 춘자 씰 바라보고 있는 걸루 충분하다 그 말이야! 그렇게 씨부렁거리던 사내였는데, 왜 그때 의심이 가지 않았는가 말이다. 상수 씨, 그 사내는 상수 씨가 아니었다.

"여인숙비는 네가 냈다던데, 왜 네가 냈지? 얘기해 보라구. 새끼가 덮쳤던 것까지 자세히 말해 봐."

"눈은 오겠다, 몸보신 했겠다, 날 좀, 이 통통한 걸 잡아 잡수시오. 그래서 여인숙빌 냈겠지 뭐!"

난롯가에서 두 다릴 책상 위에 척 걸쳐 놓고 앉은 정복 아저씨가 자꾸 농지거리다.

"작년에 말이야, 어떤 계집에 하나가 세 놈한테 당했거든. 그 래, 그중에 어떤 놈이 제일 나냐니까, 제일 끝엣 놈이 좋았다는 거야. 제기랄 미치겠더군."

순 이런 식이다. 지금 여인숙비 얘기만 해도 그렇게 말할 건 뭔가 말이다. 너무 큰 대접을 받았는데, 자꾸 뒷주머니만 뒤지는 상수 씰 그냥 보고 있을 숙맥이 어디 있느냐 말이다. 그렇게 해 서 치른 여인숙비였다.

여인숙에 들어서기가 무섭게 춘자는 커다란 폭풍을 만났다. 사내는 손이 빠르고 거칠었다. 온몸이 빠개져 나가는 무서운 진 통을 춘자는 참 용케도 참았다. 상수 씨였다고 생각했기 때문이 다. 그때 바로 지금 눈앞에서 조서를 꾸미고 있는 사복 아저씨가 방문을 열어젖힌 것이다.

용석진, 이 새끼, 이리 나와!

용석진이란 이름을 듣는 순간 춘자는 얇고 때 긴 이부자리 속에서 천장의 낡은 무늬가 뱅그르 돌아간다고 느꼈다.

용석진이란 놈은, 공중전화 부스에서 춘자의 통화를 엿듣는 다. 역에서부터 미행했다는 것인데, 그는 쉽게 춘자를 나꾼다. 극 장엘 가 시간을 보낸다. 저녁을 먹는다. 그리고 여인숙에서 몸을 푼다. 그다음은…….

"깨끗이 털리는 거야. 그리고 아까 그 새끼가 가졌던 꼬챙이 봤지?"

7시경 어디 있었느냐고 꽤나 끈덕지게 묻고 패고 하더니 그 시간에 경동극장에 춘자하고 같이 있었다고 몇 번씩이나 얘기했는데도 본서로 넘겨지던 그 사내 몸에서 나온 송곳처럼 날카로운 쇠꼬챙이 얘기다. 사복 아저씨 얘기로는 어제 오후 무슨 사건의 용의잔데 춘자에 대한 조사가 완전히 끝날 때까지 본서에 유치시켜야 한다는 것이다.

춘자에 대한 조사는 사복 아저씨의 말을 빌자면, 인권유린에 대한, 특히 가출 상경한 미성년들의 윤락가 전락 또는 춘자처럼 불쌍한 밑바닥 인생이 부당하게 유린당하는 걸 철저히 방지할 뿐 아니라 이미 유린당한 사실도 억울하지 않게 찾아내어 뿌리뽑자는 데 그 목적이 있다는 것이다. 춘자는 눈물부터 짰다. 그렇게 고마웠다.

열아홉 춘자의 인생은 떡잎부터 시작해서 용석진이란 사내에게 당한 육체적 체험의 감도까지, 정말 속속들이 파헤쳐졌다.

춘자가 다섯 살 때, 이웃에 품앗이 갔던 생모는 황소에게 떠받쳐 침쟁이한테 침깨나 맞아 대더니 몇 달 못 가서 꼴깍 저세상 갔다. 그때 동네 사람들은, 남편한테 그 괄셈 받고 살더니 차라리 잘된 일이라고들 했다. 밤이고 낮이고 노름판만 찾아다니던 아버지는 거기다가 주벽이 심해 집에만 들면 집안 식구들을 두들겨 팼다. 결국 그 끝을 보고 만 아버지는 춘자와 그 아래 진태, 춘옥일 버려둔 채 행방을 감췄다. 그 아버지는 춘자들이 일가친척 집에서 눈칫밥 먹으면서 오줌똥 가리게 됐을 때에야 여자 하나를 데리고 나타났다. 새파랗게 젊은 게 뭐가 좋아 지겨운 전실 자식만 곱게 키우란 법 있다던가, 줄레줄레 넷이나 뽑아

우상의 눈물

놓았다. 열여섯 살, 집을 떠날 때까지 그 배다른 동생들을 등에서 떼본 적이 없던 춘자다. 그래도 국민학교 3학년까지 마쳐 제이름이라도 쓸 수 있게 된 것은 전연 새엄마의 덕임을 지금도 춘자는 잊지 않고 있다. 학교 가지 말고 애기나 보라는 아버지의 말을 안 들었다가 아버지한테 매를 맞아 지금까지도 한쪽 귀가 신통찮다. 춘자를 아는 사람들은, 제 기구한 팔짤 제가 아는지, 애가 어쩜 저렇게 착하냔 칭찬도 많이 했다. 결국 집을 떠나 원주로 식모살이 나간 것은 열일곱 되던 해 봄이었다.

"그래, 열일곱 살 때 처음 당했단 말이지?"

사복 아저씨가 듣고 싶은 것이 바로 이런 거였다. 정복 아저씨까지 의자를 바싹 당겨 앉으며 침을 꿀꺽 한다.

주인아저씨는 용 뭐라던 사내처럼 그렇게 거칠지가 않았다. 원주서 몇째 안 가는 가구점을 경영하는 아저씨는 아주머니가 가게를 보는 동안, 집에서 춘자에게 다릴 주무르게 해놓고는 거푸 한숨을 몰아쉬었다. …허지만 말이다. 여잔 시집 잘 가야 하구, 남잔 예편네 잘 얻어야 하는 거다. 내 이제 결혼한 지 이십 년 됐다. 그동안 내 속 마아니 썩었다. 느 아줌마가 그게 어디 사람이냐, 치마만 두르면 여잔 줄 아냐? 새끼만 빼 놓으면 다냐? 남잘, 남자 기분을 알아주어야지. (아닌 게 아니라 아주머니는 아저씨한테 너무 심했다.) 아저씨는 자꾸 푸우 푸우 한숨을 몰아쉬면서 춘자의 발가락을 쥐었다. 춘자야 내 여북함 너 같은 것한테 이런 얘길 하겠냐? 다시 푸우 한숨을 쉬면서 이번엔 춘자의 종아릴 쓰다듬는 아저씨, 불쌍한 아저씨, 난 네가 내 딸 같고 동생 같고 도대체 너처럼 말이 없는 애가……. (기겁을 했다. 글쎄 속옷 속을. 그러나 아저씨의 한숨 때문에.) …넌 통통한 게 그냥 보고만 있어두…, 아저씨는 다시 푸우 한숨을 내쉬면서 춘자의 머리를 쓸어내렸다. (아버지는 툭하면 머리채를 휘감아 잡고 팼다.) 그러나 아저씨는 아주 서서히 그리고 부드럽게 춘자를 아저씨의 한숨 속으로 몰고 들어갔다. 아찔하게 아픈 순간 아저씨는 그만 춘자의 도톰한 입술을 덮쳐 버렸던 것이다. 지금 기억에 남아 있는 것이라곤 그 아저씨, 불쌍한 아저씨의 한숨뿐인데 사복 아저씨들은 자꾸 더 자세히 얘기하라니 참 딱하다.

"그 뒤론 그 아저씨한테 몇 번 더 당했냐?"

"뻔하지 뭐, 어서 오십쇼!"

정복 아저씨는 참 싱겁다. 그리고 사복 아저씨는 어째서 툭하면 당했다, 는 말을 하는지 모르겠다. 당하긴 무얼 당했다구, 그 아저씨, 그 불쌍한 아저씨가 여북했으면 나 같은 것한테 그렇게 한숨을 보였을라구. 그리고 그 용 뭐라던 사내두 그렇지, 내가 뭐 상수 씨가 아닌 줄 알면서도 여인숙엘 따라갔을라구. 상수 씬 줄 알았으니까, 그렇게 큰 음식점에서 갈비탕까지 대접해 주는, 사랑하는 상수 씨라고 생각했으니까 따라간 거지.

"몇 번이야 몇 번? 당한 게!"

"그리구 금방 서울에 올라온 걸유!"

춘자는 좀 다급할 때나 아주 친한 사람을 만나면 고향 사투리가 나온다.

"지금 주인에겐 몇 번 당했냐?"

"먼저 아저씨보다. 야 더 좋아라. 겠지."

정복 아저씨는 군화 신은 발을 책상에 얹은 채 눈을 감고 있어 자는 줄 알았더니 또 농지거리다.

"괜히 숨겨서 좋을 거 없어! 다 널 위해서야. 난, 이거 잠두 하나 못 자고 뭐냐?"

정말 사복 아저씨는 볼펜 든 팔을 뒤로 넘겨 길게 하품을 하며 무척 피곤해 뵌다. 그러나 춘자는 할 얘기가 없다. 아저씨의 이름, 가족, 직장(아저씨가 나가는 은행을 대니까. 정복 아저씨가 흥, 우리 관내군 하던 게 맘에 퍽 걸린다.)을 댄 것만 해도 큰일 났다 싶은데 또 뭘 자꾸 얘기하라니 말이다. 선아를 업고 있을 때 뒤에서 눈을 꼬옥 가리고 젖가슴에다 선물을 찔러 넣어 주던 오빠 같은 아저씨가 뭐 어떻게 했다는 말이냐.

똑같은 얘길 자꾸자꾸 되묻더니만 결국 벽시계가 뎅, 뎅 녁점을 때렸을 때야. 사복 아저씨는 조서 꾸민 종이를 챙겨 넣고 숙직실로 들어간다.

죽은 듯 조용하던 바깥 거리가 아주 조금씩 덜거덕 덜거덕 잠에서 깨어나기 시작할 무렵 춘자는 마구 감겨져 내리는 눈꺼풀을 이제는 더 이상 지탱할 수가 없었다.

동생 진태가 기름투성이 얼굴에 이를 하얗게 드러내 보이며 손을 내민다. 춘옥이가 입에서 피를 철철 흘리며 돈, 돈, 돈! 손을 내민다. 안 돼, 안 돼! 배다른 동생들이 팔다릴 하나씩 물어뜯기 시작했다. 새엄마가. 아니다. 아버지가 히히히… 옷을 벗긴다. 안 돼유, 안 돼유. 아버지, 나야 나…….

춘자는 파출소 난로 옆 딱딱한 쇠 의자에서 땀을 흘리며 눈
을 뜬다.

정복 아저씨와 또 한 사람, 아아, 춘자는 눈을 감았다.

요란스레 움직이고 있는 거리에서 춘자는 눈을 뜰 수가 없었
다. 어젯밤 내려 쌓인 눈 위에 쏟아져 내리는 햇빛은 참으로 눈
부시다. 퉁퉁 부은 다리에 처음 신어 본 구두가 사정없이 조여든
다. 부끄럽다.

불같이 화가 난 주인아저씨 뒤를 기신기신 따라 걸으며 춘자
는 처음으로 부끄럽다. 이 판타롱 바지, 이 짙은 밤색 스웨터, 비
닐 보따리, 한없이 거추장스럽기 만한 이 핸드백, 춘자는 이 모
든 것이 주인아저씨 앞에서만은 죽고 싶도록 창피하다. 아, 내
운동화를 신고 싶다.

자꾸 눈물이 쏟아지기 시작한 것은 손님이 한 사람도 없는 아
침 식당에서 설렁탕을 한 그릇 시켜 놓고, 담배만 뻑뻑 피워 대
는 아저씨 앞에 고개를 꺾고서였다.

"너, 그 순경들한테 뭐라고 했는데, 오후에 날더러 다시 오라
는 거야?"

뜻밖에 주인아저씨의 목소리는 낮다. 그러나 빈 접시에다 담
배를 비벼 끄는 아저씨의 손이 부들부들 떨린다.

"암 말두 안 했는데유."

난 정말 아저씨에 대해서 아무것도 얘기하지 않았어유. 할래
야 할 것이 없잖아유, 아저씨.

주인아저씨도 사복 아저씨처럼 꼬치꼬치 캐묻는다. 역에서

우상의 눈물

만났다는 그 새끼에게 정말 몸을 주었느냐. 너 그러구 보니. 이런 짓 한두 번이 아닌 모양인데 처음 당한 건 언제냐? 뭐야? 주인 아저씨라니. 그게 나라고 했단 말이냐. 그 새끼들이 날 때려잡을 눈치기에 말이다. 내가 꼭 하나 알아야 하겠는데 혹시 너 그 사람들한테 당한 건 아니지? 이렇게 캐묻는 아저씨의 목소리는 집에서보다 더 다정스럽게 풀어지고 있었다. 눈빛도 좀 이상하긴 했다.

아저씨는 먼저 일어서며. 참. 남들이 알까 두렵구나. 나 이거 무슨 꼴이냐(아저씨는 출근하자마자 연락이 와서 나왔단다). 좌우간 너를 위해서두 우리(아저씨는 '우리'라고 했다.) 너한테 있었던 얘긴 아예 없었던 걸로 하자. 느 아줌마가 알아봐라. 큰일 난다 큰일 나! 어쨌든 지금은 시간이 없구. 자세한 얘긴 네가 시골서 돌아오면 듣기로 하자. 시골서 돌아오거든 우선 우리 은행에 전화를 걸어라. 내. 저녁을 사지. 그처럼 불같이 무섭게 화났던 아저씨의 얼굴이 자글자글 풀리면서 춘자의 등을 토닥인다.

춘자는 마음이 다급해져 푸른 신호등이 켜지기가 무섭게 건 널목을 건너 역 대합실로 치달았다. 밤새껏 생각하고 지금까지도 마음 안타깝게 조마로운. 즉 상수 씨가 아직도 역 대합실에서 허둥지둥 자기를 찾고 있을지도 모른다는 생각 때문이다.

역은 붐비고 있었다. 차표를 끊기 위해 줄을 이룬 사람들. 개찰구에 늘어선 사람들. 어정어정 여객 운임표나 시간표를 쳐다보고 서 있는 사람들…… . 그러나 상수 씨는 없었다. 아니. 만나기로 약속한 공중변소 입구에 서 있는 자신을 찾아와 주는 사람은 하나도 없었다.

역 벽시계는 10분 전 10시. 고향 가는 오후 열차는 16시 30분, 19시 20분.

춘자는 자기의 헌 시계를 본다. 5분 전 6시, 맞추는 척하다가 그냥 둔다.

"색씨, 하필이면 왜 거기 서 있누? 거기 그 자리가……."

공중변소 입구에서 돈을 받는 얼굴이 까부라진 아주머니가 춘자에게 무슨 얘길 할 눈치다. 그러나 춘자는 다시 마음이 다급해진다. 역 구내 공중전화가 눈에 띈 것이다.

"거기 대영기업산가요?"

덜커덕 동전 떨어지는 소리가 나자 춘자는 대뜸 입을 열었다.

"아, 여보시오!"

어제의 그 거칠고 터진 목소리다.

"뭐야? 상수? 야, 상수 전화 받아!"

이럴 수가, 세상은 이렇게 쉬울 수도 있구나. 춘자는 가슴이 할랑거린다.

"아, 춘자씨!"

어제의 그 가늘고 여린 목소리. 춘자는 그만 막 울어 버릴 뻔한다.

5시에, 5시 정각 서울역 광장 바른 쪽에 있는 공중변소 앞에서 만나자고 한다. 거기서 만나 같이 고향엘 가잔다.

"고향엘 가려면 청량리역으로 나와야 하잖아요?"

234   우상의 눈물

아니란다. 서울역 공중변소 앞에서 5시 정각에 만나자는 것이다.

전농동 전농목욕탕 뒤 진주옥. 게딱지처럼 폭삭 주저앉은 한옥집에 '진주옥'이란 간판이 기숙이만큼 야단스러웠다. 그래, 난 네가 언제고 올 줄 알았다. 자알 왔다 잘 왔어! 어머, 이렇게 보따리까지 싸 가지구! 그래, 우리 이 드런 놈의 세상 같이 한번 살아 볼래?

꼴간만 한 방에, 구겨 던진 종이처럼 입을 헤 벌린 채 여자 셋이 자고 있었다. 기숙인 이제 막 목욕탕을 다녀왔다며 그야말로 삼각팬티 바람으로 이불 속에서 춘자를 맞았다. 그러면서 이제는 제 얘기로 법석을 떤다.

재수가 없으려니까, 별 거지발싸개 같은 새끼가……. 엊저녁 얘기다. 요즘 같은 불경기에 하룻저녁 만여 원어치 술을 팔아 줬음 고맙지 뭐냐, 첫눈에 널 그렇게 좋다고 날뛰는데 못 이기는 척 따라가 보려무나, 설마 그냥이야 잡숫겠니? 하는 마담의 청도 있긴 했지만 제 놈이 몸값으로 이천 원이야 안 내놓겠느냐 하는 계산에서 따라갔다는 것이다. 뭐 고무장화 같은 거 사와야 하지 않겠느냐니까, 정관수술을 한 몸이라고 염려 놓으랬다. 한 달이나 굶었다며, 남의 잠을 말짱 설쳐 놓더니, 깜박 잠이 들었다 깨보니 베갯머리에 오백 원짜리 한 장 댈콩 던져 놓곤 뺑소니쳐 버렸다. 짐작으로 애 설 날짜가 분명하고, 그 음충맞은 놈이 정관수술을 안 받았을 것임이 분명한 이상, × 주고 걱정 얻고,

우라질 놈 자동차에 칵 치어 박살이 나거라! 춘자야, 니년두 정신 바짝 차려야 한다. 세상이 온통 이 지경인데, 괜히 어벙저벙 하다간 사람 대접은 커녕 병신 되기 알맞다. 너. 이게 결론이다.

원래 기숙이년 막돼먹은 걸 알고는 있었다곤 하더라도 이제 고작 스물 나이에 산전수전 다 겪은 양 기고만장한 꼴을 보니 춘자는 그만 기가 찼다.

"나 좀 자고 싶어!"

기숙이 자꾸자꾸 뭐든 떠들어 낼 기세고, 결국은 엊저녁 일까지 캐고 들지도 모른다는 것이 무서웠지만, 춘자는 우선 잠을 자고 싶었던 것이다.

"훙, 너 간밤에 뭘 했어? 중이 고기맛을 봄 빈대가 안 남아난 대드라."

그러나 춘자는 가물가물 아주 깊숙한 잠속으로 떨어져 내리면서 불쌍한 기숙아, 난 행복한걸, 그렇게 말하고 싶은데, 잠은 용서가 없다.

상수 씨를 만나는 오후 5시까지 푹 자야만 했다.

해를 꼴깍 넘긴 서울역 광장은 무섭고 추웠다. 그 추운 광장 한쪽 공중변소 앞에 서서 떨고 있는 상수의 잘 입지 못한 깡뚱한 모습에서, 어쩌면 그렇게 동생 진태를 닮은 오종오종하게 짜부라진 상수 씨의 얼굴을 쳐다본다. 고향역 플랫폼을 빠져나갈 때처럼 온몸이 짜릿하다.

상수 씨가 수줍어한다. 어깨를 잔뜩 움츠리고 바지 주머니에

우상의 눈물

때 낀 손을 찌른 채 눈을 내리깔기만 한다.

한일고속 건너편 싸구려 식당이 손님을 잡아들인다.

백오십 원짜리 백반 둘을 시켜 놓고 춘자는 뭔가 말이 하고 싶은데 상수 씨는 바보처럼 주위를 두리번거린다. 꼭 죄지은 사람 같다.

"휴갈 얻었어유? 고향에 가려구……."

상수 씨는 미지근한 컵의 물을 대고 고개를 흔든다. 그렇다는 것인지 안 그렇다는 것인지.

"빨리 먹어야 해유. 막차가 일곱 시 이십 분인 걸유. 청량리까지 갈려면 시간이 읎어유."

"청량리 안 가."

춘자가 놀란다. 상수 씨의 목소리가 뜻밖에 간간하고 거기다 반말이기 때문이다. 또, 고향엘 간다고 해놓고 청량리엔 안 간다니?

오머, 상수 씨는 어제 일 때문에 화가 나 있구나. 생각이 여기에 미치면서 춘자는 기가 죽는다. 태산처럼 큰, 지겹지만 무덤까지 가지고 가야 할 여자의 과거. 그러나, 상수 씨에게만은……. 다만, 지금은 아니다.

"집이 어데예유?"

좀해 입을 열지 않는 상수 씨를 위해서, 이 추운 거리가 아닌 두 사람만의 그런 시간을 갖고 싶다.

"집이 어딨어? 여럿이 공장 숙직실에서 합숙이야."

상수 씨의 이런 퉁명, 어리광 부리는 어린애들의 그 투정이 바로 이런 것인가. 춘자는 즐거웠다.

"그럼 우리, 아무 여관에나 가유. 너무 추워유."

7시 20분 고향 가는 열차를 까맣게 잊으면서 춘자는 기숙이처럼 용맹스러워진다.

상수 씨는 놀란다. 이윽고 그의 오종종한 얼굴에 일말의 즐거움 같은 게 고물거리는가 싶었는데, 그의 얼굴에 다시 그늘이 진다.

"여관엔 안 가!"

"나한테 돈 있는 걸유."

"체, 여관엔 못 간다니까!"

투정 같은 게, 뭔가 절실한 게 느껴진다.

"그럼 갈 데가 없잖아유?"

"……."

한참 만에 상수 씨는 풀이 죽은 목소리로 혼잣소릴 한다.

"갈 데가 없어!"

용산발 목포행 22시 55분, 완행 야간열차 속은 적어도 여행의 달콤한 맛을 즐기기 위해 탑승한 것이 아닌 것이 분명, 생활의 찌꺼기가 이마와 콧잔등에 닥지닥지 눌어붙은 사람들로 만원이다. 먼저 자리를 잡고 앉은 사람들은 후우 안도의 숨을 몰아내면서 아예 눈을 감고 막 시작된 긴 여행에 도전하는 듯한 자세를 취한다. 또는 여행은 먹기 위한 것이란 듯 차가 움직이면서부터 억세게 입을 놀려 대는 여인네들.

우상의 눈물

춘자는 기차 속 처음 만나는 사람들의 그 억센 분위기에 좀 질렸다. 자리를 잡고 앉은 그 사람들이 부러웠다. 그러나 차츰 기차 안 분위기에 젖어 들면서 춘자는 즐거워지기 시작했다.

기막히게 신통한 생각들이 떠오른 것이다. 객차 안에 서 있는 것이 자기 혼자만이 아니라는 생각이다. 지향 없이 올라탄 야간 열차에 대한 긴장이 풀린 것이다. 이야기를 걸면 모두 고개를 끄덕이며 웃어 줄 것만 같은 옆 사람들을 비집고 선반에서 보따리를 내린다. 그래, 내 운동화를 신자. 언제부터 벗어 던져 버리고 싶은 구두였던가.

오줌을 누고 오겠다고 승강구 쪽으로 나갔던 상수 씨가 손짓을 한다. 대단한 발견이었다. 객차와 객차가 연결되는 연결기 옆 승강구, 문을 닫고 드럽도어(발판)를 내리면 훌륭한 밀실이다. 드럽도어 틈 사이에서, 깨진 유리창으로 세찬 겨울바람이 새어들긴 했어도 춘자는 상수 씨와 마주 선 두 사람만의 공간이 이처럼 좋을 수가 없었다.

차창 밖으로 자정은 됐을 깊고 은밀한 겨울밤이 거침없이 흘러가고 있었다.

"거기가 변소지유?"

춘자는 상수 씨가 발을 안정감 있게 벌리고 등을 기대선 안쪽을 턱으로 가리켰다. 청량리역 공중변소, 서울역 광장 공중변소, 그리고 열차 속. 춘자는 정말 그게 우스웠다.

상수 씨가 오종종한 얼굴과는 달리 깨끗한 이를 드러내어 웃는다. 순자도 운동화 신은 발을 상수의 농구화 끝에다 맞대어 벌려 서며 웃었다.

춘자가 뒤에 감추고 있던 장갑을 상수에게 건네자 상수는 웃음을 거두며 장갑을 받아 든다. 지극히 쉽고 간소한 장갑 전달식이었는데 춘자는 그게 사탕처럼 달았다.

"내가 말이야. 어젯밤 춘자 씰 얼마나 찾았는지 알아요?"

"뭐라구유? 상수 씨가 날 찾았다구요오?"

철교 위를 달리고 있는 기차 쇠바퀴 소리 때문에 그네들은 목소릴 한껏 높인다. 철교 위가 아니더라도 보통 목소리보다 높아야 들린다. 상수 씨는 겁도 없이 와장와장 높은 소리로 말한다.

"난 여잘 만나는 게 처음이었어. 나랑 같이 있는 새끼들은 깔칠 잘 꼬시거든. 그렇지만 난 춘자 씨가 처음이었단 말이야."

춘자에게 5시까지 청량리역 대합실 공중변소까지 나간다고 해 놓고서 상수 씨는 안절부절이었다. 남들은 일에 밀려 허덕이는 시간에 어떻게 공장을 빠져나갈 수 있단 말인가. 4시 30분에 더는 못 참고 공장장 앞에 섰다. 야, 이 촌놈의 새끼가 정신이 있나? 계집애 전활 받더니 환장을 했냐? 야, 이 촌새끼, 호적초본에 잉크도 안 마른 새끼가 계집을 밝혀? 야, 임마, 네 낯짝을 봐라, 꼭 쥐새끼 같은 게……. 이런 식으로 거의 30분이나 애를 먹였다.

"그, 전화 받던 새끼 있잖아!"

"아아, 그, 여보시오! 무서운 사람 말이죠?"

"무섭긴, 개새끼, 나한테 안 죽은 게 천행이라구."

"그래서유?"

우상의 눈물

"청량리역에 있는 시계를 보니까 다섯 시 사십 분이데유. 춘자 씨 같은 여자가 있을 게 뭐야. 환장하겠더군. 꼭 미친놈처럼 역 주변을 헤맸다구. 춘자 씨가 꼭 어딘가 있을 것 같아서 말이야."

그때 눈이 왔지 않아유! 속으로 말하면서 춘자는 얼굴을 붉혔다.

"눈은 펄펄 날리구, 난 판타롱 바지, 밤색 쉐타, 검은 핸드백만 찾아 청량리 바닥을 헤맸다구. 모두야. 모두 춘자 씨처럼 옷을 입은 여자들투성이야. 붙잡고 물어보면 침이라도 탁 뱉어 주고 싶다는 그런 얼굴로 날 본단 말이야. 공장에서 그냥 달려간 내 얼굴 생각해 보라구. 그뿐인 줄 알아유? 작업복 속에 드라이버 까지 들어 있더라구! 제기랄 그놈의 드라이버……."

그 순간 상수 씨도 웃지 않았고 춘자는 더더구나 눈을 내리깔았다.

"아홉 번짼가 대합실에 돌아와 시계를 보니까 일곱 시야. 휘청거리는 다릴 버티고 서서 난 럭키 쎄븐이다, 하면서, 거길 봤지, 난 눈을 비볐다구. 거기 공중변소 앞에 춘자 씨가 서 있었거든. 춘자 씨, 나 상수예요, 상수! 했지. 그런데 그 여자 똥 누다가 느닷없이 문 열려 놀란 얼굴을 하잖아. 그러더니, 병신새끼 미쳐두 곱게 미쳐라! 이러지 뭐야."

상수 씨는 춘자가 선물한 장갑을 낀 주먹으로 자기가 기댄 차체를 탕탕 두드렸다.

"정신없이 뛰다가 보니까 청계천 5가야. 손에 드라이버가 그냥 있잖아. 기겁을 해서 버렸어. 저녁에 라디오를 듣구 또 아침 내

내 들었지. 그 여자 애긴 없었단 말이야. 죽진 않았는가 봐. 나중에 곰곰 생각해 보니까 그 여잔 판타롱이 아니고 스커트를 입었던 거 같단 말이야."

하나님! 춘자는 눈을 감았다. 7시. 경동극장. 청량리 안 가! 여관에 안 가! 하나처럼 선명히 집혔다.

"난 밤새도록 공장장 새끼 죽이는 꿈을 꿨지 뭐야. 그 공장에 가던 날부터 생각했었는지도 몰라. 새끼가 사람을 우습게 본단 말이야. 아침에 공장장 새끼가 나왔길래, 나 삼 일간만 휴갈 줘라, 고향엘 가야 한다고 말이야. 난 어떤 일이 있어도 춘자 씰 만나야 한다고 생각했거든. 내가, 늘 기신거리기만 하던 내가 팡팡 나가니까 새끼가 누깔을 디룩거리더니 아주 싹 죽는 거야. 나쁜 새끼들은 나쁜 만큼 현명하거든. 어제 만나러 간다던 아가씨가 약혼자냐? 목소리가 이쁜 걸 보니 얼굴도 예쁘겠더라 얘, 라는 둥 야살을 떨면서 말이야. 증말 춘자 씨 얼굴 이쁜가 봐야겠다!"

어둠 속에서도 이빨은 빛난다. 흰 이빨을 깨끗이 드러내 보이면서 상수 씨는,

"증말 이쁘네유, 이 이쁜 얼굴. 도대체 어젠 어떻게 된 건가유?"

깜깜 눈앞을 가로막는 바위, 차라리 얼굴을 들자. 상수 씨를 따라 거침없이 웃으며 춘자는 조금 당돌해진다.

"글쎄유, 이 시계, 이 고물딱지, 주인아줌마가 준 건데유, 고장이 났지 뭐예유!"

시계 찬 손을 상수 코앞에 들어 보인다. 춘자의 손목을 잡아

우상의 눈물

희미하게 새어 나오는 실내 불빛에 시계를 비춰 보는 상수 씨에게서 물큰 기름 냄새가 난다.

"이 시계, 이거 말이죠. 오백 원짜리 두 장에다 싸서요, 동대문시장에다 내버려 두요, 가져갈 사람 해브노라구요."

기적이 길게, 아주 길게 세 번을 울어 말소릴 집어삼킨다.

"뭐, 라, 구요? 이 시계가 오백만 원두 더 간다구유? 동대문시장에선 살 수도 없는 거라구유?"

두 사람은 갑자기 활기를 띠고 즐거워지기 시작한다. 마치 수학여행에서 집으로 돌아오며 목쉰 목소리로 악을 써 노래를 부르는 학생들처럼.

칠흑 같은 겨울밤을 달리던 완행열차가 어느 간이역에 멈추기 위해 슬금슬금 속력을 늦추는가 싶더니 덜커덕— 차와 객차를 잇는 카플라가 심하게 이를 갈았다. 좀 급한 브레이크를 건 모양이다.

그 충격에 춘자의 몸이 쏟아지듯, 상수 씨의 가슴이다. 내리는 사람도 타는 사람도 없는 마치 고향 징검다리 건너 찔레덩굴 속처럼 아늑한 야간열차의 승강구 한구석에서.

기름 냄새 나는 상수 씨의 가슴에서 춘자는 이것이 분명 처음이라고 단언하고만 싶은 한 사람의 남자를 몸속 깊이 받아들이고 싶은 충동을 느낀다.

열일곱, 그 한숨 쉬던 아저씨의 부드러운 손길도, 용 뭐라던 사내의 그 쏘옥 빠진 얼굴도 아닌, 그저 서툴고 얼뜨고 덤비듯 거친 상수의 입맞춤에 몸을 떨며 도리질을 한다.

아저씨, 그 아저씨들의 얼굴들을 참말이지 떨쳐 버리고 싶었던 것이다.

1974년 《창작과비평》 가을호

우상의 눈물

아베의 가족

1

영내를 벗어나면서 나는 키가 팔 척이 넘는 것 같은 우월감을 맛보았다. 정문의 지피들은 사복으로 바꿔 입은 나를 용케도 알아봐 외출증을 확인하는 일까지 건성으로 했던 것이다.

일을 마치고 나가는 한국인 종업원과 노무자들이 줄로 늘어서서 옷 뒤짐을 당하고 있었다. 나는 어깨를 펴고 그들 곁을 지나쳐 나갔다. 이 우쭐한 기분은 한 달 전 오산 비행장 트랩을 내릴 때의 그 흥분 상태 그대로였다. 낮은 코 짧은 키로 해서 어쩔 수 없이 감수해야만 했던 신병 훈련소에서의 그 좌절감이 한꺼번에 씻겨 나가는 기분이었다. 4년 만에 다시 고국 땅을 밟아 보는 감회가 어금니에 지그시 씹혔다. 가는 날이 장날이라고, 부대 배속을 받고 도착해 보니 바로 시피엑스에 걸려 외출이 허가되지 않은 그 이십여 일을 나는 뒤숭숭 뜬 마음으로 보냈다. 그런 속에서도 나는 새삼 내 자신의 위치를 확인해 둘 필요를 느꼈고 되도록 감상에 젖거나 비굴한 짓거리에 말려들지 않기 위해 이를 악물었다.

"헤이 킴, 언제 미국에 갔어?"

카투사들이 아는 체 악수를 청했다. 나는 대답 대신 웃으며 손만 흔들어 주고 그 자리를 피했다.

"헤이 킴, 웰컴! 내가 뭘 도와줄까?"

피엑스의 한국 사람이 내게 접근해 왔다. 나는 그들이 보는 앞에서 내게 배당된 쿠폰을 찢어 버렸다. 미국에서 고모가 내게 일러 주던 돈 버는 그 방법을 스스로 포기해 버린 것이다. 나와 함께 신병 훈련을 받고 한국에 건너온 깜둥이들마저 이미 돈 버는 방법을 냄새 맡고 코를 벌름거리고 있는 게 구역질이 나 견딜 수 없었던 것이다.

영내를 벗어나 철조망을 끼고 시가지 쪽으로 뻗은 신작로를 걸었다. 가슴이 탁 트였다. 여름 오후의 햇볕은 아스팔트 바닥을 녹진녹진 녹이고 철조망 밑으로는 잡초들이 무성했다. 들뜬 마음과는 달리 나는 일부러 걸음을 천천히 옮겼다. 어금니로 비집고 올라오는 희열을 되도록 서서히 즐기고 싶었던 것이다.

정확히 3년 10개월 전 우리 가족들이 이 땅을 떠나면서 품었던 소박한 꿈 중의 그 하나가 이제 실현된 것이다. 그것은 한국에서 양공주였다가 국제결혼을 해 미국에 가 영주권을 얻은 고모의 계획 중의 하나였다.

우상의 눈물

돈 안 들이고 한국에 나갈 수 있는 길은 미군에 들어가 한국 파견을 지원하는 것이다. 한국 월급쟁이들보다 더 많은 돈을 주머니에 넣고 거드럭거리며 1년쯤 지내다가 미국이라면 껌벅 죽는 계집애 하나 꿰차고 돌아오면 좀 좋겠느냔 고모의 생각이었다.

　"그래, 난 사람을 찾으러 한국에 가는 거다."

　미국을 떠나기 전 나는 동생들한테 말했다. 동생들 모두 학교에 다니고 있었다. 정희와 진구는 하이스쿨 과정을 밟고 있었고 막내는 중학교였다. 돈 한 푼 안 들이고 공부를 할 수 있었다. 그리고 한국에서는 어림도 없었던 대학 진학의 꿈으로 동생들은 부풀어 있었다. 그러나 문제는 많았다. 자식들을 위해서 미국에 왔다는 아버지의 한국식 자위는 빛을 잃었다. 동생들은 굉장히 빠른 시간에 미국 생활에 적응했다. 정희가 특히 그랬다.

　"오빠, 미국까지 와서 다시 한국 여자와 결혼해 살겠다는 거야?"

　정희는 그런 생각을 가진 계집애였다. 우리 식구 중에서 적응력이 제일 빨랐다. 정희는 보이프렌드를 여럿 우리 아파트까지 끌어들였다. 모두 백인 아이들이었다. 우리 아파트 근처에는 흑인들이 많이 살았다. 흑인 애들이 정희의 뒤를 따라다녔다. 저희들끼리 낄낄거리며 골목에 지키고 섰다가 정희를 둘러싸고 희롱을 했다. 스페니시계 녀석들까지 그랬다. 정희는 놈들의 희롱을 잘 받아주었다. 그게 정희의 생리였다. 그러다가 일을 당했다. 내가 일하고 있는 야채 가게의 주인 이씨의 귀띔으로 우리 아파트까지 달려갔을 때 그 깜둥이들은 정희를 윤간하고 있었다. 나는 피가 거꾸로 흘렀다. 출입문을 막아섰다. 세 놈이 능글능글 웃으며 다가왔다. 나는 품에서 야채 다듬는 칼을 뽑아들었다. 그리고 그 칼로 왼쪽 팔목에 상처를 냈다. 한국에서 재두, 형표, 석필이와 함께 남긴 담뱃불 자국이 있는 근처를 쨴 것이다. 팔뚝에서 피가 흘러 현관 바닥에 흥건히 고였다. 능글능글 웃던 검둥이들 눈이 금시 겁에 질렸다. 검둥이들은 미개하고 천한 만큼 겁이 많고 비열했다.

"컴온, 컴온!"

나는 칼 든 손으로 그들을 손짓했다. 아무것도 보이지 않았다. 손끝으로 불같은 증오가 뻗쳐 온몸이 떨렸다. 나는 며칠 전 정희와 함께 어머니의 수기를 훔쳐보았다.

나는 밤낮없이 그들을 칼로 찔러 죽이는 환상으로 치를 떨었다. 그들의 검고 끈적끈적한 살갗 그 깊숙한 데서 콸콸 쏟아지는 피를 두 손으로 받아 이웃 사람들 눈앞에 보여주고 싶었다. 내가 그때 살아 있을 수 있었던 것은 가슴으로 치미는 증오와 복수심 그것 때문이었다.

어머니가 한국에서 식구들 몰래 노트에 틈틈이 쓴 그 글에 그렇게 적혀 있었다. 나는 칼 든 손을 벌벌 떨면서 검둥이들 앞으로 다가섰다. 검둥이들이 너무 쉽게 무릎을 꿇었다. 많이 보던 놈들이었다. 내가 일하고 있는 이씨네 식품 가게와 같은 블록에

우상의 눈물

사는 아이들이었다. 식품점에 들어와 물건을 훔쳐 내다가 이씨한테 들키자 골목까지 쫓아오는 이씨의 이빨을 두 대씩이나 부러뜨린 놈들이었다. 이씨가 잡아넣겠다고 하니까 그놈들 떼거지가 몰려와 가게에 불을 놓겠다고 엄포를 놓았다.

"병신 같은 새끼들!"

정희가 흐트러진 아랫도리를 추스르며 일어났다. 계집애는 내 앞에 무릎을 꿇은 검둥이들 머리 위에 침을 뱉은 다음 나를 향해 내쏘았다.

"오빤 뭐가 잘났다구! 한국에서 오빠가 한 일 생각 안 나? 그 꼴에 왜 자꾸 내 일에 참견이야?"

악 쓰는 계집애를 바라보면서 나는 어깨에 힘이 빠졌다. 정희는 이렇게 뻔뻔스럽게 변해 있었다. 내가 한국에서 재두, 형표, 석필이와 함께 벗겼던 계집애는 그냥 울었을 뿐이다. 그리고 부모한테 제 몸이 더럽혀진 것을 일러바쳤던 것이다. 나는 정희를 죽이고 싶었다. 그러나 마음과는 달리 입에서는 애원이 담긴 신음이 흘러나왔을 뿐이다.

"정희야, 우리가 여기 와서 이렇게 살려고 왔냐?"

"한국에 살았으면 이것보다 더 더럽게 살았을 거야. 엄마두 아버지두 나처럼 더럽게 살았던 거야."

정희는 앙칼지게 내뱉었다. 어머니가 쓴 글을 함께 읽고 난 뒤에 부쩍 변해 버린 정희였다. 어린 계집애 가슴에 파인 상처는 치유 불가능한 것이었다. 나는 공범자로서 몹시 괴로웠다. 그 글을 함께 읽은 것이 후회가 됐다. 그러나 이제 쏘아 놓은 화살이었다. 정희와 나는 어머니의 글을 읽고 다 같이 우리가 벗어날 길 없는 깊은 늪 속에 빠져 버렸음을 깨달았다. 우리는 그때부터 우리가 읽은 그 글에 대해서 단 한 마디도 의견을 나눈 일이 없었다. 입을 떼어 말할 필요가 없었던 것이다. 그 글 속의 내용들은 이미 우리들 각자의 몸속에 전염되어 그 뿌리를 그악스럽게 박아 버렸기 때문이다.

이제 그 글 속의 내용들은 모두 우리의 문제였다.

물론 우리는 어머니를 이해하기 위해서 그것을 훔쳐 읽었던 것이다. 미국에 오면서부터 그렇게 어처구니없이 사람이 바뀌어 버린 어머니에 대해서 우리 식구들은 아연할 수밖에 없었다. 환경이 바뀐 데서 오는 일시적인 조울증이겠거니 하고 그냥 대수롭지 않게 생각했던 게 잘못이었다. 그러나 어머니는 3년 세월이 흘러가기까지 처음과 똑같이 넋이 나간 멍청한 얼굴로 살았다. 어머니는 한국에서 우리와 함께 익힌 그 몇 마디의 영어조차 입에 올리지 않았다. 그네는 집안 식구들하고도 필요한 말만 했다. 자기의 의견을 내놓거나 남이 하는 일에 대해서 이렇다 저렇다 간섭을 하는 일도 없었다. 한국에서 그처럼 부지런히 뛰어다니며 식구들을 먹여 살리기 위해 안간힘 하던 그네가 아니었다. 어머니는 빈 쌀자루처럼 휘주근히 늘어졌다. 우리 식구들은 그렇게 변해 버린 어머니를 향해 애원도 해보았고 때로는 윽박질러 보기도 했지만 어머니는 한결같이 멍청했다.

"아베 귀신이 붙은 거야."

중학교 다니는 막내가 엄마 문제에 대해서 한마디 했다. 우리 식구들은 막내의 말을 못 들은 척했다. 아베에 대한 얘기는 누구의 입에서도 꺼내기 겁내는 우리 식구들의 터부였다. 우리가 처음 이민을 올 때 공항까지 마중 나온 고모마저도 아베에 대해서 말하지 않았다. 이민 초청장을 보낼 때부터 아베의 얘기는 빠져 있었는지도 모른다. 어떻든 우리들은 어머니의 그 우울증이 아베에게서 비롯되었다는 것을 너무나 명확히 알고 있으면서도 그 사실을 입 밖에 내기를 꺼렸다. 그러나 막내가 어머니한테 아베 귀신이 붙었다고 했을 때 우리들은 마음속이 찔끔했다. 그러나 그것은 지극히 순간적인 것이었다. 우리들은 곧 머리를 내저어 그 생각을 단연 부인했다. 아베 때문에 어머니가 그렇게 됐다고 생각하기엔 우리들의 자존심이 허락하지 않았던 것이다.

우리들은 단 한 번도 아베를 우리와 똑같은 사람이라고 생각해 본 적이 없었다. 다만 아베가 숙명적으로 우리 집에 태어났을 뿐 우리와 한 형제라는 생각을 가져 본 적이 없다. 아베는 우리에게 있어서 한 마리 볼품없는 짐승이었을 뿐이다.

우리 남매들은 태어나 철들면서부터 아베를 보고 살아왔다. 우리 어린 눈에도 그것은 더러운 짐승에 불과했다. 물론 아버지나 엄마는 우리들을 위해서 그 짐승이 살 수 있는 데를 여러 군데 찾아다녔고 실제로 아베를 거기 집어넣기도 했었다. 정신박약아 수용소에서는 아예 아베를 받아들이지 않거나 어쩌다 받아들였다 하더라도 며칠 못 가 찾아가라는 통고가 왔다. 최소한 지능이 20은 넘어야 그곳 수용소 생활을 할 수 있다는 것이었다. 대개 그런 수용소는 만 6세부터 18세까지의 정신박약아를 받아 수용 겸 교육을 시키고 있었다. 어떤 데는 테스트를 해서 지능이 40 이상은 돼야 받아들였다. 그러나 아베는 지능이란 단어를 쓸 정도의 그런 인간이 아니었다. 백치 중에도 가장 심한 정도였다. 그리고 우리가 한국을 떠날 때 이미 그는 26세의 나이를 주워 먹고 있었던 것이다. 26세의 갖은 병신이 사지를 뒤틀어가며 입을 벌려 말할 수 있는 것은 '아베'란 두 음절뿐이었다. 입을 어렵게 벌려 얼굴을 온통 우그러뜨려 '아…아…아…베'라고 소리 내는 것이 그의 의사 표시의 전부였다. 그는 물론 대소변을 가리지 못했다. 몸의 균형이 불안전해 먼 곳까지 걸어가지도 못했다. 그는 죽으나 사나 방구석에만 박혀 지독한 냄새를 피우고 있었을 뿐이다. 아베로 인해서 우리 집은 저주받은 집처럼 항상 침침하고 휘휘했다. 내가 문제아로 낙인찍힌 것도 우리 집의 가난에서 온 것만은 아니었다. 아베가 있는 그 질식할 것 같은 집안 분위기 때문에 나는 매일매일 미쳐 가야만 했던 것이다. 그때 형표들과 산에서 계집애를 벗긴 것도 아베에 대한 분노 때문이었다. 아베에게 정상적으로 발달돼 있는 것은 그의 성기였다. 그는 어렸을 적부터 여자만 보면 그것이 어머니고 누이동생이고 가리지 않고 달라붙어 사타구니를 비벼 댔다. 낮잠을 자는 정희의 몸에 달라붙은 아베를 직접 내 눈으로 보았을 때(정희는 그때 5살이었다.) 나는 이미 그를 인간으로 생각하지 않았던 것이다.

그러한 인간 이하의 아베를 한국에 버리고 왔다 해서 우리 식구들이 죄의식으로 괴로워해야 한다는 것은 있을 수 없는 일이라고 나는 못 박아 생각해 왔다. 아무리 자기 몸에서 난 자식이

우상의 눈물

라고 해도 아베 같은 동물로 해서 어머니가 그처럼 괴로워하고 정말 백치처럼 사람이 변해야 한다는 것은 우리들로서는 도저히 이해할 수가 없었던 것이다.

그럴 즈음 정희가 어머니의 트렁크 밑바닥에서 그 노트를 찾아낸 것이다. 우리는 숨을 죽이며 그 노트를 읽어 나갔다. 단숨에 읽었다. 그리고 황황히 그 노트를 덮어 버렸다.

우리가 알아낸 비밀은 아베가 적어도 우리 아버지의 피를 받지 않았다는 사실이다. 어머니의 먼저 남편의 씨가 아베였던 것이다. 가봉자. 이 놀라운 사실을 어떻게 생각하면 아베를 한국에 버리고 온 우리들의 죄의식이 다소 가벼워질 수 있는 성질의 것이었는지도 모른다. 그러나 문제는 그 반대였다. 정희와 나는 그 사실을 안 순간부터 진정 아베에 대해서 생각하기 시작했던 것이다.

"헤이, 지노 킴."

내가 무척 느리게 걸었던 모양이다. 시가지에 이르기도 전에 토미가 따라붙었던 것이다. 나는 그와 약속을 했다. 첫 외출을 할 때 서울 나들이를 함께 할 것을 신병 훈련소에서부터 약속했다. 지난밤에도 사병 클럽에서 그는 그것을 일깨웠다. 오케이, 나는 다시 한 번 다짐했다. 그러나 오늘 나는 토미 몰래 영내를 빠져나왔던 것이다. 공연히 그런 심사가 나를 충동했다. 그것은 이제까지 내가 그들에게서 받은 수모에 대한 앙갚음이었는지도 모른다. 그러나 토미는 내 친구였다. 나보다 한 살이 아래인 스물하나에 몸집이나 키는 나의 거의 두 배에 가까웠다. 그는 미국 사람치곤 정확한 영어 발음을 가지고 있었다. 그는 애틀랜타 출신으로 하버드대학 재학 중에 한국 지원 입대를 했다. 미국 밑바닥 인생이 기어드는 데가 한국 지원병인 전례와는 달리 그는 내가 아는 한 뭔가 얻으러 한국에 온 게 분명했다. 내가 미국에서 4년간 겪은 미국인은 대개 두 가지 유형이었다. 하나는 상류사회를 형성하고 있는 전형적인 미국인으로서 가히 초강대국의 국민다운 풍모를 갖춘 청교도 풍의 도덕적으로 거의 완전무결해 뵈는 사람들이었고, 그 반대는 우리에게 대체로 집히는 그런 자유분방하면서 반도덕적인 면을 다분히 갖춘 사람들이었다. 후자의 인간들은 그 어떤 한국인보다 철저하게 파렴치하고 난폭했다. 토미는 전자에 속하는 인간이었다. 그는 유색인종에 대해서 아무런 편견도 가지지 않고 있는 것처럼 보였다. 그러나 그러한 태도가 바로 그네들의 우월감에서 비롯되는 것이라는 걸 알기란 어렵지 않다. 그는 처음부터 내게 호의를 보였다. 자기가 가는 한국에 대해서 많은 걸 알고 싶어 했다. 우리가 생각하는 것보다 미국 사람들은 한국에 대해서 무지하거나 알고 있더라도 그 내용이 터무니없는 것이기 일쑤였다. 토미만 해도 나를 만났을 때 '헤이 차이니즈'라고 불렀다. 얼굴이 넓적한 동양인은 다 차이니즈였다. 그들은 고집스럽게도 미국 속의 한국인을 잘 인정해 주려 들지 않았다. 한국 문화와 중국 문화를 같은 것으로 보려 했다. 토미는 내가 써 보이는 한글에 흥미가 없었고 유독 그 어려운 상형문자인 한문 글자에 호기심을 보였다. 더 분통이 터지

우상의 눈물

는 것은 일본에 대한 그들의 동경이었다. 대부분의 지아이들은 일본에 휴가를 나가 아름다운 추억을 남기는 게 꿈이었다. 그들은 한결같이 한국을 이야기할 때는 언제나 중국과 일본의 일부로서 전제를 삼았다. 미국 사람을 만나 한국을 얘기하면 국력이 어떤 것인가를 실감하게 되는 것은 그 때문이다.

"코리아, 아름다운 미인의 나라."

토미는 내게 우정의 표시로서 한국을 아름답게 얘기하기도 했다. 그것은 그가 어린 시절 자기 집 정원사였던 흑인 영감을 통해서 얻은 생각이었다. 아마 그 흑인은 한국전쟁이 일어났을 때 참전했던 용사였던 모양이다. 그 늙은이의 입을 통해서 묘사된 한국은 아름다운 나라였던 것이다. 그것은 그 늙은이가 만년에 외로움을 느끼면서 왕년의 그 한국전 참전 시절이 마치 영웅의 그것처럼 회상되었기 때문에 그럴 수밖에 없었을 것이다. 추억은 아름다운 것이니까. 그러나 추억이 결코 아름답지 못한 사람도 많다. 바로 어머니의 과거가 그런 것이다. 어머니를 범한 그들에게 있어서 한국은 아름다운 여인의 나라일 수도 있겠지. 나는 길바닥에 침을 뱉었다.

"헤이 킴, 우리 서울에 가는 거지?"

그들 껑다리들 속에서 그렇게도 똑똑하고 의연해 보이던 토미가 막상 한국 땅 한국 사람들 틈에 끼이자 그렇게 얼뜨기처럼 보일 수가 없었다.

"토미, 나 오늘 서울 가는 게 아니다. 나 다른 약속이 있다."

토미는 어린애처럼 시무룩해졌다. 무척 실망한 얼굴로 어쩔 줄 몰라 했다.

"토미, 내가 서울 가는 버스에 널 태워 주겠다."

토미는 즐거운 얼굴을 했다. 미지의 세계에 대한 호기심이 그의 얼굴 가득 넘쳐 보였다.

우리들은 시외버스 정류장에 와 있었다. 서울과는 정반대의 시골이 종점인 구형 버스가 텅텅텅 발동을 건 채 출발을 서두르고 있었다. 나는 매표소로 뛰어가 그 시골행 표를 끊었다.

"토미, 저거 서울 가는 차다. 여기 표가 있다. 내가 너를 위해 끊었다."

토미가 땡큐를 연발하며 그 커다란 덩치를 그 시골행 버스 속에 집어넣자 나는 그의 등 뒤에 대고 소리쳤다.

"헤이 토미, 한국은 아름다운 나라다. 재미 많이 보거라!"

버스는 만원이었다. 땀냄새 나는 시골 사람들이 꾸역꾸역 들어박힌 그 낮고 헌 시골 만원 버스 속에 키가 큰 토미가 상체를 숙인 채 끼어 서 있는 게 보였다. 토미에게 준 내 우정이었던 것이다. 지열이 훅훅 끼쳐 드는 더위였다.

서울행 버스 매표소엔 사람들이 줄을 서 있었다. 나는 그 줄 맨 끝에 붙어 섰다. 바로 내 앞에 머리를 길게 늘어뜨린 여자가 비치백을 들고 서 있다가 뒤에 바싹 붙어서는 나를 힐끗 쳐다봤다. 한눈에 잘생긴 얼굴이었다. 얼굴에서부터 몸매까지 동양적인 그런 미를 갖추고 있었다. 선이 부드럽고 피부 또한 깨끗했다.

"여기가 서울 가는 버스표 끊는 뎁니까?"

나는 짐짓 영어식 억양으로 말했다. 여자가 다시 한 번 나를

우상의 눈물

돌아다보았다. 약간 경계의 빛을 보이는 그 눈이 맑았다. 나는 그네의 가슴 위에 꽂힌 여자대학 배지를 보았다. 그네는 내가 입은 체크무늬 요란한 남방과 피엑스에서 사 신은 코가 뭉툭한 구두를 내려다보며 얼마간 신기해하는 눈빛을 보냈다. 나는 뒷주머니에서 지갑을 꺼내 피엑스에서 바꾼 고액권 화폐 뭉치 중에서 두 장을 빼어 그네 앞에 내밀었다. 그네가 옆으로 한 발짝 비켜서며 얼굴을 붉혔다.

"나 어렸을 때 한국 떠나 모르는 거 많습니다. 아가씨, 도와주십시오. 이 돈으로 아가씨 표까지 끊을 수 있는지 나 잘 모르겠습니다."

그네는 잠시 머뭇거리더니, 만 원짜리 두 장 중에서 한 장만 뽑아 들면서 말했다.

"저기 저쪽에 있는 빈 차 옆에서 기다리고 계세요."

외양과는 달리 목소리는 퍽 투박스러웠다. 나는 굽실거리며 그네가 가리킨 버스 옆으로 다가갔다. 나는 침을 삼켰다. 나는 이씨 가게의 점원이 아니라 이제는 한국을 도우러 온 지아이다.

"표 여기 있어요. 제 건 제 돈으로 끊었어요."

그네는 새침한 얼굴로 잔돈과 함께 표를 내밀었다. 표를 받아 들면서 나는 문득 이씨의 딸을 생각했다. 그 여자도 이렇게 새침데기였다. 열 살 때 미국에 왔다는 그네는 늙어 죽을 때까지 미국 생활에 동화되지 못할 그런 타입이었다. 그네는 바깥출입을 일체 하지 않았다. 원인은 그네의 소아마비에 걸린 다리 때문이었다. 이씨 말로는 그 딸의 소아마비를 고치기 위해 미국에 왔다고 했다. 실상 돈도 많이 없앤 모양이었지만 여전히 잘금잘금 걸었다. 우습게도 이씨는 나를 자기 딸에게 접근시키려고 했다. 툭하면 자기네 아파트에 심부름을 시켰다. 내가 찾아갈 때마다 그네는 돈벌이로 하는 구슬 꿰기를 하고 있었다. 지루하지도 않아요? 내가 동정하는 투로 물을 때마다 그네는 똑같은 대답을 했다. 지루해요. 나는 그네의 빈약한 젖가슴을 훔쳐보곤 했다. 그럴 때마다 쓸쓸한 바람이 가슴으로 불었다. 미국에서 내게 향수를 불러일으키는 것은 그네의 빈약한 젖가슴이었다. 나는 그네에게서 고국을 떠나 사는 사람들의 좌절과 그 깊은 절망의 하소연을 듣는 듯했다. 나는 숨이 막힐 것 같아 그곳을 도망치듯 빠져나오곤 했다.

"제가 창문 곁에 좀 앉았으면 좋겠어요."

버스에 먼저 올라 좌석번호대로 자리를 잡고 앉았는데 아까 그네가 제 표를 내보이며 옆에 서 있었다.

"아, 좋습니다."

나는 황급히 일어나 그네가 창문 곁으로 앉도록 도와준 다음 그네에게 몸이 닿지 않도록 떨어져 앉았다. 나는 여행가방에서 껌 한 통을 꺼내 그네에게 내밀었다. 그네가 살짝 윗입술을 움직여 웃으며 그것을 받았다.

"대학에 다니십니까?"

나는 짐짓 그네의 불룩한 젖가슴을 흘금 더듬어 보며 말했다. 그네가 대답 대신 껌을 뜯어 내게 한 개를 내밀었다.

"영어 하십니까?"

나는 우정 내 한국 발음을 서툴게 하며 물어보았다. 그러자 그네의 얼굴이 금세 빨갛게 물들며 겨우 들릴 정도의 목소리로,

"전연……."

"방학 중이십니까?"

"아직…… 여기 이모네 산장에 잠깐 들렀다 갈 일이 있어서 다녀가는 길이에요."

"아, 집이 서울에 있습니까?"

"네, 서울 가회동."

"가회동 나도 잘 압니다. 우리 고모님 거기 오래 사셨습니다."

나는 거짓말을 입에 침 한 번 바르지 않고도 척척 잘 해냈다. 고모는 가회동에 살지 않았다. 우리에게 고모가 있다는 것을 알게 된 것은 내가 중학교에 입학했을 때였다. 얼굴 화장이 야하고 몸치장 또한 요란한 여자 하나가 우리가 살고 있는 빈민촌에 나타났다. 아버지가 그 여자를 보자, 순자야! 외마디 소리를 쳤다. 오빠! 17년 만에 처음 만나는 나이 든 오뉘의 극적인 장면은 그야말로 울음바다였다. 울고 웃고 서로 더듬어 그 실체를 확인하면서 이 세상에 단둘만 남겨졌던 6·25 때의 비극 한 토막이 연극처럼 펼쳐졌다. 그러나 그것을 지켜보는 우리 남매들은 그 여자의 천해 보이는 얼굴과 아버지의 어른답지 못한 그 울음소리 때문에 몹시 낭패스러웠다. 그때 아베 나이 스물둘이었다. 그 성년의 수놈이 고모의 허리에 매달려 껍적껍적 이상한 짓거리를 했던 것이다. 고모가 기겁을 하면서 아베를 밀어 던졌다. 우리들은 깔깔거려 웃었다. 진구가 아베의 목에 줄을 걸어 방으로 끌고

들어갔다. 아…아…아베… 아베가 진구한테 매를 맞고 있었다.
어머니가 방으로 뛰어 들어갔다. 저것이 내 맏이일세. 아버지가
아베가 들어간 방 쪽을 턱으로 가리키며 고모한테 말했다. 어떻
든 고모는 우리 집에 자주 나타났다. 그 귀한 미제 물건과 과자
가 우리 집 구석구석 나돌았다. 그네는 미국으로 떠나기 전까지
남편 셋을 바꿨다. 흰둥이 하나와 깜둥이 둘. 그러나 국제결혼을
해서 함께 미국으로 들어간 것은 나이가 많은 흑인 병사였다. 그
흑인은 한국을 떠나기 전 우리 집에도 서너 번 왔었다. 고모를
끔찍이 위했다. 얘가 글쎄, 미국 가서 죽을 때까지 함께 살겠다
잖아. 고모는 그 흑인을 얘라고 했다. 그 흑인은 올 때마다 엄마
는 방 안에 들어박히거나 이웃으로 도망을 치는 등 허둥거렸다.
아베 역시 깜둥이를 무서워해 아예 방에서 나오지도 않았다.

"한국에서 미국으로 가신 지 오래되셨나요?"

옆에 앉은 여자가 물어 왔다. 버스가 미군부대 옆 아스팔트
위를 달리고 있었다.

"누구 말입니까? 우리 고모님?"

그네가 가볍게 고개를 저으며 턱으로 나를 가리켰다.

"아, 나 진호 킴, 김진호입니다. 한국에서 아홉 살 때 미국 갔
습니다."

"그런데 우리말이 퍽 유창하시네요."

그네는 대담하게 나를 맞바로 쳐다보며 말했다.

"나 미국에서 한국어 공부 계속했습니다. 한인학교에서 1등
했습니다."

우상의 눈물

그네는 눈을 동그랗게 해 가지고 다시 나를 바라보았다.

"나 하버드대학 재학 중에 한국에 나오기 위해 휴학했습니다."

"어머 그러세요? 거기서 뭐 전공하셨는데요?"

"한국 여성학."

"어머, 농담."

"장난 말 아닙니다. 나 전공하는 내륙 아시아 문제 중에는 한 국 여성에 관한 부분도 있습니다. 아가씨처럼 비유티플한 동양 미인……."

"놀리시는군요."

그네는 얼굴 전체를 붉게 물들여 수줍게 웃은 다음 다시 시선 을 주며 말했다.

"한국에 오래 계실 건가요? 일 년, 아니면 이 년……?"

"일 년 기한입니다. 그러나 내가 찾는 사람 만나지 못 하면 더 연장합니다. 나 그 사람 꼭 만나야 합니다."

"그렇게 꼭 찾아 만나야 할 분이 누구신데요?"

그네가 다시 얼굴을 살짝 붉히며 물어 왔다.

"글쎄요, 알아맞혀 보십시오. 미스……?"

"미스 박이에요."

"미스 박, 내가 찾고 있는 사람 알고 싶습니까?"

"네, 알고 싶어요."

"알아맞혀 보십시오."

그네는 손가락을 입에 대고 고개를 갸웃 잠시 생각하는 시늉 을 해 보였다.

"혹시 유치원 때 짝꿍이 아닐까요? 여자 짝꿍 말이에요."

그네는 거침없이 웃으면서 내게 접근했다. 가짜 하버드 대학생은 기분이 좋았다. 그러나 가슴은 허망했다.

"아닙니다. 나 유치원 다니지 못했습니다. 그때 우리 집 매우 가난했습니다."

가난했다. 아버지가 무능했던 것이다. 속셔츠 하나 제대로 입지 못하고 그 추운 겨울을 지냈다. 아베, 아베가 우리 집에 살고 있기 때문이라고 우리 남매들은 생각했다. 어머니와 아버지가 집에 없을 때 우리들은 아베가 먹는 밥을 빼앗아 버렸다. 물도 먹이지 않았다. 아베의 목에 줄을 매어 문고리에 잡아매었다. 아베는 그 목걸이를 풀어 낼 능력도 갖추지 못한 저능아였다.

"그럼, 국민학교 1학년 때 짝꿍?"

"국민학교 1학년 때 내 짝꿍은 죽었습니다. 소아마비로 다리를 절었습니다. 구슬을 예쁘게 잘 꿰었습니다. 늘 고향에 가고 싶다고 울던 아이였습니다."

이씨의 딸은 내가 고국으로 나가게 됐다고 했을 때 그 핏기 없는 얼굴이 온통 붉게 상기됐다. 그네가 꿰던 구슬이 바닥에 흩어져 굴렀다. 내가 손을 내밀자 그네가 마주 잡았다. 손이 뜨거웠다. 나는 그네의 볼에 처음으로 입술을 댔다. 그네가 떨고 있었다. 나는 쫓기듯 그네 곁을 떠났다.

"참 시원하네요."

창 밖에 비가 내리고 있었다. 소나기였다. 빗속에 시골 풍경이 서서히 지나갔다. 빗발이 세어지면서 운전대의 앞 윈도우 브러

우상의 눈물

시가 급하게 빗물을 씻어 내리고 있었다. 버스 천장의 바람구멍으로 빗물이 흘러내렸다. 그 여름 물난리 때 나는 아베를 처치할 계획이었다. 하루 내내 계속된 폭우에 제방 둑이 허물어지고 있었다. 둑 밑의 사람들이 높은 지대로 대피를 하느라 수라장을 이루었다. 우리 집도 짐을 싸서 근처 국민학교로 옮겼다. 아베만 남겨 놓고 갔다. 어머니를 속였던 것이다. 마지막 짐을 가지고 간 내가 어머니한테 말했다. 아베가 없어졌어요. 물론 어머니와 아버지가 허둥허둥 그리로 달려갔고 얼마 후에 그네들은 당황한 얼굴로 돌아왔다. 아베가 없구나. 모두 나가서 다시 찾아보자. 아버지가 말했다. 비는 더욱 줄기차게 내리고 있었다. 제방이 뚫렸대요. 사람들이 아우성쳤다. 나는 혼자 웃었다. 미리 떠나 버린 집 빈 구석방에 아베를 가둬 놓고 왔던 것이다. 어머니는 밤새도록 밖에서 비를 맞으며 아베를 기다렸다. 나는 교실 마룻바닥에 누워 눈을 지레 감았다. 잠이 오지 않았다. 결국 더 참지 못하고 밖으로 뛰어나가 어머니한테 내가 한 짓을 말해 버렸다. 그리로 달려가는 어머니를 아버지가 붙들고 늘어졌다. 다음 날 날이 개었다. 우리 식구들은 새벽같이 우리들이 살던 동네로 달려갔다. 우리 동네의 토담집들은 흔적도 없이 물에 쓸려가 버렸다. 어머니가 그 개울 바닥이 된 집터를 허둥허둥 뛰어다녔다. 아베의 흔적은 아무 데도 없었다. 그러나 그날 오후 우리들은 언덕 위에 있는 파출소에서 아베를 찾았다. 아…아…베… 그는 어머니 품에 안겨 킁킁거렸다. 아베의 나이 스물한 살 때였다. 천덕꾸러기가 명은 길대요. 이웃 사람들이 혀를 차면서 말했다.

"미스터 김이 찾고 계시는 분이 남자예요, 여자예요?"

소나기가 지나가면서 다시 햇볕이 유리창으로 비껴들었다. 미스 박이 창에 커튼을 펴면서 물었다. 남자예요, 여자예요?

"글쎄요. 그것부터 맞혀 보십시오."

그네가 고개를 살래살래 흔들며 웃었다.

"숙젭니다. 다음 주 토요일 서울에서 다시 만날 때까지 시간을 드리겠습니다."

"어머머……."

그네가 밉지 않게 눈을 흘기면서 마치 내 등이라도 때릴 것처럼 손을 들어올렸다 내려놓았다. 나는 머릿속에서 그네와의 정사를 그려 보았다. 그네의 벌거벗은 몸뚱이가 보였다. 나는 고개를 저어 그 생각을 지워 버렸다. 벌거벗은 계집애 그것은 정희였던 것이다.

"정말 다음 주에 또 서울 나오시는 거예요?"

그네가 스스럼없이 웃어 보이며 물었다. 버스가 서울 변두리 고개를 넘고 있었다. 가슴이 뛰었다.

"미스 박을 만나기 위해 또 나옵니다."

"제가 오늘 커피 사드리겠어요. 고국에 오신 기념으로요."

나는 고개를 저어 보였다. 고개 위에서 내려다보이는 서울 도심의 매연 자욱한 하늘이 내게 형언할 수 없는 불안을 안겨 주었다. 영내를 빠져나올 때의 그 어깨 우쭐함이 버스 속 미스 박과의 허황된 대화를 통해 여지없이 박살 난 사실을 나는 깨닫고 있었다. 나는 비로소 내 몸뚱이가 꺽다리들 겨드랑이에 겨우 미치는 그런 단신이란 열패감이 가슴으로 밀려왔다. 재두, 형표, 석필이 얼굴이 떠올랐다. 나는 문득 내 옆에 앉은 여자 앞에 내 팔뚝을 내보였다. 기다란 칼자국 그 꼭대기로 움푹 들어간 두 개의 담뱃불로 지진 자국이 선명히 드러나 있었다.

"이담에 만나 설명해 드리겠습니다."

놀란 그네를 향해 내가 말했다. 버스가 종점에 닿고 있었다. 그네는 서둘러 수첩을 찢어 낸 다음 거기다가 자기 이름과 전화번호를 적어 내게 건넸다. 나는 그 메모쪽지를 받아 넣고 뒤로 돌아보지 않은 채 버스에서 내리자 인파 속으로 섞여 들었다.

4년 전과 다름없이 우리가 살던 산동네로 가는 노선의 시내버스는 초만원이었다. 나는 그 만원 버스 속에 땀내 나는 사람들과 살을 비비고 서서 비로소 내가 한국 땅에 다시 돌아왔다는 감회에 젖을 수 있었다.

큰 건물이 몇 개 더 들어섰을 뿐 산동네의 길은 여전히 좁았고 산비탈의 집들은 다닥다닥 처마를 맞댄 채 게딱지처럼 달라붙어 있었다.

4년 전보다 텔레비전 안테나가 훨씬 더 많이 눈에 띄었다. 나는 고개를 숙인 채 시장통을 급히 걸었다. 아는 사람을 만날 것 같은 두려움이었다. 극장 옆에 못 보던 여관 하나가 제법 반듯한 규모로 서 있고 그 앞에 관광 표지판이 하나 서 있었다. 산동네 뒷산 사찰 이름들이 크게 쓰여 있었다. 천수 약수터란 데도 나타나 있었다. 몇 년 전 형표들과 어울려 놀던 그 뒷산 우리들의 터가 이제는 유원지로 변해 있었던 것이다.

여관은 창문마다 모기장이 쳐 있었다. 선풍기까지 내다 주는 등 손님 대접이 괜찮았다. 열일곱 살 그때 내 나이쯤 돼 보이는 남자애가 숙박계를 가져왔다. 나는 거기다가 내 부대 이름을 영어로 갈겨썼다. 이름만은 한글로 썼다. 김진호.

"이게 뭐예요?"

여관 보이는 내가 갈겨쓴 영어를 기웃거리며 물었다. '숨은 간첩 신고하여 광명 주고 상금 타자.' 그런 표어가 여관 숙박요금표 옆에 붙어 있었다.

"임마, 나 간첩이 아니니까 안심해!"

나는 그에게 천 원짜리 다섯 장을 내밀었다.

"너, 내 심부름 좀 해줄래?"

놈은 몹시 수줍어하며 내가 시키는 대로 종이쪽을 가져왔다. 나는 그 종이 위에다가 재두, 형표, 석필이네 집의 약도를 차례로 그리며 자세히 설명해 주었다.

"집에 없으면 들어온 다음에 이리로 오라고 전해 놓고 오는 거야. 여기 이 두 집은 셋방살이하는 집이니까 아마 이사 갔을는지도 모른다. 가능하면 그 이사를 간 데까지 알아 오는 거야. 너, 돈 더 필요해?"

"아, 아니에요!"

놈은 두 손을 휘저어 대며 물러갔다. 그가 물러가고 10분쯤 후에 나는 여러 사내에게 둘러싸였다. 그 여관 간이목욕탕에서 샤워를 하고 내 방으로 돌아오고 있을 때 그들이 나를 에워쌌다. 사복 차림의 사내들 뒤에 경찰 정복을 입은 사람도 셋이나

우상의 눈물

보였다. 내 방까지 끌려가 그들에게 신분증을 꺼내 보였다. 어쩐 일인지 나는 하나도 불쾌하지 않았다.

"이거 정말 미안합니다. 요즘 서울에 강력범죄가 여럿 생겨서 비상이 내려 있기 때문입니다."

나는 숨을 내쉬었다. 다행스럽게도 그들 중에는 내가 아는 얼굴이 없었기 때문이다. 형표들과 함께 드나들던 그 낯익은 경찰서 유치장이 떠올랐다. 나는 그들에게 가방에서 꺼낸 윈스턴 한 케이스를 내밀었다. 그들은 물러갔다. 여관 주인과 먼저의 그 사내애가 내 앞에 오천 원을 그대로 내놓았다.

"임마, 넣어 둬. 네가 잘못한 게 아냐!"

나는 점잖게 한마디 했다.

"아저씨, 제가 그 사람들 꼭 찾아서 이리 데리고 오겠어요."

사내애가 아직 얼굴을 잘 들지 못한 채 말했다. 오케이. 나는 길게 기지개를 켠 다음 방바닥에 벌렁 드러누웠다.

천장의 무늬를 바라보면서 나는 생각했다. 그래, 여기서부터 시작하는 거다. 그것이 무엇인지 확실하지는 않았지만 나는 내가 해야 할 일이 있음을 벌써부터 생각해 왔다. 폐인이 돼 버린 어머니를 위해서, 그 빈약한 젖가슴을 바라보면 가슴이 쓸쓸해지는 이씨 딸을 위해서. 나는 그네들이 필요한 사람이 되고 싶었던 것이다. 뭔가 그들을 싱싱하게 소생시켜 놓을 그런 힘이 내 몸속에서 분수처럼 솟아오르길 얼마나 고대해 왔던가. 그러나 번번이 자신이 그네들 이상으로 무기력한 상태에 놓여 있음을 깨닫지 않으면 안 되었다. 미국이란 커다란 괴물 속에서 나는 결코 창조적 삶을 꾸려 나갈 수 없었다. 그것은 열여덟 나이로 이민을 가 처음 부딪친 언어의 장벽을 뚫지 못한 나의 심한 콤플렉스에 기인해 있다. 동생들과는 달리 학교를 포기했다. 학교 대신 직업의 귀천 없이 자기가 일한 만큼의 급료를 주머니에 넣을 수 있는 미국 사회 구조에 매혹되었다. 그런 면에서 미국은 가히 유토피아였다. 한국에 나오기 위해 군대에 들어가기 전 나는 주유소 펌프맨, 그리고 세차장의 호스맨, 혹은 교포들이 경영하는 생선 가게나 청과점에서 일했다. 한국에서 대학을 나온 사람들이 나와 함께 일했다. 이씨만 해도 한국에서 대학 강단에 섰던 경력을 가지고 있다. 그들은 현재 자기의 삶의 방식을 다 옳은 것으로 생각하고 있었다. 그들은 물질의 가치 그 이상의 것을 생각하지 않으려 했다. 자기의 삶이 그 어떤 커다란 것에 보탬이 돼야 한다는 것을 용납하려 들지 않았다. 나는 이러한 비창조적인 미국식 서민 생활에 혐오감을 갖기 시작했다. 나는 어머니를 끌고 한인교회에도 나가 봤다. 물론 그들은 거기서 마룻바닥을 치며 통곡했다. 그렇게 그들은 구원받고 있었다. 아니다. 구원받는 게 아니라 구원받았다고 생각하고 있었을 뿐이다. 목사가 어머니를 위해 기도했다. 어머니의 영혼을 구제하기 위한 내용이 아니었다. 어머니가 그 교회 식구가 돼 준 데 대한 환영 일색의 내용이었다. 어머니는 아버지에게 끌려 다섯 주일쯤 교회에 나갔을 뿐이다. 아무것도 어머니를 구원할 수 없었다.

"얘들아, 오늘은 모두 교회에 나가자."

아버지가 말했다. 한국에서 아버지는 교회에 다니지 않았다.

우상의 눈물

우리 식구 중에서 미국 생활에 제일 빨리 적응된 것은 정희와 아버지였다. 미국에 오면서 아버지는 백팔십도로 사람이 달라졌다. 미국의 모든 것이 아버지에게 잘 맞았다.

어머니가 한국에서의 그 강인한 생활력을 잃고 폐인이 돼 버린 것과는 너무나 대조적으로 아버지는 싱싱하게 부풀었다. 아버지는 한국에서 전형적인 실업자였다. 아버지에게 맞는 일이 아무것도 없었다. 나는 그것이 아버지의 체질이라고 생각했다. 아버지는 한국적 체질이 아니었다. 물론 아버지는 인텔리였다. 6·25가 났을 때 대학 재학 중이었다. 나는 아버지의 무기력하고 얼뜬 것 같은 생활 태도가 바로 배운 사람의 그 사변적 집념에 기인한다고 생각해 왔다. 아버지는 많은 직장을 가졌지만 단 몇 달을 견디지 못하고 물러났다. 당신 스스로는 자식들을 위해서 견딜 수 있는 데까지 견뎌 보기 위해 안간힘을 다했을 것이다. 그러나 번번이 헛일이었다. 직장을 그만두고 나면 한 달이고 두 달이고 집에 들어박혔다. 그때부터 가난하고 좁은 우리 집의 공간은 숨통이 막힌다. 아버지의 커다란 체구가 좁은 방 안을 가득 채우고 누워 있으면 그 옆에 아베가 입을 벌려 더러운 냄새를 뿜어 내며 잠들어 있었다. 아베는 어머니만큼 아버지를 좋아했다. 아버지가 아베를 위했기 때문이다. 아버지는 가끔 서른이 가까워 오는 아베와 함께 어린아이처럼 놀았다.

우리 집엔 병신이 둘이다. 나는 내 친구들한테 서슴없이 말하곤 했다. 아버지는 가끔 남들처럼 막벌이를 하기 위해서 노동판에 섞이기도 했다. 그러나 아버지의 커다란 체구와 도수 높은 안

경을 쓴 그 허여멀건 얼굴은 아버지가 하는 일에 너무 어울리지 않았다. 아버지에게 일을 시키던 사람들이 아예 아버지를 도외시하거나 그런 일을 할 사람이 아니라고 일거리를 주지 않았다. 보험회사 수금원으로 뛰면서 집안 살림까지 해 나가는 어머니가 그러한 아버지를 아예 노동판에 나가지 못하게 했다.

아버지가 변하기 시작한 것은 미국 고모한테서 이민 초청장과 그것을 확인하는 재정보증서가 왔을 때부터였다.

"갑시다!"

밖에서 돌아온 어머니한테 이민 초청장을 내보이며 아버지가 흥분된 어조로 말했다. 이민이 거의 확실히 결정될 무렵 아버지는 영어회화를 배우는 틈틈이 청계천에 있는 용접 학원에서 속성으로 용접 기술까지 배우기 시작했다. 남이 좋다고 하는 것은 다 배우려고 했다. 태권도 도장까지 찾아가 호신에 필요한 훈련을 받기도 했다. 오십이 가까운 아버지가 태권도 도장에서 돌아와 몸을 뒤척이며 잠을 못 이루고 끙끙거리는 것을 본다는 것은 안타까운 일이었다. 물론 아버지는 한국에서 운전 기술까지 익히려고 했다. 이처럼 아버지는 아이들보다 더 들떠 있었다.

아버지의 흥분에 걸맞게 미국은 아버지를 받아들였다. 아버지는 어떤 종합병원의 청소부로 일했다. 하나도 어색해 뵈거나 천하지 않았다. 아버지 본인도 만족하고 있었다. 주당 130불을 받아다가 어머니 손에 쥐어 주면서 자기 손으로 돈을 벌었다는 데 대해서 무척 기꺼워하는 얼굴이었다. 얼마 후에는 그 병원의 야간 경비까지 맡아 하는 등 하루 열여섯 시간을 근무했다. 얼

우상의 눈물

굴이 다소 야위긴 했어도 아버지는 우리들 눈에 싱싱해 보였다.

문제는 어머니였다.

"오빠, 올케를 정신병원에 입원시킵시다."

고모가 가끔 찾아와 말했다. 그러나 아버지는 고개를 저었다. 어떤 때는 아예 들은 척도 안 했다. 처음부터 아버지는 어머니의 그 멍청한 증세에 대해서 별다른 반응을 보이지 않았다. 그저 묵묵히 어머니를 바라보고 있었을 뿐이다.

"여기선 부부가 함께 벌어야 살아요."

고모가 어머니의 귀를 겨냥한 말을 했다. 고모는 그 늙은 흑인과 이혼하고 혼자 살고 있었다. 어떤 교포와 함께 가발 가게를 열고 있었다.

"내가 벌고 진호가 벌고…… 이 정도면 우리 식구 잘 살 수 있어."

아버지가 어머니를 두둔하고 나섰다.

"올케가 한국에서는 안 그랬는데 왜 저렇게 됐대요?"

"세월이 가야 낫는 병이다."

아버지가 가볍게 대답하고 자리를 피했다. 어머니는 창가에 붙어 서서 끝닿는 데 없는 하늘 저쪽에 시선을 못 박은 채 멍청히 서 있었다.

"얘들아, 엄마 잘 살펴라."

아버지는 일 나갈 때마다 우리들에게 어머니를 잘 살피라고 당부했다. 우리는 문득 생각날 때마다 자살 방조자가 되지 않기 위해 허둥허둥 어머니의 소재를 확인하곤 했다. 어머니는 대체로 아파트 속에 죽은 듯 누워 있는 게 보통이었다. 가끔 아파트 아래 벤치에 앉아 그 흔해 빠진 늙은이들의 추접스러운 몰골을 멀거니 바라보기도 했다. 늙은이들이 아직은 중년으로 얼굴과 몸매가 고운 어머니한테 추근추근 접근해 오기도 했다. 그럴 때마다 어머니는 뿌르르 몸을 일으켜 집으로 돌아오곤 했다.

어머니에게 또 한 가지 유별나게 드러나는 점은 눈물이었다. 우리들은 자라면서 어머니가 우는 것은 단 한 번도 못 보았다. 내가 아베를 빈집 속에 가둬 놓고 말하지 않았을 때도 밤새도록 밖에서 비를 맞으며 기다리면서도 결코 울지 않던 어머니였다. 그러나 어머니는 미국 공항에 내리면서부터 울기 시작했다. 고모에게 달라붙어 울음을 터뜨렸다.

"창피해요. 미국 사람들은 소리 내 울지 않아요."

고모가 어머니를 핀잔주었다.

"울게 내버려 두렴."

아버지가 말했다.

"울면 버릇이 돼요."

끝내 고모는 어머니의 울음을 용납하지 않을 기세로 나왔다.

"엄마, 울지 마. 청승맞아 못 보겠다."

정희마저 고모와 함께 핀잔주었다. 그때부터 어머니는 소리 내 울지 않았다. 그러나 소리 내 울지 않는 대신 어머니의 눈에는 눈물이 충충 흘렀다.

"당신 너무하는군."

어느 날 아버지마저도 어머니한테 그렇게 말했다.

우상의 눈물

"엄마, 그 눈물 좀 작작 흘려요. 정말 미치겠네."

"엄마, 우린 자식이 아냐?"

평소 말이 없는 진구마저도 어머니의 눈물을 용서하려 들지 않았다. 그럴 때마다 어머니는 우리들 중 하나를 끌어안고 흐느꼈다. 우리들의 어머니는 그랬다. 모처럼 밖에서 좋은 일이 생겨 희희낙락 돌아왔어도 어머니 때문에 우리들은 금세 우울해졌다. 아베, 아베 때문이다. 우리들은 이를 갈았다. 이를 갈면서 우리는 비로소 우리가 두고 온 고국을 생각했다. 폭우에 쓸려 간 토담집 그 빈터도 보였고 만원 버스에서 내려 허덕허덕 숨 가쁘게 오르던 산동네도 보였다. 그럴 때면 가슴이 삭막하게 비곤 했다.

"누나, 한국에 가고 싶지?"

막내가 정희한테 물었다.

"얘, 웃기지 마, 생각만 해도 지긋지긋해 난."

"그래도……."

"너 참 센티하구나. 얘, 우린 미국 시민이야. 너 엄마처럼 안 되려면 정신 차려!"

정희가 막내를 쏘아붙이며 중고 천연색 텔레비전의 채널을 후드득 돌렸다. 엄마가 어린 딸에게 경구 피임제 사용법을 일러 주는 선정적 광고 뒤에 짙은 러브신이 펼쳐지고 있었다.

"아저씨, 잠드셨어요?"

밖이 어두워 있었다. 여관 심부름하는 사내애가 방에 전등을 넣으며 말했다.

"이 사람 있잖아요. 재두란 이 사람은 벌써 오래전에 이사 갔구요. 형표란 분은 거기 그대로 살긴 하는데 작년에 군대에 갔대요."

"응, 석필이 이 사람은?"

"아참, 이 사람은 바로 그 아랫동네로 이사 갔대요. 그래서 내가 찾아갔거든요. 그랬더니 경찰서 가서 아직 안 들어왔대요."

"경찰서?"

"그게 아니구요. 보충역으로 군대 때우는 방위병으로 거기 나가서 근무한대요. 들어오는 대로 이리 오라고 해놨어요."

나는 비로소 4년 세월이 결코 짧은 것이 아니었다는 걸 실감했다. 심부름 갔다가 온 녀석은 제 소임을 다 마친 즐거움으로 문 앞에서 머뭇거리며 내 눈치를 살폈다. 4년 전의 내 모습을 보는 것 같았다.

"야, 수고했다. 나 뭐 적당한 걸로 저녁 좀 시켜 줘라. 네 꺼까지 함께 시켜."

"뭐 잡수시겠어요? 한식, 일식…… 중국집도 있어요."

"라면 파는 데도 있나?"

"네에? 라면이요?"

녀석이 하도 놀란 목소리를 내서 나는 그만 웃음이 나왔다. 어머니가 보험 수금을 다니느라 늦게 돌아오는 날이면 우리들은 영락없이 라면을 끓였다. 아베가 좋아하는 것도 라면이었다. 우리들은 아베의 몫은 아예 끓이지도 않았다. 아버지가 당신의 그

우상의 눈물

롯에서 반쯤 덜어 아베에게 가져다 주었다.

"아저씨, 중국집에서 잡채밥 시켜요. 양도 아주 많구요. 맛도 기차요."

"그래. 잡채밥 하나하고 짜장면 하나 시켜라. 난 짜장면이 좋다."

녀석이 열없이 뒤통수를 긁으며 사라졌다. 나는 부대에서 가지고 나온 여행용 작은 가방을 열었다. 그 밑바닥에서 반으로 접힌 대학 노트를 꺼냈다. 미국을 떠날 때 정희도 모르게 가지고 온 어머니의 글이 적힌 노트였다. 정희와 함께 펴본 뒤 처음으로 열어 보는 노트였다. 틈틈이 몰래 쓴 글이라 글체가 정연하지는 못했지만 글씨는 어머니의 숨은 학식을 드러내 보이게 달필이었다.

2

1950년 6·25사변이 일어나기 두 달 전인 4월 최창배 씨와 결혼했다. 내 나이 스물하나. 여학교를 졸업하고 돌아가신 아버지와 관계가 있었던 사립 국민학교에서 아이들을 가르치고 있을 때 이모의 중매로 창배 씨와 인연을 맺게 된 것이다. 창배 씨는 가회동 이모네 집에 하숙을 하고 있는 대학생이었다. 이모네 집에 놀러간 나를 시골서 올라온 창배 씨 부모님들이 보고 이모한테 청을 넣어 이루어진 결혼이었다. 그의 부모님께서 결혼을 서

둔 것은 마음에 드는 며느릿감을 놓치기 싫다는 욕심도 있었지만 어서 빨리 손자를 안아 보고 싶은 간절한 바람이었을 것이다. 창배 씨는 4대 독자였다. 우리 집 오빠 역시 어머니가 돌아가시기 전에 동생을 시집보내야 한다는 독자로서의 의무감 때문에 이것저것 따질 것 없이 저쪽에서 하자는 대로 따랐던 것이다. 결혼식을 며칠 앞두고 창배 씨는 일방적으로 두 가지 조건을 내놓았다. 결혼과 함께 직장생활을 그만두고 시골 자기네 집에서 자기가 학교를 마치기까지 1년간 시집살이를 하라는 얘기였다. 당시로서는 그런 조건이 당연한 것이긴 했지만 나는 뭔가 억울한 생각이 들어 늙으신 어머님한테 어쩌면 좋으냐고 앙탈을 부렸다. 애야, 출가외인이란다. 신랑 측 의견을 무조건 따르는 것이 백번 마땅한 양가 규수의 도리라는 어머니 말씀에 나는 아쉬운 마음을 달래며 정이 든 학교에 사표를 냈다. 함을 지고 온 창배 씨의 서울대학 친구들이 수십 명 우리 집 오빠며 친척들을 짓궂게 애를 먹였다. 그래도 어머니께서는 번듯한 교복을 차려입은 사위 친구들이 대견해서 연해 벙글벙글 밤이 늦도록 붙잡고 술대접을 하셨다. 결혼식은 서울서 올렸다. 천생배필로 잘 만났구먼. 많은 하객들의 축하와 부러움의 눈길 속에 서울에서 첫날을 보냈다.

"일 년만……."

창배 씨는 다음 날 고향 가는 차 속에서도 전날 밤 한 말을 다시 되풀이했다. 1년만 참고 견뎌 달라는 얘기였다. 그때 내 심정은 1년이 아니라 몇 년이라도 지아비의 뜻이라면 따라야 마땅

우상의 눈물

하다는 마음의 중심이 서 있었다. 대답 대신 나는 남편의 손을 꼬옥 잡아 주었다.

창배 씨의 집은 춘천에서 강 하나를 건넌 이삼십 리 길의 샘골이라는 마을이었다. 생각했던 것보다 들이 넓고 둘러친 산수 풍경이 아름다운 부촌이었다. 부면장을 지내시다 이제는 내놓고 농사일에만 전념하신다는 시아버님은 창배 씨의 형이라고 해도 속을 만큼 젊어 보이는 데다 풍신이 좋으셨다. 샘골 논밭의 삼 분의 일은 시댁의 것이라고 할 만큼 부농이었다. 독자 집안이라 가까운 친척이 거의 없는 시아버님께서는 그 많은 농사를 지으면서도 남한테 인심을 잃은 일이 없어, 서울서 내려온 신랑 신부를 놓고 다시 잔치를 벌였을 때는 연 사나흘씩이나 인근 마을 사람들이 몰려와 잔치를 벌였다.

나는 백년가약을 한 내 남편인 창배 씨와 함께 꿈 같은 일주일을 보냈다. 남편은 그야말로 장래가 촉망되는 법학도였고 늙지 않으신 시부모님 또한 나를 끔찍이 위해 주셨다. 내가 살아야 할 샘골의 공기와 그 속에 사는 사람들의 인심 또한 비단결처럼 고왔기 때문에 나는 별 괴로움 없이 남편을 떠나보낼 수 있었던 것이다.

창배 씨는 서울로 돌아갔다. 졸업 전에 고등고시에 합격하겠다는 결심으로 떠났고, 시부모님 역시 여름방학 전에는 일체 집에 내려와서는 안 된다는 엄한 말씀을 해서 보냈다. 나는 그동안 시부모님 모시고 시댁의 가풍과 법도를 익혀 좋은 아내 착한 며느리가 되겠다는 일념으로 눈을 감으면 떠오르는 서울 어머니와, 오빠네 식구들, 그리고 내가 가르치던 어린 눈들에 대한 그리움을 미련 없이 떨쳐 버리려 노력을 했다. 이십 칸 커다란 집에 시부모님과 나, 이렇게 셋이 오롯이 살았다. 행랑채에는 집 안팎살림을 거들어 주는 심 서방 내외가 애기 하나를 데리고 살았다. 그들 내외는 모두 심성이 착한 사람으로 보여 한집에 살기 거북한 일이 없이 무척 임의로웠다.

시어머님께서는 내가 부엌일을 하는 것을 극구 말리셨다.

"너를 여기 둔 것은 네가 한 밥을 얻어먹자고 그런 것이 아니다."

시어머님은 시아버님보다 두 살 위인 마흔아홉이셨는데 꼭 새댁처럼 젊으셨다. 동백기름으로 검은머리를 곱게 빗은 뒤 옷을 단정히 차려입고 나서시는 것을 보면 누가 보아도 삼십 안팎이었다. 외아들을 키운 이답지 않게 마음이 넓고 활달하셨다.

시아버님은 일본까지 가 공부한 이답지 않게 농사일이 몸에 배어 일꾼들과 함께 직접 논밭에 드셨다. 어느 누구보다 부지런하고 힘 또한 좋으셨다.

"어르신네, 이것 좀 거들어 주셔야겠어유."

봉당 아래 댓돌을 다른 것으로 바꿔 놓느라 끙끙거리던 심 서방이 시아버님을 불렀다.

"예끼 이 사람, 그렇게 말해두 자꾸 어르신네가 뭔가. 나 자네 아저씰세 아저씨야."

그러면서 그 무거운 댓돌을 번쩍 들어올렸다. 모심는 데 점심을 내가도 일꾼들과 함께 어울려 잡수셨다.

우상의 눈물

나는 새벽마다 늦잠을 자 그 송구스러움이 말 못할 지경이었다. 철이 봄인지라 그러지 않아도 되었는데 시아버님은 새벽같이 일어나 내가 자는 방에 군불을 꼭 지피셨다. 방에 누기가 차면 몸에 좋지 않다는 것이었다. 나는 새벽녘 방바닥의 따스한 온기에 취해 그만 늦잠을 자곤 했던 것이다. 일어나 보면 어느덧 창에 햇빛이 비쳐들어 나는 겸연쩍고 부끄러워 방 문고리를 잡고 머뭇거려야 했다. 그러나 시아버님은 이미 밖에 나가시고 내가 일어난 낌새를 차린 시어머님께서 내 방에 대고 말씀하셨다.

"얘 아가, 나 저 웃말 좀 다녀오마."

내가 미처 대답도 하기 전에 시어머님은 대문을 나서고 계셨다. 부엌에 나가 보면 내 몫의 밥상이 차려져 보자기에 덮여 있었다. 행랑채 강릉집이 친구가 돼 아침을 함께 먹으면서도 나는 하루 내내 겸연쩍었다.

"아씨, 오늘 우리 나물 뜯으러 갈려우?"

철이 좀 늦긴 했어도 뒷산 범바위골에는 수리취, 어아리, 더덕, 고사리, 고비가 지천이었다. 산 이슬에 장딴지까지 적셔 가며 그 깨끗한 산나물을 뜯다 보면 시간 가는 줄 몰랐다. 한낮이 다 돼서 그런가 나는 속이 이상하게 허하면서 메슥거렸다. 잔대 싹을 뜯어 씹어 보았다. 향긋하고 고소한 맛이 그날따라 역했다. 나는 심한 헛구역질을 했다.

"아이구, 아씨, 언제부터 그렇대유?"

강릉댁이 눈을 크게 뜨고 호들갑을 떨었다. 나는 며칠 전부터 이렇게 헛구역질을 했다.

아베의 가족

강릉집은 내 얘기를 듣자 나물 뜯었던 다래끼를 집어 던지고 산 아래로 내려 뛰었다. 나는 산속에 혼자 남겨진 채 얼굴을 붉혔다. 가슴이 뜨거워졌다. 시어머님은 행랑채 세 살 먹은 화순이를 당신의 손자처럼 안방에 데려다가 길렀다. 그러면서 늘 내 눈치를 살피시는 품이 애기가 섰는가를 알아보려 하시는 것 같았다. 그럴 때마다 나는 가슴이 두근거렸다. 자손이 귀한 집에 시집와 자손을 낳지 못하는 죄만큼 더 무서울 게 없을 것 같았다.

　내가 산에서 내려왔을 때 시어미께서는 서낭당 있는 데까지 마중을 나와 나물 다래끼를 받아 안으시며 내 손을 잡아 주셨다.

　"손이 차구나. 아가, 넌 이제 홀몸이 아니다. 몸을 조심해야 한다."

　앞서 걷는 시어머님의 걸음이 무척 허둥거렸다. 당신이 애기를 배었을 때는 나들이는 물론이고 물동이 한 번 여본 일이 없었다고 하시면서 이제 너는 집에만 있어야 한다는 당부를 수없이 하시면서 허둥허둥 걷고 계셨다. 대문을 들어서니 마당에 서 계시던 시아버님은 어흠어흠 헛기침을 하시며 뒤꼍으로 돌아가셨다. 다음 날로 춘천에서 용하다는 한의가 다녀가고 시어머니가 광에 매달아 두었던 참숯으로 보약을 달이셨다. 나는 좋지 않은 것을 보지 않기 위해 대문 밖 출입을 삼갔다. 창말에 장사가 났는데 그 상여가 우리 집 앞길을 통과하지 못하도록 시아버님께서는 미리 방책을 세워 그쪽에 연락을 하기도 했다. 시어머님은 내 입에 맞을 만한 과일이며 반찬에 무척 신경을 써주셨기에 나는 늘 몸 둘 바를 몰랐다.

나는 밤이면 몸을 반듯하게 누이고 그이의 얼굴을 떠올렸다. 그리운 마음이 울컥 밀려 왔다. 당신의 씨를 갖게 됐어요. 나는 마음속으로 말했다. 여름방학 때까지 참고 견디겠어요. 나는 비로소 한 집안의 대를 이을 자식을 내 몸속에 키우고 있다는 생각으로 가슴이 설레었다. 나는 두 손을 배 위에 가만히 얹고 새 생명에 대한 경외심으로 기도했다. 문득 내가 한 생명의 모체가 되었다는 이 신비한 사실이 믿어지지 않아 가슴을 두근거리기도 했다. 모내기를 한 뒤 애벌논매기도 끝낸 논에서는 개구리가 극성스럽게 울고 있었다.

그리고 난리였다. 38선이 가까워 마을 아래 강변 큰길을 따라 국방군 트럭이 태극기를 꽂고 지나다니는 것을 몇 번 보았지만 총소리 한 번 들어 보지 못한 채 난리를 맞았다. 자고 일어나 보니 세상이 바뀌었다. 생전처음 보는 군대들이 마을을 휘젓고 다녔다. 머리를 빡빡 깎고 이제 솜털을 겨우 벗은 그런 열예닐곱쯤 돼 보이게 앳된 젊은이들이 보기와는 달리 억센 억양으로 떠들어 대면서 마을을 지나갔다. 마을에서 늘 얼굴을 맞대던 사람들 몇이 붉은 완장을 차고 역시 어제와는 딴판인 눈으로 사람들 얼굴을 훑으며 돌아다녔다.

창말에서는 면장 등 지서순경들 가족이 여럿 총살을 당했다는 소식이 올라왔다.

"어르신네 얼른 피하시죠."

행랑채 화순이 아버지 심 서방이 시아버님한테 말했다. 심서

아베의 가족

281

방도 붉은 완장을 차고 있었다.

"이 사람아, 내가 뭔 죄를 졌다구 피하나? 그래 자네가 날 잡아가겠나?"

"글쎄 어르신네, 그게 아니고 잠깐만 피하시면……."

심 서방은 무척 난처한 기색으로 절절매었다. 시아버님은 꿈쩍도 안 하셨다. 그러다가 결국 끌려가셨다. 창말 면소재지에 생긴 내무서 사람들이 찾아와 시아버님을 끌고 간 것이다. 시아버님은 끌려가시면서 나한테 말했다.

"아가, 나 곧 돌아올 것이니 네 시어머니 모시고 몸조심해야 한다."

시어머님도 나도 시아버님이 부면장을 지내셨다는 일과 논을 많이 가지고 있다는 것이 설마 죄가 되겠느냔 생각으로 별로 걱정이 되지 않았다.

"얘가 왜 안 오누?"

시어머님은 서울에서 난리를 맞은 아들 걱정으로 안절부절못하고 계셨다. 이미 서울도 인민군이 정복하고, 그들 말로는 남조선을 곧 부산까지 해방시킨다고 했다. 나는 남편이 남쪽으로 피난을 떠났기를 바랐다. 이상한 일이었다. 서울에 두고 온 어머니와 오빠네 식구들 생각보다 남편의 신변이 더 걱정스러워지는 심사를 나는 이해할 수가 없었다. 나는 매일매일 남편을 꿈속에서 보았다. 남편은 피를 흘리고 있었다. 창말에서 사람이 많이 죽었다는 소식을 들었기 때문인지도 몰랐다. 나는 땀을 흘리면서 잠을 깨곤 했다. 전신이 덜덜 떨리는 무서움이었다. 난리가

우상의 눈물

나 시아버님이 붙잡혀 갈 때도 못 느낀 무서움이 온몸을 휩쓸었다. 나는 이래 가지고는 태아한테 좋지 않을 거라고 마음을 다 잡아 먹으며 그 무서움을 참아 냈다.

"마님 동무, 즈루서두 으쩔 수 읎구먼유."

시댁의 광 속에 쌓아둔 곡식 가마를 들어내면서 심 서방이 말했다. 우리 식구를 행랑채로 내쫓고 자기들이 안채에 살라는 상부 지시를 어기고 있는 것만 해두 옛정을 못 잊어 그런다면서 심 서방은 붉은 완장을 찬 사람들과 곡식 가마를 달구지에 싣고 있었다.

"되련님 오시면 즉시 신고를 하시래유. 그래야 죄를 즉게 받는대유."

강릉집이 자기 남편의 말을 시어머님한테 전했다.

"우리 개가 뭔 죄가 있다고 그런다던가?"

"지가 뭘 아나유. 화순 아부지가 그냥 그러래유. 으르신네는 화순 아부지 덕을 많이 본다면서유. 화순 아부지 말대루만 잘 따르면 큰 화는 면할 꺼라구 하데유."

그렇게 심성이 고와 보이던 내외가 세상이 바뀌면서 정말 야속할 정도로 사람이 변해 있었다. 그러나 시어미님은 언제나 꼿꼿하게 중심을 잃지 않으셨다.

시어머님은 나를 다락방에 가두고 일체 나오지 못하게 했다. 그러나 틈틈이 시어머님은 창말 면사무소까지 내려가 시아버님 안부를 가지고 올라오셨다. 그 사람들 얘기로는 서울서 공부하던 아들을 춘천에서 보았다는 사람이 있는데 그 아들이 자수해

오면 함께 인민재판을 열겠다는 얘기였다. 행랑채 심 서방 말과 통하는 바가 있었다. 도무지 납득이 안 가는 게 한두 가지가 아니었지만 시어머니와 나는 꿀 먹은 벙어리처럼 그냥 참고 지내는 수밖에 없었다. 행랑채 심 서방 때문에 마을 사람들이 우리 집에 발을 끊고 있었다. 그런대로 시어머님은 아들이 춘천에 와 있을는지 모른다는 생각에 매일 대문을 열어 놓은 채 대청에서 주무셨다.

그러나 며칠 뒤 남편은 대문이 아닌 뒤꼍 울타리를 뚫고 들어 왔다. 실로 석 달 만에 만나는 남편이었지만 나는 그렇게 참고 있던 눈물 한 방울 흘릴 경황이 아니었다. 난리가 나 피난을 떠날 수도 있었지만 시골 식구들 생각이 나 결국 어렵게 고향으로 돌아왔다는 것이었다.

"아버님이……."

내가 울먹이자 남편은 어둠 속에서 내 손을 잡았다.

"알고 있어. 그러나 저놈들이 우리 재산을 몽땅 뺏기 위해 그러는 거니까 별일은 없을 거야."

그러면서 남편은 춘천에 있는 친구들과 함께 홍천 공작산으로 피신하기로 했다면서 몸을 일으키는 게 아닌가.

"얘야, 그게 무슨 소리냐?"

시어머님이 어둠 속에서 남편의 손을 잡아 다시 앉혔다. 남편이 말했다. 라디오를 들으니 유엔군이 곧 참전하게 돼 있어 빨갱이 세상도 얼마 남지 않았다는 것이었다. 그래, 이때가 젊은 사람들한테 고비라며 당분간 몸을 피해 있어야 한다는 얘기였다.

"얘가 홀몸이 아니다."

어둠 속에서 시어머님이 남편한테 말했다.

"네? 이 사람이 애길……."

남편이 목소릴 높였다. 내가 남편의 입을 막았다. 남편이 내 손을 더듬어 쥐었다. 나는 남편의 손아귀에 힘이 쥐어지자 나도 모르는 사이에 눈물이 주르르 흘렀다. 무슨 장한 일을 하고 난 아이처럼 흐느낌이 쏟아졌다.

남편은 그 밤으로 떠났다. 호롱불을 밝혀 남편의 얼굴도 똑바로 쳐다보지 못한 채 남편을 떠나보내고 나는 시집 올 때 해 가지고 온 이불에 얼굴을 묻고 날이 새도록 울었다.

그러나 다음 날 저녁 때 심 서방이 창말에서 기가 막힌 소식을 가지고 올라왔다.

"마님 동무, 좋으시게 됐어유."

"뭔가, 어른께서 나오시게 됐나?"

"웬걸유. 이제야 부자분이 함께 만나시게 된 걸유."

"무슨 소릴 하는 건가?"

"창배 동무가 붙잡혔다는구먼유."

심 서방 얘기로는 새벽녘 춘천 나가는 쪽배를 타기 위해 수렁 골로 나가다가 잡혔다는 것이다. 시어머님이 대청마루에 주저앉으셨다. 그리고 다음 날 날이 새기가 무섭게 창말로 내려가셨다. 시어머님이 가지고 올라오신 소식은 그런대로 마음이 놓이는 것이었다.

면 내무서 제일 높은 사람이 시아버님과 일본에 가서 함께 공부하던 친구의 바로 친아우더란 것이었다. 그쪽에서 먼저 그런 얘길 꺼내면서 자기가 지금까지 봐주었기 때문에 시아버님이 무사하다는 공치사까지 하더란 것이다.

"그 사람 형님 되는 분이 느이 시아버지 신셀 많이 졌지. 늘 그러시더라. 머리가 좋아 공분 잘하는데 집이 원체 가난해서 공불 계속할 수가 없어 그 학빌 전부 대준 친구가 있다구. 그게 바로 그 사람 형님이라더구나."

이처럼 시어머님은 시아버님이나 내 남편이 금방 풀려날 것처럼 좋아하셨다.

그러나 행랑채 심 서방의 얘기는 그게 아니었다.

"인민재판이 곧 열릴 거라더구면유. 창배 동무는 서울서 불순한 사상을 가지구 시골 내려와 가지구설랑……."

요는 내 남편이 지방 청년들을 모아 불순한 일을 꾸몄다는 그런 죄목으로 잡혔다는 것이었다.

"이보게, 심 서방. 자넨 이 일을 어떻게 했음 좋겠나?"

이제까지 그렇게 꿋꿋하게 중심을 잃지 않던 시어머님께서 심 서방한테 애원을 하고 나섰던 것이다.

"지가 진작부터 말씀드리려고 했습니다만, 뭐 되지두 않을 소리 같아서…, 네, 방법이 하나 있긴 있습지유."

"뭔가, 그 방법이란 게?"

"창말 멘 인멘위원회에서들 모두 나보고 이 집 메느님이 서울서 핵교 선상두 하고 했으니까누 창말 내려와서 일을 협조하게 해야 헌다, 그런 말들이데유."

우상의 눈물

"우리 며느리가 뭘 협조해야 한다는 게야?"

시어머님의 목소리가 분에 떨고 있었다.

"우리 샘말이나 창말에선 젊은 여성 동무가 벨로 읎다구 야단이데유. 이 집 메느님처럼 배운 분이 나서서 애들한테 김일성 수령님 노래두 가르치구……."

"알았네. 그 얘긴 더 꺼내지도 말게."

시어머님이 결연하게 잘라 말씀하셨다.

"아니에유. 마님 동무. 글쎄 지 말씀을 들으시라니께유. 메느님이 창말 내려가 일을 거들어 주시면서 창배 동무한테 의용군을 지원하라구 허세유. 내가 여러 날 곰곰이 생각해 봤는데 이 집 부자분이 무사하게 살아날 길은 그것밖에는 뾰죽한 수가 없으니께유. 글쎄 지 말대루 해보세유."

"우리 창배가 인민군엘 가란 말인가?"

"왜 아니래유. 글쎄 그 길밖에 없으니까 알아서들 허세유."

나는 내 방에서 두 사람이 나누는 얘기를 듣고 힘이 생겼다. 왜 내가 아직 집 안에 박혀 시아버님이나 남편을 구할 생각을 못했나 하는 후회였다. 나는 내 힘으로 그 두 사람을 구해 낼 수 있다는 자신이 생겼다. 나는 그때 세상 돌아가는 일에 대해서 너무나 아는 게 없었다. 난리가 왜 일어났는지, 누가 옳고 누가 그른 것인지, 나와 가까운 사람들이 난리와 무슨 상관이 있느냐 하는 그런 생각을 가지고 그 난리를 맞았던 것이다. 나는 내가 그들에게 잠시 협조한다는 것이 시아버님이나 남편을 구하는 의미 외에 어떠한 죄도 된다는 생각을 하지 않았다. 그랬기 때문에 나는 펄쩍 뛰는 시어머님을 그예 설득하고야 말았던 것이다.

초록은 동색이라고 역시 붉은 완장을 차고 설치는 심 서방의 말은 창말 그 패들의 뜻과 통하는 바가 많았다. 나는 창말에 내려가 그들의 열렬한 환영을 받았다. 그들의 안내로 내무서 책임자도 만나 보았다. 그는 눈이 작고 교활해 보이는 사람이었는데 나와 잠깐 이야기하는 동안에 혁명 과업이란 말을 열 번도 더 써먹었다. 나는 하루에 한 번씩 창말과 샘말을 돌아다니며 그들이 시키는 일을 했다. 저녁에 국민학교 교실에 부녀자들을 모아 놓고 그들이 주는 선전 책자도 읽어 주었고 아이들에게 노래도 가르쳤다.

그들은 며칠 가지 않아 남편을 풀어 주었다. 남편은 시아버님의 친구 동생이라는 내무서 사람을 통해서 의용군에 지원한다는 각서를 쓰고 풀려난 것이다. 남편이 의용군에 들어가는 날로 시아버님을 풀어 놓겠다는 조건이 있었다. 남편은 며칠 사이에 몹시 수척해 있었고 또한 풀이 죽어 있었다.

"창배 동무, 참 잘 생각허신 일이유."

심 서방이 남편한테 말했다.

"글쎄 절보구 창배 동무를 감시하라는구먼유. 그러니까 딴 생각은 마시는 게 좋겠구먼유."

남편은 고개를 끄덕거렸다. 그리고 그날 밤 내게 말했다. 시키는 대로 의용군으로 들어가 도망을 치겠다는 의견이었다. 내가 뒷일을 책임질 것이니 몸을 피하라고 하자 고개를 설레설레 흔들었다. 도망을 쳐봤자 잡힐 확률이 더 많을뿐더러 시아버님이

우상의 눈물

풀려나지 못하게 될 게 아니냔 것이었다.

"이제 전쟁은 멀지 않았다구. 내 곧 도망쳐 어디 숨어 있다가 전쟁이 끝나면 집에 돌아오겠소."

남편은 그동안 내가 창말 인민위원회 패들 놀음에 놀아난 일을 두고 한마디 했다.

"당신 거기 안 껴드는 건데 잘못한 거 같아."

말은 그렇게 하면서도 남편은 그동안의 내 입장을 이해해 준다는 뜻으로 나를 가슴에 안았다. 그러나 나는 남편의 그 한마디 말에 하늘이 내려앉는 느낌이었다. 내가 하도 실심해하니까 남편은 내 배를 쓰다듬으며,

"신경 쓸 거 없어요. 내 얘긴 우리 애길 생각해서 그런 거라구. 당신 몸조심하라는 얘기지. 무릴 하면 못 써요."

남편은 그다음 날로 마을 사람 다섯과 함께 춘천으로 떠났다. 심 서방은 우리 집 대문에 붉은 깃발을 꽂았다. 의용군의 집이라는 것이었다.

"내 꼭 살아 돌아올 거라구. 몸조심해야 돼요."

남편은 내게 아이들처럼 눈을 찔끔 해보이면서 떠났다.

가을로 접어들고 있었다. 국민학교 운동장에 둘러선 미루나무 잎이 누렇게 물들어 가고 있었다. 나는 내가 며칠 일하던 인민위원회 사무실 앞을 지나다가 그들이 수군거리는 소리를 들었다. 남조선을 해방시키는 것은 시간문제라고 떠들던 그들이 얼굴에 그늘을 깔고 수군거리는 걸로 미루어 전세가 그들에게 매우 불리한 모양이라고 나는 생각하면서 그 앞을 급히 지나쳤다.

이제 그들과 얼굴을 맞댈 아무런 이유도 내게는 없었다. 시아버님은 아침나절 풀려나 시어머님과 함께 집으로 넘어가셨던 것이다. 내게는 이제 전쟁이 어서 끝나 내 남편 창배 씨가 돌아와 우리의 애기 출생을 축하해 주는 일만이 이 세상에서 가장 큰 바람으로 남아 있을 뿐이었다.

그러나 남편을 떠나보내고 돌아오는 발걸음은 허전허전 맥이 없었다. 우수수 서낭당 고개 초입에서 가을바람이 불어 마른풀을 흔들고 있었다.

대문에 꽂혔던 붉은 깃발이 보이지 않았다. 나는 시아버님 방으로 가 큰절을 했다. 시아버님 얼굴이 말이 아니게 수척해진 게 정말 가슴이 아파 눈물부터 쏟아졌다. 그러나 시아버님은 겨우 인사를 받고 난 뒤 돌아앉아 담배를 입에 무신 다음 한마디 말도 없으셨다. 나는 가슴이 쿵 내려앉았다. 시어머님이 밖에 나와 나한테 말씀하셨다.

"느 시아버님이 심기가 매우 좋지 않으시다."

당신의 아들이 의용군에 끌려간 것이며 며느리가 빨갱이들과 어울려 놀아났다는 사실을 아시고 나서 일체 입을 여시지 않는다는 것이었다. 행랑채 심 서방이 앞에 나타나면 아예 눈을 감고 말씀을 안 하셨다. 집 안 구석구석 침묵이 깔린 속에서 나는 시집을 온 이래 처음으로 외로움을 느꼈다. 시어머님께서도 내게 뜨악한 기분으로 대해 주시는 것 같아 나는 정말 괴로워 견딜 수가 없었다.

"주경희 동무, 창말 여맹에서 왜 안 내려오시느냐구 야단이데

우상의 눈물

유."

심 서방이 이제는 내 이름까지 불러 대며 성화를 부렸다.

"이놈아, 저 하늘을 봐라."

느닷없이 안방 미닫이문이 열리면서 시아버님이 고함을 쳤다.

"이 배은망덕한 것, 내 며느린 빨갱이가 아녀!"

"으르신네 동무, 섭섭하신 말씀 허시네유? 배은망덕이라니유? 어르신네 동무께서 이렇게 집에 돌아오신 게 누구 덕인데 그러세유. 이 집 안 뺏기구 사시는 것만 해두 다 지 덕인 줄 아세야 해유. 아까 아침나절 으르신네 동무가 대문에 꽂은 깃발 찢어 버린 거 창말에서 알면 큰일 난다는 거두 아세야 할 거예유."

이미 시아버님은 상종을 않겠다는 듯 방문을 닫은 뒤였다. 나는 강릉집한테 배가 불러 더 이상 창말에 내려갈 수 없으니 잘 애기해 달라는 말을 했다. 일이 더 시끄러워지는 것을 겁낸 까닭이었다.

마을 공기가 이상해졌다. 마을 앞 강변길을 통해 인민군들 몇몇이 떼를 지어 북쪽으로 올라간다는 얘기였다. 하긴 오래전부터 춘천 일대는 비행기가 새카맣게 몰려와 폭격을 하면서 그 폭음이 샘말까지 들려왔다. 세상이 또 바뀔 징조가 분명해지자 붉은 완장을 찬 지방 빨갱이들은 눈에 더욱 살기를 띠며 창말과 춘천을 들락거렸다. 많은 젊은 사람들이 끌려 나갔고 들판에는 아직 거두지 못한 벼가 누렇게 출렁이고 있었다.

어느 날 새벽에 일어나 보니 강릉집이 안채 마당에 꿇어 엎드려 울고 있었다. 세 살짜리 화순이도 그 옆에 붙어 서서 울었다.

"자네가 뭘 잘못했는가. 세상이 그른 거지. 다 잊어버리구 함께 사세."

시어머님이 화순이를 안아 올리며 말했다. 심 서방이 밤사이 북쪽으로 도망을 쳤다는 것이다.

"난 지금두 믿어지지 않네. 심 서방같이 착한 사람이 그렇게 변할 수가……."

"그러게 말이에유. 저두 뭐한테 홀린 것 같아서 뭐가 뭔지 모르겠어유."

그러나 세상이 아직 바뀐 건 아니었다. 낮이면 인민군 패잔병들이 떼를 지어 마을에 나타나 밥을 해 먹고 북쪽으로 사라졌다. 오히려 여느 때보다 마을은 더욱 흉흉했다. 산에 숨었던 동네 청년들이 나타나 인민군과 총싸움을 벌이는가 하면 민가에 든 인민군을 생포해서 뒷산 금광굴로 끌고 가기도 했다. 강릉집도 마을 사람들이 몰려와 포박을 한 다음 산 밑 움집에 가뒀다.

무서운 일은 마을 사람들이 우리 집에 얼씬도 하지 않는다는 일이었다. 시아버님이 한숨을 쉬며 마당을 어정거렸다. 의용군 나간 남편 소식은 알 길이 없었다. 남편과 함께 나갔던 마을 청년들도 매한가지로 소식이 없는 모양이었다. 나는 쥐구멍으로 들고 싶도록 괴로운 시간을 보내야 했다. 시아버님의 한숨 소리가 가슴에 째지듯 울려 어떻게 처신해야 할는지 난감하기만 했다. 그런 중에도 시어머님은 하루에 한 번씩 내 불룩한 배를 어루만져 주시며,

"아가, 너무 상심하지 마라. 넌 홀몸이 아니니라."

우상의 눈물

그럴 때마다 나는 눈물이 쏟아졌다. 어서 남편이 돌아와 내 가슴을 탁 털어 보이고 그 무릎에 엎드려 엉엉 소리 내어 울고 싶었다.

"아가, 너 이리 좀 오너라."

어느 날 대낮 내가 텃밭에 나갔다가 대문 앞에 이르니 시어머님께서 내 손목을 끌고 집에서 꽤 떨어진 이웃집으로 데리고 들어가는 것이었다. 시어머님의 얼굴이 새카맣게 죽고 손을 부득부득 떨고 계셨다.

"어머님, 왜 그러세요?"

내가 몇 번씩 다그쳐 물어도 시어머님은 아무것도 아니다란 말만 되풀이하며 그때까지도 계속 덜덜 떨고 계셨다. 임신한 나한테 무슨 놀라운 소식을 안 알리려고 그러신다는 생각을 하니 더욱 불안해 못 견딜 지경이었다.

그때 총소리가 여러 방 우리 집 쪽에서 들려왔다. 시어머님이 땅바닥에 털썩 주저앉았더니 어느새 뿌르르 일어나 집 쪽으로 허둥허둥 달려가시는 게 아닌가.

대청마루에 시아버님이 쓰러져 계셨다. 피가 마루를 흘러 봉당까지 적셔 내렸다. 그 총소리 이후 흔적도 볼 수 없었던 마을 사람들이 꽤 오랜 뒤에 하나둘 모여들기 시작했다. 마루에 밥상이 넘어진 채 뒹굴었다. 일의 경위가 밝혀진 것은 시어머님이 제정신을 찾은 밤중이었다.

인민군 둘이 총을 들이대고 들어와 밥을 해 내라고 얼러 댔다. 시아버님이 눈짓으로 밥상을 봐 오라고 해 시어머님이 부엌에 계신 동안 시아버님은 인민군들과 이런저런 얘길 나누고 계셨다. 아들 소식을 알까 하고 그러는가 싶었는데 시아버님이 부엌에 슬쩍 들러 귓속말을 했다.

"얼른 밥상을 봐 놓고 임잔 며느리 못 들어오게 막고 있어야 하네. 내 저놈들 한번 붙잡아 볼라네."

그렇게 말해 놓고 다시 대청으로 돌아간 시아버님이었다. 그리고 내가 시어머님과 이웃집에 있는 사이에 일을 당하셨던 것이다. 나는 눈물도 나오지 않았다. 그렇게 급작스레 그리고 처참하게 돌아가신 시아버님 앞에서 하늘이 무너지는 느낌뿐이었다.

이상한 것은 인심이었다. 그렇게 싹 발을 끊었던 마을 사람들이 시아버님이 인민군 총에 맞아 돌아가신 뒤 자기 부모 죽은 것 이상 애석해하며 밤샘을 했다. 비로소 이웃 아낙네들이 나를 쏘아보던 그 냉랭한 눈빛을 풀고 다정하게 말을 붙여 왔다.

난리통이라 제대로 장사를 지낼 수 없어 뒷산에 가매장으로 모셨다. 시어머님은 다리가 움직이지 않는다고 해서 동네 아낙네들이 부추겨 안고 내려왔다.

"아가, 너 몸 괜찮으냐?"

그런 경황 속에서도 시어머님은 틈틈이 내 몸 걱정을 하셨다.

시어머님이나 나나 소복으로 차려입고 이십 칸 드넓은 집 속에 던져져 하루해를 보내고 있었다. 그러나 아들을 기다리고 지아비가 돌아오길 고대하는 두 여자의 영혼은 그렇게 무턱 외롭지만은 않았다. 시어머님은 내 배를 자주 어루만지시며 안타까운 듯 혀를 차시곤 했다.

우상의 눈물

"괜찮아요, 어머님."

나는 뱃속의 우리 아가가 그 어떤 고통 속에서도 꿋꿋하게 견뎌나 우렁찬 울음소리를 내며 이 세상에 태어나 축복받은 아이로 자랄 것을 의심하지 않았다. 이 이상의 고통과 어려움을 하느님이 내리지는 않을 것이라는 신념이 가슴속에 자랑처럼 피어올랐다.

그러나 내 몸에 내리는 신의 저주는 끝나지 않았던 것이다. 정작 신의 저주는 그때부터 시작되었던 것임을 누가 알았으랴.

"창말에 아군 선발대가 지나갔대더라."

마을을 다녀오신 시어머님께서 바깥소식을 가지고 오셨다.

"춘천엔 그 미국 사람인가 뭔가 하는 코가 큰 병정들도 왔다고 하더구나."

이제 남편도 돌아오겠지. 나는 설레는 가슴을 안고 집안 청소를 하고 있었다. 그러나 가슴 한구석엔 남편이 북쪽으로 갔거나 더 뭣한 생각까지 껴들어 뒤숭숭한 것을 어쩔 수가 없었다.

뒤꼍 장독대를 보살피고 있는데 안쪽에서 뭔가 심상찮은 기척이 났다. 난생처음 보는 외국 병정들 대여섯이 마당 한가운데서 있었다. 시어머님이 그들에게 잡혀 시커먼 손아귀에 입을 막힌 채 대청으로 끌어 올려지고 있었다. 어느 한순간 시어머님의 눈길이 내 눈과 부딪쳤다. 애원과 절망과 공포와……. 그런 모든 것을 내쏘는 눈빛이었다.

나는 그 자리에 얼어붙은 채 온몸의 힘이 싹 빠져 내리는 느낌이었다. 시커먼 짐승 셋이 다가오는 것을 멀거니 바라보며 그 자리에 주저앉았다.

안방으로 끌려 들어가면서 나는 내가 할 수 있는 온갖 힘을 뻗쳐 발버둥을 쳤다. 나는 무심결에 내 배를 그러쥐며 애원하는 손짓도 해보았다. 있는 힘을 다해 소리를 질렀다. 넓적한 손아귀가 내 입을 막았다. 나는 그 짐승들의 냄새를 맡았다. 그것은 노린내였다. 짐승들의 흰 이빨이 보였다. 그들은 낄낄낄 웃음소리를 내고 있었다.

나는 의식이 있는 동안 하느님을 찾았다. 하느님의 이름을 빌어 그 짐승들을 저주했다. 나는 드디어 무서운 고통 속에서 하느님 그분을 저주하며 의식을 잃었던 것이다.

의식이 살아 올랐을 때 나는 밖에 웅성거리는 사람들의 말소리를 들었다. 문득 내 머릿속에 서울에 두고 온 늙으신 친정어머니의 얼굴이 떠올랐다. 눈물이 주르르 흘러내렸다. 그러나 다음 순간 내 흐트러진 아랫도리가 천 근만큼 무겁다는 것을 느꼈을 때 나는 나를 낳아 준 어머니를 저주했다.

짐승들은 대청마루에 레이션 상자 두 개를 놓고 갔다.

건넌방에서 마을 할머니들의 혀 차는 소리가 들려왔다.

"난리여, 난리 땐 무슨 짓을 당해도 뻴 수가 없는 법이여."

"아무리 난리기로서니 이럴 수가……"

"아니여, 죽지 않고 산 것만 해도 다행으로 생각해야 하는 게여."

시어머님은 두 번이나 목을 맸다. 한 번은 내가 광 속에서 발견했고 또 한 번은 집 뒤의 대추나무에 목을 맨 걸 강릉집이 풀어 냈다. 두 번이나 저승길을 가던 시어머님께서는 그것도 기진 맥진 방에 몸져누운 채 눈을 감고 아무하고도 얘기를 나누려 하지 않았다. 꼬박 나흘씩이나 입에 물 한 모금 대지 않았던 것이다. 코에서 수수뜨물 같은 피를 술술 쏟으면서도 사람만 접근하면 손을 내저어 쫓았다.

"새댁을 생각해서라두 이러시면 안 돼유 글쎄."

움막에서 풀려나온 강릉집이 애원을 했다.

"걔 어떻게 됐나?"

처음으로 들어 보는 시어머님의 목소리였다.

"어머님, 저 아무렇지도 않아요."

그날부터 시어머님은 거짓말같이 일어나 앉아 음식도 입에 대고 다시 내 배를 만져 보시며 생기를 되찾으셨다.

나는 그 일 이후 가끔 배에 통증을 느끼고 있었지만 시어머님을 실망시킬 것이 두려워 나 혼자 배를 안고 뒹굴었다. 그런대로 통증은 멎어 가고 나는 내가 살아 있다는 그 사실 하나만으로도 다시 하느님을 생각하기 시작했다. 시어머님이 목을 매는 일이 생기지 않았더라면 나는 이 세상에 살아 있지 않았을 것이다. 결국 시어머님이 나를 살려 주신 셈이다. 비록 더럽혀져 죄를 지은 몸이지만 내 뱃속에는 우리들의 씨가, 끝내는 축복받아야 할 최창배 씨 가문의 핏줄이 꿋꿋하게 살아 있었던 것이다. 남편이 어서 돌아오고 그리하여 그이 앞에 우리들의 애기를 안겨 준 다음 그 자리에서 죽어도 좋을 것 같았다. 그때까지, 축복받아야 할 우리들의 애기가 태어날 그날까지 어떠한 일이 있어

아베의 가족

도 살아야 한다는 생각이 오기처럼 뻗쳤다.

그해 겨울 동짓달 나는 해산을 했다. 예정일보다 두 달 앞서 여덟 달 만에 사흘간의 무서운 진통을 거쳐 낳은 애였다.

"이보게 강릉집, 거기 뒤주 위에 낫 좀 가져오게."

시어머님의 목소리가 달떠 있었다. 아들을 낳아야 낫으로 태를 가른다던 시어머님이었다.

"아가야, 내가 손줄 봤구나!"

태를 가르고 난 뒤에야 시어머님이 말씀하셨다. 나는 아득하게 가라앉는 그 몽롱한 의식 속에서 시어머님의 말소릴 듣고 눈물을 흘렸다. 하느님 감사합니다.

그러나 하느님은 내 간사한 마음을 비웃기라도 하는 듯 끝내 얼굴을 돌리셨다. 나는 술가재처럼 형태가 제대로 잡히지 않은 핏덩이를 내려다보며 몸서릴 쳤다. 그러나 그 핏덩이는 숨을 쉬고 있었다. 나는 저주받은 하나의 생명을 이 세상에 내던졌던 것이다.

산골에는 눈이 더 많이 내렸다. 정강이에 차는 눈을 아예 치울 생각도 못 한 채 새해를 맞았다.

그 겨울 막바지에 또 한 번의 난리를 치렀다. 1·4후퇴였다. 이번 난리는 여름에 댈 것이 못 된다고 모두 벌벌 떨면서 피난 보따리를 싸 짊어지고 집을 떠났다. 마을은 텅텅 비었다. 북쪽에서 밀려 내려오는 피난민들이 빈집에 하룻밤씩 머물러 가면서 휘휘한 소문만 남겼다. 빨갱이들이 독이 올라 이제는 사람을 보는 대로 죽인다고 했다. 누비옷을 입은 되놈들은 빨갱이들보다 더 무

우상의 눈물

섭다고 했다.

그러나 시어머님과 나, 그리고 화순이를 등에 매달고 다니는 강릉집, 이렇게 세 여자는 남들이 다 떠난 빈 마을에 남아 한 가닥 기대 속에 살고 있었다.

"애 아버이가 오면 제발 맘 고쳐먹고 발 뻗구 자다가 죽자구 할 꺼예유."

강릉집은 남편이 당장 마을로 들어서기라도 하는지 매일 화순이를 업고 대문 밖에 나가 서성거렸다.

시어머님도 당신의 아들이 이번에야말로 꼭 돌아올 것으로 알고 솜바지 저고리를 짓는 등 들떠 있었다. 나는 갓난것을 품에 안고 남편의 귀가를 기다렸다. 도저히 살아날 가망이 없는 애를 시어머님의 정성으로 살려 냈다. 이처럼 발육이 불완전한 애가 어떻게 젖을 빨 것인가 싶었지만 갓난것은 믿어지지 않을 만큼 억센 힘으로 젖을 빨았다. 나는 가끔 그 아이가 무서운 생각이 들 때가 있었다. 이것은 사람이 아니다. 그럴 때마다 나는 아이를 방바닥에 밀어 놓고 치를 떨었다. 온몸이 부들부들 떨렸다. 내 뱃속의 애기를 위해 이를 악물고 억눌러 왔던 그 증오가 분수처럼 거세게 솟구쳐 올랐던 것이다. 그 시커먼 짐승들을 칼로 푹푹 찔러 검고 끈적끈적한 살갗 그 깊숙한 데서 콸콸 쏟아지는 피를 받아 이웃 사람들 눈앞에 내보이고 싶은 충동이었다. 가끔 우리 집에 들러 내 애기를 마치 징그러운 뱀을 보듯 몸서리치며 바라보는 이웃 사람들에 대한 분노가 함께 치민 것이다. 나는 발작처럼 손끝으로 뻗치는 증오 때문에 더 견디지 못하고 마루로 뛰어나가곤 했다.

강릉집이 기다리는 그네의 남편은 그해 겨울이 다 가도록 돌아오지 않았다. 강릉집은 징징 울면서 마을 앞 강변까지 내려가 남편을 기다렸다.

"얘가 어떻게 된 거냐?"

평소 일체 부성거리는 것을 모르던 시어머님께서 아들의 바지저고리를 마지막 손질하면서 말씀하셨다.

"에미야. 더 기다려 보자꾸나. 걔가 이 에미하구 제 자식을 보기 전엔 절대 안 죽을 게다. 두고 보렴. 걘 절대 안 죽었다. 언제고 꼭 돌아올 게여."

난리 전보다 열 살은 더 늙어 버린 시어머님의 얼굴에 경련이 일고 있었다. 자신의 마음속에 어떤 확신을 심는 그 고통의 그림자였던 것이다.

우리 식구들은 인민군과 다시 나타난 지방 빨갱이로 해서 또다시 시달림을 받아야 했다. 창말에서 나를 다시 찾고 있었지만 나는 결코 대문 밖을 나가지 않았다. 중공군들이 뭐라고 쏼라대며 우리 마당을 파헤쳤다. 집 안에는 한 톨의 감자도 남아 있지 못했다. 중공군들이 시어머님 가슴에 총을 들이대며 어느 곳에 곡식을 감추었는지 당장 내놓으라고 발을 굴렀다. 시어머님은 의연한 자세로 버티고 서서 고개만 저었다.

강릉집이 마을의 빈집을 돌며 먹을 것을 구해 와 겨우 끼니를 이었다. 먹는 것이 부실하자 갓난것은 빈 젖을 더욱 악착같이 빨아 댔다.

중공군이 다시 밀려 올라가면서 샘골 일대는 치열한 싸움터가 되었다. 낮이면 비행기 폭격으로 산이 불붙었고 밤이면 고막이 터져 나가는 총소리 속에 싸움이 붙었다. 산골짜기에는 중공군 시체가 나무등걸처럼 쌓여 바람이라도 있는 날이면 그 썩는 악취가 마을까지 풍겨 왔다.

"에미야, 이제야 애비가 오는가 부다."

다시 국방군이 마을을 지나 북쪽으로 갔을 때 시어머님은 대청을 서성거리며 마을 입구 샛길을 기웃거리셨다. 강릉집은 싸움이 뜸한 어느 날 화순이를 업고 나간 채 영영 돌아오지 않았다.

피난 나갔던 사람들이 돌아오고 얼었던 땅이 녹아 묵은 밭에 풀이 무성해졌지만 내 남편 최창배 씨는 돌아오지 않았다. 북쪽에서 폿소리가 계속 울려오는 속에 또 1년이 흘렀다. 그러나 어린것은 아직 뒤치지도 못했다. 커갈수록 배냇병신 티가 분명히 드러났다.

"얘, 인민군들이 숱하게 포로로 잡혔는데 그 사람들을 이승만 대통령이 죄다 풀어줬대드라."

마을 사람들이 얘기하는 1953년 6월의 반공 애국포로 석방을 두고 하시는 말씀이었다. 나 역시 거기에 기대를 걸고 살았던 것이다. 남편이 자진해서 포로가 되었다가 이번 기회에 풀려났을 것 같은 확신이 마음속에 생겼던 것이다. 그러나 남편은 그 여름이 다 가도록 돌아오지 않았다. 그해 7월 27일 휴전 협정이 돼 전쟁이 끝났는데도 우리들이 그처럼 기다리는 사람은 영영 모습을 보이지 않았다.

나는 그동안 서울 친정집 소식을 들을 수 있었다. 늙으신 어머니는 물론 오빠까지 난리통에 폭격으로 돌아가셨다는 소식이었다. 혼자 된 올케가 애들 둘을 데리고 샘골까지 왔다가 내 형편이 또한 기구한 것을 알고 그날로 되돌아갔다.

더 견딜 수 없는 것은 시어머님의 마음이 변한 일이다.

"얘, 어미야 애빈 꼭 온다."

말씀은 늘 그렇게 하시면서도 당신의 답답한 마음을 주체하지 못해 툭하면 마을 사람들과 싸우고 들어오셨다. 싸움의 발단은 언제나 시어머님께서 상대편에 대해 듣지 못할 소리로 악담을 퍼댔기 때문이다. 그렇게 싸우고 들어오신 시어머님께서는 방바닥에 널브러진 채 헐떡거리고 있는 어린것을 향해,

"에이 더러운 놈의 씨!"

이 같은 욕을 퍼댄 다음 하루 종일 거들떠보지도 않았다. 그 어린것이 외국 병정들 씨라는, 실로 말 같지도 않은 욕을 퍼댈 때마다 나는 시어머님의 그 독이 오른 얼굴을 뻔히 쳐다볼 뿐 아무런 말도 나오지 않았다. 시어머님의 그 악담은 더욱 잦아졌고 나는 모두 다 팽개치고 도망쳐 버리고 싶은 생각이 하루에도 몇 번씩 치밀곤 했다.

그러나 나는 고개를 저었다. 시어머님이나 내 어린것 그 둘 모두 버릴 수 없는 사람들이었다. 나는 일꾼들을 사서 아버님이 짓던 농사를 짓느라 이런저런 시름을 잊고 있었다.

아베가 다섯 살이 되는 봄이었다. 아베는 네 살부터 겨우 기

기 시작하여 이제 갓난애처럼 걸었다. 그것도 사지를 뒤틀면서 아주 어렵게 일어서서 걸었다. 입을 벌려 소리 낼 수 있는 것은 고작 '아…아…아…베'였다.

내가 부엌에서 낮에 먹은 그릇 설거지를 하고 있는데 아베를 안고 대문으로 들어서는 사람이 있었다. 아베는 대문 밖에서 아랫도리를 아예 입지 않은 채 놀고 있었던 것이다. 아베를 안고 들어온 사람은 키가 크고 흰 얼굴이 무척 수척한, 삼십이 훨씬 넘어 뵈는 사람이었다. 나중에 알게 됐지만 그때 그는 겨우 27세였다.

나는 처음 그를 보았을 때 부엌에서 뛰어나가고 싶은 충동을 억지로 참았다. 도무지 처음 보는 사람 같지가 않았던 것이다. 5년 전 의용군에 끌려간 남편이 연상이 돼 그랬는지 아니면 남들이 한 번도 안아 보는 일이 없는 내 아들을 가슴에 덥석 안고 있는 그에 대한 고마움이었는지 그런 걸 따질 것 없이 나는 그냥 반가운 마음을 억누를 길이 없었다.

"뉘시요?"

방에 앉아 계시던 시어머님도 어지간히 놀란 기색이었다. 그러나 실망과 의혹이 섞인 그런 눈으로 그 사람을 훑어보고 계셨다.

"애기가 밖에서 혼자 놀고 있기에 데리고 들어왔습니다."

아직도 아베를 가슴에서 떼놓지 않은 채 그는 시어머님한테 허리를 굽혀 절했다.

"게 좀 올라 앉구랴."

시어머님이 마루를 가리켰다. 낯선 사람만 보면 아들 소식을 얻을까 해서 붙들고 늘어지는 시어머님이었다.

그는 그렇게 해서 우리 집 식객이 되었다. 강릉집이 살던 다 쓰러져 가는 행랑채가 그의 거처가 되었다. 시어머님은 행색이 그야말로 초라한 그가 밥을 허겁지겁 퍼먹는 것을 바라보다가 돌아앉아 눈물을 닦으시곤 했다. 시어머님이 여러 가지를 물어 보셨다.

"고향은 어디우?"

"황해도 장연입니다."

"이북이구면. 집엔 부모님들이 생존해 계시겠구면?"

"모르겠습니다. 떠난 지가 오래돼서요."

38선이 그어지기 전에 여동생 하나와 서울 외삼촌네 집에 와 학교를 다니다가 난리가 터져 다시는 고향에 돌아가지 못했다 는 것이다. 난리 때 외삼촌네 집은 풍비박산 돼 남쪽에 있는 단 하나 여동생마저 잃어버렸다는 것이다. 그는 시어머님 앞에 신원 이 확실하다는 걸 보여주기 위해 도민증과 군대 제대증까지 내 보였다.

"그럼 아주 외톨이구면. 헌데 젊은 사람이 왜 이렇게 떠도누?"

그 말에 그는 대답하지 않았다. 그의 밥그릇이 싹싹 비워졌다.

"아…아…아…베."

아베가 마루에 걸터앉은 그 사람 앞으로 뒤뚱뒤뚱 다가가자 그는 서슴없이 애를 안아 올렸다.

참으로 거북스러운 일이었다. 여자만 사는 집에 외간 남자가 함께 기거하면서 얼굴을 쳐다보고 살아야 한다는 것은 남편 없는 젊은 여자로서는 차마 못할 일이었다. 그는 새벽같이 논에 일을 나가고 집에 들어오면 아베하고만 어울렸다. 나한테 할 말도 꼭 아베한테 말했다.

"야, 아베야, 나 냉수 좀 줄까?"

그런 식이었다. 그는 믿어지지 않을 만큼 아베를 좋아했다. 그냥 이쪽 눈에 들기 위해 그러는 게 아니라 남이 보지 않는 데서도 아베를 안아주는 등 진심에서 우러나오는 것 같았다. 호랑이도 제 새끼를 귀여워하면 침을 흘린다더니 그렇게 천대받던 아베가 사랑받는다는 것을 본다는 것은 하늘을 얻은 것 같은 기분이었다. 시어머님도 그 젊은이를 좋아했다.

이웃 사람들이 이상한 눈으로 기웃거리며 수군거렸다. 그러나 이미 남의 눈총을 받는 데는 익숙해진 터라 별로 두려울 것이 없었다.

문제는 내 자신의 마음이었다. 한집 안에 외간 남자를 두고 산다는 것이 괴로웠다. 하루에도 몇 번씩 그 사람이 아베의 아버지 같은 착각에 놀라곤 했다. 남편에 대한 죄의식이 가슴 밑바닥을 송곳처럼 쑤시고 올라왔다. 나는 밤이면 방에 누워 문득 행랑채의 그 남자를 생각하고 소스라쳐 놀라곤 했다. 그런 다음 날 아침이면 나는 시어머님이나 그 사람의 얼굴을 쳐다볼 수 없을 정도로 민망스러웠다.

"살아 있을까?"

"그럼요. 틀림없이 아베 아버지는 살아 있습니다. 저도 군대 생활을 했지만 군대에선 마음먹은 대로 할 수가 없어요. 더구나 인민군에겐 더욱 그렇지요. 도망이 어디 그렇게 쉽습니까? 어쩔 수 없이 이북 어딘가에 살아 있을 겝니다."

그 사람은 늘 시어머님과 아베의 아버지 얘기를 나누었고 그럴 때마다 내 남편이 반드시 어딘가 살아 있을 것이라는 말을 힘주어 말하곤 했다.

"그놈에 통일은 언제 되지?"

"됩니다. 틀림없이 통일이 될 것입니다. 이렇게 살아 계시다가 보면 아드님 만나 뵙는 좋은 날을 반드시 보실 겝니다."

그는 시어머님한테 희망을 불어넣기 위해 무척 애를 쓰는 것처럼 보였다.

그가 우리 집에 머문 지 다섯 달이 넘고 있었다. 가을걷이를 하면서 나는 그와 자주 마주쳤다. 마차에 볏단을 싣다가 서로 같은 볏단을 잡은 적이 있었다. 문득 그가 나를 쳐다보았다. 나는 그의 눈이 깊고 그리고 그 깊은 데서 활활 타오르는 빛을 보았다. 그 순간 내 온몸의 피가 쫭쫭 요란스러운 소리를 내며 밖으로 터져 나오는 것 같았다.

다만 그것뿐이었다. 그런데 같은 여자의 입장에서는 상대편에 대해서 매우 민감한 것이 보통이다. 나는 며칠 사이에 시어머님의 눈치가 달라진 것을 알았다. 그 눈초리가 냉랭하고 무서웠다. 자연 내 쪽에서도 시어머님을 맞바로 쳐다보지 못하고 서로 마주치는 걸 피하게 됐다. 시어머님 스스로도 자신의 마음을 달래느라 무척 괴로워하시는 것 같았다. 휭하니 밤마을을 나가기가

우상의 눈물

예사였다. 그렇게 되면 텅 빈 집에 그 사람과 나만 남겨지게 됐다.

"이제 그만 우리 집에서 떠나주셔야 하겠어요."

나는 마음을 도사려 먹고 말했다.

"알겠습니다. 그러잖아도 진작 떠난다는 것이 그만 아베한테 정이 들어서요."

그가 쉽게 대답했다.

거짓말하지 마세요. 나는 그렇게 부르짖고 싶었다. 당신이 그 흰 손으로 농사일을 하는 걸 나는 더 볼 수가 없어요. 당신은 농사꾼이 아녜요. 더구나 당신은 내 남편이 살아 있다고 몇 번씩 말했어요. 그래요, 내 남편은 살아 있어요. 우리 아베의 아버지는 언제고 돌아올 거예요. 나는 그이의 아내예요.

그러나 나는 이미 방에 들어와 잠든 아베를 끌어안고 숨죽여 울었을 뿐이다.

그런데 뜻밖에 그 사람과 내가 아베를 데리고 떠나야 할 일이 빨리 생겼다. 시어머님이 일을 그렇게 만드셨다. 아닌 밤중에 홍두깨요 맑은 하늘에 벼락이었다.

"에미야, 넌 이제 내 식구가 아니다."

어느 날 시어머님께서 나를 불러 앉히고 말씀하셨다. 너무나 뜻밖에 당하는 일이라 어리둥절해 있는 나를 향해 시어머님이 계속하셨다.

"나를 더 속여야 소용없다. 내가 이미 다 알고 있었다."

"무슨 말씀이세요, 어머님?"

"다 안대두 그러는구나. 내 이웃 챙피해서두 큰소리는 안 내겠다. 어여 느덜 짐 싸가지고 나가거라."

시어머님의 말소리는 너무 착 가라앉아 소름이 끼칠 정도였다.

"뭘 꾸물거리고 있는 게냐? 어서 짐을 싸라니까. 애까지 데리고 가는 거다. 그건 느덜 씨니까 말이여."

"어머님, 무슨 말씀을 하고 계시는 거예요?"

"너 그렇게 계속 시치밀 떼야 하겠냐?"

시어머님의 언성이 높아졌다.

"그렇다면 내 물어보겠다. 너 우리 집에 시집온 게 언제지?"

나는 무슨 말씀인지 몰라 대답을 못하고 말았다.

"너 시집와서 몇 달 만에 앨 낳는지 그건 알겠구나?"

나는 뭐가 뭔지 더욱 아리송해 시어머님 얼굴만 쳐다볼 수밖에 없었다.

"그래, 입이 열 개 있어두 말 못할 게다."

"어머님 무슨 말씀이신지 전 도무지……"

"잔소리 더할 것 없다. 이것들아, 내가 그렇게 어수룩한 줄 알았더냐? 그래 어떤 부처님이 제가 맨들지두 않은 병신 애새낄 끌어안구 다닌다더냐?"

시어머님이 하시는 말씀의 뜻이 한꺼번에 짚혀들자 나는 그만 온몸의 힘이 빠져나간 것처럼 허탈해졌다. 요는 행랑채의 그 사람이 아베의 친부가 틀림없다는 시어머님의 주장이었다. 결혼한 지 여덟 달 만에 애를 낳고 다시 5년 뒤에 떠돌이 서울 사람

우상의 눈물

이 찾아와 남들이 사람 새끼로 취급도 안 해주는 병신 아베를 안고 다니는 그의 수상쩍은 행동거지를 두고 하시는 말씀이었다.

나는 어느 결에 대문 밖에 몰려온 마을 아낙네들을 바라보면서 치를 떨었다. 내가 몇 년 사이에 겪어 낸 그 어떤 고통보다 큰 아픔이 쇠뭉치가 되어 내 머리통을 내리쳤다.

"어머님……."

"닥쳐라, 내 입에서 더 못된 소리 나오기 전에 어서 떠나지 못할까?"

시어머님은 입도 벙긋 못하게 호통을 치셨다. 행랑채 남자가 달려 나왔지만 시어머님은 이미 내 옷가지와 패물들을 마루에 내던지고 있었다.

시간이 흐르면 시어머님께 내 억울한 사정을 이해시킬 수 있을 것 같아 마당에 무릎을 꿇고 앉아 버텨 보았지만 시어머님은 바늘구멍 하나 찌를 틈도 주지 않으셨다.

"사정이야 다 있겠지만 저렇게 가라구 할 때 어서 떠나게."

마을 사람들이 몰려와 혀를 차면서 별의별 소리를 다 떠들었다.

"염치가 없구먼. 해두 너무했어."

칼로 배를 찢어 내 속을 보여야 마땅한 일이로되 그 더러운 삶의 한 가닥 애착 때문에 저주받은 씨 하나를 안고 마을을 떠났다. 저만큼 앞서 행랑채 사내가 보따리 하나를 들고 휘청휘청 앞서 걷고 있었다.

"내 자식은 반드시 돌아온다. 이 더러운 것아, 다시는 발걸음 비치지두 말거라."

울음 섞어 질러 대던 시어머님의 말소리가 귀에 쟁쟁했다. 마을 사람들은 쫓겨나는 우리들을 향해 쯧쯧 혀를 차는가 하면 모질게 침을 뱉기도 했다. 이를 악물자 쏟아지던 눈물도 더 이상 흐르지 않았다.

김상만 씨, 그는 하느님 당신이 저주 내리신 불쌍한 아베를 위해 특별히 보내 주신 사람이라고 나는 그렇게 믿고 싶었다. 아베를 위해서, 그리고 내 자신의 아직 꺼지지 않고 있는 그 더러운 생명의 마지막 연소를 위해서 나는 그 사람과 결혼했다. 그는 가능한 한 6·25 때 실종된 전남편 최창배 씨 앞으로 출생신고된 아베를 완전히 자기 자식으로 바꿔 놓고 싶다고 그 법적 절차까지 다 알아 두고 있었다.

그러나 나는 그 문제만은 단호하게 머리를 내저었다. 아비 없는 자식으로 키우기보다는 차라리 떳떳이 김씨 성을 주어 자식을 삼겠다는 그의 진심을 내가 모르는 바 아니었지만 나는 마음 속에서 그것을 용납할 수 없었다. 아무리 저주받은 병신으로 이 세상에 태어나 제구실을 못하고 죽을 그런 인간이지만 아베는 어디까지나 최씨 가문의 핏줄이었던 것이다. 더욱이 아베는 4대 독자 집안의 유일한 뿌리로 남았던 것이다. 아베가 더 뿌리를 내리든 아베 대에서 그 뿌리가 끊겨지든 그것은 문제가 아니었다. 아베는 어디까지나 최창배의 자식이지 김상만 그의 자식은 될 수 없는 게 아닌가.

우상의 눈물

나는 내 둘째 남편 김상만 씨가 어떤 불치의 병을 가지고 있는 사람이라는 걸 쉽게 알아냈다. 물론 그 병은 눈으로 가늠할 수 있는 어떤 육신의 병이 아니었다. 뭔가 삶의 의욕을 잃은 것 같은 그의 그 멍청함을 통해 나는 한 인간이 지닌 고뇌의 깊이를 생각할 수 있었다.

　우리들 사이에서 첫 애가 태어나기 전에 나는 내 가슴에 새겨진 상처 하나를 그에게 털어놓았다. 남들이 말하는 부부의 쾌락을 우리는 전혀 느끼지 못하고 있었고 나는 그 원인이 모두 내 상처에서 비롯된다고 그렇게 믿고 있었기 때문이다. 우리들은 몸에 불을 붙여 활활 타오른 다음 그 육체 결합을 통해 구원받고자 안간힘 썼다. 그이는 나보다 더 집요하게 자신의 몸에 불을 당기기 위해 발버둥 쳤다. 그러나 우리는 동물이 생식 본능에 의해 갖는 그런 요식 행위 이상의 결합을 가질 수 없었다. 우리는 서로 몸을 기댄 채 허망한 마음으로 안타까움을 달래곤 했다. 그럴 때 나는 참지 못하고 여자가 무덤 속까지 가지고 가야 할 그런 과거를 털어놓은 것이다.

　"다 알고 있었소. 동네 사람들이 그 얘기부터 해줍디다."

　나는 내 몸이 천 길 낭떠러지로 떨어져 내리는 현기증을 느꼈다.

　"당신 그러면 그 일 때문에……?"

　내가 신음처럼 중얼거리자 그이는 고개를 가로저으며 내 어깨를 어루만졌다.

　"아베 엄마, 당신 지금도 그 사람들을 미워하고 있소?"

얼마 만에 그이가 조용히 물었다.

"그럼 제가 그 사람들을 사랑해야 되겠어요? 난 이제 아무도 미워하지 않아요. 미운 건 오직 내가 이렇게 끈질기게 살아야 하는가 하는 그 의문이에요. 나는 이 의문이 머릿속에 떠오를 때마다 두려워서 견딜 수가 없어요."

"무슨 소릴 하는 거요. 당신은 아베를 키워야 할 엄마고 또한 우리들이 갖게 될 아이들의 엄마이기 때문에 당당하게 살아야 하는 거요."

"아베는 키울 만한 가치가 없는 병신이에요. 그런데 당신은 입때껏 아베를 사랑해 왔어요. 아니에요. 사랑하는 척 해왔어요. 나는 그 사실이 무서워요. 줄타기에 나간 애인을 바라보는 여자처럼 겁나고 조마스러워요. 어떻게 자신의 핏줄이 아닌 병신자식을 사랑할 수 있단 말예요."

"사랑할 수 있소. 난 아베를 내가 낳은 자식처럼 사랑하면서 살 수 있소. 두고 보면 알 것이오."

"그렇지 않아요. 우리들 사이에서 아이들이 태어나면 당신 마음은 달라져요. 동정과 사랑은 같을 수가 없어요."

나는 여자의 본능으로 내 자식에 대한 사랑을 확인받고 싶었던 것이다.

"동정이든 사랑이든 나는 아베를 버릴 수가 없소. 아베는 내 자식이오."

그이가 결연하게 외쳤다. 그리고 그이는 말하기 시작했다.

우상의 눈물

내가 아베와 거의 비슷한 아이를 만난 것은 1·4후퇴 당시 황해도 내 고향 근처의 어느 산속이었소. 서울서 대학을 다니다가 난리를 만났고 유엔군과 함께 북진하는 국군에 뛰어든 거요. 고향에 두고 온 내 부모를 만나고 싶었던 것이오. 북쪽으로 가기만 하면 내 부모를 만날 수 있을 것이라고 생각했던 거요. 물밀 듯 밀고 올라갈 때는 이제 아무 때고 부모를 만날 수 있다는 생각에 무턱 고향을 지나쳤지만 막상 중공군에게 밀려 내려오게 됐을 때 나는 고향 땅을 그냥 지나칠 수가 없었소. 불현듯 고향 마을이 눈에 잡히고 38선이 막히기 전 마지막 본 부모님과 형들이 미치게 보고 싶었소. 더구나 고향 마을에는 양가 부모님들끼리 정해 놓은 내 약혼자가 있었던 것이오. 나는 그때 고향집에 돌아가고 싶다는 생각 외는 아무것도 생각할 수 없었소. 사상도 나라도 내게는 상관이 없는 거였소.

나는 후퇴하는 부대 후미로 뒤쳐지기 시작했소. 산 하나를 넘으면 내 고향 마을이 보일 수 있는 그런 낯익은 길을 걷고 있었지요. 나는 정말 잠깐 동안이면 내 고향집에 다다라 보고 싶은 얼굴들을 만날 수 있을 것 같았소. 그리고 내 부모를 이끌고 남하할 그런 계산도 가지고 있었던 것이오. 나는 내 계획대로 부대에서 이탈하는 데 성공했소. 그러나 나는 내가 숨어 있던 바위 뒤에서 몸을 일으킨 순간 좀 떨어진 곳에 세 사람의 군인이 내 쪽으로 오고 있는 것을 보았소. 부상당한 한 사람을 두 사람이 부축해서 걸어오고 있었소. 나는 몸을 숨길 겨를도 없이 그들에게 발각된 것이오. 그때 그들은 이제 내 적이었소.

어이, 이것 좀 받아줘.

그들 중에서 한 사람이 내게 자신들의 총을 내밀었소. 가운데 부축을 당한 병사는 배를 움켜쥐고 신음하고 있었소. 부대는 이미 산모퉁이를 다 돌아가 보이지 않고 있었소. 나는 그들 뒤에서 총을 쏘아 댔던 것이오. 세 사람이 땅에 쓰러져 뒹굴었소. 나는 카빈총 하나를 들고 길을 벗어나 산속으로 치뛰기 시작했소. 얼마쯤 치뛰다가 문득 길 쪽을 돌아보니 그 순백의 눈 속에 넘어졌던 세 사람 군인 중 한 사람이 일어나 한쪽 무릎을 땅에 끌며 움직이고 있었소. 그는 얼마 못 가 눈 속에 넘어졌다간 다시 일어나 그렇게 어려운 걸음을 떼어 놓고 있었소. 나는 다시 정신없이 산을 치뛰기 시작했소. 바람에 눈이 몰려 어떤 지점은 허벅지까지 눈에 덮였지만 나는 몇 시간이고 그렇게 산속을 헤맸던 것이오. 아무리 가늠해 봐도 내가 목표로 했던 고향 마을의 낯익은 산을 찾을 수가 없었소. 나는 다음 날 새벽까지 그 눈 덮인 산속을 헤맸던 것이오. 나는 몸에 지닌 건빵 한 조각도 없이 산속을 헤매느라 기진맥진하였고 무서운 허기를 느꼈소. 발과 손이 얼어 감각을 잃었고, 나는 아무 데나 쓰러져 잠들고 싶도록 지쳐 있었던 것이요. 그때 내 눈앞에 문득 초가 한 채가 보였소. 산 밑 외딴집이었소. 그 외딴 초가로부터 꽤 떨어진 곳에 서너 채의 인가가 보였소. 나는 군모와 계급장을 다 떼어 버리고 그 외딴 집으로 숨어들었소. 봉당에 한 아이가 앉아 똥을 누고 있었는데 아랫도리는 아베처럼 아예 벌거벗고 있었소. 대여섯 살쯤 돼 보이는 아이였지요. 그 아이가 사립문을 들어선 나를 향

우상의 눈물

해 히쭉 웃었소. 나는 총을 겨누면서 봉당에 올라서 방문을 열어젖혔소. 식구들이 껌껌한 방에 모여 앉아 밥을 먹고 있는 중이었소. 나는 그들을 방 한구석으로 몰아붙인 다음 상 위의 밥을 허겁지겁 퍼먹기 시작했던 거요. 우툴두툴한 옥수수밥이었는데 나는 지금도 그 옥수수밥 맛을 잊을 수가 없소. 방구석에서 쯧쯧 혀를 차는 소리가 들렸소. 정신없이 밥을 퍼먹던 나는 무의식중 그쪽으로 총구를 들이댔소. 벌벌 떨면서 웅크려 앉은 사람들 속에 얼굴이 쪼글쪼글 늙은 노파가 내 얼굴을 딱하다는 그런 눈빛으로 쳐다보고 있었소. 그러나 다른 식구들, 중년 부부와 열예닐곱쯤 돼 보이는 처녀, 그리고 사내아이가 둘, 그들은 살기를 띤 내 눈을 피해 얼굴을 돌리며 몸을 와들와들 떨고 있었소. 나는 다시 정신없이 옥수수밥을 먹다가 소스라치게 놀랐소. 누가 내 등에 업힌 것이었소. 나는 그것을 방바닥에 밀어 던졌소. 봉당에서 똥을 누던 그 어린애였소. 놈은 방바닥에 나가 떨어져서도 나를 향해 해죽이 웃었지요. 밥을 다 퍼먹고 나자 나는 얼었던 몸이 방 안 온기에 풀리면서 심한 식곤증을 느끼었소. 나는 총을 거머쥔 채 벽에 기대 눈을 감았던 거요. 형언할 수 없는 그런 안식이 내 몸 전체를 녹여 내리고 있었소. 깜박 졸았던 모양이오. 어떤 기척에 퍼뜩 정신을 차려보니 방 안 공기가 이상했소. 사십대 그 주인 남자가 보이지 않았소. 나는 문을 열어젖혔고 거기 봉당을 내려서는 그를 보았소. 나는 정말 무의식중에 그 사내를 향해 총을 쏘았던 것이오. 그리고 귀청을 찢는 비명을 들었소. 나는 몸을 돌려 어둑한 그 방구석을 향해 총을 난사했소. 턱이 덜덜 떨리는 공포를 느끼면서 실탄 케이스를 갈아 끼운 다음 다시 총을 쏘아 대기 시작했소. 그리고 밖으로 뛰쳐나왔소. 내가 쏜 그 주인 남자가 봉당에서 마당으로 떨어진 채 피를 쏟으며 쓰러져 있었지요. 사립을 나서며 나는 문득 방 쪽을 돌아다보았어요. 그때 방문턱에 벌거벗은 아랫도리를 그냥 내놓은 채 걸터앉아 나를 향해 히쭉 웃고 있는 그 반편이 사내아이를 보았던 것이오. 나는 비로소 내 정신을 되찾아 도망치기 시작한 거요. 나는 후퇴하는 다른 잔류 부대를 만나 곧 원대 복귀할 수 있었고, 정신에 이상이 있다고 낙인이 찍혀 후방 병원으로 넘겨져 거기서 제대를 했던 것이오.

나는 길거리에서 다리를 저는 상이용사만 만나면 가슴이 철렁 내려앉으면서 며칠씩 손에 맥이 풀렸지요. 한쪽 무릎을 끌고 눈길을 걷다가 쓰러지고 다시 일어나 걷곤 하던 그 병사의 환영이 나를 괴롭혔던 것이오. 나는 내가 죽인 사람들 때문에 괴로워한 게 아니오. 내가 죽이지 못한 사람, 그 절름거리는 병사와 문턱에 걸터앉아 나를 향해 웃던 반편이 사내아이가 내 삶의 알맹이를 모조리 빼앗아 가버렸던 것이오. 나는 어렸을 때 강둑에서 살무사 한 마리를 죽인 적이 있는데 뱀에 대한 극도의 공포로 해서 나무막대기를 정신없이 내리쳐 살이 흐치흐치 문들어질 정도로 만든 다음 풀숲에 던지고 돌아왔던 것이오. 그러나 저녁을 먹고 잠자리에 든 순간 문득 살무사는 꼬리만 성하면 땅기운을 찾아 다시 살아나서 원수를 갚는다는 말이 생각났소. 나는 부랴부랴 잠자리에서 일어나 어두워진 강둑으로 날려

우상의 눈물

가 그 죽은 뱀을 찾아냈던 것이오. 그리고 그제는 더 살아날 수 없을 정도까지 돌로 짓이겨 놓은 다음 뽕나무 가지에 걸어 놓고 들어왔던 것이오. 그제야 잠을 잘 수가 있었지요. 아마 나는 그 곳이 휴전선 이쪽이었다면 당장 달려가 그 아이를 찾아내었을 게 틀림없소. 그리고 그 반편이 아이를 죽였을는지 모르오.

그리고 여기저기 떠돌며 살다가 당신이 살고 있는 그곳에서 아베를 본 것이오. 나는 결코 내 눈을 의심하지 않았소. 아베가 바로 몇 년 전 내가 죽이지 못한 그 아이라고 생각했소. 물론 나 이도 모습도 많이 틀렸지만 나는 그런 것을 생각할 겨를이 없었 던 거요. 나는 아랫도리를 벌거벗고 땅바닥에 앉아 노는 아이를 안아 올렸소. 아무 생각도 없이 그렇게 했던 것이오. 그 순간 나 는 실로 형언할 수 없는 충동으로 몸을 떨었소. 그것을 뭐라고 설명해야 될는지……. 그렇소. 나는 가슴으로 끓어오르는 뜨겁 고 커다란 것을 분명히 느낄 수 있었던 것이오. 그것은 사랑이었 소.

남편은 그 사랑을 충분히 입증해 보였다. 우리들 사이에서 네 아이가 태어나 큰애 진호가 열여덟 살이 되도록 아베에 대한 남 편의 사랑은 변함이 없었다. 그는 어떠한 사람 앞에서도 아베를 자기 자식이라고 말했다. 아버지, 어째서 아베는 우리 호적에 안 올라 있는 거예요? 고등학교에 들어가기 위해서 호적등본을 떼 어 온 진호가 그런 질문을 던졌다. 그런 난처한 경우가 한두 번 이 아니었다. 그럴 때마다 남편은 대답했다. 병신자식이라 남들이 제대로 살지 못할 거라고 해서 한두 해 미루다가 이렇게 됐구나. 그처럼 남편을 철두철미하게 아베를 자기의 자식들과 구별 없이 키웠다. 아베로 인해서 집안이 시끄럽고 아이들이 비뚤어져 나가도 그이는 이렇다 말 한마디 없이 지내 왔다. 오히려 그는 아베로 인해서 내 마음이 상하는 게 괴로운 듯 늘 안타까운 얼굴을 보이곤 했던 것이다. 나는 다시 한 번 당신이 저주 내리신 불쌍한 아베를 어여삐 여기사 그 사람을 보내 주신 하느님한테 감사했다. 하느님 감사합니다.

아아, 그러나 하느님은 아직 내 편이 아니었다. 나는 이제 하늘을 잃었다. 어둠과 절망과 가슴을 찢기는 아픔만이 내게 남아 있었다.

동두천에서 온 남편의 여동생, 아이들의 고모가 찾아왔을 때부터 나는 가슴에 구멍이 뚫리기 시작하는 남편을 알아볼 수 있었다. 고모의 몸에서는 노린내가 났다. 나는 그 노린내를 맡으면서 이상한 예감으로 가슴을 떨었다. 그 여자가 아베를 짐승처럼 바라보던 그 눈을 통해서 나는 육감적으로 어떤 불길한 생각을 떠올렸던 것이다.

남편은 이제 아베를 버리고 자기의 혈육인 그 여동생을 통해서 구원받으려 하고 있었다. 남편은 타고나기를 심약한 기질이라 아베를 통해 한 가닥 빛을 찾았을 뿐 그 뒤로도 계속 죄의식에 시달리는 생활을 해왔던 것이다. 그의 가슴속에는 아직도 확인하지 못한 그 절름거리는 병사와 그가 죽인 사람들이 하나둘 살아나서 그를 괴롭히고 있었던 것이다. 그는 항상 멍청해 있지 않으면 어렵게 얻은 직장을 쫓기듯 허둥허둥 물러 나와 겁먹은 얼굴로 방에 숨어 살았다. 그이는 자기와 같은 피부, 같은 생각, 자기와 같은 말을 하는 사람들을 겁내고 있었다. 그이는 한국을 떠나 어데 먼 곳에 가 살고 싶다고 늘 말해 왔다. 숨이 막혀. 그는 늘 기어 들어가는 소리로 말했다. 북한에 살아 계실는지도 모르는 그의 부모 형제 얘기만 나오면 가슴을 쥐어뜯으며, 아이구, 답답해! 그렇게 신음하곤 했다.

그러한 남편으로 해서 우리 가족은 오늘의 안일은 물론 내일의 희망까지 빼앗긴 채 늘 우울하고 암담한 시간을 가져야 했다. 나는 그 숨 막히는 어둠 속에서 우리 가족을 건져 올리고 싶었다. 암담한 뿌리를 송두리째 끊어 버리고 보다 굳건한 뿌리를 뻗게 하고 싶었던 것이다. 그러나 우리는 가난을, 그 비참한 가난을 헤어나지 못하고 허덕거려야 했으며 이제 스물다섯으로 접어드는 아베로 해서 집안은 항상 음습했다. 아베는 커 갈수록 동물의 본능적인 그 성적 욕구를 발산하지 못해 에미인 나한테까지 몸을 비벼 대곤 했다. 아베와 피가 다른 우리 아이들은 정말 본능적으로 아베를 싫어했다. 남편의 그 무기력과 아베로 인해서 우리 아이들은 떡잎부터 누렇게 시들고 있었다.

진호가 학교에서 제적을 당하고 그리고 계속해서 사고를 냈다. 제 친구 여럿과 함께 벌인 그 사고를 알았을 때 나는 죽어 버리기로 마음먹었다. 이때껏 그 굴욕과 고통에 찬 삶을 용케 견뎌 온 나로서도 진호의 그 일을 보고서는 정말 이 세상이 싫었던 것이다.

이때 미국에 사는 아이들 고모한테서 초청장이 날아왔던 것이다. 아이들은 물론 남편까지 좋아라 날뛰었다. 사실 남편은 오래전부터 동생으로부터 초청장이 오기를 기다려 오던 터였다. 나 역시 한때 기뻤다. 내 남편이 그처럼 좋아하는 일이며 내 사랑하는 자식들을 위해서라면 어딘들 못 갈 것인가. 그래, 남편에게 숨이 트이는 넓은 하늘을 주자. 그리고 빛을 받지 못해 휘어진 내 아이들이 싱싱한 빛깔을 되찾아 꼿꼿이 뿌리를 내리는 광활한 땅으로 떠나자. 나는 남편과 아이들의 뜻에 순순히 따르기로 했다.

이민에 따르는 그 어려운 국내 여권 수속은 주로 내 힘으로 했다. 남편은 지레 겁을 집어먹고 그 일에 나서지 않으려 했다. 오십 나이에 태권도다 용접 기술이다 그런 데만 쫓아다니느라고 정신이 없었다. 그이는 어린애가 됐다. 나는 남편이 보이는 그런 배신적 변화에 대해 이를 악물고 아무런 불평 한마디 하지 않았다. 그는 어디까지나 내 하늘이었던 것이다. 그러나 나는 그 까다로운 수속에 필요한 서류를 구비하느라 오랜 시간을 보내면서 아무도 몰래 울음을 삼켰다. 나는 그 미어지는 가슴을 누구에게 털어 보일 수가 없었다. 물론 죽음도 생각해 보았다. 그러나 내 남편과 아이들을 위해서 그것은 있을 수 없는 일이라고 나는 마음속에 다짐했다. 그들과 함께 미국으로 가 그들 곁에서 그들에게 힘을 보태야 하는 것이 아내와 어미로서의 도리라고 생각한 것이다.

　　　　　　　　　　　　　　　　　　우상의 눈물

어제 비자 발급을 위한 면접을 했다. 우리 식구들은 대사관 영사과에 갔다. 영사과 정문 수위의 출입 확인을 받는 순간 남편의 손은 떨고 있었다. 아침 8시에 들어가 12시에 호출을 받기까지 남편은 안절부절못했다. 나는 은근히 겁이 났다. 우리들이 비자 신청 서식에 답한 그 42가지의 지문 중 '당신은 체포되거나 유죄 판결 혹은 감옥에 구금된 일이 있습니까.'란 것이 있는데 만약 영사관 쪽에서 그런 걸 물으면 남편이 '예, 나는 사람을 죽였습니다.' 그렇게 대답할 것 같은 얼굴을 하고 있었기 때문이다.

기다린 시간과는 달리 면접 시간은 빨랐다.

"여기 적은 모든 사항이 거짓이 없다는 것을 맹세할 수 있습니까?"

미국인의 말을 한국 여자가 통역했다.

남편은 우물우물 입속말로 대답했다. 물론 우리들이 기재한 그 내용에는 아무런 하자가 있을 수 없었다.

남편과 나, 진호 정희 진구 그리고 막내— 모두 한 호적에 올라 있는 우리 여섯 식구는 분명한 가족이며 이민 허가가 제한되는 정신병자, 심신 허약자, 알코올중독자, 마약중독자, 귀머거리, 벙어리가 아니라는 증거가 신체검사 결과에 나타나 있었던 것이다.

면접을 끝내고 집에 돌아오니 아베가 방구석에 갇힌 채 잠들어 있었다. 아이들이 집을 나갈 때 문고리를 밖에서 잠갔던 것이다. 아베 나이 스물여섯, 열흘만 지나면 그의 생일이었다.

오늘도 식구들은 아베에 대해서 일체 입을 열지 않았다. 하느님이 당신의 버리신 자식을 위해서 보냈다고 내게 믿음을 주셨던 남편마저 아베 같은 건 까맣게 잊고 있었다.

다만 막내가 한마디 했을 뿐이다.

"엄마, 아베도 정말 같이 가는 거지?"

"그러엄, 큰형도 가고말고!"

나는 더 참지 못하고 밖으로 뛰쳐나갔다. 하느님 아버지, 원하옵건데 제발 이 죄인에게 힘을 주옵…….

3

저녁 8시쯤 돼서 석필이가 나타났다. 예비군들이 입는 얼룩무늬 옷에 머리는 빡빡이었다. 4년 세월이 그 애송이 얼굴을 어느 정도 어른 티가 나게 바꿔 놓고 있었다.

"재두, 갠 너 미국 가구 얼마 안 돼 뱃놈 된다구 부산 내려가선 아직 소식 깜깜이다. 그때 걔 얘기론 원양어선 타구 외국에 나가 배에서 도망친다구 했다."

"재두, 걔 간질병이 심하잖니?"

"누가 아니래. 그러니까 아무도 아는 사람이 없는 외국에 나가 혼자 살다가 죽겠다는 거지."

"부산 간 뒤론 정말 소식이 없단 말이지?"

"그렇다니까. 나쁜 새끼 같으니라구. 걔네 꼰댄 천호동 사는데 한번 찾아가 봤더니 아직두 사는 게 말 아니더라. 재두 여동생이 벌어서 먹구 산대."

"형표 걘 군대 갔다면서?"

"그래, 작년 봄에 갔다. 휴가 한 번 나왔었는데 최전방이라구 하더라. 북쪽 놈들하고 서로 얼굴도 쳐다보면서 웃기도 한다더라."

"군대 생활 할 만하대?"

"집에서 지내는 것보단 백번 낫다구 하더라. 삼 년 푹 썩으면서 사람 되는 거지 뭐."

"걔 군대 가기 전에두 또 사고 냈냐?"

"별루. 참 형표 군대 가기 전에 페인트 만드는 공장에 취직했었다. 한 달에 육만 원씩 받아 적금두 들구 즈 살림에도 보태고……."

"야, 정말 놀랬다. 그런데 형표 아버지 병은 고쳤냐?"

"고치긴, 너 미국 가구 금방 돌아가셨다. 돈이 있었으면 수술을 했을 건데 그냥 질질 시간만 끌다가 죽은 거지 뭐."

"결국 고향에두 못 가보고 돌아가셨구나!"

"돌아가시면서 그러더랜다. 이북에 있는 큰아들이 불러서 간다구."

"큰아들?"

"너 몰랐구나? 형표 아버진 6·25 때 월남해서 이북에 두고 온 가족 때문에 주욱 결혼 안 하구 있다가 나중에 결혼해서 형표를 낳은 거야."

"그랬었구나, 어쩐지……."

문득 석필이의 형 생각이 났다. 수재라고 소문이 자자했다. 그러던 중 대학의 무슨 학생 써클 관계로 제적을 당했던 것이다. 제적을 당하고도 학교에 드나들며 무슨 일을 일으켜 끝내 감옥에 간 것을 보고 우리는 미국으로 떠났던 것이다.

　"야, 느 형 어떻게 됐냐?"

　"응, 일 년하고도 삼 개월 치르구 나왔다."

　"학교는?"

　"고만이지 뭐. 집에서 빈둥빈둥 놀다가 요즘 맘 잡구 산업전사 됐다."

　"산업전사?"

　"공돌이 된 거지 뭐. 적성에 딱 맞는대. 야 참, 더 웃기는 건 말이야 너 놀래지 마!"

　"말해 봐. 난 미국 시민이다."

　"너, 내 얘기 믿어지지 않을 거다. 우리 형 결혼했다."

　"미국 시민은 그런 유머에 안 웃는다. 미국 사람두 결혼하거든."

　"임마, 그게 아냐. 우리 형이 누구하고 결혼했는지 그걸 알면 미국 놈도 놀랄 거다."

　"누군데, 여자냐?"

　"그래 여자다. 너 유성애란 여자 기억나겠지?"

　"유성애? 글쎄…… 듣던 이름 같다."

　"역시 미국은 좋은 나란가 보다. 넌 행복하구나."

　"말해 봐. 그 유성애란 여자가 니 형수님이란 말이지?"

　　　　　　　　　　　　　　우상의 눈물

"너 도깨비시장서 열쇠 장수하던 유씨라면 생각날 게다. 우릴 경찰서에서 꺼내준 바로 그 사람 말이다."

"…그 유씨 딸이 느 형하고?"

"기쁘다. 미국 놈도 놀래줘서. 어떻든 느 놈들이 나눠 가져야 할 고통 나 혼자 때우느라 말씀 아니다."

"느 형 미쳤구나!"

"우리 형이 미친 게 아니라 유성애, 바로 우리 형수님이 뻔뻔이스트지."

나는 벌떡 일어나 여관방 벽에 걸린 남방셔츠를 벗겨 입었다.

"나가자!"

"너 일기 쓰냐?"

석필이가 가방 옆에 놓인 대학 노트를 끌어당기며 물었다. 나는 석필이 손에서 그 노트를 낚아채어 가방 그 밑바닥에 넣은 다음 지퍼를 채웠다.

"일기가 아냐, 역사책이다."

"너 미국 가더니 늦게 사람 됐구나. 공불 다 하구!"

"그래, 나 공부 좀 더 하러 왔다. 사인조 해단식도 해야 하겠고……."

"해단식?"

"결단식이 있었으면 해단식도 있는 법이다. 생각이 깊어지면 어릴 때 한 짓이 우스꽝스러워진다."

"미국식이냐?"

"우리 아버지식이다. 왜."

석필이가 뭔가 얘기를 더 하고 싶어 했지만 나는 앞장서서 여관을 나왔다.

"아저씨, 늦게 들어오실 거예요?"

잡채밥 하나를 얻어먹은 여관 보이가 문턱 나무 의자에 앉았다가 아는 체를 했다.

"그래, 내 방에 가방 좀 잘 봐줘라."

여관 현관 위의 전등에 나방들이 어지럽게 날고 있었다. 비라도 올 듯 후덥지근한 여름밤이었다.

"너 아는 데 맥줏집 하나 안내해라. 미국 시민은 돈이 많다."

시장통을 걸으면서 내가 말했다. 밖에 나오자 석필이는 어느새 빡빡 머리에 얼룩무늬 모자를 쓰고 있었다.

"맥주 마심 나 배탈 난다. 우리 쐬주 먹자!"

"쐬주? 우리 둘이서?"

"난 혼자서두 잘 마신다. 우리 형수님 얼굴 본 날은 꼭 혼자서 쐬줄 마셔야 잠이 온다. 넷이 먹어야 할 걸 나 혼자 마시는 거지."

그래, 그때 우리는 넷이서 처음으로 술을 입에 댔다. 지금 저 어둠 속 천수산 중턱에 앉아 아랫동네에서 사 가지고 올라온 4홉들이 소주 두 병을 돌려 가며 거꾸로 물고 나팔을 불었다. 그렇지만 우리들은 꿀꺽꿀꺽 먹는 시늉만 떨었을 뿐 술은 좀처럼 없어지지 않았다. 반은 그냥 흘려버렸지. 그러나 몇 모금씩 목구멍을 넘어간 소주는 우리들을 풍선처럼 부풀려 올렸던 거야. 죽어 버리고 싶다. 내가 말했지.

나두, 석필이가.

　　　　　　　　　　　　　우상의 눈물

나는 살고 싶지 않다. 형표 말을 받아 재두가 말했다.

이하 동문이다. 우리들은 더 많은 말을 했다.

그러나…… 하고 내가 말했다. 우리는 죽을 수 없다. 죽을 필요가 없다구. 이 병신 천치 머저리 같은 새끼들아, 우리가 왜 죽니?

맞아, 우린 죽지 않는다. 석필이가 말했다. 성공해야 한다. 우린 성공해야 한다.

그래, 돈을 버는 거다. 돈, 여자, 그리고 오래오래 잘 먹고 잘 사는 거다.

재두가 그렇게 말하면서 이제까지 허풍과 달리 소주병을 들어 벌떡벌떡 병나발을 불었다.

자, 우리 사인조 사자클럽 결단을 위해서! 형표가 재두의 술병을 빼앗아 벌떡벌떡 들이켜기 시작했다.

우리 위대하신 담임선생님을 위해서! 내가 술병을 빼앗아 들었다. 나는 그날 오전 무려 4시간 동안이나 교무실 앞 복도에 꿇어앉아 있었다. 선생들이 지나다니며 내 머리통을 쥐어박았다. 이놈 정말 문제아군. 저 새끼 한번 오라구 그렇게 연락을 해두 끄떡두 안 하는 거야. 교무실 사환 계집애가 드나들며 헬금헬금 웃었다. 차가운 시멘트 바닥의 그 습기가 뱃속까지 번져 올랐다. 이 새끼, 똑바로 앉지 못해? 교련 선생이 꿇어앉은 내 무릎을 구둣발로 짓이겼다. 나는 4시간 30분 만에 교무실로 불려 들어갔다. 얼어붙은 다리가 저려 일어나다가 그냥 주저앉았다. 담임은 난롯가에 앉아 적금통장을 뒤적이고 있었다. 반성했나? 담임이 물었다. 선생님 제가 뭘 잘못했는지 말씀해 주십시오. 담임의 얼굴이 험악해졌다. 이 새끼야, 너 정말 몰라서 묻냐? 네, 저는 제가 잘못한 걸 모르고 있습니다. 이 새끼 봐라, 이거! 너 정말 기어오르기냐? 선생님, 전 등록금을 연기해 달라고 말씀드린 일밖에 없습니다. 이 새끼야, 느 애비에미가 직접 와서 연기하라구 내가 몇 번씩 말했냐? 우리 부모님은 학교에 오실 수 없습니다. 교무실의 다른 선생들이 내 주위로 몰려들었다. 야, 이 새끼야, 너 학교 다니고 싶지 않지? 담임이 내 멱살을 잡아 풀무질하듯 앞뒤로 흔들어 댔다. 학교 다니기 싫지? 네, 학교 다니기 싫습니다. 자퇴할래? 네, 자퇴하겠습니다.

석필이, 재두, 형표는 나와 같은 중학교 동창이었다. 네 사람 모두 나와 비슷한 처지로 학교를 그만두었다. 그러나 유독 재두만은 고질인 간질병 때문에 비관하고 있었다.

자, 시작하는 거다. 사인조 사자클럽!

형표가 말했다. 우리들은 담배 한 개비씩을 나누어 물었다. 똑같은 시간에 담배에 불을 붙였다. 그리고 힘껏 다섯 모금씩 빨아들인 다음 서로의 얼굴을 쳐다봤다. 처음 먹은 술에 얼굴이 붉게 물들어 있었다. 우리는 다시 두 번 힘껏 담배를 빨아들이면서 둘씩 짝을 지어 앉았다. 나는 재두의 왼손을 잡았다. 재두역시 내 왼손을 잡았다. 우리는 동시에 담뱃불을 시계를 차는 그 팔목 위에 댔다. 우리는 신음했다. 그러나 이를 악물고 입을 모아 하나 두울 세엣 네엣 다섯 여섯…… 스물까지 세었다. 살타는 냄새가 났다. 담뱃불에 지져진 그 시커먼 데서 노란 액체가

우상의 눈물

줄줄 흘러 나왔다. 우리는 그 상처 위에다가 먹다 남은 소주를 부었다. 네 사람 입에서 각기 무서운 비명이 나왔다. 그리고 서로의 얼굴 위에 솟은 땀방울을 쳐다보며 웃었다. ㅎ, ㅎㅎㅎ. 누군가 말했다. 이 세상에 이만큼 무서운 고통은 또 없다!

그렇다. 우리는 이러한 무서운 고통을 참고 견뎠다.

"아주머니, 여기 날두부 한 접시하고 쐬주 한 병!"

4년 전에도 있었던 낡은 건물 한구석에 자리 잡은 술집에 들어서면서 석필이가 말했다.

"웬 날두부냐?"

"우리 형두 교도소서 나올 때 친구들이 연탄젤 뒤집어씌우고 날두불 멕이더라. 그렇게 하는 거래."

"야, 내가 교도소에서 나온 사람이냐?"

"마찬가지야. 우린 느네가 미국 떠나는 거 보고 부러웠다. 그래서 이렇게 생각했다. 니가 대역 죄인이라서 유배를 간 거라구. 넌 지금 집행유예로 풀려난 거야. 우리 형처럼 사람이 달라져 나왔겠지!"

유배, 그렇다. 우리 식구들은 귀양을 간 거야. 도피가 아니라구.

"참, 느네 형 생각보다 빨리 나왔구나. 그때 칠 년이니 팔 년이니 하더니."

"사람이 됐다니까 자꾸 그러는구나. 친구들을 배신한 것만 빼고."

"배신?"

"그래 배신한 거야. 자기만 그런 일 안 했다구 주장한 거지."

"느 형 깨끗했을 거다."

"천만에. 깨끗한 사람이 아냐. 그게 괴로워서 유성애하고 결혼한 거다."

"우리 아버지식이구나."

"느네 아버지?"

나는 대답하지 않았다. 대답을 할 수가 없다. 그 일을 내가 이해할 수가 없기 때문이다. 그러나 아버지가 어머니를 배신한 것만은 틀림이 없다. 유배지에서 풀려나기 위해서인지 모른다. 그러나 어머니는 침묵하고 있다. 귀양 온 걸 억울해하고 있는 게 분명하다.

"야 석필아, 느 형 얘기 마저 듣자. 유성애하고 결혼한 그 얘기."

"얘긴 간단하다. 형이 잡혀 들어가기 전에 우리가 그 일을 저질렀잖니! 그때 우리 집 내 보호자로 형이 왔다 갔다 했잖아. 그러다가 잡혀 들어간 거구. 그 속에서 내내 유성애만 생각했겠지. 그리고 풀려나자 결혼한 거야."

"한국엔 아직두 그런 정신병자가 많구나."

"그런 정신병자 때문에 오히려 많은 사람이 피해를 입는다."

"피해?"

"그래. 물론 우리 형은 따로 나가 산다. 그렇지만 우리 어머니는 며느리 앞에서 고개를 못 든다. 나 괴로운 건 더 말할 수도 없다."

우상의 눈물

"정말 많이 변했구나. 네가 그 일을 가지고 괴로워하다니! 정말 괴로웠냐?"

"그래, 지금두 괴롭다. 너두 내 입장이 돼 봐라. 형표 개두 함께 괴로워했다."

"그렇게 말하는 네 얼굴을 보니까 한국은 정말 살기 좋은 나라라는 생각이 든다. 이제 사인조 사자클럽은 해체하겠다. 자, 건배!"

우리들은 세상에 무서운 게 없었다. 담뱃불로 팔목을 지글지글 지지던 그 고통을 함께 나눈 우정을 가지고 우리는 하나처럼 움직였다. 산동네와 시장통 어깨들이 우리를 피할 정도였다. 체육관 패들도 우리에게 손을 내밀었다. 미친 어린 개한테 물리긴 싫다. 그들이 그렇게 말했다. 우리는 가끔 천수산 중턱 그 바위 밑에 앉아 술을 마셨다. 미성년인지라 술이 깨기 전엔 마을로 내려갈 수 없었다. 청량리에서 우리 같은 애들한테만 몰래 파는 그 노골적인 성인 만화를 구해다가 그런 시간에 읽었다. 여체와 성기와 그 교성이 환장할 정도로 리얼하게 그려져 있었다. 우리는 견딜 수 없었다. 수음을 했다. 어느 날 그 불량만화를 보던 중 재두가 간질을 시작했다. 사지를 뒤틀면서 게거품을 입에 물었다. 그리고 잠시 후 부스스 일어나 시익 웃었다. 그때부터 재두는 말을 잃었다. 우리는 우울했다. 그러나 우리들의 성기는 팽창한 채 몹시 툴툴거렸다. 그때 우리들 눈앞에 그 계집애가 나타난 것이다. 유성애. 그 현란한 여름옷이 우리의 눈을 현혹했다. 맵시 있게 차려입은 옷이었다. 우리들은 동시에 일어섰다. 재두 혼자만 멍청히 앉아 있었다. 그 계집앤 가까이 보니 생각보다 나이가 들어 보였다. 그러나 우리는 행동을 개시했다. 막상 벗기고 보니 몸이 너무 빈약했다. 그 만화 속의 그림과 같은 것은 오직 그네의 그곳뿐이었다. 그래서 우리는 해치웠다. 만화의 내용과는 너무 달랐다. 우리는 다만 실망과 열없음의 그 찜찜한 기분으로 도망쳤다. 그리고 재두네 집에 모여 앉아 기타를 치다가 잡혔다. 우리가 해치운 그 여자애는 시장통 양장점에서 일하는 계집애였다. 어쩐지 옷이 맵시 있더라니. 우리는 속은 게 분했다. 몸이 그렇게 빈약한 계집애도 있다니. 우리는 경찰서 대기실에 앉아 툴툴거렸다. 우리들의 보호자가 불려 왔다. 형표네는 칠십이 가까운 병든 개 아버지가 왔다. 석필이 형은 제적을 당했으면서도 대학 교복을 입고 있었다. 그는 우리를 둘러보며 으르렁거렸다. 우리 어머니가 그들을 데리고 그 양장점 계집애가 있는 병원으로 달려갔다. 도깨비시장에서 열쇠 장사를 하는 유씨가 자기 딸을 범한 우리들을 위해 경찰관에게 애원하고 있었다.

내가 잘못했읍니다유. 제 에미가 위장병에 걸려 내가 걔더러 산에 들어가 삽초싹 뿌리를 캐오라고 한 것이 잘못이었지유. 그리고 제 딸년이 옷을 너무 야하게 입고 있었던 것두 잘못이지유.

우리 어머니와 석필이 형이 하루에 한 번씩 경찰서에 왔다. 합의서를 썼다고 했다. 우리는 미성년자였다. 잡혀 들어간 지 두어 주일 만에 풀려날 수 있었다. 다시는 재수 없는 그 계집애 얼굴을 못 봤다. 다만 그 계집애의 어머니가 시립병원에 입원했다는 말만 들었다.

　　　　　　　　　　　　　　　우상의 눈물

"야, 진호. 이 개새끼야, 너하고 술 마시니까 드럽게 취한다."

우리는 2홉들이 소주 세 병을 다 바닥내고 있었다. 석필이는 저녁을 먹지 않은 속이라 무척 취하는 모양이었다.

"야, 임마, 이젠 니 얘기 좀 해라. 미국 가서 잘 먹고 잘 살다 뒈질라고 이민 간 그 얘기 말이다."

"내 얘기하러 여기까지 오지 않았다. 느덜 얘기가 듣고 싶어 한국에 온 거다."

"임마, 네 속 내가 모를 줄 아냐? 비참한 우리들 얘기가 듣고 싶어 그러지?"

"그건 오해다. 그렇다면 내가 단 한 가지만 얘기해 주지. 우린 아파트에 산다. 저 아래 도깨비시장 옆 열두 평짜리 서민 아파트보다 통로가 더 좁고 불결한 그런 아파트에 산다. 바퀴벌레가 버글버글한다. 위층에서는 돼지같이 생긴 흑인 연놈들이 생음악을 연주하며 카펫도 깔리지 않은 데서 댄스파틴지 지랄인지 밤낮없이 발광을 한다. 우린 그런 데서 여기서와 똑같은 밥, 같은 반찬을 먹고 산다. 오히려 여기서보다 더 못 먹고 더 맛없는 반찬을 먹고 산다. 믿지 못하겠지만 믿어 줘라."

"느가 그렇게 사는 건 그래두 미래를 위해서 그러는 거 아니냐?"

"미래? 누구, 누구의 미래냐? 뿌리가 없는데 어떻게 꽃이 피겠냐? 우리 식구들은 지금 화병에 꽂힌 꽃망울과 같다. 어쩌면 한때 꽃이 필 수도 있겠지. 그러나 결국은 머지않아 쓰레기통 속에 집어 던져지고 말 것이다."

"임마, 진호야. 나 너한테 그런 식으로 위로 안 받아도 좋다. 네가 생각하는 것처럼 한국 사람들이 모두 미국을 동경하고 있는 줄 아나?"

석필이가 빈정거리고 있었다. 그러나 난 그 빈정거림에 맞서고 싶은 생각이 없었다. 나는 가슴이 허전하게 비어들었다. 문득 빈약한 가슴을 가진 채 시들시들 메말라 가고 있는 이씨의 딸이 생각났다. 그네는 꽃망울인 채 시들어 가고 있었다. 누가 화병에 물을 갈아 넣어 줄 것인가. 누가 그 꽃나무를 깨끗한 모래에 꽂아 매일매일 물을 주어 뿌리를 내리게 할 수 있단 말인가. 누가 우리 아버지의 자책으로 인한 그 거짓의 삶에 일깨움을 주어 병든 영혼이 구원받을 수 있는 길을 열어 줄 것인가. 나는 아버지가 그처럼 열심히 탐닉하는 천한 노동과 휴일이면 찾는 한인교회 기도를 통해서도 결코 구원받지 못한 채 방황하고 있는 것을 잘 알고 있었다. 누가 내 동생들에게 따뜻한 손길을 내밀어 눈먼 그녀들에게 참되게 사는 빛을 줄 것인가. 어머니, 그래 어머니만이 우리 모두에게 사랑과 호된 채찍을 휘둘러 그 드넓은 땅 메마른 흙 속에 뿌리를 내리게 할 수 있었다. 그러나…….

"야, 진호야. 한 가지만 물어보자."

석필이가 내 어깨를 쳤다. 앉은 채 잠깐 졸더니 술이 좀 깬 것 같았다.

"아주머니, 여기 술 한 병 더!"

이번에는 내가 주모한테 술을 주문했다.

"진호야, 느네 형, 아베 잘 있는지 그게 늘 궁금했다."

우상의 눈물

석필이가 말했다. 우리 형, 아베가 잘 있는지 궁금하다고. 놀라운 일이다. 이 세상에 아베에 대해서 생각하는 사람이 또 하나 있다는 것은 우선 놀라고 볼 일이다. 누가 남의 집 키우던 짐승에 대해서 안부를 묻겠는가. 저걸 왜 집에 둬두니? 언젠가 우리 집에 왔던 석필이 그놈이 그렇게 물었다.

"내가 오늘 여기 와서 너하고 술을 먹는 건 네가 궁금해하는 그 아베의 행방에 대해서 알고 싶기 때문이야."

내가 역습을 했다. 석필이가 무슨 소리냐는 듯 고개를 갸우뚱거렸다.

"석필아, 너 우리 집 아베 못 봤냐? 보진 못 했더라도 뭔 소식이라도 못 들었니?"

"지금 무슨 소릴 하는 거야? 아베를 못 봤느냐, 그게 무슨 얘기냐?"

"그래, 우리 형 아베를 못 봤느냐고 그렇게 물었다."

"그럼 아베가 한국에 나왔단 말이냐?"

"아베는 미국에 가지 않았다."

"아니, 그럼 어떻게 된 거냐?"

"그걸 나도 모른다."

어머니는 아베에 대해서 말하지 않았다. 아버지 또한 아베에 대해서 말하지 않았던 것이다. 비자가 나오고 그리고 우리가 떠나야 할 날이 다가왔을 때까지 아베는 평시와 다름없이 집에 있었다. 아무도 아베 같은 것에 대해 관심을 둘 만큼 한가하지 않았다. 어머니마저도 우리들을 데리고 동대문시장을 다니면서 우리 식구들이 입어야 할 내복을 사 짐을 꾸리기에 정신이 없었다. 산동네 우리들이 살던 무허가 건물이 꽤 비싼 값으로 팔렸기 때문에 아버지는 태권도 도장 사범과 저녁을 먹는 등 전에 없이 활기를 띠고 있었다. 우리들은 미국에 가 돈을 벌어 비행기표 값을 월부로 갚기로 계약했기 때문에 집이랑 몇 가지 쓸 만한 가재도구를 판 돈으로 미국에서 사기 어려운 생활필수품을 사들이기에 여념이 없었다. 우리 식구들은 공중에 붕붕 떠다니는 기분으로 한국에서의 마지막 날들을 보내고 있었다.

"나 오늘 외사촌 형한테 좀 다녀올 거요."

출국일을 이틀 앞두고 아버지가 경기도 광주에 이사 가 사는 단 하나의 친척인 당신의 외사촌형 집에 인사를 간다고 아침 일찍 떠났다. 우리 남매들도 친구들을 마지막 만나 보기 위해 가슴에 실로 묘한 감상을 매달고 밖으로 뿔뿔이 흩어져 나갔던 것이다. 집에 남겨진 것은 아베와 어머니뿐이었다.

그날 우리들은 어머니가 밤늦게까지 돌아오지 않아 잠을 자지 않고 기다렸다. 물론 아베도 집에 없었다.

"엄마가 느덜한테 아무 말도 안 했단 말이지?"

아버지가 초조한 기색으로 우리한테 거듭거듭 묻고 있었다. 우리 남매들은 고개를 가로저으며 서로 눈길을 피했다.

"형, 아벤 미국 안 가는 거지?"

아베에 대해서 말한 것은 막내뿐이었다. 그것도 내 귀에다 대고 속삭였던 것이다.

"야, 임마. 낼 일찍 일어나려면 빨리 자기나 해!"

　　　　　　　　　　　　　우상의 눈물

내가 막내의 머리통을 툭 치며 말했다. 막내는 방 한구석에
쓰러져 한국에서의 마지막 잠을 잤다. 진구도 정희도 잠들었다.

"너두 그만 자거라."

아버지가 또 다른 담배에 불을 붙여 물며 말했다. 12시가 넘
어 산동네 그 아래의 소음도 잠들어 버린 시간이었다. 나는 몰
래 훔치듯 아베를 생각했다. 아베의 그 헤벌린 입과 거기서 끊
이지 않고 흘러내리는 침과 그 냄새와……. 나는 되도록 아베의
더러운 것만 골라 생각했다. 아베는 사람두 아니야. 그래, 차라
리 아베보다 살무사가 더 기르기 좋을 거야. 아베 때문에 우리
식구들은 입때껏 고통을 당했어. 아베 때문에 나는 학교에서 제
적을 맞은 거야. 아베 때문에…, 아베 때문에 우린 내일 떠날 수
없을는지도 몰라. 나는 아베에 대한 분노로 속이 부글부글 끓어
올랐다. 그렇게 뒤척이다가 잠이 들었다.

우리는 김포공항에 늦어도 오후 4시까지 나가야 했다. 5시 반
에 비행기가 뜨기로 돼 있었던 것이다. 어머니는 전날은 물론 그
날 오후 1시까지 돌아오지 않고 있었다. 아버지는 계속 담배를
피워 댔다. 아버지의 그 커다란 체구가 형편없이 짜부러져 차마
맞바로 보기에 민망할 정도였다. 아버지는 안절부절못하며 아주
크게 한숨을 몰아쉬었다.

우리 판잣집을 산 사람들이 그때 들이닥쳤다. 그들의 지저분
한 이삿짐이 쪽마루에 가득가득 쌓여졌다. 장독이 들어오고 연
탄도 들여왔다. 우리들은 몇 개의 작은 가방들을 저마다 하나씩
들고 그 이삿짐 사이를 이리저리 비켜서야 했다. 막내가 징징 울

기 시작했다. 아버지의 입술이 꺼칠하게 타고 있었다. 아버지, 엄마 놔두고 우리끼리 가! 정희가 악쓰듯 말했다.

그때 어머니가 나타난 것이다. 나는 시계를 보았다. 오후 2시 45분이었다. 아무도 어머니한테 말을 붙이지 못했다. 나는 아직까지 그렇게 초췌해진 어머니를 한 번도 본 적이 없었다. 그렇다. 어머니의 그 넋 나간 얼굴은 그때부터였다. 아침부터 우리 집을 기웃거리던 이웃 사람들도 어머니의 그런 표정을 보면서 아무것도 물어오지 않았다.

그러나 어머니는 애써 그 굳은 표정을 풀면서 이것저것 짐을 들어내며 떠날 채비를 했다. 남은 연탄 다섯 장은 바로 앞집 여자에게 넘기고 다 돌려주고 아직도 남았던 작은 항아리 하나는 옆집에 혼자 사는 할머니한테 넘겼다.

"이쪽 쪽마루를 조심해서 디디세요. 아주 오늘 손봐서 사시는 게 좋으실 거예요."

우리 집을 사 이사 온 집 아낙네한테 어머니가 쪼개진 쪽마루를 가리켜 보이면서 말했다.

"이제 고만들 들어가세요. 정말 잊지 못하겠어요."

골목 그 아래까지 따라온 이웃 사람들을 향해 어머니가 마지막 인사를 했다. 아버지가 약국 앞에서 택시 두 대를 잡았다.

앞차에는 아버지와 정희 그리고 진구가 탔다. 나는 어머니와 함께 뒷차를 탔다. 막내가 뒷자리 어머니 곁에 붙어 앉았다. 시장통을 다 빠져나가 차가 6차선 큰길을 내달릴 때도 어머니는 말이 없었다. 내 이마 위 백미러를 통해 어머니 얼굴을 찾았다.

백미러 속 어머니 얼굴은 눈을 감은 채 굳어 있었다. 강변도로
를 달릴 때 막내 목소리가 뒤에서 들렸다.

"엄마 아벤 어딨어?"

나는 창밖 빠르게 흘러가는 경치를 바라보면서 신경을 곤두
세웠다. 그러나 나는 공항에 다 이를 때까지 아무 소리도 듣지
못했다. 어린아이들에겐 용기가 있다. 그러나 아무리 용기 있는
막내라 할지라도 그 이후 어머니 앞에서 아베 이름을 두 번 다
시 입에 올리는 것을 볼 수가 없었다.

"야, 석필아 집에 가서 자라!"

우리들은 맥줏집에 옮겨 와 있었고 테이블 위에 놓인 맥주 다
섯 병은 겨우 세 개가 비어 있었을 뿐이다. 석필이는 알아들을
수 없는 소리를 흥얼거리며 의자에 목을 꺾어 기댄 채 잠들어
있었다. 나는 내가 하나도 취하지 않았다는 걸 알고 놀랐다. 임
마, 네 뱃속에 기름이 쪄서 그런 거다. 나쁜 새끼 같으니라구. 내
가 술이 취하지 않는 이유를 석필이가 그렇게 말했던 것이다.

"이제 고만들 가세요. 술집에 와서 술두 안 먹구 자는 사람이
어딨어요."

옆에서 술을 따르던 계집애가 가슴이 많이 파인 옷을 흔들어
몸에 땀을 식히며 툴툴거렸다. 아무리 희미한 조명 아래 술 취한
눈으로 보아도 결코 예쁘지 않은 얼굴이었다. 그러나 나는 몹시
목이 말랐다. 계집애 몸 하나는 좋았던 것이다. 불량 만화책 속
에 그려진 그대로의 허벅지를 가진 풍만한 여체였다.

나는 문득 시외버스 속에서 옆자리에 앉았던 미스 박이란 여대생이 적어 주던 전화번호를 생각해 냈다. 수첩 갈피에 그 쪽지가 있었다. 시계를 보았다. 밤 11시 5분이었다. 쪽지 속의 전화번호를 내려다보면서 나는 생각했다. 시간은 내일도 있다. 그리고 다음 주도 또 다음 주도……. 그러나 나는 고개를 가로저으며 그 종이쪽지를 반으로 접었다. 그리고 한 번 두 번 세 번……. 내 손끝에서 발기발기 찢긴 그 종이 부스러기가 풍만한 젖가슴을 가진 그 계집애 얼굴에 뿌려졌다.

"여자야, 너 아베가 어디 있는지 아니?"

"이 손님 참 이상하셔……."

계집애가 자기 얼굴에 붙은 종이 부스러기를 떨어내며 다시 말했다.

"아베가 누군데 저한테 그런 걸 묻는 거예요?"

"대답만 해! 아베가 어디 있냐?"

"글쎄 그걸 제가 어떻게 알아요."

그래서 너한테 묻고 있는 거다. 우리 어머니가 그걸 나한테 알려주지 않았다. 어머니는 그 수기를 다 끝맺지 못하고 있었다. 어찌 더 쓸 수 있었으랴.

……하느님 아버지, 원하고 원하옵건대 제발 이 죄인에게 힘을 주옵…….

"말해 봐, 우리 어머니가 아베를 어떻게 했지?"

"손님, 도대체 아베가 뭔데 그러세요?"

"아베…, 아벤 사람이다. 우리 형이다."

우상의 눈물

"그런데 뭘 그래요. 사람이면 집에 있겠지 뭐."

"집?"

"그래요. 아버지, 어머니, 할머니가 있는 집 말예요. 나두 우리 할머니가 있는 시골집에 가구 싶어 죽겠어요."

"할머니가 있는 집?"

"그렇다니까요. 돈만 벌면 나두……."

"알았어! 네가 그랬지? 할머니가 있는 집이라구?"

나는 뛸 듯이 기뻤다. 테이블 위의 술병 하나를 병째 들어 벌떡벌떡 마시기 시작했다.

"여자야, 너 오늘 밤 나하고 자자!"

"손님, 여기는 술집이에요!"

나는 뒷주머니에서 돈지갑을 꺼내 펴 들었다.

"난 급해! 너 분명히 말해라. 몸은 안 팔겠다는 거냐?"

계집이 내 얼굴을 한참이나 쳐다봤다. 그리고 고개를 떨구며 작은 목소리로 말했다.

"요즘은 불경기예요. 더구나 여긴 가난한 동네기 때문에 팁도 못 받아요."

"그래서?"

"나 여기에 열두 시까지 있어야 해요. 자기, 어디 있을 거예요?"

계집이 고개도 들지 않은 채 눈만 살짝 치떠 쳐다보았다.

"너, 저 윗동네 극장 바로 옆에 있는 여관 알아?"

"한강여관 말이지요?"

아베의 가족

나는 그 계집에게 계산서를 가져오게 한 다음 술값과 몸을 사는 데 필요한 돈을 고액권으로 두 장 내놓았다. 계집의 눈이 휘둥그레졌다. 술값을 제하고 제 몸값을 젖가슴 속에 집어넣는 그네의 그 얼굴에 가느다란 경련이 스쳐 가는 것을 나는 보았다. 윤정아, 핏기 없는 네 얼굴에 빛깔을 주기 위해 나는 어른이 되고 싶은 거다. 윤정아. 나는 입속으로 난생처음 이씨 딸의 이름을 불러 보았다.

"오우, 원더풀!"

토미가 연해 감탄을 쏟아 놓았다. 지난주 내 장난으로 해서 내렸던 그 시골의 풍경도 좋았지만 오늘 나와 함께 걷고 있는 이 물가 풍경은 자기가 이때까지 본 경치 중에서 단연 으뜸이란 것이다. 춘천에서 버스를 타고 다시 30분을 달려 와 내린 다음 엄청난 규모의 댐 둑을 건너 호수를 끼고 펼쳐진 산비탈 그 뒷산이 호수 속에 푸른 그림자를 선연하게 던지고 있었다. 길 아래 물가 드문드문 목 좋은 곳을 골라 앉은 낚시꾼들의 그 침묵이 또한 그대로 그림이었다.

우리는 자동차 하나가 겨우 다닐 수 있는 그런 산 비탈길을 터벅터벅 걷고 있었다. 새벽까지 내린 비에 우거진 녹음이 한결 싱싱해 보였고 흙길은 먼지 하나 일지 않았다. 우리들 앞에서 경운기 한 대가 탈탈거리며 다가오고 있었다. 그 경운기 소리에 한여름 대낮의 침묵이 깬짢게 깨져 낚시꾼들이 새삼 낚싯대 미끼를 갈아 끼느라 조금씩 움직임을 보였다. 우리들 앞에 달려온 그

우상의 눈물

경운기 위에는 웃통을 벗어 버린 젊은 사람이 앉아 있었다.

"샘골이 아직도 멀었습니까?"

그 젊은이가 경운기를 가볍게 세우면서 토미와 나를 얼마간 경계하는 눈빛으로 훑어보았다.

"우리 샘골까지 갑니다. 아직 멀었습니까?"

그러자 그 젊은이가 문득 자기가 돌아온 호수 그 위쪽 한군데에 눈길을 주었다간 되돌리며,

"샘골은 지금 없어졌어유. 이 댐이 생기기 전까지 저 꼭대기 밤나무 많은 그 안쪽 골짜기가 샘골이었지유. 지금은 수몰이 돼 없어졌지만 그전엔 아주 큰 마을이 저 물속에 있었다니까요. 하긴 지금두 산비탈에 몇 집이 남아 있긴 하지만유."

"집이 남아 있긴 하군요?"

"그렇지만 아무도 거길 샘골이라곤 하지 않아요."

"혹시 거기 살던 최창배 씨라고 기억나세요?"

그는 생각해 보는 눈치더니,

"그런 사람 모르겠는데요."

그러면서 다시 한 번 토미와 나를 번갈아 훑어본 다음 경운기에 발동을 걸었다.

"저쪽 산모퉁이를 돌아가면 그 샘골로 들어가는 초입에 가겟집이 하나 있어요. 거기 가서 물어보시우."

나보다 네댓 살 위로 보이는 그 청년은 경운기를 몰고 떠났다.

"지노 킴, 네가 찾고 있는 사람이 거기 살고 있다는 건가?"

토미가 묻고 있었다. 나는 토미를 쳐다보았다. 껑충하게 큰 키

에 팔뚝에는 누런 털이 징그럽게 덮여 있었다. 그 순간 나는 노린내 같은 걸 맡았다. 그들 속에 묻혀 살면서도 한 번도 맡아 보지 못한 냄새였다. 나는 걸으면서 물었다.

"토미, 너 한국전쟁, 6·25전쟁을 아니?"

"안다, 잘 안다."

물론 우리는 신병 훈련소에서 정훈 교육 시간에 한국 역사에 대해서, 우리들 임무와 관련된 6·25에 대해서 배웠다.

"토미, 말해 봐라. 뭘 아는가?"

"형제가 싸웠다."

토미가 대답했다. 그는 자기가 유머를 쓰고 있다고 생각하는 양 싱글싱글 웃고 있었다.

"그래서?"

"우리 미국이 너희 한국 사람을 도와서 이기게 한 전쟁이다."

그는 자랑스럽게 말했다.

"임마, 미국이 아니라 국제연합군이다."

내가 한국어로 씹어 뱉었다.

"홧?"

"네 말이 옳다는 뜻이다. 토미, 그때 이겼다면 너는 왜 지금 여기 와 있는가?"

"한국은 아직 전쟁 중이다. 한국의 형제들이 원하지 않아도 치러야 하는 그런 전쟁이다. 그래서 우리가 도우러 왔다."

"왜, 무엇 때문에 돕는 거냐?"

"친구니까."

우상의 눈물

"임마, 그렇다면 붕우유신이란 말씀부터 명심해라?"

내가 다시 한국어로 씨부렁거렸다.

"홧 횟스 민?"

그러나 나는 대답하지 않아도 좋았다. 우리들은 이미 아까 그 청년이 일러 준 골짜기 입구 길옆에 위치한 구멍가게에 이르러 있었던 것이다.

가게 진열대 한구석 마루에서 젊은 아낙네 하나가 갓난아기한테 젖을 물리고 있다가 황황히 몸을 돌려 앉으며 옷매무새를 바로잡고 있었다. 젖을 빨던 어린애가 입언저리를 젖으로 흥건히 적신 채 가게 앞에 선 우리 두 사람을 말똥말똥 쳐다보았다.

그때 우리는 뒤에 어떤 인기척을 느꼈다. 가게 앞에 평상이 두 개 놓여 있고 그 한쪽에 노파 하나가 모로 누워 있다가 몸을 일으키고 있었다. 토미와 나는 그 평상 한쪽에 궁둥이를 붙이고 앉아 땀을 닦았다. 이제까지 우리가 끼고 올라온 호수의 원줄기와는 달리 가게 앞쪽으로 또 다른 호수가 넓게 펼쳐 들고 있었다. 청년이 말한 옛날 샘골이 바로 여긴 모양이었다.

내가 주문한 대로 아낙네는 사이다 두 병과 맥주 두 병, 그리고 과자 한 봉지를 평상 있는 데까지 날라 왔다. 사이다와 맥주는 집 안마당으로 들어가더니 물에 젖은 걸 들고 나왔다. 그런대로 병이 찼다. 우물물에 담갔던 모양이다.

가게 마루에 혼자 남은 갓난애를 향해 걸어가는 그 노파를 내가 붙들었다. 칠십쯤 되는 아주 작은 체구의 노파는 토미를 자꾸 흘금거리며 평상에 엉거주춤 앉았다. 나는 노파에게 사이다를 따라 건넜다. 그리고 가게 안 마루에서 이쪽을 겁먹은 눈으로 보고 있는 갓난아이에게 과자를 쥐어 주고 왔다. 나는 노파가 경계심을 풀게 하기 위해 이것저것 시골 일에 대해 묻고, 마루에 있는 갓난아이에 대해서도 물었다. 갓난아이는 노파의 넷째 아들네 아이였다. 아들 넷, 딸 둘의 몸에서 열여덟 명의 손자 손녀를 둔 체구가 작은 그 노파는 올해 여든둘의 나이답지 않게 정정해 보였다. 귀도 전혀 어둡지 않았다.

"할머니, 여기 샘골에 오래 사셨어요?"

"아무, 오래 살다마다! 열여섯에 조 너머 창말에서 일루 시집을 와가지고설랑 칠 년 전에 여기 물이 들어차서 다들 대처루 떠났어. 허지만 난 아즉두 여기 살구 있으니께 육십여섯 핼 예서만 살았어야."

노파는 점방에 앉아 사람을 많이 겪은 탓인지 비교적 쉽게 얘기가 됐다.

"할머니, 그럼 최창배란 사람 아시겠네요."

노파는 잠시 옛날 마을이 있었던 호수 한가운데로 눈을 돌리고 생각하는 눈치더니,

"그런 사람은 모르겠구먼. 샘골에 최씨라면 최 멘장 최두세이밖에 없었는데……."

"맞아요, 할머니 그 최 뭐라는 부면장 하시던 분의 아들이 바로 최창배 씨 아녜요?"

"그럴지도 모르지. 그 최 멘장한테 아들이 하나 있긴 했지만……."

우상의 눈물

"그 최 면장 아들이 어떻게 됐어요?"

"내가 아나, 죽었는지 살았는지. 6·25 난리 때 인민군에 끌려 가선 입대껏 소식이 읎으니까."

"그러면 그 집 할머니가 여기 샘골에서 사셨을 텐데요?"

노파는 새삼 내 얼굴을 휘휘 뜯어보고 나서 말했다.

"최면장 마누라 말인가?"

"네 그래요, 할머니!"

"거 왜, 새삼스레 죽은 사람을 찾누?"

"죽었어요, 그 할머니가?"

나는 퉁기듯 평상에서 일어났다가 도로 주저앉았다. 토미는 가게 마루에 걸터앉아 갓난아이를 데리고 놀고 있었다. 그의 요 란스러운 남방샤쓰 깃을 다잡아 쥔 채 그 갓난애가 키들키들 웃 고 있었다.

"죽었어. 그놈에 친구 맨날 나보다 십 년은 더 산다구 자랑해 쌌더니만 사 년 전에 저세상에 갔수!"

"사 년 전이요?"

"거 왜, 남쪽과 북쪽이 왔다 갔다 지랄들 하던 그해 말이 여. 그때 그 늙은이, 아들 만나게 됐다구 덩실덩실 춤을 추더니 만……."

해가 쩡쩡한 여름 대낮인데 노파는 눈물을 질금거렸다.

"젊은인 신문도 못 봤어? 우리 애들이 그러는데 그 늙은이 죽 은 거 강원도 신문에 크게 났다던데……."

"어떻게 돌아가셨는데요?"

"그놈에 돈이 웬수지."

"돈이요?"

"아들 돌아오구 손자 찾으면 준다구 꽁꽁 뭉쳐 뒀던 돈 말이지. 최 멘장네 땅이 샘골서 제일 많았지. 댐이 생겨 물에 잠기는 보상으루다 타낸 돈 말이여. 돈이 적기나 한가. 남들이 위험하다고 춘천은행에 맡기라구 그렇게들 얘기했건만…… 난리가 나면 은행두 못 믿는다구 집 안에 감춰 가지고 있더니만 결국 당한 거지 뭐여."

"범인은 잡혔나요?"

"웬걸, 창말 살던 건달패 녀석인데 돈을 싹 쓸어 가지고 도망을 쳤대. 얘기들이 없는 걸 보니까 안즉 못 잡은 게 분명해."

"그 할머니 어디에 사셨는데요?"

"먼저 살던 그 큰 집이야 저 물속에 잠겼구…, 저기 보이는 저쪽 저 낡은 집이우. 게다가 집을 짓고 혼자 살았지. 대처루 나가면 아들과 손자가 돌아와두 못 찾을 게라구 하면서……."

나는 노파가 가리켜 보이는 골짜기 안쪽 노송이 두어 그루 물쪽으로 가지를 펼치고 있는 언덕 위의 그 오뚝한 집 한 채를 바라보았다.

"저기 지금 누가 사나요?"

"누가 그 흉한 델 들어가 살겠우. 빈집으루 저렇게 썩어 가는 거지. 가끔 낚시꾼들이 비를 피해 들더구만."

나는 어깨에 힘이 쭈욱 빠져나가는 느낌이었다.

"그 할머니 산소가 어딥니까?"

"그 친구 저 죽으면 즈 영감태기 옆에 묻어 달라구 해서 그 옆에다가 아무렇게나 파묻었지. 합장 해줄래야 돈이 있어야지. 땡전 한 푼 안 남기고 다 털렸으니 어째. 마을 사람들이 추렴을 해서 장살 지냈어."

"거기가 어딘데요?"

"왜, 찾아가 볼래우?"

노파가 다시 내 아래위를 훑다가 말했다.

"그 늙은이와 뭘 관겐진 몰라두 여튼 고맙수."

노파는 그 두 그루 노송 있는 언덕 뒤편 골짜기를 가리키며 무덤 위치를 자세히 일러 주었다. 그리고 혼잣소릴 했다.

"그래두 그 할망구 무덤을 찾는 사람이 또 있군!"

"할머니, 누가 또 찾아왔었어요?"

"왔었지. 그 늙은이 죽은 지 반년 된가 그 최씨집 메누리가 그때 데리구 나간 병신자식과 같이 왔더구만. 할망구가 그렇게 애면글면 찾아 나서던 손잔데, 그땐 이미 죽어 땅에 묻혔으니 하나뿐인 핏줄이 찾아왔는데두 볼 수가 있어야지. 오려면 진작 올게지. 매정한 것들!"

"그 할머니가 손자를 찾았다고요?"

"찾다마다! 한 해에 한 번씩은 대처를 휘휘 나댕기다가 실심한 얼굴루 돌아와선 늘어진 걸 내 눈으루 직접 보구 살았구먼."

"왜 찾았어요?"

"이런 사람! 아, 제 핏줄을 찾는 게 인지상정 아닌가. 그 늙은이 생각 한번 잘못해 가지고 죽을 때가지 가슴 치며 살았어.

그래두 제깐엔 젊은 것 잡아 둘 수 없다구 맘 크게 먹고 일부러 구실 붙여 내쫓긴 했지만 손자까지 왜 췄는지 모르겠다고 땅을 치며 후회했어야."

"할머니, 그때 찾아왔던 그 여자하고 병신 아들은 어떻게 됐지요?"

"어떻게 되긴. 지 얘기룬 시어머이가 내쫓은 뒤 재가해서 자식 여럿 두고 잘 산다고 하면서, 시어머이 죽은 걸 꽤나 애통해하더구만. 제엔장할 것, 그렇게 애통하면 죽기 전에 찾아뵐 거지. 못써! 젊은것들은 우리 같은 늙은이 속 너무 모른다 그거여!"

"저기 저 집에 갔었나요? 그 며느리하고 손자……."

"갔다다. 몸을 잘 가누지두 못하는 병신자식을 껴안구 산솔 찾아갑디다. 핏줄이 뭔지……."

"그리고 돌아갔나요?"

"아, 돌아가지 않으면, 아무도 없는 게서 뭘 하겠어."

"할머니가 직접 보셨어요? 그 사람들이 저기서 돌아오는 거 말입니다."

노파는 무슨 소리냐는 듯이 다시 한 번 내 얼굴을 쳐다보고 나서,

"봤수다. 올라간 뒤 몇 시간이 돼두 안 내려오길래 참 이상타 했더니 날이 꽤 어두워서야 내려옵니다."

"그 병신 남자두요?"

"그랬을 거여. 우리 가게서 빵이랑 사이다랑 잔뜩 사 멕여 가지고 저쪽 길루 내려갔으니께."

우상의 눈물

노파는 좀 전 토미와 내가 걸어 온 산비탈 길을 턱으로 가리켜 보였다.

"잘 걷지도 못하는 병신자식하고 그 컴컴한 절벽길을 우트게 갔는지…… 서울 산다구 하더구만."

나는 평상에서 일어섰다. 그리고 젊은 여자한테 물건값을 치렀다.

아울러 4홉들이 소주 한 병과 곰팡이 낀 마른 북어 두 마리를 사서 누런 봉투에 넣었다.

"헤이, 토미!"

토미는 그 가겟집 갓난애를 안고 물가 고추밭에서 잠자리를 잡기 위해 우스꽝스럽게 몸을 웅크리고 있었다. 누런 털이 숭숭한 그 팔에 안긴 갓난애가 키들거리고 있었다.

나는 토미를 그네들의 무덤까지 데리고 갈 참이었다. 그리고 내 친구 토미에게 소주를 먹일 생각이었다. 한국을 알고 싶어 하는 미국 사람에게는 소주로부터 시작할 일이다. 또한 황량한 들판에 던져진 그 시든 나무들의 꿋꿋한 뿌리가 돼줄는지도 모를 우리의 형 아베의 행방을 찾는 일도 우선 그 무덤에서부터 시작할 생각이었다.

1978년 《한국문학》 10월호

투석

그 집에 날아들어 현관문 유리를 박살 내며 마루까지 굴러든 돌멩이는 길바닥에 흔히 뒹구는 동글반반한 그런 자갈이 아니었다. 그것은 화강암 돌산에서나 볼 수 있는, 전혀 마모되지 않은 상태의, 단단한 석질의 쑥돌로 그 가장자리를 고의적으로 깨 내기라도 한 듯 그 너설에 선득선득 날이 서 있었다. 마치 구석기시대 주먹도끼나 찍개 모양을 한 그 돌멩이는 팔매질하기에는 좀 큰 편이었다. 어떻든 그것은 사람 몸에 맞기라도 하면 치명적일, 그런 섬뜩한 흉기였다.

사나흘 간격을 두고 거듭 날아든 두 번째, 세 번째 돌멩이 또한 첫 번 것과 비슷한 크기에 똑같은 모양의 것으로, 그것이 집 주변 아무 데서나 집어 들어 던진 돌이 아니라는 것만은 분명했다.

그 돌멩이를 본 사람은 누구나 한 번씩 손에 쥐어 보고 싶은

우상의 눈물

충동을 느꼈다. 막상 그 돌멩이를 손아귀에 마뜩하니 움켜쥐는 순간 수류탄을 손아귀에 잡았을 때처럼 상완이두근에 불끈 힘이 주어졌다. 손아귀에 집힌 돌멩이의 느낌이 그처럼 모지락스러웠던 것이다.

디런 뇩실헐, 이거 하나믄 산돼지 대갈통두 요절내겠다야.

집에 날아든 그 돌멩이 세 개에 대한 집안 식구들의 반응은 갖가지였다. 그 돌에 대해 관심이 가장 많은 사람은 최칠수 노인이었다. 최 노인은 현관문 유리를 박살 낸 그 첫 번째 돌을 꽤나 유심히 이리저리 뜯어보다가 불쑥, 내레 어디서 많이 본 돌 같다야, 한 적이 있었다. 그 돌멩이가 낯설지 않다는, 무심코 흘린 그 말 한마디로 해서 최 노인은 집안 식구들의 혐의적은 눈길에 묶이고 말았다.

할아버지, 잘 생각해 보시라구요. 이런 돌을 어디서 봤어요?

손자가 쇠고삐를 바투 잡아 끌 듯 다그쳤다. 고3인 기호는 학력고사를 앞두고 가뜩이나 신경이 곤두서 있는 판에 집에 돌이 날아든 일로 여간 흥분해 있는 것이 아니었다. 공부고 뭐고 다 집어치우고 집에 돌 던진 놈을 찾고 말겠다고 으르렁거렸다.

근동엔 읎는 돌멩이라 그런 얘기다 이놈아.

근동에 없는 거면, 그럼 이 돌이 어디 꺼냐니까요?

이놈아, 그걸 내레 으뜨케 아나?

아버님, 그러지 마시고 누구 짚이는 사람 있으면 말씀해 보세요.

며느리가 끼어들었다. 민금자 씨는 집에 날아든 그 소름 끼치

는 돌멩이를 화단 한구석에 가지런히 늘어놓고 소일 삼아 들여
다보며 뭔가 구시렁거리는 시아버지에게서 어쩌면 일의 실마리
를 쉽게 풀어낼 수 있을 것만 같았다.

니가 지금 뭐라구 했냐?

누가 던진 돌인지 알고 계신 거 아녜요?

허허, 디런 고얀. 니가 시애빌 생루다 잡는구나야.

최 노인은 속에서 치미는 대로 욱 내질렀다. 처음 맞아들일
때부터 만만치 않다는 걸 알긴 했지만 며느리가 이따금 송곳으
로 찌르듯 맞대면으로 얼굴을 쳐들고 덤빌 때는 이만저만 밉상
이 아니었다. 언제나 며느리와 부딪치게 되면 별것 아닌 일을 가
지고도 집안이 벌컥 뒤집혔다. 술 한 잔 얼큰한 김에 손자 손녀
앞에서 지난날 자신이 공비 토벌 벌이던 이야기며 지방 빨갱이
때려잡던 일을 늘어놓기만 하면 어김없이 찬물을 끼얹곤 했다.

아버님, 그게 어디 애들한테 자랑하실 얘기예요?

그럴 때의 며느리 눈엔 야글야글 경멸기까지 떠돌았다. 적이
마음에 마뜩잖은 며느리였지만 그 당돌한 기세 앞에는 어쩔 수
없이 주눅이 들게 마련이다.

괜히 그러는 게 아녜요, 아버님. 그렇잖아요? 보기만 해두 끔
찍한 돌멩일 신주 모시듯 하니까 이상하잖아요. 뭔가 짚이는 게
없구서야 그러실 수가 있어요?

당신 지금 뭔 소릴 하는 거야?

최영배 선생은 아내를 윽박질렀다. 아내가 시아버지한테 불손
한 언사를 할 때마다 교육자라는 자신의 처지부터 떠올랐다. 물

론 집에 돌이 날아들면서 아내의 신경이 정상이 넘게 날카로워져 있다는 걸 모르는 바 아니었다. 그러나 집에 돌이 날아든다는 것만 해도 낭패스러운 일인데 그 일로 집안까지 불화를 보인다는 것이 여간 면괴스럽지 않았다.

할아버지. 그 돌멩이 내다 버려요. 무서워요.

고1인 주희까지 신경질적인 반응을 보였다. 두 번째 돌멩이가 날아들었을 때 집에서 그 일을 겪어 낸 충격으로 아직까지 집 안에서 무슨 소리만 들려도 자지러지게 놀라는 주희였다.

그래요. 아버님. 그 돌이 집에 있으니까 뒤숭숭하고 안 좋은 거 같아요.

민금자 씨가 말투를 부드럽게 바꿨다.

거, 모르는 소리 하지두 말라야.

최 노인이 어깃장을 놓고 나섰다.

그게 으떠케 들어왔든간 딥에 들어온 물건은 함부로 버리는 게 아니아야. 니 말마따나 내레 이 돌멩일 신주 모시듯 하는 것두 다 그 땜이다. 신주가 따로 있다더냐. 둑은 사람 귀신이 붙어 있으믄 그게 신주지 뭐갔니. 뭔 얘긴고 허믄 이 돌멩이가 바루 야들 큰애비 귀신일 수두 있구 차에 깔려 돼딘 야들 아재비 귀신일 수두 있다 그런 말이디. 또 아냐. 더게 내나 느덜이 돌보지 않구 있는 됴상 귀신일는지두. 고런 귀신이 원통타구 딥 찾아 왔는데 내다 버리라니 그게 말이나 되는 소리냐.

말 속에 뼈가 있었다. 뻔한 푸념이었다. 큰아들이 월남에 파병됐다 전사한 뒤 자식 하나 데린 큰며느리와 돈 문제로 티격태

격 아예 원수 사이로 의절하고 사는 홀시아버지의 그 푸념에는
이제 진력이 난 민금자 씨였다. 게다가 남편과는 배다른 동생인
시동생이 입영통지서를 받은 지 며칠 안 돼 교통사고로 죽은 일
을 놓고 지금까지 닦달을 당해 온 일을 생각하면 정말 기가 막
혔다. 대학을 중도에 그만두게 된 것도 이쪽 잘못이요, 차에 치
여 죽은 보상금을 받고도 그 돈 내놓기 싫어 뺑소니차에 그렇게
됐다는 거짓말을 한다고 생떼를 쓴 적이 한두 번이 아니었다. 물
론 당신 생전에 눈 시퍼렇게 자식을 둘씩이나 저승길로 먼저 앞
세운 그 억하심정을 모르는 바 아니었지만 걸핏하면 조상 제대
로 못 모시고 형제 우애 모르는 느덜 탓이라고 닦달질하는 데는
정말 억울하기 이를 데 없었다. 민금자 씨는 처음부터 시아버지
에 대한 좋은 감정을 가질 수가 없었다. 그네는 네 살 때 있었던
부친의 죽음을 잊을 수가 없었다. 물론 오빠들 입을 통해 훗날
들은 얘기지만 부친의 그 참혹한 죽음은 가슴 깊은 데 각인되었
다. 시아버지가 그 상처를 덧냈다. 남편과 약혼까지 했는데 이쪽
의 집안 내력을 어디서 알아냈는지 빨갱이 집안과는 혼인할 수
없다며 파혼하라고 찍자 부린 일부터가 그랬다. 시아버지가 지
방 빨갱이 때려잡던 얘기만 시작하면 눈에 경련이 일었다.

　기호야, 저 돌, 네가 내다 버려라.

　그르케는 안 된다!

　내다 버려!

　시아버지와 며느리 사이에 격한 감정이 폭발되기 직전 그 집
뒤꼍에서 성태가 나왔다. 그는 부엌 뒤쪽으로 소외양간 달 듯 방

　　　　　　　　　　　　　　우상의 눈물

하나를 댈롱 덧붙인 셋방을 얻어 자취를 하고 있었다.

아주머니, 제 생각 같아서는 말입니다. 저 돌멩일 그대로 두는 게 좋을 것 같은데요.

학생, 그건 무슨 얘기야?

저 돌멩이가 유일한 증거품인데 그걸 없애면 어쩝니까.

성태는 자신이 세 들어 사는 집에 난데없이 돌이 날아들면서 마치 흉가 속에 앉아 있는 것처럼 기분이 휘휘했다. 그 집 식구들의 눈길도 이상하게 따가웠지만 어쩌면 그 돌멩이가 자신을 겨냥해 던져졌을는지 모른다는 위구심을 떨쳐 버리기 어려웠다. 이상한 일이었다. 그 집에 날아든 돌이 성태에겐 숨탄 짐승처럼 보였던 것이다. 마룻바닥에 떨어져 있는 그 첫 번째 돌멩일 본 순간 성태는 온몸으로 소름이 끼쳤다. 그때 그 돌멩이는 분명 꿈틀 움직였던 것이다.

첫 번째 날아든 돌멩이가 서향의 현관문을 겨냥했던 것과는 달리 두 번째 것은 정남향의 그 집 안방 창문을 향해 던져졌다. 너설 날카로운 그 돌멩이는 안방 창문의 방충망까지 찢은 뒤 바깥문 유리는 물론 안쪽 유리마저 깨뜨렸다. 그 정도면 대단한 투척력이었다. 세 번째 것은 현관문과 안방 창문의 가운데인 분합문의 아래쪽 통 널조각을 때린 뒤 창 밑에 떨어졌다.

그 파괴력으로 봐서 지나다니는 취한이 어쩌다 그냥 심심풀이로 집어 던진 돌멩이가 아니라는 것만은 확실했다. 물론 첫 번째 돌멩이에 그리 큰 충격을 받지 않은 것은 어쩌다 던진 돌이 재수 없게 날아들었을 것이란 쪽으로 마음을 달랜 탓도 있었다. 게다가 첫 번째 돌이 날아들었을 때는 집에 아무도 없었던 대낮이었기 때문에 현관문 유리 깨지는 소리를 직접 들었다는 이웃 사람들보다 덜 놀랐는지도 모른다. 오히려 이웃 사람들이 돌멩이를 맞은 그 집 식구들보다 몇 배나 더 흥감을 피우다 별것 아닌 일로 왜들 그 야단이냐고 민금자 씨한테 싫은 소릴 듣기도 했다.

그러나 두 번째 돌멩이가 날아들었을 때는 그 상황이 달랐다. 민금자 씨와 주희가 집에 함께 있을 때 안방 창문이 박살 났던 것이다. 오후 7시가 조금 지난 시각이라 저녁 햇살이 현관문 창유리에서 눈부시게 반사되고 있었다. 학교에서 돌아온 지 얼마 되지 않은 주희에게 먹을 것을 주기 위해 부엌에 있던 민금자 씨는 유리창 깨지는 소리에 손에 들고 있던 컵을 내던지며 외마디 비명을 내질렀다. 얼굴이 새파랗게 질린 주희가 마루에서 와들와들 떨고 있었다. 주먹만 한 돌멩이 하나가 그렇게 엄청난 소리를 낼 수 있다는 게 믿어지지 않았다. 집 전체가 왕창 무너져 내리는 줄 알았다. 그것은 뭔가 큰일이 벌어져 이제 모든 것이 끝장이구나 하는 순간적인 낭패감이었다.

전화벨 소리에 또 한 번 소스라쳤다. 무서웠다. 전화기가 살아서 겅둥겅둥 뛰어 다니는 것만 같았다.

"무슨 소리예요? 또 돌이 날아왔어요?"

이웃집 여자였다. 민금자 씨는 주희를 데리고 벌벌 떨리는 걸음으로 밖으로 나갔다. 길 건너편 집들에서 목소리만 건너왔다.

우상의 눈물

"아니, 어떻게 된 거예요?"

"어머, 저 집 유리창 또 깨졌네."

집 앞 6미터 소방도로에는 얼마 전까지도 없던 동네 아이들이 바람 헐렁하게 빠진 배구공으로 축구를 하고 있었다. 아이들은 그 놀이에 얼마나 열중해 있는지 민금자 씨가 무엇을 물어봐도 건성건성, 몰라요, 가 대답의 전부였다. 약이 바싹 오른 주희가 어떤 사내애의 앞을 가로막아 서며 앙칼지게 다그쳤다.

"너지, 니가 우리 집에 돌 던졌지?"

그러나 그 아이는 땀에 번질거리는 얼굴로 잠시 어리둥절한 눈빛을 했다간 다 아랑곳없다는 듯 공을 쫓아 엎어지듯 달려갔을 뿐이다.

"느덜 여기서 우리 집에 돌 던지는 사람 못 봤니?"

민금자 씨는 두 개의 책가방을 양쪽으로 벌려 놓고 윗몸을 굽힌 채 잔뜩 긴장해 있는 골문지기 아이를 붙잡고 늘어졌다.

"몰라요, 못 봤어요."

그 아이 역시 방해꾼을 피해 옆으로 비켜서면서도 눈은 한결같이 배구공을 쫓고 있었다. 여러 정황으로 미뤄 아이들이 그 돌멩이와 무관하다는 것은 분명했다.

민금자 씨는 하릴없이 물러서며 길을 끼고 마주한 건너편 집들을 적의 가득한 눈으로 훑었다. 창을 열고 관심을 보이던 이웃 여자들의 얼굴이 다 사라진 뒤였다. 길가의 집들은 지은 지 오래된 비슷한 구조의 슬라브 단층으로 길을 따라 서북향으로 음산하게 늘어서 있었다. 그 길가 집들 뒤쪽으로는 더 볼품없는 집들이 조닥조닥 엉겨붙어 있어 넘겨다보기만 해도 갑갑했다. 어떻든 그 모두가 가까운 이웃이었다. 그러나 그 이웃들과는 대부분 인사를 나눈 적이 없었고 알고 지내는 가까운 사이라 해도 마음 그 밑바닥까지 터놓고 내보인 적이 없었다. 마음을 터놓지 않는 이웃은 이미 이웃이 아니라 경계해야 할 적이었다. 전혀 낯설기만 한 그 이웃의 어느 집에서 돌멩이가 던져졌을 가능성도 없지 않다고 생각하자 다시 가슴이 후당후당 뛰기 시작했다. 그네는 아직도 닫히지 않고 있는 건너편 집들의 창문을 향해 바락바락 욕이라도 퍼대고 싶은 심정이었다.

"아빠 퇴근하셨대요."

민금자 씨는 남편 직장인 고등학교로 전화를 거는 주희의 겁에 잔뜩 질린 목소리를 들으면서 온몸을 휩싸드는 단절감을 느꼈다. 손가락 하나 움직이기 싫은 무력증이었다. 공포였다. 애써 외면하려 했지만 화장대 곁에 떨어져 있는 그 검정 돌멩이는 방안의 그 어떤 물건과도 어울리지 않는 이질감으로 살아 있었다. 완강했다. 그것은 단순한 돌멩이가 아니라 악마의 변신만 같았다. 두려웠다. 그 두려움은 두어 달쯤 전부터 시작됐다.

대낮이었다. 형사 두 사람이 인상이 별로 좋지 않은 청년 하나를 수갑을 채운 채 데리고 찾아왔다. 형식적이나마 형사들은 신분증을 내보였다. 그중 하나가 데리고 온 청년을 턱으로 가리켜 보이며 물었다.

아줌마가 봤다는 사람 맞아요?

정말 영문을 알 수 없는 노릇이었다. 민금자 씨가 어리둥절한

우상의 눈물

얼굴로 머뭇거리자 먼저의 그 형사가 신경질적으로 다그쳤다.

아줌마, 이 친구 몰라요? 저 앞 동네서 물건 훔쳐 내오는 걸 아줌마가 봤다면서요? 그때 봤다는 사람이 이 사람 맞아요?

퍼뜩 며칠 전 앞 동네에 복면강도가 들었다는 얘길 들은 기억이 떠올랐다. 그러나 그 강도를 봤다는 얘긴 너무 황당한 소리였다. 그네가 미처 항변도 하기 전에 수갑을 찬 그 청년이 씹어뱉듯 말했다.

씨팔, 똑바로 보고 말해!

가슴이 철렁 내려앉았다. 그 청년의 눈에서 이글거리는 살기를 본 것이다.

이 새끼, 이거!

형사 하나가 수갑 찬 청년의 정강이를 구두 끝으로 내질렀다.

아줌마, 지금 곤란함 다음에 정식으로 부를 거니 그때 얘기해두 돼요.

무슨 착오가 생긴 모양이라고, 이쪽의 억울한 입장을 항변할 여유를 제대로 주지도 않고 그들은 사뭇 거오스러운 걸음으로 사라졌다. 가만히 앉았다가 뒤집어쓴 찬물이었다. 그 여파는 뜻밖에 컸다.

당신, 요새 왜 이래?

눈만 감으면 악몽이었다. 고약한 인상의 그 청년이 보였다. 어느 순간 그것은 가마니에 덮인 아버지의 주검이었다. 물에 빠져 허우적거렸다. 아버지가 물에 떠 있었다. 핏물이 그렇게 고였다고 했다. 집안 식구들이 자신의 알몸뚱일 무쇠탈 같은 얼굴로 묵묵히 내려다보고 있었다. 그 청년이 이를 하얗게 드러내 차갑게 웃으며 아랫도리를 벗었다. 형사들이 찾아왔던 그 일을 알고 있는 남편은 그네의 증세에 대해 짜증부터 냈다.

그까짓 걸 가지구 뭘 그래. 범인을 수색하다 보면 그럴 수도 있는 거지.

물론 최영배 선생도 아내가 졸지에 당한 그 어처구니없는 경찰의 수사 방법에 대해 분개했다. 피의자들로부터 일어날 수 있는 보복 가능성에 대해 증인을 되도록 보호해야 할 경찰이 그따위 수사를 하다니 말이 안 된다고 경찰서에 직접 항의까지 했던 것이다.

민금자 씨는 그때 자기를 쳐다보던 그 청년의 혐오 가득한 눈빛을 잊을 수가 없었다. 길에서 얼굴이 좀 험악한 사람과 눈길이 마주치기라도 하면 가슴이 철렁 내려앉곤 했다. 집 근처에 누군가 서성대는 것만 봐도 가슴이 섬뜩해 집 안의 문이란 문은 모조리 걸어 잠근 채 안절부절못했다.

경찰서에 알아보니까 그 친구 전과가 많아. 몇 년 단단히 살 거라던데.

언제고 나올 거 아녜요? 또 그 패들두 있구…….

당신 아무래도 신경과민이야.

남편의 말대로 민금자 씨는 자신의 신경이 몹시 과민한 상태라는 걸 알고 있었다. 3년 전 시동생이 뺑소니차에 치어 죽은 뒤부터 늘 잠자리가 편치 않았다. 시아버지가 시동생 얘기만 꺼내면 신경이 뾰족하게 날을 세웠다. 시동생으로 인한 마음의 불편

　　　　　　　　　　　　　우상의 눈물

은 그가 살아 있는 동안도 마찬가지였다. 형한테 얹혀산다는 부담감에다 자신이 다른 어머니 뱃속에서 태어났다는 자격지심까지 겹친 탓인가 시동생은 늘 음침한 얼굴을 하고 있다간 어느 순간 저돌적으로 대들곤 했다. 하나뿐인 시동생을 내 살붙이처럼 보살필 마음이 안 생긴다는 게 죄스러웠다. 어쩌면 그것은 뒤늦게 데리고 들어와 사는 그 막내아들을 괄시하지 않나 싶어 늘 선수를 치던 시아버지의 탓도 없지 않았다. 굳이 감싸 돌지 않아도 될 일을 시시콜콜 참견하고 나서는 시아버지로 해서 그 시동생이 더욱 멀게 느껴졌는지도 모른다. 사실은 집안 형편으로는 가르치기 어려운 대학을 보낼 때부터 쌓인 불만이었다. 그런대로 1학년은 무사히 마쳤는가 하면 C급이긴 하지만 장학금을 타낼 정도로 공부에 열성이어서 가르치는 보람도 있었다. 그러나 시동생은 며칠씩 집에 돌아오지 않는 날이 늘어 갔다. 며칠 만에 들어올 때는 파김치처럼 지쳐 있었고 그가 벗어 놓은 옷을 빨 때는 재채기가 쏟아졌다. 엄마, 삼촌이 시청 앞에서 데모하는 거 봤다! 학교에서 돌아온 기호가 그런 소식을 전해 준 지 며칠 뒤에 시동생의 학교 학생과장이라는 사람이 남편을 찾아왔다. 그 일로 남편이 경찰서에 들락거렸다. 경찰서에서 풀려난 시동생이 형 앞에서는 휴학을 하겠다고 약속하고는 제멋대로 자퇴해 버렸다. 형도 그 일 앞에는 속수무책 맥이 빠지는 모양이었다. 그 시동생이 입영통지서를 받은 지 며칠 만에 교통사고로 죽자 남편은 자기 마음을 억제하지 못해 민금자 씨의 화장대를 박살냈다. 지극히 우발적으로 일어난 그 일이 민금자 씨를 두고두고 괴롭히는 빌미가 됐다. 시동생은 죽으면서 자신의 실체를 집 안 구석구석 남겨 놓고 간 셈이었다. 집 안에서 시동생이 쓰던 물건만 봐도 가슴이 뛰었다. 어쩌다 시동생 친구를 길에서 만나게 되면 허둥지둥 도망치고 있는 자신을 발견하곤 했다. 월남서 죽은 시숙이 꿈에 나타나 뭔가 기분 언짢은 소릴 할 때도 있었다. 잔뜩 저주 담긴 그런 말이었다. 남편이나 아들이 집에 들어올 시간을 넘기면 별의별 좋지 않은 생각으로 시달렸다. 그네는 종종 가위눌림 상태에서 놀라 잠을 깨곤 했다. 뭔가 자신이 잠든 사이에 엄청난 일이 일어날는지 모른다는 불안과 함께 잠을 깨곤 했다.

"주희 엄마, 내 보기에 그럴 양반은 아니지만 그래두 혹시."

돌멩이가 세 번씩이나 날아든 일은 이웃 사람들에게는 정말 흥미진진한 사건이었다. 그네들은 호기심 주머니를 한껏 부풀려 올렸다. 모여 앉기만 하면 한껏 입 키질을 한 뒤 그 정도가 좀 심했다 싶으면 잔뜩 안됐어 하는 얼굴로 찾아와 이야기를 늘어놓곤 했다.

"내 친구가 옥수동 사는데 글쎄, 그 동네선 어떤 집 어린애가 유괴돼 갔다가 죽은 시체루 발견됐대요. 글쎄, 죽은 애 아빠가 평소 여자관계가 좀 복잡했다는가 봐요."

얘기의 화살은 민금자 씨의 남편 최영배 선생이 밖에서 누구한테 혐의를 질 만한 그런 일이 없었느냔 추궁이었다. 이웃들의 그런 관심이 민금자 씨는 견디기 어려웠다. 치욕감으로 몸이 떨렸다. 물론 이웃 여자들이 말하는 그런 쪽으로 생각을 안 해본

우상의 눈물

것도 아니다. 남편이 남들한테 못할 짓을 할 만큼 모진 사람이 아니라는 것만은 18년 동안 몸 섞어 사는 동안 몸에 밴 확신이었다. 그러나 그네는 이따금 남편이 무슨 일론가 몹시 괴로워하고 있는 걸 볼 적이면 가슴이 내려앉곤 했다. 자신이 남편에 대해 알고 있는 게 뭔가 하는 단절감이었다. 집안의 아내가 결정적으로 충격을 받기는 남편이 남들로부터 업신여김으로 손가락질받는 현장일 것이다. 그와 비슷한 일이 있었다.

밤 11시쯤 전화가 왔다. 시끌벅적한 소리로 미뤄 술집 같았다. 술 취한 젊은 목소리가 남편을 찾았다. 아직 집에 안 들어왔다고 하자, 이 쪽집게 마누라야, 쪽집게 새끼 들어오거든 내가 전화했었다구 해. 그런 막가는 소리 뒤에서 같은 패거리인 듯싶은 사내들의 웃음소리가 들렸다. 일방적으로 끊긴 전화기를 든 채 민금자 씨는 참으로 비참했다. 남편의 학교에서의 별명이 족집게라는 것쯤은 알고 있었다. 그 전화 얘기를 전해 들은 남편도 잠깐 당혹해하는 표정을 감추지 못했다. 그럴 때의 남편 모습이 그렇게 왜소해 보일 수가 없었다. 어떤 졸업생 놈들이 평소에 쌓인 기분을 그런 식으로 푸는 술주정일 거라고 애써 태연한 얼굴을 만드는 남편에게서 그녀는 절망을 보았던 것이다.

그 집에 네 번째 돌멩이가 날아든 것은 밤 9시 뉴스가 한창 진행되고 있는 시간이었다.

오늘 평민당 김대중 총재는 광주사태와 관련된 자신의 입장을 밝히는…, 하고 텔레비전 뉴스 앵커의 목소리가 갑자기 잦아든 것은 성태가 전화를 받는 것을 방해하지 않기 위해 최영배 선생이 볼륨을 줄였기 때문이었다. 최영배 선생은 그 집에 세 들어 사는 대학생을 좀 바꿔 달라는 전화를 받고 자신이 직접 뒤꼍으로 돌아가 성태를 데려왔던 것이다. 성태가 전화를 바꿔 든 지 일 분도 안 돼 그 네 번째 돌멩이가 날아들었던 것이다. 민금자 씨는 주희의 가정 과목 숙제인 자수를 돕느라 안방에 있었고, 최칠수 노인은 낮술에 취한 채 골방에서 자고 있는 중이었다. 학교에서 야간자율학습 도중 옷을 갈아입기 위해 잠깐 집에 와 있던 기호는 그때 화장실에서 변비와 싸우느라 끙끙 땀을 빼고 있는 시간이었다.

그 돌멩이는 세 번째 것이 분합문 아래쪽 통널 조각을 때린 채 유리를 깨지 못한 것을 화풀이라도 하듯 큰 유리 한 장을 온통 부숴 내리며 마루에 떨어졌다. 역시 먼저와 다름없는 대단한 투척력에 그 돌멩이 또한 같은 크기, 같은 석질의 것이었다.

기호가 현관에 세워 뒀던 야구방망이를 집어 들고 맨발로 뛰어나갔다. 전화를 받고 있던 성태도 수화기를 아무렇게나 놓은 채 기호 뒤를 따라 밖으로 나갔다. 길 건너편 집들의 창문이 여기저기 열리고 있었다. 이웃집 담벼락에 붙어 세워진 전봇대 중간쯤 매달린 외등이 어둠 한구석을 밝히고 있을 뿐 길은 텅 비어 있었을 뿐이다.

"뭐야, 저 집에 또 돌이 날아왔어?"

"이거 동네가 이래 가지구 어디 무서워서 살겠나."

"집터가 나빠서 그래요. 무당을 불러 지신상을 차려 놓고 한

우상의 눈물

바탕 벌여야 한다니까 그러네."

이웃 사람들이 보여주는 관심은 대개 그런 식이었다. 또 돌이 날아들었다는데 다친 사람은 없느냔 통장 마누라의 확인 전화도 왔다.

"보라야, 이것두 이리케 흙 하나 묻지 않았어야. 일리 던딜려구 우덩 들구 댕긴 게 틀림 없다니께루."

유리창 깨지는 소리에 잠이 깬 최 노인이 식구들 모두가 쳐다보기조차 저어하는 그 돌맹이를 집어 들고 사뭇 의기양양한 얼굴로 이 사람 저 사람을 쳐다봤다. 식구들은 아예 외면하는 걸로 노인의 말을 무질러 버렸다.

"제 생각 같아서는 말입니다."

아직도 자기 자취방으로 돌아가지 못한 채 뭉그적거리고 있던 성태가 껴들었다.

"쉬쉬 감추고 계실 게 아니라, 정식으로 파출소에 신고도 하시고 아주 내놓고 동네 사람들한테 협조를 부탁하는 게 좋을 것 같은데요. 동네 사람 모두가 이 집을 지키게 하자는 거지요. 누구 짓인가 그걸 밝히는 일보다 중요한 것은 앞으로 이런 일이 더 생기지 않도록 예방하자는 얘깁니다."

"거, 내레 하구 싶은 말이구만. 내 텀부터 뭐랬어야? 그게 사람 새긴디 귀신인딘 몰라두……."

"그건 학생이 몰라서 그렇지……."

민금자 씨가 시아버지 쪽을 아예 거들떠보지도 않은 채 말을 낚아챘다.

"우리 집에 돌이 날아드는 거 세상천지가 다 알아요. 지금 저 아래 통장집에서 전화 온 거 못 봤어요? 파출소에두 동네 사람들이 신골 했더라구요. 기가 막혀서… 글쎄, 누가 우리 집에 매일 총을 쏴댄다구 그렇게 신골 했다지 뭐예요. 신골 받고 왔다는 사람들이 꼭 범죄 소굴 뒤지듯 살피고 가더라니까요. 지금 얘기지만 학생 방에두 들어갔다 나오는 것 같더라구요."

"데렌, 망할 것들. 그럴 땐 내가 받은 표창장을 내보이디 그랬냐."

"그 돌멩이 이제 그만 치우세요!"

집에 날아든 그 돌멩이를 마치 애완동물 다루듯 보듬고 앉아 이야기 틈틈이 뭐에 보리알 끼듯 끼어들곤 하는 노인을 최영배 선생이 퉁명스레 쐈다. 그는 그 기세로 성태를 향해 볼멘소리로 물었다.

"학생, 아까 그 전화 어디서 온 거요?"

"아, 지금 그 전화 말이군요. 정말 죄송합니다. 사실은 과 부대표한테서 온 겁니다. 내일 과 엠티를 1박 2일로 떠나거든요. 제가 맡은 일이 있는데 그게 준비됐는지 그걸 확인하려구 건 전화였어요."

"뭐 다른 뜻으루 물은 건 아니오. 돌 날아들기 바루 직전에 퍽 다급해하는 목소리로 학생을 바꿔 달래서 바꿔 준 건데."

"아, 그랬군요. 원래 그 친구 말하는 투가 그래요. 어떻든 까마귀 날자 배 떨어진 격이라 저 자신도 좀 찜찜하긴 했습니다."

"나두 그게 이상했다구요. 평소엔 그런 전화가 한 번두 온 적

우상의 눈물

이 없었는데 하필이면… 혹시 그 전화 저번 때 학생 방에 와 있던 얼굴 오종종한 사람한테서 온 거 아네요?"

"아닙니다, 아주머니. 과 부대표였다니까요. 의심 나시면 지금 당장 그 친굴 이리 오게 할 수도 있습니다. 자기 집에서 건 전화거든요."

"그건 그렇다구 하더라두 저번 때 학생한테 와 있던 그 사람 혹시 뭔 죄 짓구 숨어 다니는 거 아네요?"

"제가 그때 말씀 드렸잖습니까. 고향 선배라구요. 서울서 학교에 다니다 군대에 갔는데 얼마 전 제대를 해 복학할 거라구요. 개인적으로 좀 괴로운 게 있어 그 맘 삭이느라구 저한테 와 있었던 거예요."

"그렇다구 그렇게 꼼짝두 않구 방에 들어박혀 있어요? 그땐 정말 별생각이 다 들더라구요. 무섭구."

"아주머니, 도대체 뭐가 알고 싶으신 겁니까?"

성태가 발끈 화를 내며 일어섰다.

"너무 그러지들 마세요. 아주머닌 지금 이런 생각을 하고 계신 겁니다. 그때 여기 와 있던 사람이 살인범쯤 될 테고 내가 공범일 거라고… 그래서 이 집에 저렇게 돌이 날아드는 거라고, 안 그렇습니까?"

"잘두 아네. 집이 이 꼴이 됐는데 무슨 생각은 못해."

민금자 씨가 뿌르르 맞설 채비를 했다. 최영배 선생이 손을 내저으며 나섰다.

"학생이 좀 이핼 해줬으면 좋겠어. 보시다시피 지금 우리 식군

제정신이 아니잖소."

"선생님, 죄송합니다."

한동안 누구도 입을 열지 않았다. 침묵. 바람소리. 밖의 어둠이 깨어져 나간 분합문으로 잠깐 얼굴을 보였다. 커튼 자락이 펄렁거렸다. 밖은 완전한 어둠이었다. 집 안의 불빛이 겨우겨우 밖의 완강한 어둠을 차단시키고 있었을 뿐이다. 온몸으로 소름어끼쳤다. 그것은 이 집 식구들을 에워싸고 있는 형용하기 어려운 공포에 동참하고 있다는 유대감 같은 것이었다.

"올티, 내레 이데야 생각이 나는구마."

그때까지 그 돌멩일 손에 쥐고 이리저리 뜯어보고 앉았던 최노인이 사뭇 비장한 얼굴로 집안 식구들을 둘러봤다. 기호가 관심을 보였다.

"할아버지, 뭔데요?"

"이 돌멩일 던딘 새끼들이 눈지 생각이 났어야."

"할아버지, 그게 누구예요?"

"빨갱이 아이군 뭐이 그런 덧을 하갔니."

"할아버지, 지금 농담하시는 거예요?"

"데놈에 자석!"

"빨갱이가 할 일이 없어 우리 집에 돌이나 던지구 있단 말예요?"

"그게 바루 갸들 게릴라전이라는 게야. 민심을 소란케 하자는 그게지."

"설마… 믿어지지 않는데요."

우상의 눈물

"이늠아, 설마가 사람 잡는다는 얘기도 못 들었어야? 그라구 빨갱이가 낯짝에다 내레 빨갱이야요, 그르케 써부체구 댕긴다데. 빨갱이가 따로 있는 기 아니여. 시상 시끄럽게 하는 늠들은 다 빨갱이지 뭐이갔니. 하라는 공분 뒤루 데테 놓구 데모질만 하는 대학생 놈들도 다 매찬가지야. 내레 모를 줄 알았드냐. 둑은 니 아재비 놈두 거런 친구 잘못 둬서 그르케 된 거 내가 다 알아야."

최 노인은 낮술이 아직 덜 깬 것 같았다. 깨어져 흩어진 유리를 비질하는 민금자 씨의 손이 거칠게 떨리고 있었다. 최영배 선생이 그네의 손에서 비를 빼앗아 든 뒤 이미 쓴 데를 다시 쓸어가기 시작했다.

사람이 여럿 모여 앉은 분위기치곤 너무 휘휘한 느낌이었다. 성태는 그 자리에 더 앉아 있기가 민망스러웠다. 현관을 나서자 오싹 소름이 끼쳤다. 이상한 일이었다. 밖의 어둠과 마주치는 순간 그 선배의 얼굴을 본 느낌이었다. 고향의 고등학교 선배라고는 하지만 성태가 학교에 입학했을때 그 선배는 이미 서울의 일류대학 학생이었다. 학교가 생긴 이래 그 대학에 들어간 유일한 존재가 그 선배였다. 학교는 물론 그 지방의 유지들이 후원회를 만들었을 정도로 대단한 존재였다. 성태는 그 선배에 대해 남들보다 조금 더 알고 있는 편이었다. 그 선배의 아버지가 성태네 정미소에서 성태가 태어나기 전부터 허드렛일을 도맡아하는 일꾼이었던 것이다. 가끔 그 선배의 어머니까지 와서 성태네 안일을 도왔다. 그 선배 위로 형이 둘인가 있었지만 중학교도 제대로 못 나온 데다 일하기를 죽어라 싫어해 읍내의 말썽꾸러기로 부모 속을 꽤나 썩였던 것이다. 그 선배는 그 집안의 유일한 희망이었다. 그러나 그 선배가 자기 부모는 물론 주위의 기대를 휴지처럼 구겨 던진 것은 대학교 3학년 때였다. 그 선배의 이름이 신문에 오르내렸다. 서울서 형사들이 직접 내려와 그 선배의 집을 뒤지곤 했다. 그는 그만큼 유명해져 있었던 것이다. 성태는 어릴 때부터 그 선배에 대해 적의 같은 걸 품고 있었다. 그 선배로 해서 마음에 상처를 받은 게 한두 번이 아니었다. 성태의 성장은 그 선배의 모든 것을 기준해서 비교되고 질타받았던 것이다. 어른들 입에 오르내리는 그 선배처럼 될 수 없다는 한계 인식의 열패감은 컸다. 그 선배가 서울 일류대 법과에 들어갔을 때도 성태는 상처를 입었다.

열흘만 있자. 알고 있겠지만 난 지금 쫓기고 있다.

그 선배의 느닷없는 방문은 성태에게 하나의 사건이었다. 그 선배가 묵어 간 열흘간은 무서운 형벌의 시간이었다. 그것은 고문이었다. 그렇다고 그 선배가 성태에게 강요한 것은 아무것도 없었다. 무엇을 원하고 어쩌고 할 그런 꼴이 아니었다. 그 선배는 생각했던 것과는 달리 너무 평범했다. 왜소했다. 사냥꾼의 총에 맞아 수십 리를 쫓긴 한 마리 노루였다. 그 선배는 지칠 대로 지쳐 누가 옆에서 건드리기만 해도 그대로 쓰러져 다시는 일어나지 못할 것만 같았다. 옛날의 그 타오르듯 총기 있어 보이는 그런 눈이 아니었다. 게게 풀린 눈이 그의 황량한 가슴을 짐작케 했다. 그는 세상 돌아가는 얘기나 자신이 살아온 그 어떤 편

우상의 눈물

린도 화제에 올리지 않았다. 밖에서 신문을 열심히 구해다 줘도 건성건성 제목만 훑어보는 게 고작이었다. 라디오는 아예 틀지도 못하게 했다. 술도 담배도 마다했다. 비교적 잠도 잘 자는 것 같았다. 그의 어느 구석에도 투사다운 의지가 엿보이지 않았다. 그러나 어느 날 밤, 성태는 그 선배가 잠자리에서 부시시 일어나 두 무릎을 꿇고 오열하는 것을 봤다. 그는 소리 죽여 흐느꼈다. 뜨거웠다. 절규였다. 절박한 무엇이 그 흐느낌 속에 있었다. 무서웠다. 그 울음은 새벽까지 무려 서너 시간 이상 계속됐다. 그 선배는 그다음 날 떠나갔다.

그동안 고마웠다.

성태가 기대했던 다른 어떤 말도 남기지 않은 채 찾아올 때의 그런 추레한 꼴로 훌쩍 사라졌다. 문제는 그가 떠나간 뒤 좁은 방 안을 가득 채운 거인의 울음소리였다. 거인의 모습이 방 안에 남아 있었다. 성태는 모든 것을 버린 뒤 모든 것을 가진 그 거인을 방 안에서 몰아낼 수가 없었다. 숨이 막혔다. 그 집에 돌이 날아든 것은 그 선배가 떠난 지 한 달쯤 지난 뒤였다. 그 집의 현관문 유리를 깬 뒤 마룻바닥까지 굴러든 그 돌멩이를 본 순간 성태는 비로소 자신의 몸을 옥죄고 있던 긴장의 사슬에서 풀려난 느낌이었다. 그러나 그것은 또 다른 긴장의 시작이었다.

대낮이었다. 수상한 사람이 집을 기웃거리고 있으니 빨리 나와 보라는 전화가 길 건너편의 시청 다니는 집 부인한테서 왔다. 민금자 씨는 가슴이 마구 떨렸다. 쉽게 진정되지 않는 마음으로 현관문을 열고 마당에 나섰다. 페인트칠한 지 오래된 철제 대문은 안으로 빗장이 걸린 채 아무 이상이 없었다. 대낮인데 설마 어떠랴 싶은 용기로 대문을 따고 얼굴을 내밀었다. 배추를 높이 실은 리어카 한 대가 집 앞을 지나가고 있었다. 그 배추 리어카가 내려가고 있는 반대쪽에서 중국음식점 배달통을 든 청년이 고개를 삐딱하게 꺾은 채 빠른 걸음으로 올라오는 중이었다. 민금자 씨는 아예 몸을 대문 밖으로 내놓고 사방을 휘 둘러보다가 헉 하고 놀랐다. 대문에서 두서너 걸음 떨어진 담 밑에 사람 하나가 서 있었던 것이다. 담을 통해 집 안을 들여다보고 있었던 게 틀림없어 보이는 그런 엉거주춤한 꼴이었다. 비교적 큰 체구에 헐렁한 돕바를 걸친 노인이었다. 어쩔까 망설이고 있을 때 전화를 건 시청집 그 여자가 자기네 대문을 따고 나오며 바로 그 사람이란 눈짓을 보내왔다.

"아저씨, 누구네 집을 찾으시는 거예요?"

그러나 노인은 담 벽에서 꾸물꾸물 물러나 큰길로 내려서고 있을 뿐이다.

"아니, 왜 남의 집을 넘겨다보고 그래요?"

"뭐 잘못됐소?"

문득 뒤돌아보는 노인의 얼굴이 너무나 천연덕스럽게 보였다.

"왜 남의 집을 들여다보느냐구요?"

"내 집을 들여다본 게여."

"이게 아저씨네 집이라구요?"

"그려. 내 집이지. 내 손으루 져서 내 살던 집이니께."

우상의 눈물

무슨 말을 더 붙여 볼 여유도 없었다. 노인은 차림새의 늘컹한 인상과는 딴판으로 휘휘 바른 걸음으로 윗동네를 향해 사라졌다.

"맞아요. 지금 저 늙은이가 며칠 전에두 우리 집 앞에서 선생님네 집을 꽤 오래 쳐다보구 섰더라구요."

시청집 여자는 당장 파출소에 전화를 걸어 잡으라고 했다.

"기가 막혀. 글쎄, 이 집이 자기 집이래지 뭐예요."

"미친 사람인가 보죠? 아니면 그전에 여기 살던 사람이든가."

"삼 년 전 우리가 이 집을 살 땐 저런 사람을 못 봤는데요."

"어쩜 그 이전에 살던 사람인지두 모르잖아요."

"글쎄, 그런 사람이 지금 와서 자기 집이라는 게 말이 돼요?"

"누가 아니래요. 아무래두 선생님 댁에 돌 던진 게 지금 그 늙은이 같다구요. 지금두 보니까 돕바 주머니에 뭐가 불룩하게 들어 있는 거 같던데요."

민금자 씨는 온몸으로 소름이 끼쳤다. 그럴 분위기도 아닌데 느닷없이 설움 같은 게 우욱 북받쳐 올랐다. 그네는 자신도 모르게 징징 푸념을 쏟아 냈다.

"왜 우리 집에 돌을 던지는 거지요? 남한테 원수진 것도 없는데… 남들처럼 좋은 집 지니구 떵떵거리며 사는 부자두 아닌데."

"아버지 아직 안 들어오셨어?"

최영배 선생은 집에 들어서면서 부친이 집에 있는가부터 확인하는 일이 버릇이 돼 있었다. 집안 어른에 대한 그런 예우로

투석

서의 문안이 아님을 그 자신이 잘 알았다. 그 사실이 늘 부끄러웠다. 솔직히, 집 안에 부친이 있으면 거동이 불편하다는 정도를 넘어 숨통이 죄어드는 것 같았다. 벽이 있었다. 어릴 때부터 그랬다. 부친이 만들어 내는 그 천박한 분위기가 싫었다. 상대의 속을 뒤집어 놓는 그 깐족이는 말투, 허세, 허풍스러움, 주책없음, 그런 이들이 공통적으로 지닌, 바닥이 빤히 들여다보이는 교활성, 야비함, 그런 것들로 해서 남들한테 웃음거리가 되는 것도 모르고 종작없이 덤벙거리는 부친이 그렇게 싫을 수가 없었다. 더욱 싫은 것은 부친이 쓰는 평안도 사투리였다. 겨우 열한 살 때 고향을 떠났다는 이가 사람이 자신의 근본을 잊지 않기 위해서는 태 버린 곳의 말을 써야 한다며 평소 남들한테는 안 그러다가도 식구들 앞에서는 굳이 구사해 내는 그 과장된 평안도 사투리의 저의가 싫었다. 제 근본을 모르는 놈, 조상을 모르는 후손, 그 부모를 우습게 아는 자식들에게 따끔한 교훈을 주겠다는 속셈에서 그런 엉터리 사투리를 썼던 것이다. 월남전쟁에 가 전사한 최영배 선생의 형도 부친을 싫어했다. 형은 아주 노골적으로 부친을 몰아치며 멸시했다. 형이 가장 싫어하는 것은 부친이 6·25 때 방위대장인가 뭔가 맡아 빨갱이를 잡아 죽이던 무용담이었다. 가마니때길 확 잡아 데치니까 꼭 목매달려 둑어 가는 개 누깔 같은 게 날 텨다보는데 야 등말 무섭드라야. 배때기서 쏟아져 나온 밸창잘 이르케 끌어안구서 말이디. 총을 쏠 게 뭐 있갔니. 이만한 돌멩이루 대갈통을 내려티니까시리 퍽 허구 터지드라야. 또 이런 일두 있어야. 디방 빨갱이 세 늠을 담아 산골텡이

루 끌고 가설라므네 데늠들 둑을 구뎅일 파게 했어야. 워낙에 디
독한 늠들인디두 총을 목에 디리대니께 딩딩 울면서 구뎅일 잘
파더라야. 그르케 구뎅일 파구 있는데 밑에서 인민군들이 올라
온다지 뭐갔니. 총소릴 낼 수두 없구, 그 세 늠들 대갈통을 총깨
머리루 쳐 쓰러 쓰러트리군 돌루 내리깠어야. 대충 흙으루 덮구
도망갰다가 와보니까루 등말 무섭드라야. 구뎅이 속에서 한 늠
이 반쯤 기어나와선 누깔을 허옇게 뒤지어쓰고 날 똑바로 노려
보고 있었어야. 등말 되게 무섭드라야.

　대개 이런 식의 무용담 끝에는, 느덜이 이렇게 잘 먹구 잘 사
는 게 모두 누구 덕인지 아느냐고 공치사하길 잊지 않았다. 최영
배 선생의 형은 월남에서 전사하기 두어 달 전 이런 편지를 보내
왔다.

　아버지가 우리들한테 들려주던 그런 무용담과 다를 게 없는 이
야길 너한테 쓰고 있는 내가 우습다. 아버지가 죽였다는 사람
들의 몇 배나 되는 사람을 내 손으로 죽였다. 적에 대한 적개심
이 사람을 죽이는 게 아니라 내 몸속 깊이 숨어 있던 광기가 때
를 만나 판을 치고 있음을 느낀다. 내가 살기 위해 남을 죽이는
일에서 이제는 내가 살아 있다는 걸 확인하기 위해 사람을 죽
인다. 사람을 죽이는 내가 보인다. 내가 하나의 로봇으로 보였
다. 아무래도 내가 이 전쟁의 소모품이라는 생각이 든다. 사실
은 그런 생각을 할 여유도 없이 매일매일 죽이는 일과 죽어 가
는 일을 함께하고 있을 뿐이다.

그러나 배다른 동생은 달랐다. 부친의 모든 것을 있는 그대로 받아들였다. 부친이 늙어갈수록 더욱 아등바등 과거에 매달려 민망할 정도의 허풍을 쳐도 묵묵히 받아들일 뿐 이렇다 하게 맞서는 일이 없었다. 육친에 대한 끈끈한 정을 있는 그대로 드러냈다. 부친의 삶에 대해 어떠한 거부감도 보이지 않는 어린 이복동생이 다른 눈으로 바라보였다. 자신은 왜 부친의 삶 속에 들어가지 못하는가. 그것이 부끄러웠다.

"그 노인에 대해서 알아봤어요?"

"알아보긴 했지만 별것 아닙디다. 이 집을 처음 지어 살던 사람들은 벌써 십 년 전인가 서울로 이사를 갔는데 그 뒤루 그 집 사람들을 본 적이 없대요. 어디루 이민을 갔다는 얘길 들었다는 사람도 있구."

"그 노인은 안 갔는지두 모르잖아요. 갔다가 도루 나왔는지두 모르구."

"그 노인이 그 집 식구인지두 확실하지 않은 마당에 너무 비약하진 맙시다."

최영배 선생은 수상한 노인이 집을 기웃거리다가 자기 집이란 말을 남기고 사라졌다는 말을 듣는 순간 3년 전 법원에 나가는 친구의 귀띔으로 경매에 부쳐진 이 집을 사던 때의 일이 떠올랐다. 낡은 연립주택 신세를 면하고 단독주택을 갖는다는 욕심으로 저지르긴 했지만 막상 경매가 떨어진 뒤 따져 보니 결코 싸게 산 집이 아니었다. 게다가 빚에 넘어간 그 집에는 전세를 들었다가 꼼짝없이 당한 두 세대가 원통 분통해하며 좀처럼 집을 내주

우상의 눈물

지 않았던 것이다. 결국 집달리를 동원하는 극단까지 가는 동안의 그 번거로움이야말로 가히 10년 살 것을 잃을 만큼 컸던 것이다. 내 집을 가지고도 그게 내 집 같지 않은 서먹함이 쉬 사라지지 않았던 것도 그런 때문이었다.

"아무튼 그 노인이 수상한 건 틀림없어요. 다들 그러데요. 이집이 욕심나서 싸게 사려고 그런 짓을 했을 거라구요."

"남이 뭐라든 확실하게 밝혀지기 전까지는 아무나 의심하진 맙시다."

진심이었다. 세상사람 모두가 돌을 던지고도 시치미를 떼는 것처럼 보인다는 게 괴로웠다. 집에 돌멩이가 네 번씩 날아든다는 게 부끄러웠다. 저 사람이 학교 선생인데 글쎄 선생 집에 돌이 날아든대요. 선생 똥은 개두 안 먹는다는데 선생이 뭔 죄를 져서 그렇게 돌을 던진대? 동네 사람들의 눈길이 온몸을 옥죄어 걸음걸이마저 부자유스러웠다. 직장에서도 매한가지였다. 최선생 집에 돌이 날아든다는 그 괴이쩍은 사건은 선생들의 무료하기 짝이 없는 일상을 흔들어 놓기에 충분했다. 선생들의 눈에 야글야글 호기심이 불붙었다. 말이 입에서 입으로 날개를 달고 새끼를 쳤다.

네 번이 뭐야, 벌써 스무 번두 넘게 돌이 날아들었대요.

최 선생 부인이 그 일로 신경과민이 돼 병원에 입원했다면서?

최 선생 집에 뭔가 그늘이 안 걷히고 있는 거라구. 오래전 얘기지만 최 선생 형이 월남에서 죽었대요. 게다가 몇 년 전엔 최 선생 속 썩이던 그 동생두 교통사고로 갔잖아. 확실한 건 아니지만 최 선생 생모두 최 선생이 어렸을 적 돌아가셨다는 거야. 계모두 아들 하나 낳구 금방 죽었다는 얘기두 있구.

최영배 선생은 그런 얘기들이 사람들 사이에 떠돌고 있다는 걸 알고 있었다. 최 선생한테 직접 그 얘길 하는 사람들도 여럿이었다.

"최 선생, 집 내놨다면서?"

"도깨비가 나온다는 건 뭔 소리야?"

"뭔가 짚이는 게 있을 거 아닙니까?"

"최 선생님, 혹시 숨겨 놓은 여자가 있는 건 아닙니까?"

"최 선생 성격에 남한테 원수질 위인은 아예 못 되고. 그렇다고 사모님 쪽에 무슨 문제가 있는 것도 아닐 테고."

"최 선생님, 혹시 선생님이 가르치신 애들 중 의심나는 놈 없습니까?"

최 선생의 담임반 애들은 물론 학과목 학생들도 최 선생만 보면 그 얘길 물고 늘어졌다.

"선생님, 우리가 범인 잡아드릴까요?"

학생들 앞에 서는 일이 두려웠다. 그 두려움은 새삼스러운 것이 아니었다. 가르친다는 일에 대한 회의가 주기적으로 찾아들 때마다 교실에 들어서는 일이 그렇게 두려웠던 것이다. 교단에 처음 섰을 무렵의 그 교육적 열의가 타성과 무사안일의 껍질로 변질된 데 대한, 어느 날 문득의 그 각성이 고작 두려움으로 나타났을 뿐이다. 학생들을 사랑으로 가르치고 있지 않다는 자괴심이 그 주범이었다. 교직은 천직이다. 나는 오직 가르치는 일을

우상의 눈물

통해 사랑을 실현해 보일 것이다. 국사 선생이 된 소임을 다하리라. 우리의 역사에 대해 나름의 사관을 갖고 학생들에게 올바른 역사 인식을 심어 주리라. 역사는 단순히 존재하는 것이 아니라 기술되는 관점에서 한국사의 고질인 식민지사관의 극복을 현장교육에서 실현해 보여야 한다. 물론 처음에는 그런 열정, 그런 소신으로 학생들 앞에 섰다. 그러나 입시 경쟁 최우선의 교육 현실 속에서 그러한 열성과 소신이란 게 얼마나 허황된 것인가 하는 걸 깨닫는 데는 많은 시간이 필요하지 않았다.

선생님 얘기가 좋기는 한데요오, 시험 공부하는 데는요오, 안좋은 거 같아요. 막 헛갈려요.

학생들의 반응이 그랬다. 학부형도 항의 전화를 걸어 왔다.

당신, 애들한테 국사를 가르치는 거야 아니면 당신이 역사를 새로 만드는 거야?

그는 자신도 모르는 사이에 국정 교과서의 내용을 일체의 소견 개입 없이 백과사전식 지식으로 요약한 뒤 그것을 명료하게 주입시키는 전문가로 바뀌어 가고 있었다. 통사적 지식을 선다형이나 단답식으로 정리해 어떻게 하면 효율적으로 암기시키는가 하는 방법을 찾는 일에 머리를 썼다. 그것은 역사 인식의 괴리와 무중력 상태의 한 증후였다. 대학을 다닐 때 깊이 관심을 두었던 고대사 영역의 구성에 대한 기존의 통설을 깨고 싶은, 탐구·비판의식의 실종을 의미했다. 비정통사학 내지 재야 사학계의 한국사 인식 쪽에 기울어졌던 그 나름의 자주사관이 완전히 마비되어 버리는 현상이기도 했다. 그렇게 마비되고 굳어진 의식 속에서도 눈에 보이는 현실은 암울했다. 그러나 암울하다는 느낌 그 이상의 아무것도 없었다. 그는 동료들의 관심사에 뒤질세라 껴들었다. 주식과 아파트와 자가용과 테니스의 티켓을 끊고 차 배달 나오는 다방 종업원의 몸값에도 밝아야 했다. 물론 꾸민 여유였다. 그러나 그런 여유 속에서 그는 국사 선생으로 3학년만 5년간 내리 담임할 정도의 그 방면 베테랑으로 굳혀져 갔다. 족집게란 별명이 그에게 주어졌다. 그해의 학력고사에 나올 국사 문제를 귀신같이 잘 찍어 낸다고 학생들 사이에 소문이 나 있었다. 실상 그는 잘 가르쳤다. 중요 사항의 시대순 암기법, 학습의 포인트 포착 요령, 문제의 시대별 출제 빈도에 따른 출제 예상 문제 찍기 등 훈련소의 숙달된 조교처럼 철저 정확했다. 갑오경장, 자, 언더라인 한다. 지난해 안 나왔으니 이번에 틀림없이 나올 게다. 갑오경장이 근대적 개혁이었음에도 불구하고 당시의 국민들로부터 지지를 얻지 못하였던 주된 이유가 뭔가. 학생들은 그의 말을 의심하지 않는다. 놀랍게도 그가 찍어 준 문제는 영락없이 출제됐기 때문이다. 족집게의 찍는 실력 얘기는 후배들한테 신화처럼 전수된다. 누군가 묻는다. 최 선생님, 그렇게 잘 찍으시는 비결이 뭡니까. 물론 그는 잘 찍는 게 아니라 우연히 들어맞는 것뿐이라고 겸손히 대답한다. 그러나 그는 자신의 속임수가 탄로가 나지 않을 것을 믿었다. 시대별로 출제 빈도가 높은 중요 사항을 백 문제 정도 만들어 뒀던 것을 적당한 시간의 간격을 두고 이것이 나올 것이라고 강조한다. 그것은 일종의 최면술이다. 백 문제 중 다섯 개 정도가 학력고사 스물다섯 문

우상의 눈물

제와 유사한 꼴로 출제되는 확률은 그리 어렵지 않다. 최면술의 효과는 바로 그 유사한 꼴의 다섯 문제 정도로 충분하다. 이 문제가 안 나오면 내 손가락에 장을 지져도 좋다고 강조하던 선생의 말이 유사한 어느 한 문제와 만나는 순간 희열 속에서 살아오르기 때문이다. 기가 막힌 것은 학생들은 출제되지 않은 아흔다섯 개의 문제에 대해서는 시험을 치른 그 시간 이후 깡그리 망각해 버린다는 사실이다. 그러나 예외가 없지 않다. 그 최면 상태에서 쉽게 깨어나 비웃는 눈으로 이쪽을 바라보는 아이가 있다. 최 선생이 학생들 앞에 서는 일이 두려운 것도 바로 그런 데서 비롯된다.

첫 번째 돌이 날아들었을 때 최영배 선생이 떠올린 얼굴이 있었다. 김희대였다. 희대는 처음부터 자기 성적과 적성을 참작해 K대 공대를 가겠다고 했다. 학교로서는 S대 농대 쪽이면 충분히 가능성이 있는 학생이라 담임인 최 선생한테 압력을 넣었다. 학교 입장으로서는, 곧 부활될 가능성이 큰 고교 입시에 대비해서 학교의 위치를 높이지 않으면 안 될 중대한 고비를 맞고 있었던 것이다. S대 합격자를 한 명이라도 더 늘리는 수밖에 다른 방법이 있을 수 없었다. 다행인 것은 희대의 학부형도 S대면 아무 과도 좋으니 담임이 알아서 해달라는 주문이었다. 그는 자신이 고학으로 어렵게 나온 삼류대학 출신이기 때문에 사회에 나와 푸대접받은 설움을 예로 들어 간판론을 폈다. 사흘, 나흘, 그것은 애원이었다. 희대는 담임의 뜻에 따라 S대에 원서를 접수시켰다. 쪽집게의 성공이었다. 희대로 해서 S대 합격자는 급기야 20명을 채웠던 것이다. 학교는 온통 축제 분위기였다. 다소 찝찝한 구석이 없지 않았지만 희대네 집으로 축하 전화를 넣었다. 전화 속에서 희대가 볼멘소릴 내질렀다.

나, 재수할 거예요!

뭐라구, 임마, 재수할 거면 왜 시험을 쳤나?

웃기지 마세요. 그건 선생님 체면 봐서 그런 거잖아요.

희대는 물론 제 뜻대로 재수를 했다. 불행하게도 그는 그다음 해 시험에서도 실패를 했다는 소문이 들렸다.

최영배 선생이 자기 집에 다섯 번째 돌이 날아들었다는 소식을 들은 것은 7교시 수업을 끝내고 교무실에 돌아왔을 때였다.

"뭐야, 왜 그래?"

그는 아내에게서 걸려 온 전화를 윽박지르듯 거칠게 받았다. 그때 막 끝내고 나온 7교시 3학년 문과반에서의 일이 그의 머리를 혼란스레 휘젓고 있었기 때문이다. 문제집 떼기를 본격적으로 시작하기 위해서는 형식적이나마 교과서를 대충 훑어 끝내 줘야 했다. 국사 하권 끝부분의 '현대사회의 발달' 부분을 읽히고 났을 때였다. 한 학생이 앉은 채 질문했다.

선생님, 여기 교과서에 쓰인 걸 보면 '제5공화국은 정의로운 사회의 구현과 민주복지국가로의 발전을 지향하고, 민족의 분단을 종식시키며, 조국의 평화적인 통일을 이룩할 수 있도록 계속 노력하고 있다'고 했잖습니까?

그래서?

그리고 맨 끝에 '제5공화국은 정의 사회를 구현하기 위해서

우상의 눈물

모든 비능률, 모순, 비리를 척결하는 동시에'라고 적혀 있는데 이건 지금 88년도 오늘의 대세론적 판단으로 볼 때나 실제로 드러난 갖가지 5공비리 현상을 생각할 때 너무 맞지 않는 기술이라고 생각되는데 선생님의 견해를 듣고 싶습니다.

고3 교실에서는 상상하기 어려운 질문이었다. 아이들이 우와아 장난조의 탄성을 내질렀다.

책 맨 끝 페이지를 봐주기 바란다. 이 교과서의 발행연도가 86년 3월 1일인 것을 유념할 필요가 있다. 그리고 제5공화국이 모두 그렇게 했다는 게 아니라 그런 의지를 가지고 노력하고 있다는 기술이기 때문에 별 문제가 없다고 생각한다.

끝날 시간이 다 된 상황에서 자신이 할 수 있는 답변으로서는 최선의 것이었다는 생각이었다. 그러나 그 학생은 쉽게 떨어져 나가지 않았다. 제 의견을 밝히고 싶은, 뭔가 의도된 질문이었던 것이다.

선생님, 저는 그 역사 기술의 2년 뒤인 오늘 '정의로운 사회'의 구현을 '어지러운 사회'로, '발전을 지향하고'를 '발전을 늦추고'로, '분단을 종식시키며'를 '영구화하며'로, '비리를 척결하는 동시에'의 척결을 '권장, 독점하는'이라고 고칠 것을 제의하는 바입니다.

또 한 번 우와아 탄성이 터졌다. 책상을 마구 두드려 대며 소란까지 피우는 학생들의 집중되는 눈길 속에 속수무책으로 멍청히 서 있을 수밖에 없었다. 몹시 당혹스러웠다. 시간이 끝났다는 벨이 복도에서 울리고 있었다.

한 가지 분명한 것은 지금 지적한 그 부분은 학력고사에 절대 출제되지 않는다는 사실이다. 믿어 주기 바란다.

임기응변. 학생들의 웃음을 유도해 내는 일로 어벌쩡 그 순간을 모면하긴 했지만 교무실로 돌아오는 그의 마음은 그 당돌한 녀석에 대한 감정으로 몹시 불쾌했던 것이다.

다섯 번째 날아든 돌은 먼저 날아든 돌과는 석질이 전혀 다른, 길에서 흔히 보는 마모 심한 잡석이었다. 그 돌을 던진 완력도 별것 아닌 듯 그 돌멩이는 분합문 한구석의 유리를 겨우 깨뜨린 뒤 바깥쪽에 떨어져 있었다. 그러나 네 번째 돌이 날아든 지 이십여 일이 지난 뒤 생긴 일이라 충격이 그만큼 더 컸던 것 같았다. 민금자 씨는 발작적으로 울음을 터뜨렸다. 주희도 집안 식구들의 발작 소리에도 깜짝깜짝 놀란다. 학교에서 자정이 넘어 돌아온 기호는 분합문 유리가 깨진 걸 발견하곤, 이게 도대체 뭐예요? 악쓰듯 내뱉었다. 그는 곧장 쿵쾅거리며 자기 방에 들어가 다음 날 새벽 아침도 먹지 않은 채 등교했다. 그날이 모의고사 보는 날이라는 걸 집안 식구 누구도 기억해 내지 못했다.

다섯 번째 날아든 돌에 대한 더 놀라운 반응은 최칠수 노인에게 나타났다. 거의 매일 술에 취해 집 안팎을 들락거리며 남들이 잘 알아든지도 못하는 입속말을 욕설을 섞어 가며 떠벌려야 직성이 풀리는 이가 완전히 달라진 것이다. 최 노인은 호기 부리는 투의 몸짓부터 달라졌다. 그는 몸을 되도록 작게 움츠린 뒤 남의 눈치나 빌빌 살피는 아주 비굴한 얼굴을 했다. 자세히 보면 잔뜩 겁먹은 표정이었다. 상대방의 속을 긁어 대는 투의 비아냥

우상의 눈물

거리는 말투가 사라졌다. 더 신기한 일은 자신의 허세와 걸맞은 느낌의 그 고의성 짙은 평안도 사투리의 과장된 억양이 별로 나타나지 않았다는 사실이다. 한마디로 최 노인은 그렇게 풀죽어 있었던 것이다. 다섯 번째 돌이 날아든 저녁에 최 노인은 식구들 앞에서 혼잣소리로 같은 말을 서너 번 되풀이했다.

"내 벌써부터 이런 일이 있을 줄 알았어야"

참다못한 민금자 씨가 따지듯 물었다.

"아버님, 뭘 어떻게 알았다는 말씀이세요?"

"한동안 뜸허길래 내레 괜헌 생각을 허구 있었구나 싶었다만 역시 내 딤작이 맞았다는 얘기다야"

"그 짐작이란 게 뭔데 자꾸 그러세요?"

"내레 느덜헌티 츠음 허는 얘기다만 이 늙은이가 둑어 자빠지길 바라는 사람이 멧 있다 그거지 뭐이갔니."

"아버님, 그게 누구냔 말예요?"

며느리가 다그쳐 물었지만 최 노인의 입은 그 부근에서 더 이상 열리지 않았다. 아예 슬그머니 자리를 뜨는 것으로 식구들의 눈길을 허망하게 흩트려 놓았다. 최 노인은 하루 종일 집 안 어느 구석에선가 구시렁구시렁 기척을 냈다. 그전 같으면 집에 있는 시간보다 밖에 나가 이런저런 술자리에 끼어들어 좌충우돌하고 있을 이가 집 안에 처박혀 있다는 게 식구들에겐 여간 부담스러운 일이 아니었다. 그러한 칩거는 평소의 그 천박스러움이나 허세가 내가 언제 그랬느냔 듯 없어진 것과 때를 같이한 것이어서 집안 식구들을 적지 않게 긴장시켰다. 그런 칩거 중에도 최 노인은 집에 날아든 그 돌멩이를 신주 모시듯 들여다보는 일을 게을리하지 않았다.

"할아버지가 돌한테 뭐라구 얘길 하던데."

주희가 식구들한테 그런 보고를 했다.

"제 생각 같아서는 말입니다."

다섯 번째 돌이 날아든 그다음 날 저녁, 성태가 주인집 식구들 앞에 그 돌멩일 내보이며 말했다.

"이건 다른 사람이 던진 게 분명합니다. 저 돌을 던진 먼저 사람과는 다르다는 얘깁니다."

"학생, 그게 무슨 얘기야?"

"보십시오, 저 돌 네 개는 이거하곤 완전히 다르잖습니까. 이런 돌은 이 골목 어디에나 있는 겁니다."

"그렇다고 해도 던진 사람까지 다르다고 보는 건 무리가 아닐까?"

"아닙니다, 선생님. 이번 것은 우발적인 동기로 저질러진 게 분명합니다."

"학생 말대로라면 그럼 저기 있는 돌들은……"

"그렇습니다. 단언하긴 어렵지만 저 돌멩이 네 개는 이 근방에서 볼 수 없는 것인 데다 돌이 깨진 형태나 크기가 거의 같은 것으로 한 사람이 계획적으로 가져와 던졌다는 심증입니다. 그리고 어제 날아든 이 돌이 우발적 충동에서 던져졌다는 심증이또 있어요."

"그게 뭐요?"

"그냥 짐작일 뿐이지만, 먼젓번 돌이 사나흘 일정한 간격을 두고 날아들다가 그친 지 이십여 일이 지난 뒤에 먼젓번 것들과 다른 돌이 날아들었다는 게 이상하지 않습니까."

"우발적 충동에서 던진 것 같다고 했는데 도대체 왜 하필 그런 충동이 우리 집을 향해 일어난 거요?"

"일종의 악취미랄까요. 왜 어느 집의 어린애가 유괴된 사건이 신문에 크게 다뤄진 뒤면 그 집으로 별의별 거짓 전화가 걸려오지 않습니까. 일종의 모방범죄 같은 것이지요. 이를테면, 저 집에 돌이 계속 날아들던 괴변이 이십여 일이나 넘게 잠잠하다는 데서 오는 일종의 기대 배반의 초조감 같은 게 그런 짓을 저지르게 했다고 생각할 수 있지요."

성태는 다섯 번째 돌이 날아든 것은 누군가 적의를 품고 저지른 일이 아니라는 걸 그 집 식구들에게 설득시키기 위해 애를 썼다. 그 일이야말로 자신의 눈을 통해 확인한 사실이었기 때문이다. 그 확인 이전에 그는 같은 담 속에 사는 이웃으로서의 의무감을 그런 식으로 덜어 내고 싶었던 것이다. 그 집 식구들의 풀죽어 기신거리는 얼굴 대하기가 정말 면구스러웠다. 그네들의 눈길 속에는 그 돌멩이가 날아든 것이 바로 너를 겨냥한 것일는지도 모른다는 의심도 짙게 깔려 있다는 생각이었다. 동네 사람들의 눈길에서도 그런 느낌을 받았다. 자신이 남들 눈길을 받고 있다는 생각만 해도 몸이 움츠러들었다. 낯이 뜨거웠다. 읍내서 정미소를 차려 그런대로 먹고살 만한 부모는 자신들이 못 배운 한을 그 자식에게서 보상받으려 했다. 그 자식이 뛰어나게 공부를 하지 못한다는 걸 알면서도 굳이 서울 유학을 고집했다. 물론 그는 부모의 기대를 저버린 채 지방 도시의 대학에 겨우 들어갔다. 고등학교 때 마음에 뒀던 학과와는 전혀 다른 전공을 택했다. 졸업 후 그 전공을 살려 사회에 나갈 가능성은 절벽이었다. 대학에 들어오면서부터 취업에 대비한 공부를 해야 한다는 선배들의 조언이 가슴 밑바닥에 돌처럼 박혀 있었다. 엠티다 체육대회다 축제다 대학은 온통 놀자판이었다. 그런 놀자판 가운데도 학교 곳곳에 섬뜩한 구호가 나붙고 머리띠를 두른 학생들이 꽹과리를 앞세워 매일 시위를 했다. 서클활동만이 대학 생활의 의미를 준다고 어느 선배가 귀띔해 주었다. 서클을 선택하는 일도 힘들었지만 한 번 들어간 서클에서 벗어나는 일은 더욱 어려웠다. 회의와 소외감과 갈등의 연속이었다. 가끔 들르는 도서관의 열람실의 그 묵묵한 군상들은 가슴을 더욱 무겁게 했다. 서클 선배를 통해 듣는 세상은 고등학교 때까지 듣고 보아 온 세계와는 전혀 딴판이었다. 의문의 여지가 있을 수 없던 현대사가 거꾸로 뒤집히기 시작했다. 모든 가치, 모든 질서가 부정되고 있었다. 그것을 역설하는 선배들의 의지는 확고했고 그들이 표방하는 진리는 지성과 양심의 이름으로 용기 있게 실천되고 있었다. 그 주장은 특정의 편향성을 띤 채 외곬의 목소리로 모아졌다. 굳건한 이념의 역사관이 펼쳐 내는 이야기를 듣고 있노라면 그때까지의 역사 인식에 따른 공감대와 그 집중이 산산이 무너져 내리는 무력증에 빠지곤 했다. 문제는 그들처럼 주먹에 힘이 주어지지 않

우상의 눈물

는다는 사실이었다. 도대체 그들 대열 속에 끼어들 신명이 솟아오르지 않았다. 넌 체질상 구제불능이야. 선배 하나가 그런 선고를 내렸다. 말 그대로 일부가 아닌 다수 쪽으로 얼굴을 내밀어 구원을 청했다. 이제까지 신봉해 온 역사와 가치관이 그렇게 쉬 허물어질 수 없다는 믿음의 확인이 필요했던 것이다. 설마…, 아무리 그래두…, 누군가가 이제까지 믿고 있던 가치가 옳은 것이라고 말해 줄 수 있는 사람을 만나고 싶어 두리번거렸다. 기껏 믿고 찾아간 선배는 입을 꽉 다물고 도서관에 처박혀 다 골치 아프다고 머리를 내저었다. 세상은 다 그렇구 그런 거야. 실리파, 낭만파 선배들은 윤택한 미래를 꿈꾸며 속물 문화에 뒤질세라 끝없이 바빴다. 교수들도 그랬다. 자기의 소신으로 현실을 이야기하기보다 서구의 학문과 철학을 완성형으로 입에 올리며 합리주의에 바탕 둔 가치 중립이라는 어정쩡한 목소리로 용케도 피해 나갔다. 시류에 민감한 아부성 발언이 교실에 넘쳐흘렀다. 이 난국에 치명적 상처만은 입지 않아야 된다는 방어본능으로 몸을 도사렸다. 아니면 매사 초연한 척 현실 저쪽에 베일을 치고 있는 사람도 있었다. 권위주의의 표본이 됨직한 이가 민주주의란 말을 가장 많이 입에 올리는 경우도 없지 않았다. 도대체 그럴 자격이 없는, 가장 독선적인 사람이 민주화란 갑옷을 입고 큰 목소릴 냈다. 목소리 큰 사람에 질질 끌려다니는 이들도 많았다. 학자답지 않은 야심을 품고 정치꾼 같은 교활성을 드러내는 사람도 있었다. 어른이 없었다. 잘못을 따져 꾸짖고 때로는 너그러이 가슴에 안은 그런 큰바위얼굴이 없었다.

성태는 대학 졸업반이 되도록 자신의 설 자리를 못 찾고 헤맸다. 마음에 그 어떤 심지도 세워지지 않았다. 그것은 용기의 문제가 아니었다. 내면으로는 뜨거운 것이 철철 넘쳐흘렀다. 그는 잠들기 전 다음 날이면 이 세상에 어떤 놀라운 일이 벌어져 있기를 기대하곤 했다. 그 변화에 자기 힘을 보태고 싶다는 생각도 없지 않았지만 그것은 신념이 없는 것이었기 때문에 항상 기권패였다. 어쨌든 세상은 많이 바뀌고 있었다. 세상이 바뀌면 바뀔수록 그는 무력감을 느꼈다. 어떤 일에도 열중할 수가 없었다. 부끄러움이었다. 무엇 때문에 대학에 다니는가. 학문이란 머리 좋은 사람들이 찾아하는 것이란 열패감의 늪에서 헤어나기 어려웠다. 그런 회의 중에 불쑥 나타났던 고향 그 선배가 무료의 수면을 흔들어 놓았다. 뭔가 보이기 시작했다. 겨드랑에 날개라도 돋는단 말인가. 이상하게 몸과 마음이 근질거렸다.

그 집에 돌이 날아든 일이야말로 그가 무료의 늪에서 빠져나올 수 있는 유일한 기회요 출구인 셈이었다. 누가 돌을 던졌는가, 왜 그런 일이 일어나야 했는가, 또다시 돌이 날아들 것인가. 긴장으로 가슴이 터질 것 같았다. 지금까지 어떤 일에 대해 이만한 긴장으로 집중해 본 적이 없었다. 그는 밤마다 와장창 유리 깨어지는 소리를 들었다. 밤 아닌 대낮의 길거리에서도 그 소리가 들렸다. 엄청난 일이 보이지 않는 여러 곳에서 일어나고 있다는 생각으로 몸이 떨렸다. 손아귀에 마뜩하니 집히던 그 돌멩이의 감촉이 이완된 팔뚝의 근육들을 충동했다. 그는 수없이 많은 돌을 던졌다. 투창 던지는 그런 몸짓으로 던지는 돌은 목표에 영락없이 맞았다. 그것은 어느 순간 불붙은 소주병이었다. 로마의 병정들처럼 일사불란하게 방패를 쳐들고 우줄우줄 다가서는 전투경찰들을 향해 던지는 돌도 있었다. 펑 하고 화염병이 길바닥에 불길을 댕겼다. 책상이 날아갔다. 강의실 유리창이 박살 났다. 교수들이 생쥐만큼 몸을 작게 한 채 구멍 속으로 도망치는 게 보였다. 머리띠를 두른 시위대의 대열을 향해서도 돌을 던졌다. 달리는 승용차를 집어 들어 고층 빌딩을 향해 던졌다. 몸이 킹콩처럼 불어나기 시작했다. 살기 가득한 괴력이 온몸으로 전류처럼 흘렀다. 내가 해낸다…… 비무장지대의 철책이 뿌직뿌직 불꽃을 일으키며 녹아내렸다. 그는 한라산에서 백두산까지 건너뛰는 꿈도 꿨다.

그러나 그 집에 사나흘 간격으로 날아들던 돌은 네 번째 이후 이십여 일 가까이 더 이상 날아들지 않았다. 초조했다. 어깨에 맥이 풀렸다. 고향집 정미소에 발동기 고치던 기름 묻은 손으로 돈을 세어 건네주던 아버지의 추레한 모습이 보이기 시작했다. 아침에 잠을 깨면 심한 편두통이 왔다. 머리맡에는 그림의 떡인 대기업의 신입사원 모집광고가 난 신문이 놓여 있었다. 성태 형, 어디 아파요? 같은 과의 2년 후배인 종미가 자판기 앞에서 종이컵에 뺀 커피를 내밀면서 물었다. 죽고 싶어. 그는 어렵잖게 대답했다. 한쪽 다리를 조금 저는 종미의 눈에는 금방 그렁그렁 눈물이 고였다. 성태 형, 왜 그런 생각을 하는 거지? 배신당했어. 그렇지만 난 그 계집앨 포기하지 않을 거다. 오늘 그 계집애가 내 친구와 함께 서울서 내려온다는 거야. 나 지금 역으로 걔들 마중 나가는 길이야. 그는 종미만 만나면 거짓말이 술술 나왔다. 그 이상의 잔인한 방법으로도 그네를 괴롭힐 수 있을 것 같았다.

종미를 그렇게 따돌리고 자취방으로 돌아오다 그 녀석을 보았던 것이다. 골목에서 몇 번 마주쳐 낯은 익었지만 어느 집에 사는 누군지는 알지 못하는 사이였다. 앞에 걸어가는 녀석의 몸동작이 이상하게 느껴져 일부러 몸을 감추며 따라붙었던 것이다. 그 이상한 몸동작은 제 깐에 사람 눈을 피해 제 손에 맞는 돌멩이를 줍느라 그런 엉거주춤한 자세로 걸었던 모양이다. 그 집의 서향 현관문 유리창이 저녁 햇빛이 번쩍 반사되었다. 설마 하고 잠시 눈을 돌린 사이 유리창 깨지는 소리가 들렸다. 역시 그 집이었다. 녀석은 잽싸게 윗 골목으로 몸을 감춰 버렸다. 성태는 오던 길을 되돌아 몸을 감췄다. 네거리까지 되돌아와 공중전화를 찾았다. 그러나 종미는 집에 없었다. 지금쯤 역의 어느 모퉁이에 숨어 서서 울고 있을는지도 모른다는 생각이 들었다.

그 집에 다섯 번째 날아온 그 돌멩일 던진 녀석을 찾아나선 것은 다음 날 아침이었다. 돌멩일 던지는 놈을 봤다는 말을 참아 내기란 그리 쉬운 일이 아니었다. 어쩔까 꽤 망설인 끝에 내린 결정이었다. 녀석을 만나 보고 말해도 늦지 않다는 판단이었다. 녀석이 잽싸게 몸을 감추던 그 골목으로 들어섰다. 막힌 골목의 끝집이었다. 위치상으로는 자신이 세 든 그 집에서 뒤쪽으로 국민주택 두 채를 사이한 바로 이웃이었다. 기웃거려 찾을 필요도 없었다. 녀석은 두어 평 되는 좁은 마당에서 줄넘기를 하

우상의 눈물

고 있었다. 눈이 마주치길 기다려 나오란 신호를 보냈다.

왜요?

녀석은 퉁명스러웠다. 그러나 성태는 그 녀석의 얼굴에서 당혹해하는 기색을 놓치지 않았다.

너, 어느 고등학교 다니냐?

고등학교 안 다녀요.

그럼 중학교 다니냐?

내가 중학생으로 보여요?

너, 재수하는구나.

그래요, 그런데 왜 그래요?

너 내가 누군지 알지?

저기 저 집에서 자취하는 대학생이잖아요.

기호도 알겠구나.

후밴데 몰라요. 지금은 집어쳤지만 교회 다닐 땐 학생부에서 함께 일했어요.

그렇게 잘 아는 집에다 왜 돌을 던졌냐?

돌을 던져요?

다 알아, 임마. 내가 어제 뒤에서 봤다.

생사람 잡지 말아요. 난 돌 안 던졌어요. 어제 봤으면 왜 그때 안 잡았어요?

임마, 너 저 집과 뭔 원수가 졌길래 다섯 번씩이나 돌을 던져 남의 집을 부수는 거야? 경찰이 다 밝혀내겠지만 현장을 목격한 내가 먼저 알고 싶어 그러는 거야.

경찰두 알아요?

녀석은 예상했던 것보다 쉽게 손을 들었다.

아직 신고 안 했다.

난 어제 한 번밖에 안 던졌어요.

그럼 먼저 네 번은 누가 던졌냐?

난 몰라요. 난 어제밖에 안 던졌어요.

어제 왜 그런 짓을 했냐?

그냥 그렇게 해보고 싶었어요.

너, 어느 대학 봤다 떨어졌냐?

말하기 싫어요.

어느 대학에 갈 건데?

다 포기했어요. 내가 어제 돌 던진 거 기호네두 알고 있어요?

아직.

얘기 안 했음 좋겠어요. 쪽팔려서 그래요. 씨발.

성태는 돌 던지는 현장을 본 얘길 그 집 사람들한테 발설하지 않길 잘했다는 생각이었다. 일종의 공범심리였을 것이다. 그 재수생이 그렇게 말은 안 했지만 거듭 날아들던 돌이 이십여 일이나 별일 없음에 대한 궁금증과 기대 배반에서 오는 초조감이 돌을 집어 들게 했을 것이다. 그냥 던지고 싶어 던졌다는 그 말을 누가 이해할 것인가. 다섯 번째의 돌을 던진 사람이 누구라는 것이 밝혀졌을 때 필경 그 재수생은 먼젓번의 일들까지 그가 한 것으로 꼼짝없이 뒤집어쓰게 될 게 뻔했다. 성태에겐 중학교 때 그런 덤터기를 쓴 경험이 있었다. 학교 후문 쪽에 과수원이 있

우상의 눈물

었고 학교 아이들은 그 과수원 철망을 뚫고 수시로 과일을 따냈다. 어쩌다 처음 서리를 들어갔다가 재수 없게 잡혔던 것이다. 성태는 악착같이 그 엄청난 피해 보상을 받아 내고 말던 그 과수원 주인과 아버지의 분노로 벌벌 떨리던 손을 지금도 잊지 못하고 있었다.

"데렌 육실헐 늠들……."

최칠수 노인이 다시 달라지기 시작했다. 저 노인이 언제 몸을 잔뜩 움츠려 하루 내내 집 안에 처박혀 있었던가 싶게 펄펄 살아난 것이다. 들락날락 어찌나 몸을 재게 움직이는지 바람이 씽씽 일었다.

"엄마, 할아버지 무서워."

"그러게 말이다. 할아버지 눈이 왜 저러냐?"

최 노인의 눈에 번득번득 살기가 끼쳤다. 세찬 증오가 이글거리는 그런 눈빛이었다.

"돌멩일 그늠들이 던졌어야. 뒈일 늠들. 내 손에 둑은 빨갱이 늠들 자식새끼지 누군 누구여. 데늠의 빨갱이 새끼들은 그더 옛날터럼 삼독을 멜하야 하는 건데."

최 노인은 자신이 태백산에서 공비 토벌할 때 잡아 죽인 어느 시체 품속에서 나온 사진 속 서너 살짜리 쌍둥이 사내아이들 얼굴까지 기억해 냈다. 지방 빨갱이 아무개를 때려잡을 때 그 빨갱이의 대여섯 살 된 아들이 뛰어나오면, 아부지, 나 똥 매려 하면서 울더란 얘기도 실감나게 했다.

"자식새끼들만 그런 게 아니었어야. 신용베이란 늠을 뒥이고 나니께 열여섯 살 먹은 그늠 동생 늠이 드 형늠 웬술 갚는다구 이를 갈더라디 뭐이갔니. 그늠을 당장 없애야 되겠다 싶어 잡으러 나섰을 땐 이미 늦었더라야. 헌데 그늠이 디금꺼정 살아 있다는 얘길 들었디 뭐이갔니."

며칠간 두문불출하며 잔뜩 웅숭크리고 있던 것이 바로 그런 기억들을 떠올리는 시간이었는지도 모른다. 최 노인은 그때 봤다는 사진 속의 쌍둥이 애들이 지금쯤 마흔 살을 훨씬 넘었을 것이란 나이 계산에서부터 그때 죽은 아무개 아들은 뒤통수가 툭 튀어나왔다는 인상까지 세세히 늘어놓았다. 다분히 회한조의 이야기임에도 불구하고 최 노인의 말투나 그 얼굴 표정은 어떤 결기가 차 있었고 눈은 살기로 이글거렸다. 노인의 그러한 추적망상 증세는 엉뚱한 데로 비약해 나갔다.

"야들 큰애비가 월남에서 뒥은 것두 그렇구 작은애가 차에 깔레 뒥은 것두 다 우연은 아니어야. 갸들 목숨을 노린 늠들이 따로 있었던 게 틀림없어야."

큰아들은 월남전에서 빨갱이가 뒤에서 쏜 총에 죽었고 작은 아들 역시 빨간 빛깔의 자동차에 치여 죽었다고, 그 역시 빨갱이 자식이 그랬을 거라는 억지를 부렸다. 최영배 선생은 부친의 그런 망령이 정말 싫었다.

"아버지, 밖에 나가선 제발 그렇게 말씀하지 마세요."

"왜, 나 땜에 망신이라두 당했다는 게야? 허헛, 느들이 툭하믄 개새끼 홀레붙은 데 찬물 끼얹듯 게렌 소릴 해쌓는다만 그거이

다아 이 애빌 깔봐서 하는 수작들이디 뭐이갔니?"

"빨갱이 얘길 이제 좀 그만 하시라는 겁니다."

"허헛, 데런 고얀…, 물에 빠진 놈 건데 놓으니께 망건값 내라는 식으루다 느덜이 지금 누 덕에 발 뜨듯이 자빠데 자는 줄이나 알구 하는 얘기여, 세상 늠들이 다 데 모양이라니까."

최칠수 노인은 당신이 며칠 전 경찰서에 찾아갔던 얘기를 했다. 환한 대낮에 빨갱이가 왕년의 반공 투사를 죽이려고 돌멩일 들고 쫓아 다니는데두 경찰이 뭘 하고 있느냐 호통을 쳤다는 것이다. 마침 경찰서장이 부재 중이라 그 대신 수사과장을 만나 인삼차까지 대접받으면서 정신이 번쩍 나도록 으름장을 놓고 왔다고 했다. 능히 그럴 수 있는 양반이라고. 최영배 선생은 머리를 내둘렀다.

최칠수 노인이 경찰서에 찾아갔던 게 사실이라는 게 다음 날 밝혀졌다. 최영배 선생이 담임 반 종례를 끝내고 나오니 서무과에서 누군가 기다리고 있었다. 깡마른 중년이 신분증을 내보였다. 시경에서 나온 사람이었다.

"대공 업무를 맡고 있습니다. 이 시간쯤에야 끝나신다고 해서……"

깍듯했다. 상대가 필요 이상으로 정중하게 나오면 이쪽에서 오히려 기분이 찝찝해지는 법이다. 최영배 선생은 학교 앞 다방에 가 차를 시키기까지 막연하게 끼쳐 드는 불안감을 씻기 어려웠다. 이쪽에서 먼저 말문을 텄다.

"학생 문제로 오신 겁니까?"

"아닙니다. 최 선생님께 몇 가지 여쭤볼 게 있어서요. 사실은 여기 오기 전 최 선생님 댁 근처까지 갔었습니다만 그냥 동네 사람 몇을 만나 봤습니다."

"집에 돌멩이 날아든 일 때문에 그러십니까?"

"맞습니다. 왜 그런 일을 정식으로 신고하지 않으셨습니까?"

"아직 신고가 안 됐던가요? 사실은 별것 아닌 일 같아서 차일피일하다 보니까."

"별것 아닌 일이라뇨? 돌이 매일 날아드는 게 별것 아닌 일이라고 생각하십니까?"

"매일이 아니라 두 달 동안 정확히 다섯 번 날아들었습니다."

"그렇습니까? 어제 신고하러 오셨던 춘부장께선 거의 매일 돌멩이가 날아든다고 말씀하신 걸로 들었습니다만. 제가 지금 만나 본 동네 사람들도 선생님 댁에 날아든 돌이 수십 개라고 하던데요?"

"그렇지 않습니다. 다섯 번뿐입니다."

"아, 그렇군요. 사실은 선생님 댁 투석 사건은 다른 부서에서 조살 나갈 걸로 알고 있습니다. 제가 궁금한 건 선생님 말씀대로 다섯 번씩이나 돌이 날아들었다면 식구들이 많이 놀라셨을 게고 그런 경우는 대개 신고를 하는 게 보통인데, 혹시 신고 못할 사정이라도 있었는가 하는 겁니다."

"그런 거 전혀 없어요. 첨엔 그냥 어쩌다 날아든 돌인 줄 알았을 뿐이고 또 그런 일로 떠들썩하는 것도 뭣하고 해서."

"혹시 최 선생님께서 그 돌멩일 누가 던졌는지 짚이는 사람이

우상의 눈물

라도 있습니까?"

"아뇨, 전혀."

"아닙니다. 의심 가는 사람이 있을 겁니다."

"없어요. 누군가 그냥 장난으로 그럴 수도 있는 건데 도대체 누굴 의심하란 말입니까?"

"제가 이해하기 힘든 게 바로 그 점이지요. 최 선생님은 왜 그 중대한 사건을 그렇게 아무것도 아닌 일인 것처럼 생각하려고 애쓰는가 하는 겁니다."

"되려 일을 침소봉대하고 있는 건 그쪽이 아닙니까?"

"침소봉대가 아닙니다. 오히려 그 반대라는 사실을 아셔야 합니다."

"무슨 뜻입니까?"

"지금까지 저희들이 최 선생님 문제를 별것 아닌 걸로 덮어 왔다 그겁니다."

"내 문제요? 그게 무슨 말입니까?"

"이런 자리에서, 또 제가 할 얘기가 아닙니다만, 제가 알고 있는 부분에 한해서만 말씀드리지요. 삼 년 전인가 선생님 제씨 문제만 해도 그렇습니다. 잘 아시겠지만 그때 그 문제가 그리 간단한 게 아니었지만 최 선생님 입장을 생각해서 그 정도로 마무리했던 겁니다."

형사는 담배를 새로 불붙여 서너 번 빨기까지 꽤 오래 뜸을 들였다. 이복동생의 문제. 그랬다. 적어도 3년 전 그때의 상황으론 크게 문제를 삼자면 삼을 수 있는 사건이었다. 그러나, 최 선생은 입맛이 썼다. 그냥 입 다물고 있는 게 나을 것 같았다.

"이건 더 오래된 얘깁니다만, 지난 얘기니까 그냥 여담으로 하겠습니다. 선생님이 수업 중에 학생들한테 하신 말씀이 학부형들을 통해 항의조로 저희한테 전해진 적이 있습니다. 사안으로 봐 충분히 문제 삼을 수 있는 내용이었지만 우리는 선생님의 신분이나 인격을 믿고 없던 걸로 덮어 두기로 했던 겁니다."

"없던 일로 덮어 둔 게 아니라 더 큰 확증을 잡기 위해 감춰 뒀던 일일 수도 있겠군요?"

형사가 크게 소리 내어 웃었다. 최영배 선생도 따라 웃고 싶었지만 그런 웃음이 나와 주지 않았다. 어느 학부형이 무슨 말을 물고 늘어졌을까. 솔직히 그것이 궁금했다. 느닷없이 한 대 얻어맞은 기분이었다. 깡마른 얼굴 인상에 비해서 그 웃음이 너무 헤프다는 느낌이 들 정도로 한참 웃고 난 형사가 다시 말했다.

"최 선생님, 참 날카로우십니다. 맞습니다. 사실 제가 오늘 여기 온 건 선생님 댁 투석 사건과 그전에 선생님께서 말씀하신 일들과 무슨 관련은 없을까 하는 생각에서였으니까요."

"알고 싶군요. 내가 뭔 말을 했다고 학부형들이 경찰서까지……."

"물론 선생님께선 그런 얘길 한 일이 없다고 잡아떼심 됩니다. 그때 애들은 이미 다 졸업을 했잖습니까. 어쩜 어떤 사람이 선생님을 모함하기 위해 그런 투서를 보내 왔는지도 모르고요."

"도대체 투서 내용이 뭐였습니까?"

"담당 과목이 국사가 맞습니까?"

우상의 눈물

"그렇습니다."

"지금 그 내용을 다 기억할 수는 없지만, 선생님께선 학생들한 테 북쪽은 결코 우리의 적이 아니라는 걸 강조하셨다는 겁니다. 그런 말로 반공 이데올로기를 무력화시켰다는 얘기였죠. 또 우 리나라가 통일이 안 되는 건 기득권을 가진 위정자들 때문이란 뜻의 체제 부정의 농도 짙은 발언도 하셨다더군요. 제 기억엔 더 불온한 말씀도 하신 걸로 적혀 있었습니다. 우리도 놀랐을 정도 니까요. 그때가 어떤 땐데, 더욱이 고등학교 교실에서……"

최영배 선생은 풀쑥 웃음이 나왔다. 오래전의 얘기다. 그와 비 슷한 말을 한 적이 있었다. 자신이 생각해도 그때 무슨 배짱으 로 학생들 앞에서 그런 뜻의 말을 했는지 모를 일이다.

"역시 웃으시는군요. 세상은 그렇게 무섭습니다. 설마 선생님 이 그런 식으로 얘길 했을까 싶어 우리들 나름으로 덮어 뒀던 겁니다."

"오리발 내밀긴 싫습니다. 그런 얘길 했으니까요. 다소 와전됐 을 뿐이지요. 그때 내 얘긴, 팽배돼 가는 적대감만으로는 남북의 이질화만 가속시킬 뿐 남북 화해와 통일에는 별 도움이 안 된다 는 그런 뜻이었지요. 통일이 되기 위해서는 남쪽이나 북쪽이 모 두 같은 민족, 같은 조상을 가진 '우리'라는 개념의 동질성 회복 이 선행돼야 한다는 뜻에서 적 운운했을 겁니다. 그리고 현시점 에서 통일이 쉽게 이루어지기 어려운 국내외의 여러 가지 장애 요인을 열거해 나가는 중 양쪽 체제의 기득권을 가진 위정자들 이 대승적 자기 버림의 정신이 부족한 점도 그 요인이 될 수 있다는 말을 한 것도 사실입니다."

"한창 예민한 애들인데, 그런 말씀하시기 참 쉽지 않았을 텐데요."

"그 나이 때부터 사물을 좀 더 객관화하고 직시하는 훈련을 시킬 필요가 있습니다. 그런 교육과정의 부작용만 두려워해서 임시방편의 한쪽 얘기만 하기 때문에 애들은 대학생이 되자마자 어른들이 덮어 뒀던 그 말 속에 뭔가 대단한 게 들어 있었다고 믿은 뒤, 지금까지 교육받은 모든 것을 온통 부정하고 불신하는 거 아니겠습니까?"

"선생님 국사 시간에는 우리의 국시인 반공 교육이 이루어지기 어렵겠습니다."

"제가 하고 싶은 건 단순한 반공 교육이 아니라 저쪽도 다 알게 하는 고차원의 승공 교육이지요."

형사는 뜻이 분명하지 않은 웃음을 헤헤 웃었다.

"최 선생님, 이건 농담입니다만, 자칫하다간 선생님 댁에서 부자간에 큰 싸움 나겠습니다. 한 분은 극우에, 또 한 분은…….
하하하……."

그는 꽤 재미있는 농담을 했다는 듯 호방지게 웃어 댔다. 최영배 선생도 어벌쩡 따라 웃었다. 해주고 싶은 말이 있었던 것이다.

"이제 보니 제가 극좌로 낙인이 찍혀 있는 모양이군요. 틀렸습니다. 전 극우고 극좌고 그 지나친 치우침을 싫어합니다. 우리의 잘못된 역사를 뒤져 보면 반드시 두 극단이 부질없이 대립하는 과정에서 문제가 생겼다는 걸 발견하게 됩니다. 저는 두 성향이

　　　　　　　　　　　　　우상의 눈물

조화를 이룰 때만이 역사 진행이 순조롭다고 믿는 사람입니다."

"농담이라고 했는데 심각하게 받아들이시는군요. 사실은 며칠 전 춘부장께서 우리 시경에 오셔서 하셨다는 말씀이 생각나서 그런 말을 한 겁니다."

최영배 선생은 부친이 무슨 말을 했는지 물어보고 싶지 않았다. 망령기 있는 노인이 아무렇게나 한 얘길 꼬투리 잡아 이처럼 집요하게 달라붙는 사람이 우습게 보였을 뿐이다.

"돌이 자꾸 집에 날아드니까 춘부장께선 어떤 피해의식에 시달리고 계신 것 같더군요."

"이해해 주셔서 고맙군요."

"이해는 하지만 누군가 당신을 노리고 돌을 던진다는 춘부장님 말씀도 전혀 무시할 일은 아닌 것 같아서 이렇게 찾아뵙는 겁니다."

그쯤에서 일어설 듯싶었던 형사가 다시 히죽 웃으며 물었다.

"최 선생님, 조현우란 사람 모르십니까?"

"조현우요? 생각이 잘 안 나는데 혹시 제 제자……."

"아닙니다. 모르고 계셨군요. 사실은 한 서너 달 전 선생님 댁에 꼭 열흘간 묵다 떠난 사람이지요. 생각나실 겁니다. 세놓으신 그 방에 숨어 있던 사람 말입니다. 임성태란 학생이 자취하는 그 방 말입니다. 지금 얘깁니다만 조현우를 지켜보는 과정에서 우리가 선생님에 대해 좀 오해도 했던 게 사실입니다. 임성태, 그 학생은 아무런 문제가 없습니다만."

최영배 선생은 바닥이 난 엽차 잔을 습관처럼 다시 입에 대면서 그 형사를 멀뚱하니 바라봤다. 자신이 지금 누구와 무슨 얘기 나눴는지 그것조차 갈피가 잡히지 않았다. 그야말로 날아온 돌에 머리통을 얻어맞은 느낌이었다.

"아버님, 제발……."

민금자 씨는 시아버지 앞에 무릎을 꿇고 애원했다. 노인이 얼마 전처럼 잔뜩 주눅 든 얼굴로 집에 처박혀 집안 식구들의 숨을 막히게 하던 그때가 차라리 낫다는 생각이었다. 동네 사람들 얼굴 대하기가 정말 부끄러웠다. 그러나 그 부끄러움은 잠시일 뿐 그네들을 향한 혐오가 이글이글 끓어올랐다. 그네들 모두가 적으로 보였다. 남의 집에 돌을 던진 범인들의 뻔뻔스러운 얼굴을 하고 이쪽을 넘겨다보는 게 미웠다. 시아버지가 하듯 그렇게 그네들을 향해 바락바락 욕을 해대고 싶었다. 시아버지는 당신 하고 싶은 대로 아무한테나 욕을 퍼댔다. 사람만 만나면 시비를 걸었다. 물론 술기운을 빌려서였지만 그 정도가 지나치다고 노인한테 당한 이웃들이 툴툴거렸다. 동네 구멍가게에 술값 외상이 없는 데가 없었다. 그 나이에 2홉들이 소주 두어 병은 거뜬히 비우는 데다 젊은 사람과 드잡이를 해도 밀리지 않을 만큼 힘이 펄펄했다. 그 목소리 또한 커서 노인이 고래고래 욕을 퍼대기 시작하면 동네 집들의 창문 닫는 소리가 요란했다. 노인이 내지르는 욕설의 내용은 뻔했다. 우리 집에 돌을 던지는 놈이 누군지 다 알고 있다는 엄포와 왕년의 방위대장 최칠수의 반공 활동을 우습게 알고 있기 때문에 나라가 이 꼴로 어지럽다는 얘기였다.

우상의 눈물

내 집에 돌을 던지는 놈은 빨갱이 중에도 가장 악질 빨갱이라고 했다. 파출소 순경이 두어 번 다녀갔다. 동네가 시끄러워 못살겠다는 동네 사람들의 신고가 있었던 것이다.

"아버님, 기호가 며칠 있으면 대학 시험을 보잖아요. 전 지금 미치겠어요. 집안이 이래 가지곤."

민금자 씨가 울음을 터뜨렸다. 서럽고 분했다. 자기 혼자 세상의 온갖 불행을 다 그러안고 있다는 울분이었다. 그네의 울음은 효력이 있었다. 최칠수 노인은 자기를 쳐다보는 식구들의 눈길을 의식한 듯 어깨를 흠칫 추슬러 잔뜩 주눅이 든 얼굴을 했다. 목소리도 딴판이었다.

"니가 이 시아바이 맴을 몰라서 그래야. 내라구 동네 챙피한 걸 왜 모르겠냐. 다 알믄서 그랬어야. 내 이 딥 사구 올 때 뭐랬냐. 터줏대감을 달래 놔야 딥안이 화복하다구 안 했냐. 게때 못한 걸 내가 디금 하구 있는 거라야. 딥터가 안 동을 때 이르케 떠들썩히 눌러 놔야 하는 게라. 봐라, 내가 소릴 디른 뒤루 돌멩이 날아들더냐? 탱피하다는 것두 다 배부를 때 하는 소리여."

복덕방에서 전화 오는 횟수가 늘어 갔다. 직접 찾아오는 복덕방도 많았다.

"집 내놨다면서요? 대지가 을마여? 은행에서 빼 쓴 게 있으믄 더 좋겠구면서두……. 그저 땅값이나 잘 쳐 받으면 되겠구마."

기가 막혔다. 찾아온 복덕방 사람들 모두가 집에 돌이 날아들었다는 걸 알고 있었다. 도대체 누가 집을 내놨단 말인가. 속이

상해 그냥 지나치는 말로 집을 팔아야 하겠다는 말도 꺼낸 적이 없었다. 혹시나 싫었던 시아버지도 무슨 말이냐고 펄쩍 뛰었다. 복덕방 사람들을 매몰찬 말로 물리치긴 했지만 마음은 계속 떨렸다. 분했다. 저녁 찬거리를 사가지고 돌아오다 보니 집 앞에 그동안 몇 번씩 찾아와 치근거리던 복덕방 사람이 중년 여자 두엇에게 집을 가리켜 보이며 뭔가 얘길 하고 있었다. 동네 여자들도 서넛 둘러섰다가 민금자 씨를 보곤 슬금슬금 물러섰다.

"아저씨, 혹시 사기꾼 아니세요? 내놓지도 않은 집을 왜 자꾸 보러 오는 거지요? 안 판다구요. 아저씨 죽구 아저씨 아들이 대신 복덕방 한다구 해두 안 팔 거라구요."

"이 아주머이가 왜 이래? 집 안 팔면 그만이지 어따가 이래 행패야?"

민금자 씨의 눈에 펄펄 이는 불길을 보았던지 복덕방 사람은 그 정도로 툴툴거리며 물러갔다.

저녁 늦게 민금자 씨가 시아버지와 크게 부딪친 것도 그날 오후의 그 분기가 덜 가신 때문이었을 것이다. 최 노인은 그날도 술에 절어 들어왔다.

"딥에 벨일 없냐? 간밤 꿈이 하 흉해서 딘청일 맴이 불안했어야. 덜머 뒈진 니 시에미가 내 보는 앞에서 셀 이르케 빼물고 둑디 뭐갔니. 흉헌 꿈 덱에 꽁술 한잔은 잘 으더먹었다만."

그렇게 구시렁거리던 노인이 불쑥 한마디 던진 말이 발단이 됐다.

"오늘두 딥 팔라구 형데 복덕방서 왔었다믄서? 거 웬만한 금

우상의 눈물

세믄 팔아 버려라야. 사겠다는 작자 나섰을 때 얼릉 파는 게 동을 게다."

"아버님, 이런 판국에 집을 어떻게 팔아요? 모르시면 그냥 가만히 계시라구요."

"미욱한 건 느덜이다. 흉가 된 딥 욕심으로 붙잡구 앉았다구 해서 대궐 되는 거 아닌 담에야."

"흉가라구요? 아버님, 지금 무슨 말씀을 하고 계시는 거예요?"

"내레 왜 못 할 소리 했다더냐? 딥에 도개비 나기 시닥하믄 그 딥은 끝장이다. 흉가가 머 따로 있다디?"

"귀신이 나타날 만두 하지요. 허구한 날 사람 죽인 얘기나 하구 계시니 귀신이 왜 그걸 모르겠어요."

"데렌 망할……. 그래, 니 말이 맞다. 귀신이 날 차데와서 머라는 줄 아냐? 조상 으른 공경할 줄 모르는 느 같은 인간들헌티 하늘 무세운 꼴 뵈두라는 게야."

"하늘 무서운 꼴은 아버님이 더 많이 보시구서 무슨 말씀이세요?"

"오냐, 닙 디니구 먼 말이믄 못하겠니. 니 말대루 시아비가 되가 많아서 누깔 시퍼런 다식새낄 둘씩이나 닦어먹었디. 왜, 거게 부렙냐? 둑은 갸들 말이 나왔으니 하는 얘기다만 느덜두 닙이 널 개라두 그르케는 말 못해야. 느덜이 큰애 핏둘 하나 남아 있는 거이 워디서 머하구 사는디 관심이나 한번 가데 봤이야? 말 나온 김에 한마디 더 하겠다. 이 딥 사는 데 내 돈두 들어갔다는 걸 느덜이 낫구 있는 건 아니디? 죽은 큰애가 즈 네펜네 몰래 월 남서 보내 준 돈인 거 느덜두 알디?"

"어이구, 이제 보니까 아버님이 그 잘나 빠진 돈 빼낼려구 그렇게 복덕방엘 죄 찾아댕기면서 집을 내놨구먼요? 그리구, 죽은 애들 큰아버지 집 식구들허구 의절해 발 못 들여놓게 할 땐 언제고 이제 와서 누굴 원망하시는 거예요? 좋아요, 아버님. 집 팔아 그 돈 빼드릴 거니 그 집 식구들 찾아 공경받으면서 사시라구요."

"허헛, 이 딥 팔아 내 돈 해놓는다구 했냐? 어림 반푼어티도 없는 소린 하지두 말아라. 그 돈이 지금 얼매루 불어났겠는디 계산이나 해봤냐?"

"다 해 드릴 테니 염려하지 마시라구요. 그래, 그 돈 빼낼려구 집에 돌멩일 그렇게 열심히 던지셨어요?"

"데렌 엠나이…… 데게 교육자 집 네펜네가?"

"교육잔 아버님 아들이지 제가 아니잖아요. 아버님이 아시는 것처럼 전 태생이 빨갱이 자식이라 이렇게 못돼 먹었잖아요."

"데렌, 데렌……"

그것은 발작이었다. 민금자 씨는 들고 있던 전기다리미를 코드도 뽑지 않은 채 집어 던졌다. 내친김, 다시 집어 던진 다리미판이 장식장에 맞아 철사무늬 백자항아리가 마룻바닥에 떨어졌다.

"당신 미쳤어?"

시아버지와 며느리 사이의 말싸움을 못 들은 척 안방에서 텔

우상의 눈물

레비전을 보고 있던 최영배 선생이 달려 나와 아내의 뺨을 쳤다.

"그래요, 나 미쳤어요! 당신 아버지 땜에 나 미쳤어요!"

"이게 뭐하는 짓이야?"

어렴잖게 손찌검이 계속된다. 민금자 씨의 발악하는 소리가 집 바깥까지 빠져나간다. 두 아이가 뛰쳐나와 달라붙는다. 마룻바닥에 굴러 떨어져 반쪽이 난 백자항아리가 분합문을 향해 날아간다. 주희가 울음을 터뜨린다. 동네 집들 창문 열리는 소리가 들린다. 이게 도대체 뭔 꼴예요? 기호가 고함친다. 전화가 온다. 기호가 받았다.

"무슨 일이야? 거기 또 돌 날라왔어? 뭐, 그런데 왜들 그렇게 울구 야단이야? 난 누가 죽은 줄 알았잖아!"

그 전화를 놓기가 무섭게 다시 전화가 온다.

"댁에선 지금 티브이 무슨 프로를 보고 계십니까? 여긴 티브이 시청률……."

기호가 전화기를 집어 던지듯 놓고는 쿵쾅쿵쾅 제 방으로 들어가 철컥 문을 잠근다.

최칠수 노인이 집을 나간 지 이틀째 되는 날 그 집 투석 사건의 용의자로 지목되던 사람 중의 하나가 잡혔다. 얼마 전 두어 차례 집을 들여다보다가, 내 집 내가 들여다보는 게 뭔 잘못이냔 엉뚱한 소릴 남기고 사라지던 그 노인이었다.

저녁 시간이었지만 집에는 민금자 씨 혼자 있었다. 밖이 떠들썩해 무슨 일인가 싶어 주방에서 나오는데 대문 벨이 울렸다.

"문 좀 열어 보세요. 아주머니, 이 할아버지가요······."

가슴부터 벌벌 떨렸다. 이틀 전 집을 나간 시아버지가 돌아왔구나 하는 생각이었다. 그런데 어떻게 된 일인가. 불길한 생각에 휩싸였다.

"전데요."

기호 또래의 젊은이 하나가 벌쭉 웃으며 인사를 했다. 언젠가 형사 두 사람이 데리고 왔던 그 청년 얼굴이 떠오르면서 쿵 가슴이 내려앉았다. 그러나 동네서 여러 번 만난 적이 있는 것 같은 얼굴이라 적이 마음이 놓였다. 그 젊은이 눈길이 닿는 곳에 사람 하나가 앉아 있었다. 시아버지는 아니었다.

"제가 저기서 올라오다 보니까요. 이 할아버지가요. 이 대문 틈으로 안을 들여다보고 있다가 도망을 가더라구요."

그 노인이 분명했다. 노인은 아예 이쪽을 거들떠보지도 않았다.

"아니, 벌써 몇 번째예요. 아저씨? 도대체 왜 남의 집을 자꾸 들여다보느냐구요?"

노인이 저번처럼 꾸물꾸물 몸을 일으켰다. 재수생이 달려가 앞을 막아섰다.

"학생, 그 사람 도망 못 가게 붙잡고 있어요. 아무래두 파출소에 신골 해야 될 것 같아요."

정말 신고할 생각이었다. 이런 늙은이 때문에 몇 번씩 놀란다는 게 약이 올랐다. 돌멩일 던진 사람이 뻔뻔스레 대문 틈으로 집 안을 엿보고 있을 리는 없다는 생각은 진작부터 하고 있었지

우상의 눈물

만 신고를 해 모든 걸 밝혀내고 싶었다.

"이봐유, 애기 어머이!"

그네가 대문 안으로 들어서는 그 뒤에서 노인이 말했다. 엉거
주춤 일어선 그 노인의 몸뚱이가 흔들흔들 움직이는 것처럼 보
였다.

"애기 어머이, 나 좀 봐유."

민금자 씨는 노인의 얼굴과 그 눈빛에서 세상 모든 걸 체념한
그런 절망을 보았다. 목소리도 먼저처럼 그렇게 퉁명스럽지 않았
다. 그네는 끌리듯 다시 대문 밖으로 나왔다.

"뭐 하실 얘기가 있는 거예요?"

그네는 그 노인네가 이미 적수가 못 되게 병약한 상태라는 걸
직감하곤 몸에서 긴장을 풀었다. 먼젓번도 그딴에는 기세 있게
걷는 걸음이긴 했지만 그것이 병약한 늙은이의 허세라는 걸 느
낄 수 있었던 것이다.

"파출소에 잡아가도 벨게 읎을 거니 하는 얘기유. 이 집터에
서 꼭 서른세 햇 살았지. 십 년 전 이 집을 내놓구 이사 갈 때꺼
정 그렇게 살았단 얘기여. 난리 전부터 살던 집 헐어 내구 새 집
지은 게 꼭 십이 년 전이유. 평생 살려구 지은 집이지. 내 손으루
직접 지었다니까. 애기 어머인 살아 봐서 알 것구먼서두 이 집만
큼 튼튼허구 쓸모 있게 지은 집 벨루 읎을 게유. 이런 오지벽돌
루 집 짓는 게 어디 흔할 땐가. 이 나무 대문만 해두 그렇지. 지
금 이런 통짜 나무를 어디서 구할 게여? 이래 지은 집에서 고작
두 해 살구 말았으니."

"지금 어디 살구 계세요?"

"정해 놓구 사는 데가 읎는 몸이유. 그저 예서 몇 년 제서 몇 년……. 죽어 땅에 묻혀야 그게 내 집이지."

"아저씨 가족들은 어디 계시는데요?"

"새 집 짓구 삼 년이라더니, 이 집 새루 지어 일 년 되던 해 가을인가 저 안쪽 마루 문턱에 걸터앉았던 마누라가 무너지듯 슬그머니 주저앉더니 그만이데. 그때부터 집안이 풍비박산이 되데유."

"다른 식구는 이민을 갔군요?"

"이민인지 삼민인지, 게두 못 가구 죽은 눔들두 있구. 멀쩡한 집안 하나 초토되는 거 증말 잠깐이데유."

"그 가족들 생각나서 여길 오셨던 거군요?"

"이 집터서 서른세 핼 살았다구 했잖수. 예서 장가가구, 예서 자식새끼들 낳아 금이야 옥이야 길러 장가 보내구 시집 보내구 손주 새끼 본 것두 예구."

노인이 중얼중얼 입속말을 하며 몸을 일으켰다. 민금자 씨는 자기가 열고 서 있는 대문 안으로 그 노인의 눈길이 들어가 있는 걸 알았다. 보였다. 신혼 초의 젊은 남녀가 대문 앞에 서서 손을 흔들고 있는 게 보였다. 늦게 귀가하는 남자를 맞아들이기 위해 와자하니 쏟아져 나오는 그 집 식구들의 얼굴이 보였다. 아이들의 깔깔거리는 웃음소리도 들렸다. 신혼여행에서 돌아온 새 식구를 맞는 가족들의 웃음소리도 들렸다. 키득키득 웃는 갓난애의 얼굴도 보였다. 마나님의 입관을 지켜보는 중노인의 비통한

우상의 눈물

그 얼굴이, 대문 앞에 서 있었다.

"아저씨, 또 오실 거예요?"

민금자 씨는 그렇게 묻고 있었다. 노인은 대답하지 않았다. 하다못해 고개 한 번 끄덕이지 않았다. 혹시 이 노인이 엉뚱한 생각으로 집에 돌을 던졌을는지 모른다는 의심은 노인의 병약해 뵈는 몰골과 절망 짙게 깔린 그 눈빛을 바라보면서 어느 정도 가신 뒤였다. 더구나 시아버지가 집을 나갈 때 함께 가지고 나간 그 다섯 개의 섬뜩한 돌맹이와 눈앞의 노인이 전혀 연결되지 않았음도 생각의 비약을 막았다.

"할아버지가 이 집에다 돌 던진 거 아니란 말예요?"

노인의 앞을 막아서 있던 재수생이 처음의 등등한 기세를 되찾아 다소 볼멘소리로 다그쳤다. 노인이 문득 그 재수생을 쳐다봤다. 그러나 노인의 대답은 민금자 씨를 상대한 것이었다.

"염려 말우. 내 다시는 안 올 게니."

노인은 짐짓 거오스러운 몸짓을 꾸며 휘적휘적 걸어갔다. 민금자 씨는 그 노인이 사라지는 뒷모습에 눈길을 준 채 허망하게 비어 드는 가슴을 어쩌지 못했다.

장난하듯 즉흥적으로 이루어진 동행이었다. 학교가 가을 행사 주간으르 일주일 동안 강의가 없다는 데서 오는 마음의 여유였을 것이다. 물론 그 행사 주간에는 체육 대회에다 대동제에다 각종 전시회며 백여 개 가까운 간이 주점을 거느린 각종 축제가 흥청망청 벌어지고 있었다. 그러나 성태는 언제부터인가 대학 축제에서 되도록 멀리 떨어져 있는 데 길들여져 있었다. 혐오감까지 불러일으키는 폭로 풍자 타도 일변도의 정치성 행사에 식상한 탓도 없지 않았다. 대학 축제엔 중간이 없는 이상기류가 흘렀다. 높은 목소리가 아니면 철저하게 낮은 놀이와 먹자판이 있었을 뿐이다. 유혹을 느끼는 건 언제나 높은 목소리가 있는 데였다. 끌려가고 싶었다. 그네들 속에 섞여 두 주먹을 불끈 웃샤웃샤 뛰고 싶었다. 그러나 그는 언제나 혼자였다. 혼자 있는 시간에 그는 자신의 몸속에 생겨나지 않는 동참 의지를 고문했다. 어느 결에 그는 혼자 있는 시간을 야금야금 즐겼다. 그는 손만 내밀면 꺾을 수 있는 종미가 무서웠다. 그가 찾는 아름다움은 들꽃처럼 애잔하거나 청승스러운 것이 아니었다.

"머 땜에 이르케 고생을 사서 한다는 게여?"

최 노인은 그 도시를 떠날 때부터 성태를 떼어 놓고 혼자 가고 싶어 했다. 성태 주머니에 들어 있는 돈만 아니었어도 노인은 벌써 어디론가 혼자 사라졌을 것이다. 그러나 동행을 먼저 제안한 건 최 노인 자신이었다. 그날 밤 며느리와의 싸움으로 집안이 난장판일 때 슬그머니 성태의 자취방에 숨어들어 그런 별난 제안을 했던 것이다.

학생, 나하구 어디 줌 가테 안 갈 테여?

노인은 그때까지 집 안채의 소란이 그치지 않고 있는 판국에도 품에서 소주 한 병 꺼내 놓으며 히죽어 웃었다. 웃는 게 아니라 얼굴에 실룩실룩 경련이 일고 있는 것처럼도 보였다.

할아버지, 어딜 같이 가자는 겁니까?

우상의 눈물

가테 가긴. 괜히 한번 해본 말이지. 돈 있으면 그게나 돔 꿔줬
으면 둏겠구먼서두.

돈은 저한테 있어요. 가실 데가 어딘지 말씀만 하세요.

어데 가긴. 데놈에 돌멩이루 빨갱이 테퓍이러 가는 게디.

성태는 긴장했다. 노인과의 동행을 결심한 것도 그 순간이었
다.

할아버지, 저두 같이 가겠어요.

말 그대로 울며 겨자 먹기였다. 돈이나 빌려 쓸 꿍꿍이로 아
무렇게나 꺼낸 말이 그에 달갑잖은 동행을 거느리게 됐던 것이
다. 성태는 취직 자리 듣보는 일에 필요하다며 좀 넉넉히 타뒀던
용돈을 꺼내 보인 뒤 돈 염려는 놓고 길 앞장만 서라고 했다. 노
인은 성태가 따라붙는 일이 몹시 난감한 것 같았다. 길 떠날 계
획을 집어치웠다고 시치밀 떼는 등 성태를 떼치기 위해 무던히
애를 썼지만 성태는 터미널에 먼저 나가 기다렸다.

직행버스를 타고 두 시간쯤 달렸다. 원주시였다. 거기서 다시
영월 쪽으로 빠지는 완행버스를 바꿔 탔다. 그 붉던 가을 산이
또 한 번 빛깔을 갈면서 칙칙하게 메말라 가고 있었다. 계속 보
면서 온 가을 꽃길이지만 비포장도로의 그 시골길에도 가을꽃
이 다복다복 지천으로 펴 산 빛깔과 좋은 대조를 이루었다. 벼
베낸 그루터기가 촘촘한 논바닥 위로는 가을 빗물이 고인 채 희
끔희끔 하늘을 비춰 냈다. 더없이 좋은 날씨였지만 산야는 황량
했다.

최 노인과의 그 동행은 그런대로 괜찮았다. 첫 버스를 탈 때부

터 가슴이 터질 것 같은 긴장이었다. 노인이 연극을 하고 있었기 때문이다. 대단한 연기였다. 그 집에서 보던 허풍선이 늙은이가 아니었다. 그처럼 수다스럽던 늙은이가 어떻게 이처럼 완벽한 침묵을 연기해 낼 수 있단 말인가. 노인이 성태에게 한 말이란 무엇 때문에 이런 고생을 사서 하느냐, 동행자를 떼치고 싶다는 투의 말 몇 번밖에는 없었다. 무엇을 물어봐도 아예 못 들은 척 딴전을 보지 않으면 마지못해 하는 대답도 입속으로 웅얼거리는 정도였다. 웅얼거렸다. 노인은 침묵하고 있는 게 아니라 처음부터 입속말로 뭔가 웅얼거리고 있었던 것이다. 성태가 긴장한 것은 노인의 그 입속말 상대가 있었다는 사실이다. 노인이 가슴에 그러안고 있는 쥐색 비닐가방이었다. 최 노인은 터미널에서 그 가방을 받아 들려는 성태의 호의를 뿌리쳤다.

돌멩일 뭐 그렇게 정성스레 모시고 가십니까?

성태가 그렇게 짓궂게 물었지만 아예 들은 척도 않고 그 가방을 마치 납골 상자 안듯 가슴에 그러안고 있었다. 이 노인이 정상이 아니구나 하는 생각이 든 것은 버스에 오를 때부터 그 가방을 내려다보며 그가 계속 혼잣소릴 하고 있었기 때문이다. 분명히 누구한테 말을 하고 있었다. 할아버지, 뭐라구요? 성태는 처음에 그 노인이 자기를 향해 무슨 말을 하는 줄 알고 귀까지 들이댔을 정도였다. 웅얼거린다고는 하지만 그 말은 지극히 짧았다. 때로는 존댓말 같기도 했고 어떤 경우는 해라체로 퉁명을 부리는 것처럼 들렸다. 어렵게 주워들어 조립해 보니 꼭 소경한테 옆에서 뭘 일러 주는 말 같았다. 이데 뻐스에 탑네다. 더게 티악

산인디. 길에 맨 꼬타야요. 덩말 공기 한번 둏다야. 대테 머이 불
만이냐? 게레, 내가 떨레 줬었다.

"할아버지, 그 돌멩이루 정말 빨갱이를 쳐 죽이러 가는 겁니
까?"

버스가 어느 시골 장거리를 지날 때 노인의 귀 가까이 입을
가져다 그렇게 물었다. 노인의 변신을 좀 더 실감하고 싶었던 것
이다. 그러나 노인은 성태를 힐끗 쳐다봤을 뿐 이렇다 할 반응을
보이지 않았다. 또 한 번 긁어 본다.

"할아버지, 고향에 가시니까 감회가 깊으신가 봐요?"

언젠가 술에 취한 노인을 붙들고 할아버지 고향이 평안도 어
디냐고 물은 적이 있었다.

고향은 먼 고향, 암데나 덩 부테 살믄 그게 고향이디. 허디
만……

평안북도 벽동군 오북면 초봉산 밑이 태 버린 땅이라고 했다.
그러나 열한 살 나이로 그곳을 떠난 뒤 광산만 찾아 떠돈 아
버지 덕에 전국 안 살아 본 데가 없다고 했다. 자신이 가장이 된
뒤에도 한 군데 붙박아 3년 이상을 정 붙이고 살아 본 데가 없
다는 것이다. 그 강한 평안도 사투리에 대해 묻자, 당신의 아버
지 영향이라고 했다. 아무리 떠돌이 인생이지만 사람이 제 태 버
린 곳 풍습과 말만은 잊지 않아야 그 근본을 잃지 않는 법이란
걸 아버지의 우악스러운 손에 귀때기를 얻어맞으며 터득했다는
것이다. 그런데 지금 사람들은 제 태 버린 데를 아예 잊고 사는
건 물론이고 제 근본인 조상 모시는 것도 모른다고 다분히 당신

식구들을 겨냥한 불만까지 내비쳤다.

"할아버지, 6·25 때 빨갱이 많이 죽이셨다고 늘 자랑하셨잖아
요. 도대체 몇 명이나 죽이셨어요?"

노인이 이쪽을 아예 무시하고 있는 데 대한 보복이었다. 주위
사람들이 다 들을 수 있게 큰 소리로 물었던 것이다. 노인이 예
의 그 혼잣소릴 다른 때보다 조금 분명한 소리로 중얼거렸다. 물
론 성태를 향해 한 말은 아니었다.

"이데 거반 다 왔습네다."

성태는 그저께 밤에도 자신의 자취방에 찾아와 당신 집에 날
아든 돌멩이로 빨갱이를 쳐 죽이러 간다는 둥 늘 듣던 무용담을
늘어놓는 노인에게 물었던 것이다.

할아버지, 도대체 빨갱인 뭐고 왜 그렇게 빨갱일 미워하시게
된 겁니까?

노인은 그 질문에 이런 말로 대꾸했다.

어느 때구 난리엔 덕(敵)이 있게 마련이다. 데놈 안 쥑이믄 내
가 둑게 되는 그런 덕 말이다. 더우기 고향 없이 떠도는 나 거튼
늠한테 그런 덕이 더 많은 벱이거든. 날 이러 온 늠을 내가 먼더
쥑이다 보니께루 방위대장 감투 씌워 주데야. 감투 썼으믄 감투
값 해야디. 데놈들 한동네 산 정의루 타매 못하겠다구 내 등 떠
밀어 내가 앞장셨을 뿐이디, 먼 미운 니유가 있어 그런 건 아니
디.

노인이 이겼다. 그 완행버스가 종점인 어느 시골 마을에 이를
때까지 노인은 성태의 도전을 끝내 묵살해 버렸던 것이다. 예상

우상의 눈물

과는 달리 버스에 탔던 사람들이나 그 종점 마을에서 마주친 그 곳 사람들 누구도 최 노인에 대해 관심을 보이지 않았다. 노인 역시 아무렇지도 않은 얼굴로 장거리 단 하나뿐인 식당으로 들 어갔다. 오후 3시가 다 돼서 먹는 늦은 점심에 2홉짜리 소주 한 병을 다 마시면서도 노인은 그 가방을 무릎에서 내려놓지 않았 다. 성태에게 한 말이란 게 고작 소주 서너 병 사달라는 것과 자 기가 어디 좀 다녀올 동안 여기서 기다리든가 아니면 지금 타고 들어온 버스로 곧장 돌아가라는 얘기였다. 뭔가 토라져 고까운 얼굴로 하는 그런 냉대도 아니었다. 시종일관한 그의 연기는 동 행자에 대한 철저한 무관심이었다. 노인은 오직 가방 속의 그 돌 멩이와 동행하고 있었을 뿐이다. 밥 좀 먹고 가겠습네다. 야, 니 태 버린 데가 더기쯤 되는데 영 딴판으루 많이 변했다야. 니 에 밀 만난 데두 예서 멀지 않아야.

성태는 노인이 애써 태연을 가장하고 있다는 걸 알았다. 노인 의 숟가락 든 손이 가늘게 떨리고 있었고 나무젓가락 쓰는 게 그렇게 서툴 수가 없었다. 술잔에 술을 따르는 것이나 그것을 입 에 털어 넣는 동작이 모두 어색했다.

최 노인은 점심을 서둘러 끝내고 곧장 마을을 벗어나 개천을 긴 골짜기로 휘적휘적 걸어갔다. 성태가 뒤에 따라붙고 있다는 걸 알면서도 여전히 무관심했다. 걸음이 빨랐다. 신작로를 버린 뒤 개천을 건너 산골짜기로 들어서는 그 걸음이 어찌나 날랜지 뛰다시피 따라붙느라 숨이 찼다. 벌써부터 그늘에 잠기기 시작 한 가을 산이 적막을 자아냈다.

골짜기의 왼쪽 비탈이 밋밋한 구릉으로 바뀌면서 거기 잡풀이 무성한 묵밭이 나타났다. 묵밭이긴 해도 몇 해 걸러 한 번은 농사를 지은 양 팍삭 삭은 수수 그루터기며 올해도 무성했을 메밀 섶이 밭 가장자리에서 누렇게 말라 가고 있었다.

최 노인은 허리 높이의 개망초 등 잡풀을 헤집고 그 밭 한가운데 들어가 우두커니 서서 사방을 천천히 둘러보았다. 이렇다 할 감정을 읽기 어려운 그런 덤덤한 표정이었다. 그렇게 한참 서 있던 노인이 잡풀을 발로 짓밟아 눕혀 꽤 널찍한 자리를 만든 뒤 가방을 그 옆에 놓고 느닷없이 맨손으로 땅을 파기 시작했다.

성태는 처음 화전을 일굴 때 주워 낸 돌이 쌓여 있는 밭 언저리로 다가갔다. 그 돌무덤의 돌멩이를 손에 집어 들 것도 없었다. 전혀 달랐다. 그 밭 언저리의 돌은 그 집에 날아든 그 단단하고 너설 날카로운 화강암 돌 쪼가리와는 그 석질부터가 다른 푸석한 횟돌이었던 것이다. 점심을 먹던 그 마을에서나 올라오면서 유심히 살핀 골짜기 어디에서고 그런 화강암 돌멩이는 볼 수가 없었다.

묵밭 한가운데 퍼질러 앉아 맨손으로 흙구덩이를 파는 최 노인이 뭔가 혼잣소릴 하고 있었지만 무슨 말인지 전혀 가려낼 수가 없었다. 얼굴은 여전히 무덤덤했다.

꽤 그럴싸한 의식을 기대했지만 헛일이었다. 무릎 깊이만큼 흙구덩이를 판 노인은 그때까지 신주 모시듯 정성을 다해 안고 다니던 그 가방을 열고 돌멩이를 집어 내 곧바로 흙구덩이 속에 아무렇게나 던져 넣었다. 재수생이 던진 그 매끄러운 자갈돌까지 모두 다섯 개의 돌멩이가 좁은 구덩이 속에 수두룩이 쌓였다. 그 흙구덩이를 메우는 손길 역시 거침없고 쟀다. 그러나 흙 묻은 손을 대충 털어 내며 일어선 뒤 그 돌멩이 묻힌 데를 다져 밟는 노인의 발놀림은 꽤 정성스러웠다. 회작대기만 들지 않았을 뿐 곁에서 선소리만 주면 그런대로 신명까지 날 그런 발놀림이었다.

그 돌멩이를 묵밭에 묻는 마지막 의식이 있었다. 성태가 사가지고 올라온 1.5리터짜리 플라스틱 소주병을 받아 흙구덩이 위에서부터 시작해 그 묵밭 여기저기에 휘휘 술을 뿌리는 일이었다. 정신없이 술을 뿌리던 최 노인이 어느 순간 동작을 멈추며 술병에 남은 술을 눈가늠했다. 노인은 남은 술을 병째로 거꾸로 들어 몇 모금 벌컥벌컥 마신 뒤 곁에 서 있는 성태한테 불쑥 내밀었다. 성태는 그 술병을 서슴없이 받아 들어 노인이 했듯 병째로 입에 댔다. 술병을 건네 오던 순간 노인의 얼굴에 언뜻 나났던 그 계면쩍은 웃음을 지우기라도 할 듯 노인보다 더 과장되게 벌컥벌컥 들이켰다. 성태가 아직 병에 남은 술을 그 노인이 하던 것처럼 묵밭에 뿌리고 있을 때였다.

"다 미친 짓거리야!"

최 노인이 씹어뱉듯 흘린 말이었다. 그 몸 움직임마저 결연했다. 노인은 비닐 가방을 집어 들어 산비탈 아래로 휘익 집어 던진 뒤 휘적휘적 이미 저만큼 멀어지고 있었다.

성태는 빈 술병을 든 채 망연히 서 있었다. 마치 수만 년 전 구석기시대의 어느 지층을 밟고 서 있는 느낌이었다. 나는 지금 어디에 와 있는가. 최면에 걸린 상태가 바로 이런 것 아닐까. 망연자실 서 있는 그의 머릿속으로 여러 개의 환영들이 겹친 채 어지러이 흘러갔다. 하나같이 흰옷 입는 사람들이었다. 석전이 벌어진 아수라장이었다. 피가 보였다. 절박한 울음소리가 있었다. 그것은 생생한 역사 체험의 어느 한순간이었다. 그는 신내림하는 샤먼처럼 온몸을 와들와들 떨고 있었다.

가을 산골짜기의 그 해거름 썰렁한 정취 때문이었을 것이다. 신내림 같은 그 격정 뒤로 형언하기 어려운 비애가 끼쳐들었다. 수음을 끝내고 났을 때의 그런 허망감이었다. 느닷없이 울컥 울음이 치밀었다. 그날 새벽 그 선배가 그랬던 것처럼 그렇게 흐느껴 울 것만 같았다.

성태는 들고 있던 빈 소주병을 최 노인이 만든 그 돌무덤 위에 마치 비목 세우듯 거꾸로 꽂았다.

1988년 《현대문학》 11월호

　　　　　　　　　　　　　　　우상의 눈물

대한민국 스토리DNA
독자들이 만들어 가는 이야기의 우주

우리는 무릇 이야기로 된 세상에 살고 있습니다. 호랑이 담배 피우던 아득한 옛날부터 이야기는 있어 왔습니다. 이야기가 없다면 이 세상은 존재하지 않을 것입니다. 우리는 이야기를 통해 이 세상을 구성하고 이해하게 됩니다.

'대한민국 스토리DNA'는 문학의 이야기성에 주목했습니다. 단군의 신화 시대에서 첨단 문명의 오늘날까지 우리 대한민국 사람들의 삶의 내력을 오롯이 껴안고 있으면서도 우리나라의 정신사를 면면히 이어 가고 있는 작품들을 꼼꼼하게 챙기고 골랐습니다.

우리 아이들이 우리의 유전자를 이어받듯이, 동시대의 우리뿐 아니라 미래의 독자들도 우리의 이야기를 물려받고 또 그들의 이야기를 새롭게 펼쳐 나가게 될 것입니다.

이 한 권 한 권의 이야기들이 모여 거대한 이야기의 우주가 만들어지리라 믿습니다.